张友鸾作品系列

中国古典戏曲故事七篇

张友鸾　编写

商務印書館
创于1897 The Commercial Press

2016年·北京

图书在版编目(CIP)数据

中国古典戏曲故事七篇 / 张友鸾编写. — 北京：商务印书馆，2016
（张友鸾作品系列）
ISBN 978-7-100-11914-6

Ⅰ. ①中… Ⅱ. ①张… Ⅲ. ①戏剧文学—故事—作品集—中国—当代 Ⅳ. ①I247.8

中国版本图书馆CIP数据核字(2016)第005213号

中国古典戏曲故事七篇
（张友鸾作品系列）
张友鸾 编写

商务印书馆出版
（北京王府井大街36号 邮政编码 100710）
商务印书馆发行
三河市尚艺印装有限公司印刷
ISBN 978-7-100-11914-6

2016年3月第1版 开本 880×1230 1/32
2016年3月北京第1次印刷 印张 13 1/2

定价：55.00元

汇编寄语

/张　钰

本书收集了我父亲张友鸾先生根据中国古典戏曲撰写的七部中篇说部。这些作品在20世纪50年代至80年代间，曾在上海《新民晚报》上连载；其中50年代的作品由北京出版社出版过单行本，到了80年代，又由宝文堂全部印成单行本出版。现在将七部作品汇编成一集，是为《中国古典戏曲故事七篇》。

父亲20世纪20年代起即开始文学活动，大量散文、小说、文学评论、古典文学研究，散见于各报刊。他前半生以编报、办报为业，被称作老报人；后半生当了古典文学编辑，人尊之为古典文学专家。不论编报、办报，或是从事古典文学编辑、研究，他都关注普通的、广大的读者。他说过，希望他编的报、办的报，稍有文化的人都能看得懂，喜欢看。为此他曾孜孜不倦，办好面向基层读者的四开小型报。在古典文学编辑和研究的过程中，父亲对古典文学作品的通俗化、大众化也倾注了大量心血。

与我父亲同做古典文学编辑多年的舒芜先生，为我父亲的《古典编余录》作序言时就指出："张友鸾同志在古典编辑工作之余，还经常把他的工作经验和考证所得写成文章，其中贯穿了一条鲜明的线索，就是对于一切通俗的民间的文学的热烈兴趣。他曾经说过，很景仰明代的冯梦龙，很愿意像冯梦龙一样把通俗文学的整理改编作为一生的主要事业。这在中国古典文学研究者当中是不多的，从现代观点来看，应该说是很可珍贵的，具有民主精神的。"

父亲曾经说过，中国古典戏曲特别是元杂剧的思想艺术成就不下于莎士比亚戏剧。英国的查尔斯·兰姆以通俗的形式编写出《莎士比亚故事集》，对莎士比亚戏剧的普及和推广起到了重要作用，中国人也应该在古典戏曲的通俗化方面做类似的工作。因此他发愿在有生之年，尽可能多的将古典戏曲改编整理成群众易于理解和接受的通俗作品，以此来普及和推广中国古典戏曲。正是基于此种考虑，他开始撰写中国古典戏曲故事。他选取思想艺术成就显著、情节引人入胜的古典戏曲故事为素材，编写出通俗的说部在报纸上连载，受到读者广泛欢迎。虽是根据既有的古典戏剧编写成通俗的说部，父亲却投注了大量心血和感情，不仅追求文字语言的通俗，在故事情节的安排、人物性格的塑造上，都下了很大的功夫，他说自己是流着眼泪写出《赛霸王》的。可惜的是，自从 1957 年以来，一连串的人海风波的干扰，使得他的心愿未克完成，能够留给世人的，也就只有这七部作品了。

这七部作品，《赛霸王》取材于清人焦循《剧说》中的一则笔记，《十五贯》取材于冯梦龙《醒世恒言》中的《十五贯戏言成巧祸》及昆剧《十五贯》，《魔合罗》、《救风尘》、《鲁斋郎》、《杏花庄》和《清风楼》均取材于元杂剧，其中《清风楼》是1982年《新民晚报》复刊时，应报社之约所写的连载小说。《清风楼》完成后，父亲即因脑血管病而搁笔，因此《清风楼》可说是他的封笔之作。

这次商务印书馆将上述七篇说部汇编成集出版，实是弘扬传统文化的有益之举，在此表示衷心的感谢；并希望我父亲这一未竟的工作，能有更多的人参与，使中国古典戏曲得到进一步的普及和推广。

目录

赛霸王

一、投　师 / 1
二、辞　家 / 4
三、探　城 / 8
四、抱　病 / 11
五、殉　艺 / 13
六、泣　墓 / 15
七、还　乡 / 18
八、觅　食 / 22
九、征　歌 / 25
十、拆　戏 / 27
十一、肆　遇 / 29
十二、忍　嘲 / 32

十三、拒　餐 / 35
十四、传　戏 / 37
十五、对　词 / 40
十六、束　装 / 43
十七、登　场 / 45
十八、惊　座 / 47
十九、止　盟 / 49
二十、京　约 / 51
二十一、入　班 / 54
二十二、成　名 / 56

十五贯

一、尤葫芦戏言成巧祸 / 60
二、熊友兰行路遇飞灾 / 68
三、过于执揣情断命案 / 76
四、况青天判斩察冤情 / 87
五、见都堂况钟纳印信 / 95
六、勘现场娄鼠露行藏 / 103
七、借测字古庙访凶手 / 113
八、雪奇冤公堂结大案 / 123
后　记 / 134

魔合罗

一、离　家 / 137

二、守　义 / 139

三、得　病 / 142

四、捎　信 / 144

五、怀　奸 / 147

六、害　兄 / 149

七、迎　夫 / 151

八、身　亡 / 153

九、问　案 / 156

十、索　贿 / 158

十一、受　刑 / 161

十二、伪　尹 / 163

十三、判　斩 / 165

十四、怀　疑 / 168

十五、质　问 / 169

十六、重　审 / 172

十七、勘　神 / 174

十八、辩　解 / 176

十九、详　情 / 179

二十、求　医 / 181

二十一、智　赚 / 184

二十二、中　计 / 186
二十三、获　赃 / 188
二十四、公　判 / 190

救风尘

一、宋引章含泪堕烟花 / 193
二、安秀实痴情论嫁娶 / 197
三、周公子炫富买姻缘 / 201
四、赵盼儿苦心劝愚昧 / 206
五、宋引章无妄受鞭笞 / 210
六、王货郎急足传书信 / 215
七、赵盼儿仗义设计谋 / 219
八、周公子见色乱情绪 / 224
九、宋引章闯店闹虚嚣 / 228
十、周公子出妻中计策 / 233
十一、赵盼儿风月救风尘 / 237
十二、安秀才花柳成花烛 / 242

鲁斋郎

一、整银壶张氏被劫 / 247
二、结兄弟李娣认亲 / 252
三、扫坟茔孔目遇霸 / 256
四、生折离悲哭献妻 / 261

五、乔兑换恶霸嫁妹 / 266
六、失儿女孔目出家 / 270
七、上奏本包拯被斥 / 276
八、苦读书两儿成名 / 282
九、包拯智斩鲁斋郎 / 286
十、云台观两家团圆 / 291

杏花庄

一、卖　酒 / 299
二、求　浆 / 301
三、敬　客 / 303
四、劫　娇 / 306
五、思　女 / 308
六、买　醉 / 310
七、还　山 / 312
八、砍　旗 / 314
九、闹　堂 / 317
十、诬　宋 / 319
十一、赌　头 / 321
十二、质　对 / 324
十三、恼　王 / 326
十四、负　荆 / 328
十五、服　罪 / 330

十六、回　门 / 332
十七、夜　走 / 334
十八、下　山 / 336
十九、追　寇 / 339
二十、宿　庙 / 341
二十一、斗　贼 / 344
二十二、缴　令 / 346

清风楼

一、敕造府楼 / 349
二、混入南朝 / 351
三、暗中定计 / 354
四、歪传圣旨 / 356
五、太君修书 / 358
六、六郎得信 / 361
七、焦赞窥帐 / 363
八、私下三关 / 365
九、太君训子 / 367
十、焦赞探路 / 370
十一、仗义锄奸 / 372
十二、束手就擒 / 375
十三、捉拿焦赞 / 377
十四、朝廷折证 / 380

十五、番营计议 / 382
十六、孟良捕谍 / 384
十七、六郎处斩 / 387
十八、全家待罪 / 389
十九、国姑救婿 / 391
二十、焦赞骂贼 / 393
二十一、大闹法场 / 395
二十二、国姑拼命 / 397
二十三、孟良奏事 / 399
二十四、真宗问计 / 401
二十五、巧施反间 / 403
二十六、金殿辨奸 / 405
二十七、人赃俱获 / 407
二十八、剥袜验字 / 409
二十九、忠奸分明 / 410
三十、酬庸报功 / 412

赛霸王

一、投　师

清代康熙年间，在苏州甪（lù）直镇地方，有一个人，姓陈名唤明智。这人家世务农，出身穷苦，却从小就爱唱昆曲。遇有戏班来到镇上串演，不管风雨寒暑，道途远近，他都赶了去看。看了就学，学会还要再看。他身材矮小，却偏爱的是净角这一行。侥幸天生着一副响亮喉咙，又肯苦学苦练，才小小十四五岁年纪，竟被他学会了好多折戏，唱做念打，件件都来得。

这一年，有个“草台班”，来至甪直。那班子里有个做净角的，唱的好，做的好。陈明智连看了他三日戏，委实着了迷，心里想道：“如若投得此人为师，搭在这个班子里，遍游各地，天天做戏，岂不快活？”想着，就冒冒失失地去找那个净角，说明来意道：“我想搭在你们班子里，跟老师傅学着做戏，不知可肯收留？”

原来那个净角，就是这草台班的班主。早先年轻时，在苏州城里，搭过有名的班子，也曾红过的。只因他性情倔强，得罪了看戏的财主，又不肯听班主的话去磕头赔礼，这就被赶了出来。他一怒之下，发誓不到城里去做戏，约了几个伙伴，带着几个徒弟，弄这么一个草台班，跑跑远州外县，四乡八镇，图个糊口。

搭草台班做戏，是个最苦不过的行当：不但挣不到多少钱财，动辄还不免要忍饥受冻；平日“餐风宿露，戴月披星”，更是不足为奇的事。不是真正无路可走的人，谁也不愿意去搭草台班；搭在班子里的，一旦稍有办法，立刻就掉头不顾，远走高飞了。这个班子，起初也有二三十号人，唱不到半年，走了约莫有一半。走了老的，又补新的，补来补去，角色越弄越不齐整，有好多出大戏，渐渐都做它不动了。

那个班主，唯恐这个班子要垮台，心下暗暗发愁。每到一处，他都随时留心，但愿能收得几个徒弟，撑撑场面。这日忽见有人前来投效，怎能不喜？当下便问：“你也识得唱么？”

陈明智道：“我私下也学了一些，只是未经名师指点，难免荒腔走板，怕的不中听。”

班主又问：“你学的哪路角色？”

陈明智道：“我爱做的是净角。”

那班主听得这句话，便对陈明智浑身上下，打量一番，只是摇头道："看你又瘦又小，竟也要学做净角么？"

班主此言一出，陈明智只认作是不肯收留他，急得登时把脸胀红了，眼泪水只在眼眶里乱滚，差点儿流了出来。

班主见他这样，就又说道："你且唱几句我听。如若唱的还过得去，身材矮小，倒是可以想办法的。"

陈明智得了这句言语，就扯开喉咙，唱了一段。

陈明智唱的时候，那班主只是掐着指头，静静地听着。唱完了，也不说好，也不说坏，却朝着他的脸上，仔细端详。

陈明智被班主看得急了，紧紧问道："老师傅，我倒是还有点儿做戏的指望没有呢？"

班主道："你且把适才唱的这一段，做个身段与我看看。"

陈明智遵命做了。

班主等他把身段做完，顺手从架子上抽下一枝枪说："耍一个'黑虎掏心'吧！"

陈明智又便耍了。

这样也试了，那样也试了，班主这才拉住陈明智的手，叫他坐下，和他说道："像你这般年纪，无师自通，戏居然做到这样，真不容易。我在江湖上闯了这么多年，也很收过一些徒弟，却没有一个赶上你的。你若不怕饥寒奔波之苦，忍得住煎熬，我自当尽心尽力，把自己的本领，传授与你。只是凭你这样人才，这么好的根基，搭在草台班，拜我这样一个糟老头儿为师，未免有些委屈，将来说不定有一日会后悔的。"

陈明智忙道："只要老师傅肯收留我，指点我，便是我万千之幸。将后来，老师傅到哪里，我跟随到哪里，永远无后悔之日。"

班主道："这样便好。只不知你的父母，可肯答应你去做戏？"

陈明智道："我父母双亡，依靠兄嫂度日。我要做戏就做戏，兄嫂是拦不了我的。"

班主道："话不是这样说。你家中既有兄嫂，我就该去问问他们的意思。"

陈明智道："老师傅这就去吧，我引路。"

班主笑道："你倒也不消这样性急。我今天还有事；明天你来，我们一路去就是了。"

陈明智欢天喜地，蹦蹦跳跳地走了。

二、辞　家

陈明智的家，离镇上也有五七里路。他一路走，一路想："那个师傅真好，又有本领，不久就要和他一台做戏了，真是运气。"想着想着，就觉得脸也勾了，衣服也换了，台下千百只眼睛，都在瞧着自己。一时好像大家都在夸奖："这个小角色从哪里来的？戏做得很不错哩！"一时又好像大家都在笑话："这个小娃儿，什么也不懂，怎么就上台做起戏来？哪里配，轰他下去！"

陈明智想到这里，不禁耳鸣心跳，两手冰凉。这时已经快走到家门口了，路旁有一棵两人合抱不过来的老槐树。他且不忙回家，就坐在树根上，托着腮，呆呆地发愣。

他正在那里出神哩，忽然间，后面来了一个人，戴着个斗笠，背了把锄头，远远地就大声说：“老二，你在那里做什么？”

陈明智一听是哥哥的声音，慌忙站起。

哥哥来至他面前，望了他一眼，又说：“老二，我看你这两天落了魂的样子，是为了什么呀？今天又有半天没有见着你的影子，你到哪里去了？”

陈明智生性老实，不会说谎，只胀红着脸说道：“我到镇上看戏去了。”

哥哥道：“我们做庄稼人，起早睡晚，耕田锄地，盼个好收成。年纪小的，也帮着放牛薅草，往田里送送茶饭。哪个像你这样，一天到晚，游手好闲的，将来怎么得了！”

陈明智听着哥哥的教训，先是不敢言语，随在哥哥的后面，往家里走去。走了百十步路，又自想着：“我这投师学戏的事，不告诉哥哥是不行的。”这便吞吞吐吐、结结巴巴地说：“他们戏做得好，我禀告哥哥，也要跟他们学着做戏去。”

陈明智话刚出口，他哥哥的锄头，哧溜一下从肩膀上滑将下来。哥哥说：“你说的什么？你要去做戏子么？”

陈明智打从鼻孔里应了一声道：“是。”

他哥哥重把锄头掮上肩膀，口中直说：“当初爹妈临死，把你交付与我，要我将你教导成人；好了，好了，不想你如今竟然要做起戏子来了！”说着，便大踏步往家里直奔，那个样子是气极了。

进得大门，他哥哥把锄头向墙角一扔，倒了也不扶；坐下来，摘了斗笠，掼在桌上。

嫂嫂不知就里，就问：“你弟兄二人淘什么气了？”

他哥哥颤抖抖地说：“老二，老二，他要去做戏子哩！好的不做，要干这样下贱的行当，你说气人不气人？”

陈明智接口却说：“做戏也没有什么下贱呀；一个人做戏，几十几百人看着高兴，这不是很好的行当么？”

哥哥说：“你还跟我顶嘴哩！你知不知道，做了戏子，是进不了祠堂、见不得祖先的。”

陈明智道：“那也不要紧。我看见戏班里供的祖先，全是做戏的人哩！”

哥哥也寻不出什么道理来驳他，只是十分恼怒，捏着拳头直捶自己的脑门说：“怨我，怨我！平日放纵了他，看他舞枪弄棒学着做戏也不管，今天直头要做起戏子来了。将来我死了，却有什么脸面去见爹妈！”

陈明智还想说什么的，却被嫂嫂拦住道：“老二，你就省两句吧！你哥哥在为你打算，你怎么老顶撞他？你且出去耍一会儿，让你哥哥再想一想吧！”

陈明智依着嫂嫂言语，走将出去。

——你道陈明智嫂嫂为何要让陈明智出去？其中有个缘故。

只因陈明智但爱做戏，不爱做田，嫂嫂素常就有些厌嫌他。庄稼人，日子过得苦不过的，家里多一口人吃饭，实在多一些为难之处。他是丈夫的亲兄弟，年纪幼小，又不好撵他。如今他自己要走，那还有什么话说。陈明智哥哥不让陈明智走，嫂嫂倒着了急；因此把陈明智支使出去，自己好用言语去劝丈夫。

他嫂嫂说："老二一天比一天大，天天学戏，把他留在家里，总不是事。东村三叔前回要把老二过继，你又不肯。当时你说：'宁肯让儿子做戏，不肯把儿子过继。如果让老二过继给三叔，就对不起爹妈。'这句话如今倒是应了。既然不肯让他过继，为什么又不让他去做戏呢？你留得住他的人，留不住他的心。明公正气地你不许他走，明天他偷偷跑了，你连他的影子都还找不着哩！"

他哥哥起初跟他嫂嫂辩驳；及至后来，嫂嫂的话越说道理越多，哥哥也就不言语了。乘着这个时机，嫂嫂向门外把陈明智叫进来，告诉他："你哥哥答应你去学戏了。"

陈明智一听，十分心喜。第二天天还没有大亮，他就赶到镇上，和那个草台班班主说了。班主按着收徒弟的规矩，央了中人，去到陈明智家里，和他哥哥写了投师的契纸。他哥哥虽则有些不舍，也是无法，看着他去了。

自那日起，陈明智就随着那个草台班，到处做戏。

三、探　城

陈明智搭进了那个草台班，边学边做，边做边学。他人既聪明，又虚心不怕吃苦，不消多时，就学会了许多玩艺：脸也勾得大了，身子也扮得粗了，个子也垫得高了；一张口，一举手，一睁眼，处处都是戏；演张飞便是个活张飞，演项羽便是个活项羽。上得台来，谁也看不出他还是初出茅庐的孩子。那班主得到这样一个徒弟，称心如愿，名为师徒，实有父子之情。又兼他为人和气，遇事上前，对待各位师兄，十分有礼：因此全班上下，人人都欢喜他，把许多玩艺教会了他。

这草台班里的日子，果真是苦不过的，南北东西的乱走，只在村镇里赶集。一台戏做了下来，大家勉强饱饱肚子；有三五日不唱，就会连个烧饼都没得吃的。陈明智只是干得有劲，从不计较那些。

这一天，他们这个班子，来至在木渎镇，看好了戏台，预备第二天做戏。谁知到了傍晚时分，有人来说，苏州城里的大班子，今天开锣，木渎几家有钱的大户，都被请进城里看戏去了。因此劝他们等两天再做戏，免得无人出钱白做了。班主无奈，只好让大家权且在戏台上住一夜，到明天再看风色，如若在木渎做不成戏，就开码头到别处去。

陈明智究竟是个孩子，看到这个情形，就问师傅："听说那城里的班子，戏做的也不一定比我们好，却有大把银子的进帐，做一场可以吃半年；为什么我们不进城里去做戏呢？"

班主道："你这真是孩子话！你看我们这样破烂的行头，是能在城里做戏的么？"

陈明智道："依师傅的言语，城里人是只懂得看行头，不识得看戏的了？"

班主道："话自然不是这般讲。那城里的大班，不但行头好，戏也做得好，角色齐整，个个都是了不起的。"

陈明智道："他们怎样的了不起呢？"

班主道："无非是戏做得好呗！"说着，叹了一口气，却又道："其中也还有些道理，你多做几时戏，自然会明白，这时不说也罢！"

陈明智见师傅有些伤感模样，也就不再朝下问了。

就在这天晚间，大家临睡觉时，检点人数，少了一名：陈明智不见了。

全班人都慌了，四面分头去找，却哪里找着他的影子。

有的说："莫非这孩子吃不下苦来，趁此跑了？"有的说："莫非这孩子看中了什么女人，被勾引上了？"也有的说："这孩子这些日子老打探城里大班的事，莫非因为这里离城近，去找别的门路去了？"大家又是骂他，又是想他。

班主不信众人言语，又只猜不透究因何故，急得唉声叹气，只是拍着大腿。

到得第二天上午，大家还在着急乌乱的时候，陈明智却搭坐小船，笑嘻嘻地回来了。

班主一见，好似拾得宝贝一般，偏只板着面孔问他道："怎么不和我说，你就跑了？这一夜是在哪里的？"

陈明智道："我进城看做戏去了。"

班主道："你不守班规，私自外出。我如不管教你，怎么能服得住旁人！"说罢，就举起竹板要打。

陈明智道："是师傅要我去的，不能怨我。"

班主道："我几时要你去的？"

陈明智道："师傅说，城里大班的角色都了不起，又不告诉我怎么了不起，我只好自己去看看了。"

班主道："你看他们戏做得怎样？"

陈明智未曾答话先朝地上啐了一口唾沫，然后捏起喉咙，又似鸟鸣，又似猫叫，比着说："这就是他们唱的楚霸王哩！"

大家听他这一说，全都笑了起来。

他又道："我只不懂，他们能在城里做得戏，我们却做不得？"

那班主放下了竹板，又叹了一口气说道："孩子！你哪里知道：如今做戏的这一行，也讲究这个帮口。你能拍马，会吹牛，搭上了帮口，才有你在城里混的分儿。如若不然，硬要挤进城，他们就要结起帮来，砸得你头破血流。他们讲的不是做戏工夫；只讲的钻营勾结，诃哄吓诈。有五分本领的人，会受到十分的妒嫉。看戏的也是瞎起哄，有几个内行？因此上，他们就越发地猖狂了。你看看，我这个师傅，穷虽穷，总还有几根硬骨头，能和他们在一起么？我是宁可吃些苦，跑跑乡镇，这一辈子也不想进城的了。但愿你，多得一点真才实学，把戏做好，不要把那城里、乡里的念头，存在心上！”说着话时，班主的眼圈红了，声音也有些发涩了。

四、抱 病

转眼之间，陈明智在那个班子里，度过七八个年头，不觉已经二十一二岁了。这时候，班主越来越老，只能管管事务，戏却做不动了。班里净角的戏，全由他来做。因他做得好，四乡八镇的人，都爱看他的，暗地给他取了一个诨号，叫作“赛霸王”。

只是一层：乡下看戏的，内行虽有，有钱的主儿却少。看一场戏，腰包里挖出百十文钱，都要费好大气力。平日间，只有死命喝彩，表表捧场的心意罢了。就因为这个缘故，那个班子，虽然走一处受一处欢迎，日子过的总还是很苦。有那熬不住的，得机会就走了。几年之间，就像风车一般，旧的走了，新的来了，换来换去。其中只有个陈明智和班主死守着。他敬重师傅，佩服师傅，喜欢师傅。尽管自己成了班里的主角，总觉得还有许多地方没有做得好，离师傅还差着很远哩。

这年冬天，靠近年边了，他们这个班子，由嘉兴去到平望，赶个新春。偏遇着天气不好，一路上雨雪交加。班主虽然是久经江湖的人，究竟如今年岁大了，禁受不起风寒，不觉生起病来。起初只是咳嗽头疼，后来却吐出大口鲜血。

陈明智见师傅这个模样，十分着急，想在半路上找个客店，让师傅住下养息。师傅只是不肯，说道："我们吃开口饭的，年轻时候，谁不受点内伤？吐几口血，那算得什么！为了我一个人，大家不能赶到平望去做戏，我的心能安么？心既不能安，我的病会好么？"

陈明智也知道师傅性子强，勉强他是无用的；只好由他挣扎着，一直到了平望。

常言道："好汉只怕病来磨。"那班主尽管有十分忍劲，怎奈病势一天比一天沉重：身子动不得了，说话也只有气无力的。陈明智给他请来了郎中，他却偏不肯吃药。他说："我六十开外的人了，死也死得的了，灌那些苦水做什么！在以先，我心里想，别人在城里享福，红得发紫；我却吃辛苦，倒霉：总觉得有些不服。如今哩，我倒又想开了，我一辈子用心在做戏上面，在城里是这样，在乡里也是这样，我对得起戏也就是了，和别人计较个什么。但愿你们将来把戏做得更好，让大家知道草台班也不一定都是落脚货，我就是死也闭眼了。"说过这些话，又偏还问着大家："这几天安排得怎么样了？戏码定好了没有？”

大家告诉他：“正月初五准定开锣，头几日都是些吉祥好戏。”

他说：“第一场不是《千金记》吗？”

大家说：“《千金记》里有自刎的情节，头一场上它，怕的不大好吧？”

他说：“不管这些章程了，你们就做这个戏吧！这个戏里一支‘虞美人’，两支‘泣颜回’，明智唱的总还有褒贬之处。我在嘉兴时候，要他改过，就不知上台如何。我看一回是一回了，且让我听听他的；如果不对，好再指点他。”

大家看班主病得那个样儿，不好违拗他，只得把戏码改了。

三十晚上，班主觉得精神还不错，就向陈明智道：“我能熬过这个年，说不定还可以多看你做几年戏哩！”

陈明智听了这个话，虽然面上露着喜欢，心里却十分凄楚，他已然看出来，班主是不行的了。

五、殉　艺

看看初五近了。陈明智又忙着开锣的事，又记挂照顾师傅，从戏台到客栈，从客栈到戏台，来往奔波个不停。

班主看出来这种情形，说道：“你好好安排做戏吧，不要多管我。等到开锣那天，把我抬上后台去就是了。”

陈明智道：“师傅病得这么沉重，天气又这么冷，就在客栈里歇息歇息吧！”

班主道：“我只要听得锣鼓响，就能抵一贴药。你在《千金记》里的几折戏，我总放心不下。你是不是不敢让我听？你越怕，我越要听。”

陈明智见师傅这般讲，不好分辩。转而一想，反正师傅病得如此，还不如由他称称心愿。到了初五，就约齐了人，用一张竹床，围紧了被，把班主抬到后台，挨着槅幕停下。

班主躺在那里，虽然动弹不得，眼睛却看着大家上装，睁一阵，又闭一阵。陈明智勾好了脸，一切都装束齐整了，班主低低喊着他的名字，要他过去。他挨近竹床，弯下腰，以为班主有什么嘱咐。哪知班主却抖抖颤颤地从被里伸出手来，勉强举着，给他扶了一扶头盔。然后，又叫他退后几步，上上下下打量了一遍。看过了，点点头说：“孩子！我帮不了你什么忙，你也用不着我帮忙，都很好了！现在我只听着你唱，你唱的如果不合式，我还是不依的！”

陈明智道：“师傅放心，我不会给师傅丢人。”

班主说：“去吧，你想你的戏去吧！”向例，在做戏之前，班主总要每一个人，都忘了自己眼前的事，多去想想他在戏里面那个角色的身份和情节。虽然病得这样，还是忘不了那个老规矩。

不大工夫，陈明智上场了。向来他做戏，只遵着师傅之命，心无二用。今天任凭怎样，总觉得乱的慌。亏得戏熟，并没有出什么毛病。台下看戏的人，叠肩压背，不断叫好。他每逢做罢一折，进了后台，就去看看师傅，却见师傅闭着双眼，又似养神，又似睡熟，总不敢上前惊动。

一折一折做过去，看看做到“霸王别姬”这一折了。陈明智心里想到，像自己师傅那样的本领，却倒了一辈子的霉，如今眼见就要不济事了，真为他有些抱不平。他把这个想法，联到了楚霸王的身上，看着虞姬那个样子，唱一句：“盖世英雄，始信短如春梦。”念几句：“力拔山兮气盖世，时不利兮骓不逝……”声音有些变了，竟自洒下了几点英雄泪来。台下轰然叫“好”不说；他却自听到槅幕里面，也有人叫“好”，接连两声，清清楚楚，竟就自己师傅的声音。

唱完了这一折，陈明智急忙去到竹床边，想安慰师傅两句。谁知那班主面上带着笑容，喉咙里的痰“咯咯”响了一阵，落下去了；口中有出气无入气，竟自这么过去了。

六、泣　墓

班主原是一班的中心。班主一倒下头去，班子里登时就乱了起来。陈明智虽然心中悲苦，却还十分镇静。他跟大家说：“眼前第一件大事，是买副棺木，把我师傅埋了。师傅平日不亏待人，他死了，我们也不能亏待他。葬了师傅，我们还得把这里几天戏做完，然后再从长计较今后的打算。”

大家听了他的话，只是有些犹豫。

本来，在草台班里做戏的，偶然死个把人，是不以为意的，一领芦席就卷将出去了。陈明智说给师傅买棺木，众人心里想：死的已经死了，活的还要度命哩；有钱给他买棺木，倒不如留着我们多买几升米。所以有这个念头，倒也并不是什么世态炎凉，确实为的日子太苦，把那死了人的事就看得稀松平淡了。

陈明智也看出大家的意思，只是不忍。他和大家说：“虽然师傅平日说过，把衣箱行头都留给我，我如今愿意把它作为大家的公产，只抽点钱给师傅买棺木，想来总是可以的。”

大家听他这么说，就一句话都没有了。

陈明智给师傅办好了棺木，盛殓了；自己披麻戴孝，手捧灵牌，哭泣尽礼，把师傅送上了山，埋葬入土。

依着陈明智的意思：师傅虽死，班子还该团着，眼前既可以混一碗饭吃，将来慢慢地再打江山。怎奈有那眼皮浅的，见有行头可分，就急着要散伙。大家上台做戏，下台吵架，一直闹了好几天。陈明智见不愿意干的人居多，愿意干的在少；大家去意难留，无法勉强。就在戏做完了之后，分了钱，分了行头，由着大家各奔前程。

陈明智眼看着散了伙，独自一个，背了个大包裹，中藏衣被和净角所用的行头，凄凄凉凉，离开了平望镇。他先到师傅的坟上，痛哭了一阵。念着平日师傅待自己的好处；又想到师傅死后，班子散在自己手里，觉得万分难过。越哭越伤心，直哭了一两个时辰。

几年以来，陈明智跟着那个班子，虽然东跑西跑，总还有个着落。如今师傅死去，班子散了，他却成了掐了头的苍蝇，不知前往何方的好。他想想，这平望镇，离自己家乡甪直镇倒是不远。戏既然做不成，自己又不会别的什么手艺，除了回乡种田，哪里还有第二条路呢？当初出来学戏时，哥哥先是不愿意，后来却答应了的，回家求求哥哥，别的不说，总能有一碗饭吃。只是一层，这几年，师傅把着手、把着脚教戏，总盼着徒弟能接代，做点好戏给大家看；师傅刚一死，自己就改了行，未免有些对不起师傅。再说，自己从师傅身上也学到一些本领，不能在戏台上把这些本领施展出来，也觉着有些对不起自己。师傅在日，哪怕有些小为难之事，都找师傅商量；如今走投无路了，师傅永远见不着了，跟谁商量去？

陈明智拍着坟头，直叫“师傅”，连嗓子都喊得哑了。除了天空有三五只寒鸦飞鸣而过，没有别的声音，师傅是再也不会答他的话了。他无可奈何，背起了包裹，默默又说：“我辜负了师傅一场栽培，只望冥冥之中，师傅能饶恕我！”

陈明智和师傅告别，揩干了眼泪，迎着北风，趔趄而行。每走几步，就回头看一看师傅的坟。及至渐渐走远，那起伏的山冈，把坟头遮住；他还站在高处，又看了片刻，这才迈开大步，奔向甪直。

七、还　乡

这天下午，陈明智到了甪直。

一路之上，他心里都在盘算：回到家乡，会碰见些什么人，该怎么和那些人说话。越是走得近了，心里越是发怯。江湖上落魄归来的游子，都有这一份心情，自古便是如此，这也就不消细说了。

在镇头上，有一座小小茶馆，陈明智认得，这是王老爹开的。他想先问问这几时家乡的光景，也趁此歇歇脚，便找了一副座头，放下了包裹。

陈明智离家时是个孩子，如今长得壮大了，相貌变了，声音也变了，他虽认识王老爹，王老爹却哪里认识他。只见那王老爹，提把水壶，上前来问："客位就一个人么？"

陈明智忍不住说："王老爹，你不认识我了么？"

王老爹泡了一杯茶，放下水壶，直揉眼睛。揉着想着，只记不起，嗫嗫嚅嚅地说道："恕我眼浊，客人是哪一位？"

陈明智报了名姓，又说："小时候，我不是时常到王老爹这里来耍的么？”

王老爹听了陈明智的名字，立刻变得不自在起来：两条眉毛皱到一起，鼻子只是耸动，几根胡子也仿佛要向前戳人。他道：“你就是陈明智吗？你不是去做戏的吗？却跑回来做什么！”

陈明智待把在外面的情形，仔细说给王老爹听，才说得三五句，却被王老爹用话堵住了。王老爹道：“我也不要知道你那些！你出去做戏子，坏了我这甪直镇的风水，一镇之人，任谁都不高兴见你。你哥哥也养活不了你；大正月里，我看你也不必去找他淘气。就说他能容得你，别人也容不得你。你这一回来，不得了，一准要带坏别人家的子弟的。”说着，气愤愤地，提着水壶进屋去了。

陈明智被王老爹这几句言语，说得直愣眼，心里想道：我吃你的茶，付你的茶钱，也不少你的，凭什么却要挨你教训？当下待要辩驳，又觉着不大好，才回家乡，怎么就和老人家争吵？没奈何，有些乏味，也不喝茶了，扔下几文茶钱，背起包裹，站起身，直往镇里走去。

这时还在新春的节令，镇上家家闭门掩户，不时从门缝里透出豁拳吃酒、掷骰子赌钱的声音，却是行人稀少。偶或遇见一两个醉汉赌鬼，虽然显着一些诧异的神色，却只是挨肩而过，没工夫跟他打话。

陈明智走了好一阵，只见迎面来了一个老婆婆，穿的一身新衣裙，头上插了许多花朵，身后边跟着一个十一二岁的孩子。陈明智认得这是干妈李大娘，免不得深施一礼，说道：“干妈是拜年去么？这几年你老人家好？这是扣子兄弟么？几年不见，长得这般大了。”

那李大娘先是一愣，接着却听出来了。她道：“你不是陈家老二么？”

陈明智连忙应道：“我就是陈小二，干妈的眼力不差哩！”

李大娘且不答言，只是从头到脚、上上下下打量。看够了，这才叹口气道：“我只当你发了财才回来哩，怎么弄成这个模样？”

陈明智听了这话，顿觉身上的包裹，又重了几斤。他不敢吭气，搭讪着，要去牵那扣子的手，口中只说：“我这兄弟，生得好秀气！”

那李大娘忽然把脸一沉，说道：“你不用夸奖他，他是个笨孩子，值不得你留心。你哥哥想你得很哩，你算给你哥哥挣了面子回来了，还不赶快到家里去哩！”说着，把扣子一推道：“你发什么呆！戏子只有在做戏的时候才好看；不做戏，有什么好看的！”一面说，一面头也不回地走了。才走开没有几步，她就“啐”了一声道：“新年新岁，出门就遇见戏子，这一年都不顺遂了！”说这几句话，声音本来很低，陈明智偏是听得十分清楚，个个字都打痛了他的心。

王老爹如此，李大娘如此，想情这甪直镇上没有一个人不是如此的了。陈明智原来盼着多遇见几个熟人，好问问话；这时候，反而怕遇见熟人了，只顾低头快走。

他两条腿走得虽快，总赶不上脑门子里想得快。王老爹和陈大娘的言语，只在他耳朵旁边嗡嗡地响。他想着：回家，哥哥嫂嫂能容得过么？便是哥哥嫂嫂能够相容，别人的眼色能看得下么？别人的冷言冷语能受得了么？与其住不下去又走，倒不如索性不回去了。

想到这里，万分踟蹰，难于举步。看看来到离家不远那棵老槐树下面，他便把包裹放下，坐向小时候坐惯了的树根上。抬眼一望，四面好像毫无变动，只是这棵槐树，显得比前几年更老了，上面多了许多杈丫，要是在夏天，一定能得到它很大的覆荫；这时候，却连一片叶子也没有。没有树叶，倒是让他看到整个天空，广阔无际。他咬了一下嘴唇，笑了一笑，自言自语道："没来由，回家干什么！一艺在身，真地会饿死人么？即便饿死在外，也比把脸丢在家里强些。这么大的世界，我却老惦记着一个角直镇，实在太没有出息了！"

坐了一小会儿，他背了包裹站起来，望着自己家门口，贴着的几张新年门钱，随风吹动。从这里回家，不消一盏茶的工夫，就可以走到。这时他却决意不回去了，遥遥地说道："哥哥，做兄弟的在这里给你拜过年了。将来好，你我还有相见之期；不好，来世再会吧！"

陈明智这时的心情，比来时更加沉重。他不愿意再由街上走出镇去，就绕过小路，从街背后走。这街后都是村庄，不大见到人，偏生狗多。那些狗，也看不上陈明智的模样，一条狗叫起头，多少条狗都追将来，前前后后赶着咬。陈明智一面拾砖头砸那些狗，一面说："我只是做戏的，也不是做贼的，你们为什么打伙来咬我？"狗哪里懂得人话哩，依然叫个不停，直等陈明智走远了，这才摇着尾巴回去。

八、觅　食

陈明智受了王老爹和陈大娘的凌辱，心中不甘，不回家了，决意还是闯江湖找机会去做戏。用直离苏州近。苏州城里戏班子多，常有那倒霉的角色被人挤将出来；这就有那些在外地弄草台班的，赶到苏州去约人。凑巧时，说不定十天半个月，就能搭上班子。他这么一想，觉得眼前只有这一条路，不到苏州，竟是没有别的地方好去的。

陈明智做了好几年戏，又跑过好多地方，江湖上的情形，也知道得不少。到了苏州，先不住店，背着那个大包裹，一径地去到玄妙观前，找个茶馆，进去喝茶。

这家茶馆，平日是那梨园子弟聚会的所在，陈明智早已知道的了。这时因他去得早，茶馆里还零零落落，没有什么人。他找个座头坐下，要了一壶茶。肚里泛上饿来，买些蒸糕，胡乱吃了，权且当饭。这几日，他既念着师傅，又想着自己的前途，心里虚飘飘的，人也显得十分憔悴。来至苏州，原是碰运气的事，哪有把握。在平望分得一点钱，不管怎么省吃俭用，也混不了多久。半月一月之间，能有办法，还不打紧；若无办法，必然要打饥荒：想到这里，不免愁容满面，意懒心灰。

陈明智正在烦恼之际，忽听隔座有人叫道："那是陈明智么？"

陈明智猛然一惊，急抬头看时，不禁笑逐颜开地答道："师兄却在这里！"

原来那人名叫李明义。陈明智还不曾做戏时，他却早搭在那个草台班里。他是做旦角的，唱的不差，常当主角；也曾拜过班主为师。后来因为嫌日子太苦，时时和班主拌嘴，要班主加他的戏份银子。班主没有应允，他一甩手就走了。他和陈明智在班子里同台做过大半年的戏，因此隐约还认得。

陈明智没有想到在这里会遇见熟人，当下心中甚喜，就走将过去，问道："师兄好么？这几年在哪里得意？"

李明义道："也没有什么！这几年我在凝碧班里混混，勉强过得去罢了。若说比起当初搭草台班的时候，那自然有些不同了！"他说到"凝碧班"三字，声音分外响亮。原来那时，在苏州城里，有四大名班：一为寒香，二为凝碧，三为妙观，四为雅存。远近之人，不提起苏州城里的戏班，还则罢了；提起之时，先须提到这四个班子。在这四个班子里做戏的，也觉得自己身价很高，与众不同。因此上，那李明义言语之间，就流露了那份得意的神情。这话按下不表。

只说那李明义在答过陈明智言语之后，免不得回问道："这几年你们怎么样？你怎么到城里来的？师傅还是那个怪脾气么？"

陈明智素日不喜别人议论他的师傅，听得李明义言语，心中不愿，只好勉强回答，把师傅去世、班子散了的话说了。

李明义哪知陈明智的心意，还只顾说："师傅为人一点不随和，有时又不知好歹，落得这个下场，可怜当然可怜，其实也是料得到的。我到城里来，才知道他走出寒香那个班子的缘故……"

陈明智接口道："还不为的别人挤他，有什么奇巧的缘故呢？"

李明义道："你哪里知道：只为有一次做戏时，主人家指点他一个唱腔，他硬说指点得不对，竟和主人家争论起来，只是不服。你想，那些主人家，原是我们衣食父母，怎么能得罪的？就为的如此，班主才把他辞退。他这不是自找苦吃么？若是还在寒香时，又何至于落到后来那样！"

陈明智见他说的话不好听，转过身要走，那李明义却又叫住他道："如今班子散了，你打算怎样呢？是不是想在城里搭个班子？别的我不敢说，这点小面子我还有，我给你荐到哪个班子去，好不好？"

陈明智道："如今我不想再做戏了，只想改行做木匠。谢谢师兄的好意，只怪我没有福分罢！"

李明义见他如此说，一时不解，睁大了眼睛，只望着他出神。

九、征　歌

再说这苏州城，在当时是天下第一繁华地方，冠盖棨戟，墨客骚人，不时聚集于此。当地的达官贵人，豪商巨贾，家家都养有几位名厨，烹调得一手好肴馔，专门招待着往来宾客。在宴集之时，还要召唤那些出名的戏班，入府串演。若不如此，便为不雅，不能成欢。其实哩，酒食饕餮的人多，戏曲知音的人少，平常也不过是虚应故事，你怎么唱，他怎么听，闹个排场罢了。

这年事有凑巧，京中有一位头品官儿，奉旨南来办事，路过苏州。这苏州巡抚，诚惶诚恐，安排款接，他听得人言，那位大官，颇通音律，乃是一位戏迷。因而特别小心，和幕友商议，把寒香班的班主找来，约定了日子，还问他："班子里近来情形如何？角色可还整齐？"

那班主因到抚台衙门里做戏，是第一有面子的事；而且戏银之外，准有赏号，是好买卖，怎能放松？当时回道："我们班子里的戏，大人都见过的，在这苏州城里总没有人比得过了。不管新戏老戏，只要客人点得出的，我们都做得来。大人可以放一千二百个心！"

班主从抚台衙门出来，立刻把全班人马：生、旦、净、末、丑十行角色，和那前台操琴的、吹笛子的、打鼓板的，约在一起，商量一番，问大家那日可凑得齐。大家听说，到抚台衙门去做戏给京城来的大官看，没有一个不高兴的，全都答应了。班主把定银分给大家，还叫各自加紧演习，不要生疏了，弄得临时手忙脚乱。叮嘱已毕，大家各散。

且说班子里那个做净角的，这几日身子有些小小的不舒适。当时心里想，过一两天，就会好的，一定误不了场。因此也就领了银子回家。为了想早日痊愈，便请郎中看脉，抓了一帖药吃了。谁知这位郎中，药下得十分虎狼，病是被他治好了，嗓子却突然变得喑哑。他原来性子就急躁一点，这时便拼命挣扎叫嚷。他不叫嚷还则罢了，这一叫嚷，就连说话都说不清楚了。做戏的以嗓子为主；嗓子坏了，乃是“求天天不应，哭地地无灵”的事，简直弄得他不知如何是好。想去退了班主吧，又舍不得那个银子。后来想，不如再吃一些治嗓子的药，等到做戏的那一天，真还是这个样，再去退戏也不迟。

那个净角只管一厢情愿地那么打算，怎知这嗓子原不是三两天就可以复原的。到了做戏的那日早上，他自己知道是不能上台的了，只好捧着银子，去还班主。他刚一开口说话，班主就听出不对来了。一面埋怨他，为何不早说；一面又想，晚间戏就要上了，此刻却到哪里找人。心里着急没有用，也没有工夫多埋怨那个净角了，只是赶忙去和管衣箱的商量。

这也是当时一个规矩：班子里的角色，临时有事或者有病，只有向别的班子，找人来代替，这个名叫“拆戏”。管衣箱的人，就兼管着这个拆戏的职务。寒香班那个管衣箱的，名叫管传仁，听到班主的话，慌了起来道：“这个时候，叫我哪里去抓人去？”

班主道：“别的都不计较了，只要能唱几句的就行，总不成我们竟让哑巴上台吗？”

管传仁见班主这般说，没奈何，一阵风似地就跑出去了。

十、拆　戏

管传仁虽知临时拆戏，有些棘手，而且做净角这一行的，向来比做别的角色少，尤其为难。但他倚仗着自己是个地理鬼，认识梨园行的人多，心里只是想着：“重赏之下，必有勇夫。”班主既说不计较做戏的本领高低，只要能上得台、开得口就行，拼着多出一点钱，苏州城里有上千的梨园子弟，总不会找不到一个净角的。

按着旧例，名班拆戏，一定先找名班。在苏州四大名班之中，只有妙观班里的净角，名叫作“黑牡丹”的，名气最大。平日班主靠他做台柱，但怕他和别的班子有什么勾搭往来之处，要想拆他，是颇不容易的。这管传仁早知其中消息，先不去找黑牡丹自己，只是和班主商量。因他打着抚台的旗号，又使了些花言巧语，那个班主也就答应了，可申明“只此一回，下不为例”。

管传仁得到这句话，十分高兴，一径去到黑牡丹家里。一问门上的人，说他刚刚从外回家，正在歇着哩。闯进房里，谁知那黑牡丹却躺在床上，哼唧不已。管传仁吃了一惊，忙问：“怎么了？”那黑牡丹就告知了就里。原来就在今天一大早，有一班贵介公子，大发雅兴，前往邓尉，踏雪寻梅，约了黑牡丹一同前往。一路之上，大家嘻嘻哈哈，打打闹闹，黑牡丹一个不小心，摔了一跤，跌坏了脚踝，行动不得，刚才抬回家来，连班主那里也还不曾送个信去哩。

管传仁闻听此言，“嗐”了一声，只说句：“你好好养息吧！”掉头便走。

那黑牡丹见他匆匆而来，匆匆而去，也不知他是什么意思，免不得骂他两句“无二鬼”，这也休提。

管传仁从黑牡丹家中出来，便去找凝碧班的班主。这个班主和管传仁极熟不过，只要见面，就爱逗趣。管传仁心急如焚，他却慢条斯理地说：“你们既然到抚台衙门里做戏，银子一定不少，拆这个角儿，肯出多少钱呢？出的多，我给你问问；出的少时，就不必谈了。”

管传仁道：“只要你开得口，我一定照付。你今日拿了我的乔，将后来，遇到你们缺人缺东西的时候，可也要当心一点呀！”

那个班主道：“这话也对，我们不谈银子吧，就是我们班里这几日很忙哩。”

管传仁道："我早知道了，你们新春做过戏之后，这几日闲得很，忙个屁！"

班主笑道："你说不忙就不忙吧。正因为不忙，我借不出人来。"

管传仁急道："你快说句正经的人话吧！"

班主道："不用急，听我告诉你：这几日班子里没有事，他们有的出外玩耍去了，有的回家乡去了。你不知道我们这个做净角的是昆山人吗？要找他，你就跑一趟昆山。要能等待，再过两三天，他也就回来了。"

管传仁先还以为他说假话，及至问过别人，知道此话是真，就啐了他一口，拔步飞跑而出。

话休繁絮，只说这管传仁，凝碧、妙观、雅存三个班子去过了，又去过两三个小班了，跑了大半日，不是这个缘故，就是那个缘故，总没有拆到一个净角。这时候，天气十分寒冷，他却满头大汗：一半是跑出来的，一半也是急出来的。

十一、肆　遇

天色已近晌午了，那管传仁拆戏还没有着落。他心里想：这个班子去跑跑，那个班子去转转，知道要好久才找得到人？倒不如到玄妙观茶馆里看看，那里人多，或许能碰上一两个的。

究竟这寒香班乃是苏州城里第一名班，到茶馆里来拆戏，面子上原不十分好看的。因此上，管传仁只装作个没事人儿模样，找个座头坐下之后，却暗中留神，四面观看。今天来吃茶的人并不少，他认得的有一大半，其中各色做戏的人全有。就单只缺个做净角的。他心里一急，差点要吐出血来。因为这是他最后一条路，在这茶馆里如若找不着人时，晚间这台戏，真会做不成的。这台戏偏又是抚台请客的，说是偌大苏州城，连一个净角都找不出来，定是无人相信，这便如何是好？

管传仁心神不定的情形，却被那隔座吃茶的李明义看见了。李明义将走过来，拉开凳子，和他一张桌子坐了，开口问道："管大叔！听说你们今晚上在抚台衙门里做戏，怎么这个辰光还有工夫来吃茶？"

管传仁直摇头，连说："糟！糟！糟！"

李明义道："有什么事值得管大叔急得这个样子？"

管传仁一想，不如直告诉他，看看他可有门路，这便悄悄地将来意和他说了。

李明义听了管传仁的话，笑将起来道："我知道管大叔心中有事，果然不差。亏得和我说；是别人帮不了管大叔的忙，只有我有办法，不费吹灰之力，也不用管大叔再跑半步路，我就有个现成的净角在此！"

管传仁闻言，一把抓住他道："此人现在何处？你快点带我见见！"

李明义道："管大叔！我们'先小人，后君子'。人，我包你有一个。只是，你怎样地谢我？"

管传仁道："你的茶帐归我会。"

李明义道："管大叔也太小觑人了，我就连一壶茶钱也没有，要等你管大叔来请客？"

管传仁道："明天我请吃饭。"

李明义道："我这是说正经话，不是闹着玩的。管大叔既然这么精明，又哪怕找不到一个角色？本来用不着我多事。"说着，站起来就要走。

管传仁赶忙把他按住坐下，虽然心里在骂他，只是在这求人之际，又不能不敷衍他，许与他的银子。

李明义和管传仁谈好了银子，这便过去找着陈明智，和他说道："寒香班的名声，你是晓得的了？"陈明智点点头。李明义又道："寒香班今天晚上要到抚台衙门去做戏，凑巧他们的净角病了，我想荐你去暂代一场，只不过，这个班子是大班子，又是抚台衙门里做戏，看戏的都是阔佬，一些规矩错不得的。你可有胆子去？当初师傅就是从这个班子里出来的；想挨上这个班子的边，是很不容易的事，这是你的时运来了，该怎么谢我呢？"

陈明智一听说寒香班，就想到师傅，心里老大的不愿意，当时回道："我和师兄说过，想改行做木匠，不想再做戏了。"

李明义道："你是不是因为师傅是从这个班子出来的，就不愿意和他们一起做戏呀？"

陈明智是老实人，点点头，说："有那么一点意思。"

李明义道："你好傻！师傅是师傅，你是你，何必搅作一起。何况师傅人已亡故，你竟为了当初好多年前别人的缘故，自己饭都不要吃吗？"

陈明智道："真正饿死，那也叫活该！"

李明义为了要得管传仁许的银子，想了一想，就把话掉转来说："当初师傅怄气，被他们逼走了；你今天去露一手，替师傅把好多年前丢的面子挣回来，这不很好吗？"

这两句话，陈明智听到时，立刻眼也亮了，心也热了，就问："他们人在哪里？师兄你领我去见见。只做一场戏，我可以去的。"

十二、忍　嘲

李明义把陈明智拉了过去，和管传仁见了面。管传仁一瞧陈明智的样儿颇为矮小，心里忖了一下："这也是做净角的吗？"一面想，一面问："你一向在哪里做戏的？"

陈明智道："我搭的草台班，没有什么字号。"

管传仁一听是草台班，心中不甚愿意，只因现在是急要用人之际，就不再朝下打听，只就说："净角的戏你都做得来吗？"

陈明智道："眼面前几折戏，勉强能做做。"

管传仁道："今天是在抚台衙门里做戏，和平常有些不同的，这是个大场面，你要小心在意呀！"

陈明智点点头。

说话之时，天色已经黑将下来，管传仁道："你就跟我去吧！"

陈明智也不答言，就走过去提自己那个包裹。

管传仁道："你把行李铺盖都随身背着走吗？"

陈明智回道："我的行头在里面。"

管传仁道："我们有的是公中行头，你不带行头也罢！"陈明智摇头不允道："我向来都用的是自己行头。"

管传仁见他这么说，只好由着他。

到得抚台衙门，只见寒香班全班人马，早已来齐，正在戏台旁边一间小屋里商议事情。大家一见管传仁进来，齐声问道："你拆戏拆来了吗？"

管传仁往后一指道："已经请来了。"

大家不约而同，都看着陈明智。陈明智放下了包裹，等候别人来和他寒暄，谁知大家在望了一眼之后，没有一个理他的，却只是和管传仁说话。这个道："你忘了我们是寒香班罢？在哪里乱找的人？"那个道："你忘了是在抚台衙门里做戏罢？是不是要我们栽跟头？"你一言，我一语，只骂着管传仁。

陈明智看大家那么无礼，也就不去理他们，只自一屁股坐在衣箱上，掏出旱烟袋，打着火石，抽他的烟。一面却也暗地留神，听管传仁怎么回答。

管传仁被大家埋怨得头都昏了，只是没口子分辩，把到处拆不着净角的话说了。又道："事太急促了，叫我有什么办法！若不是我人头熟，就连这样的人，也还是找不着的了。班主说过，只要能上得台、开得口就行，你们就马虎一点吧！"

众人中有一人接口道："如果上不得台，上了台又开不得口，该怎么办？"因为这句话很俏皮，大家轰地一声都笑了。

管传仁直抓着头，应付大家几句言语，又回过头来看陈明智几眼。不用说，他的心里也犯着疑惑。

班主为了稳妥起见，免不得过来问陈明智几句。陈明智憋了一肚皮气，也不管来和他说话的是什么人，只顾坐着抽烟。

班主问道："你是做净角的吗？"

陈明智道："算是这样一个角色。"

班主问了他的姓名，家住哪里，原来搭的什么班子。他都一一回答了，却只不肯提出师傅的名字。班主听来听去，没有一件是闻名的；而且听他说话，还有点吞吞吐吐，似乎结巴：不觉疙瘩地皱起了眉毛。

陈明智磕了磕烟灰，反问着班主道："是你们找我来的，也不是我赶上门的。现在请你们说一句话：要我凑一个角色，我就留在这里；不要，我就走。"

班主无奈，只得说道："请你多帮帮忙吧！"

十三、拒　餐

陈明智因见众人不理他，也就不去理他众人，只坐在衣箱上，抽着旱烟，思前想后。他想到：师傅平日把城里班子说得一文不值，原来是有很大的道理。像这样“狗眼看人低”的轻狂之辈，不但师傅不能和他们搞在一起，就是自己也受不了的。又想到：今天总得在台上出出气，反正也不吃他们千日饭，怕什么！只不过，明天又要做明天的打算了。想到这里，稍稍有点发愁，但因眼前做戏之事要紧，便硬把那些发愁的念头搽向脑后，再不去想。

在做戏之前这一顿晚饭，是主人家请客的，比平常饭茶，整齐丰盛得多。饭就廾在这间小屋里。照着戏班的规矩，原有个座次的：班子里按着角色大小，分别上下；有拆戏时，这个被拆来的，却不管他是何等角色，一定要请他坐首席，原是错乱不得的。怎奈大家都藐视陈明智，全然不把他放在眼中，饭开来时，蜂拥上前，径自坐下，这个喊着“师兄”，那个称着“师弟”，举起箸，张开嘴，有说有笑地狼吞虎咽起来。

陈明智仍然只顾抽他的烟。倒是管传仁有些看不过了，向他说道：“你也去吃一个吧，吃饱了肚子好做戏。”

陈明智道：“我不饿！”

管传仁道："回头可没有得吃的哟！"

陈明智道："我们草台班挨饿是常事，算不了什么。我又不懂你们这大班子里的规矩，免得坐上去惹人笑话！"

管传仁见他那么说，一定要拉他；他只坐在衣箱上，像钉住了的，动也不动。

那些做戏的，原都是年轻的人，饭菜塞住嘴，还只是不老实，你一言、我一语地说着些巧话儿。其中有一个说："听说从前有一个班子，名叫'五怪班'。"

另一个忙问："怎么叫作'五怪班'呢？"

头一个说："那个班子里，做生角的是个哑巴，做旦角的是个麻子，做净角的是个三寸丁的矮子，做末角的是个跛子，做丑角的是个瘌痢：所以叫作'五怪班'。"

别人又问："这麻子可以多填粉，跛子可以穿长点的袍子，瘌痢可以戴帽子，都还有法子。但不知这哑巴生角，矮子净角，怎么做戏的？"

头一个道："那个生角，只做不唱，有人在背后和他唱双簧。那个净角哩，倒亏他有主意，总是踩高跷上场。"

别人道："哪有这样的事！真的这样，谁还来看他们做戏？"头一个道："你不知道，那个主人家却是又瞎又聋，所以那个班子照样还能做戏哩！"

大家知道这话中之意，全笑将起来。

那头一个见大家如此，越发得意地说道："可惜如今没得这样的戏班子，倒叫好多做戏的挨饿了！”

陈明智虽则坐得远一点，这些话，却句句听真。当时恨不得拿起旱烟袋，去敲那人几下；勉强忍住了，倒是借着自己眼神，看看那人是什么模样的人。

大家饭快吃完了，管传仁又过来和陈明智说：“你且胡乱去吃一点吧，如今哪里讲得那许多规矩！一会儿收了碗箸，要吃也没地方吃的了。为了要别人讲规矩，自己饿着肚子，那是犯不着的。”

陈明智笑笑道：“我们草台班，总是先做戏，后吃饭，弄惯了的。如若吃饱了肚子时，倒是做不好戏了。”这些话，是赌气，也是真话，管传仁也就不再勉强他了。

十四、传　戏

不大工夫，天色已全黑下来。戏台上起了百十盏明灯，花厅里摆上酒席。有许多掌烛待候之人，一片鸦雀无声，只静候那头品官儿驾到。

外面远远传来开道的锣声，顶头马先送来那头品官儿的名帖，抚台忙命打开中门，亲自迎接。这一应官场中的繁文缛节，也就不必细表。且说抚台把那头品官儿一迎就迎到花厅里坐下。那头品官儿不用说是个内行，一见这个排场，就连声说道：“太费事了！其实你我老弟兄，小饮两三杯也就是了，何必要这样兴师动众！”

抚台笑道：“人人都道苏州做的戏还看得过，应该请老大人鉴赏鉴赏！”

那个头品官儿不但懂得戏，而且自己还做得几折、唱得几支的。因为如此，便把一切做戏的都看轻了：说这个做的不利落，那个唱得不清楚。当下听了抚台的言语，口中只管谦逊，心里却在思量：我倒要考一考苏州戏班，看看他们本领如何，可比得过京城里的。

酒过三巡，戏台上锣鼓响了起来。班主手捧戏单，衣帽整齐，来至酒席筵前，转着打了千，等候点戏。

抚台接过戏单，便递与那头品官儿道：“请老大人点一折罢！”

那头品官儿且不接戏单，只是说道：“你我老弟兄，我也就不客气了。我离开京城多日，不曾听戏，倒想在苏州过过瘾，就不知这个班子能做些什么戏？”

抚台道：“平常的戏，大约都还能做。”

那头品官儿道：“也能做整本的戏吗？”

那抚台原不甚懂戏，也不知道轻重，只是答道：“老大人吩咐了，他们总会做的。”

那头品官儿道：“能做《千金记》吗？”

抚台得了这句言语，便关照班主：“老大人要看《千金记》，你叫他们用心地做吧！”说过之后，回过头，向那头品官儿敬菜敬酒去了。

那寒香班的班主，心里想道：这《千金记》里，各项角色俱要齐全，且不必说，只这楚霸王，乃是净角扮演的一个要紧角色，那个拆来的人，怎么办得了？当时意欲禀明抚台，请那头品官儿另换别的戏；怎奈抚台只顾照应那头品官儿吃酒，他哪里敢惊动。转而又想，听那头品官儿和抚台所说的话，好像那头品官儿早就要看这个戏的，如果回了不能做，说不定会被怪罪的。没奈何，只得到后台，传知大家。

原来这《千金记》，是做的汉朝淮阴侯韩信的故事。只因韩信从出身到发迹，和楚霸王项羽，有许多分不开处。那《千金记》的作者沈采，把楚霸王写得如火如荼，分外精彩。这么一来，楚霸王在戏里，竟是第一个要紧的角色了。正为的这个缘故，班主刚一把戏码说出，大家都慌住了，七嘴八舌，埋怨班主，不该答应做这个戏。

大家都说：“那个拆来的，便算他能做吧，也不过配配戏罢了，怎么能挑这样的角色呢？”

班主道：“这是头品老大人要看的，他点了，我怎么能回他哩！”

一时之间，生、旦、末、丑，操琴的、吹笛子的、打鼓板的，都跟在班主后面，团团围住了陈明智。

班主说：“今天抚台请的客，这一位老大人，是头品官。他点了全本《千金记》。这个戏，你做不做得下来？你如果不会做，我们请他老人家换一个别的戏。你只管说实话。你放心，我们管衣箱的答应你的那份银子，不管你上不上台，我们一定都照给就是了。”

陈明智一听是《千金记》，浑身骨节都发痒了，却只不露声色，冷冷地说：“这个戏，我做也做过的，就怕够不上你们寒香班尺寸。只要你们不嫌弃，我可以试两折。”

班主听他说会做，便道：“好吧，那我们就按这个戏预备吧！”

十五、对　词

班主刚欲退走，谁知人丛中却窜出一个人来，朝着陈明智，兜头作了三个大肥揖。陈明智忙看时，原来就是刚才吃饭时说刻薄话的那个人。陈明智安坐如故，也不回礼。却听那人说道：“师兄姓甚名谁，原在哪个班子，只怨我们耳朵短，有些失敬。就是一层，我做虞姬也做过无数场了，侥幸还混得出去；如果让我砸在楚霸王的身上，这对师兄你也没有什么好处的。班主已经说过，师兄做不做戏，那份银子都照送。我斗胆再说一句，师兄觉得银子少，我们还可以多凑一点。至于我们适才间得罪师兄之处，改日再登门赔礼也就是了。我看师兄这个模样，和楚霸王太不称了，哪有这么小不点的楚霸王呢？一定等到上台出丑，又是何必哩！”

陈明智静静听他把话说完，又磕了磕烟灰，眼睛瞧着烟袋锅，满满装了一袋，打着火石，抽了两口，这才慢慢回道："师兄耳朵倒是不短，其实是我们草台班太没有名气罢咧！我从师的时候，师傅倒是告诉过我，做戏之时，自己做好做坏，倒在其次，先要好好帮衬旁人。我做楚霸王，也不过给虞姬做做配角。师兄不用急，即便做砸了时，也只砸我这个楚霸王，决计砸不到虞姬的头上！"

那旦角道："你既做过《千金记》那很好。我也用不着你帮衬什么，你只照顾你自己吧！今天头品老大人要看的是全本，并不是一折两折。你能把词儿全记得熟就是好的；不要上台时，有了我的上句，没了你的下句！"

陈明智道："我不知你们大班的《千金记》，是不是另外还有别的珍贵脚本？若只和平常做的一样，那不管是一折两折或者全本，我都还勉强可以凑着试试。"

那旦角道："话倒说得好，试试？难道做了一半，不行，你又下来吗？"

陈明智道："师兄做的是虞姬，也不是头一场就上的。怎地别人不着急，倒是师兄一个人急呢？"

他刚说得这句话，只见另有一人，一径地朝着他唱了起来道：

枉有奇才未用，含章且听班随。〔大王！韩信叩头。〕

陈明智一听，随口也念着戏词答他道：

〔韩信！我叔父武信君，不听你计，阵败而亡了，我如今授你执戟郎官，你权知职事，待后有功，重行升赏。军校，取衣帽与他。〕

那人又念道：

〔多谢大王！〕

陈明智又念又唱道：

〔韩信！你听我说〕累胜秦朝，叔父当时志已骄。置酒终朝高会，军士惶惶，百姓嗷嗷。君能苦谏似毛焦，如今果败功非小。我授汝郎曹，权为执戟，资次封号。

那人做的韩信，陈明智只做的楚霸王。两人一问一答，唱声虽不高大，那个拍奏却是听得出来的。只这几段，大家都点头，知道他戏是熟的。却又不免担心，他身材太不合式了，扮象一定难看。因为这究竟不是顶要紧的，也只得由他了。

十六、束　装

戏码定了，就该上装了。要是平常时候，这拆来的角色，又是做的要紧的戏，就该留出一张桌子，让他勾脸；即或不然，也得在桌上给他腾挪一角之地。只因陈明智不是有名角色，大家瞧他不起，只见他穿得褴褛，有些憎嫌他：任谁也不愿意和他一张桌子扮戏。

陈明智见大家乌乱，又是暗笑，坐着自管抽烟。管传仁急了，过来问："你怎么还不扮戏呢？"

陈明智道："这就动手了。"他把那袋烟抽完，磕磕灰，烟袋插进腰带上。讨个脸盆，打了水，放在地上；拖了张骨牌凳子，放上镜子和一些粉墨；凑着烛光，勾起脸来。

勾这楚霸王的脸，后来叫作"无双谱"的，是以黑色为主，既要显出英雄气概，勇猛无敌；又还要显出诚实正直，对人有情分：并不是怎么容易勾的。这陈明智年幼时便留心看戏，搭进草台班又得着师傅的指点，在勾脸上原下过功夫的。真个是"会家不忙"，只见他描眉，勾眼窝；又略略勾了鼻窝和嘴角。片刻之间，就半蹲半坐，在小凳上把脸勾好了。

那个做旦角的，从他身边走过，惊得叫将起来道："想不到，你那么个小脸，也能勾得这样大？"

他这么一叫唤，引动众人，都来观看。有的说："果然还不村哩！"有的说："居然还出象哩！"又有的转过身来说："脸勾的倒不错，可惜一比，更觉得身子又瘦又小；出台时不是楚霸王，竟是大头鬼了。"

许多言语，陈明智分明听见，只是不理。

勾好了脸，陈明智打开身旁的包裹，取出行头。一面取时，一面心里真难过，泪珠只在眼眶里乱转。这中间当然也有个缘故：当初他师傅在日，总说，虽是草台班，行头旧一点，却要搞得干干净净的，不要让看戏的人不舒服。因此，别的草台班，上台做戏的，都像一群花子，十分难看；只有他们这个班子要出色些，行头虽旧，却是整齐，有点与众不同。他穿的这一身楚霸王的袍子，乃是他头一次做《千金记》时，师傅给他做的。那时，有许多人在说怪话，说班主偏心，不应该只打扮一个人。他师傅却说："他戏已做到了火候了，不穿这样衣服，怎么能相称哩！你们只要能把戏做得和他一样，我也照样给你们添行头。"这样，大家才没有响。师傅却又和他说："草台班做这样一件行头，是很不容易的，你要分外的爱惜。"今天他抖一抖这件袍子，金光闪闪，只是和新的一般。还有那双靴子，也是师傅见他身子矮，给他特做的，底高足够四寸有余。他初穿上脚时，种种不便，前仰后合，老要摔跟头，多亏师傅细心教他，慢慢才穿的惯了。取出这几件行头，他就想到在平望镇做《千金记》师傅给他扶扶头盔，在后台临终还叫"好"：一切情景，都使他想起师傅。他不禁默默祷告说："师傅圣灵不远，多多护佑，弟子就在今天晚上，要为沦落的师傅，吐一口怨气！”

说时迟，那时快：陈明智打开包裹之后，先把一条抱肚，塞紧了棉花，系在身上，然后披上袍子：登时身体就魁梧了，却不显一点臃肿。及至穿上靴子，又高又大，再也不是穿便衣时那副模样了。寒香班里的人，看着只暗暗称奇，咂舌不止。

十七、登　场

且说那场面上诸人，适间在后台，看到陈明智那副模样，土头土脑，陈旧破烂的衣裳，语不惊人，貌不出众，谁也不信他能做得好楚霸王。陈明智扮戏之时，他们已自出来，拿起唢呐，扶着锣鼓，吹打弹拍，伺候着打闹台、跳加官。他们一面演奏，一面免不得抽空儿议论：似这等人，如何上得了台？上得台时，又怎能做这《千金记》里的净角？只因事已至此，眼看今晚上，丑是出定的了。大家都捏着一把汗，这就不消细说。

跳过加官，隔了片刻，便做《千金记》。《千金记》头两三折，原写的是韩信投军的故事，台上做戏，却照例不去演它，只是从第四折做起。这一折，做的是楚霸王率领八千子弟兵渡江的故事，该项梁和楚霸王出场。这项梁只是个配角，楚霸王才是这折戏里要紧的人物。出得场来，他先要亮亮相，端出英雄的架子和气派，有无数的动作。因此上，这折戏的关目，就叫作“起霸”。——后来把戏中武将登场，种种亮相，一齐都叫“起霸”，就是从此而起的。这也不在话下。

项梁先上，平平常常地唱得几句，立于上首。接着楚霸王出场。他才在上场门露出面来，场面上诸人，就全都纳罕，彼此问道：“这就是那个草台班的人么？怎么这样又高又大？”说时迟，那时快，三两步，楚霸王便来至戏台中央。只见他：双眸炯射，发一股照人的雄光；浓髯披张，含几分盖世的豪气。跳跃如生龙活虎，驰逐似脱兔飞鹰。真个是：无比气概，八面威风。那些打旗子跑龙套的，原不曾遇见过这样的楚霸王，一时连跑带赶，手忙脚乱。场面上举着鼓槌的，点子打得如狂风骤雨，只还觉着赶不上他的脚步。这一阵，楚霸王挥洒自如，大家却手也麻了，腿也酸了，一个个都认作真的有个楚霸王在面前，谁也不敢偷半点儿懒。

楚霸王开唱的这只曲牌，名为“凤凰阁”。是个“引子”。他念的是：

过人才量，拔山力兀谁比方！强兵百万我能降，且把盔甲披装，精神抖擞，伫看那烟尘扫荡。

他又做又念，身段既是那么威武，声音又是那么洪亮，所谓“轰霍腾掷，喑呜叱咤”，果然兼而有之。这时候，站在那里的项梁，愣住了，好似木雕泥塑；在台后，那些扮韩信的，扮虞姬的，所有的一众人等，才知道，这个草台班的净角，技艺惊人，非同小可，每人都在担着心，但恐和他配戏时，有什么赶不上之处。

十八、惊　座

再说那戏台之下，全花厅摆上了十多桌筵席。近在台口居中的一席，乃是抚台陪着那位头品官儿；其余各席，都是些要员和一群文学之士。台上做着戏，台下吃着酒。吃着喝着，说着笑着，更无片刻停息的时候。

项梁出场，做了一会儿，抚台即忙问着那头品官儿道：“老大人看他做得如何？”

那头品官儿道：“在京城之外，有这等角色，也就难为他了。”

抚台一所此言，觉得那头品官儿，眼界甚高；这便不与他谈戏，只请他吃菜吃酒。那头品官儿却也有趣，一面举箸，一面只是说道：“苏州真的是鱼米之乡，这样活蹦乱跳的虾，这样新鲜可口的鱼，京城里的人，再也没有这个口福的。”

抚台见他意在菜而不在戏，只好陪着谈菜。谁知那头品官儿，谈上了菜，眼睛就只看着那杯盘碗碟，再也不掉头去看戏台。

上头菜了，大盆的红烧鱼翅，按着规矩，主人客人，一齐起立，主人敬一个揖，客人答一个揖。然后坐下，主人举箸奉请。这抚台衙中，酒席做得好，鱼翅尤其烧得出色。那头品官儿，刚吃得一箸，便连声赞美道："把鱼翅烧得如此酥腴入味，真叫难得，兄弟吃到这样的菜，这次苏州之行，便算不虚了。"

他才说罢这两句话，却听得台上锣鼓震天价响了起来，不免抬头看上一眼。这一看，可就被"起霸"的楚霸王，把他吸住了。不但没有再吃第二箸鱼翅，就连那抚台和他说了话不曾，他都不知道。

岂只是那头品官儿一个，全花厅里面，一应主客，都痴痴地望着楚霸王，被楚霸王的威风慑住了。不但没有一个人敢吃菜的，也没有一个人敢说话的，甚而好似没有一个人敢呼吸的。大家的眼睛，注视着楚霸王的身段；大家的耳朵，倾听着楚霸王的歌声。谁都像真有那么样的楚霸王矗立在自己面前，忘了那里是一座戏台，忘了那是在做戏了。

从楚霸王出场起，大家出神静听，花厅里别无一点音响。

一直等到这"起霸"一折戏做完，这才哄堂叫好，每个桌上都啧啧喳喳，欢笑嗟叹。人人认作，像这样的楚霸王，真是做绝了。

那头品官儿，望着楚霸王下场之后，回过头，向那抚台说道："兄弟看戏已经三四十年，也算不得外行了，只是这样的楚霸王，还是初次见到。像刚才项梁之类的人才，京城里尽有的是；这样的楚霸王，却是哪个班子也没有的。如果要依兄弟说，他竟是前无古人，首屈一指哩！"说着不算，还连连竖起大拇指，比划样子。

那抚台闻言之下，不免受宠若惊，只是客气道："这也没有什么了不起，老大人过于夸奖了。”

那头品官儿正颜厉色地回答：“兄弟向不轻许人的。在京城里那梨园子弟，凡是经过兄弟品题的，虽不敢说就能声价十倍；至少，兄弟的话，还能被人认作是公允的。如果兄弟喜欢随口奉承人，也就不会有那样的威望了！”

抚台没料到那头品官儿如此认真，这时赶忙用一些言语呵捧。那头品官儿也就转露笑容，举杯吃了一大口酒，再仔细地看戏。

十九、止　盟

陈明智演罢了“起霸”这一折戏，下得场来，众人立刻改换了眉眼，上前团团将他围住，有的与他道乏，有的称赞他的技艺。个个面容带笑，笑容中又带几分谄媚。有的给他拉椅子，有的给他端火盆。那班主上前说道：“今天这一场，把我们寒香班抬高了一万丈了。”那管传仁不知什么时候，从厨房弄了一碗面来，双手捧上道：“且请点点饥，这一折下来，说空肚子不饿，我是不信的。”

陈明智这时一声不响，仍然坐到衣箱上，把一双靴子脱下，换过原来穿的那双老棉鞋。伸手取了刚才扮戏时所用的那一盆凉水，绞着手巾，就预备洗脸。

班主一见，按住他的手，抢过手巾，说道：“你还有好几折戏哩，怎地此时却洗起脸来？”

陈明智道：“我有言在先，只是试一两折。我是从草台班来的，糊涂胆大，又不识得大班里的规矩，丢了你们的人，把你们‘寒香’两个字都弄得臭了。如今我应该适可而止了。你们去请那头品老大人，只说那个楚霸王做得太不像样了，底下换个别的戏吧！有如不然，像我这种角色，那些掮旗子打伞的，尽都可以去得，随便找个人演下去吧！”说着，就向班主手中，去夺那条手巾。

那班主满脸堆着笑，不肯将手巾递与他，只是央求道：“我们怠慢了你，只怨我们浊拙，有眼不识泰山。戏一定要请你帮帮场子。做完了之后，我们再向你请罪。”

陈明智不言不语，摇摇头，从包裹里摸出两张草纸，又要去揩脸。班主急了，一面抢一面叱骂着那些做生、旦、末、丑的角色道：“你们大家把他得罪了，怎么这时一个都不来赔礼呢？”

班主此言一出，各人齐向前来，一个说：“大人不记小人过。”一个说：“不知者不为罪。”那个做虞姬的旦角，更是说得可怜，他道：“我们得罪了你，把戏做完，一定磕头赔礼。常言道得好，‘不打不成相识’。现在我们算打过了，服了你了。你不是说过，要帮衬我的么？现在不做了，在哪里帮衬我去？”说着，他努努嘴，大家动手，把他靴子重行穿上，连扶带抬地让他在椅子上坐了。

陈明智在这时候，忽地流下了泪来。众人慌道：“我们已认了错了，你为何却要伤心呢？”

陈明智道：“我有这一点小小本领，都是我师傅教出来的。我师傅曾经告诫于我，宁愿跑江湖搭草台班，千万不要在城里和大班鬼混。我再做下去，便是违背师傅教训，心神不能安定。”

大家说：“你师傅是哪一位？现在何处？我们把他请来，劝说劝说，也就是了。”

陈明智道：“他老人家，就是新正初五过去的，我再也见不到他了。大家要我把全本《千金记》做完，除非把他老人家写个神主，供在后台，让我禀告了，才能再做。有如不然，慢说我不能再做下去，就是勉强做了，像这般心神不安，也决然做不好。”

大家闻言，登时答应：“这不是什么难为之事，办得到的。请将你尊师名讳说与我们，我们有现成香烛，就与他立起神主。”

陈明智把师傅的名字说了。众人中有那知道的，便都恍然大悟，他的戏做得这样好，原来是名师出高徒，强将手下无弱兵，不是没有道理的。那个班主，却好似被雷轰了的，竟是张皇失措。当初挤陈明智的师傅的是他，现在动手给陈明智的师傅写神主的也是他。写着，又还骂着自己：“我真是不辨贤愚，有眼无珠！”

二十、京 约

场上韩信做过了几折之后，又该楚霸王出场。陈明智做一折，看的人称赞一折。这也不必细表。因为他做得好，别的角色，只恐配他不上，都分外卖力。把这本《千金记》，真做得花团锦簇，精彩万分。时交午夜，做到《别姬》这一折时，楚霸王慷慨悲歌，那英雄末路的一派光景，使得在座的，人人悲楚，个个凄凉。那头品官儿止不住抹着眼泪，口中只是说道："演绝了！演绝了！"

抚台见那头品官儿如此赞赏，便把班主找来，问他道："你那班子里做楚霸王的那个角色，叫什么名字？"

班主把陈明智的名字说了，因恐抚台怪罪，只不提那从草台班拆来的事。

那头品官儿这时便插一句话说："戏做完了，你请那陈明智来见见我。"班主唯唯领命而退。

班主满怀欢喜，把此事告诉陈明智。谁知陈明智却说："我是个做戏的人，做出戏来，看官们看得高兴，也就是了；要我去见官府做什么！"

班主见他不肯去，急得乱转。

旁边就有人劝陈明智道："这位头品老大人无非敬重你，想和你见见面；你只把他当作一个平常懂得戏的看官，和他谈谈，又有何不可哩！"

陈明智听那人如此说，只得去了。

按照那时候的规矩，一位头品大官，原是高高在上的；做戏的人去看他，不知有多少礼节。却不知，这位头品官儿，倒是个真懂得戏的热心人，他一见到陈明智，就请坐下，问长问短，好似多年不曾见面的老朋友，没口子称赞：哪几个身段做得好，哪几个腔调唱得好。又把平日许多不懂之处，口口声声，向他“领教”。陈明智虽然一再谦逊，免不得也说了一些。那头品官儿连连点头道：“这些地方我在京城里也问过好多出名的人物了，只是没得到个解答。今天听你的话，真教我茅塞顿开。很想你们这个班子，去到京城里做几时戏，不但我能多多领教，也可以让京城里的人开开眼界哩！”

抚台接口笑着说：“老大人把我们这里拔尖儿的班子弄走，却教我们以后看什么！”

那头品官儿闻言，也笑了起来。

抚台又把班主叫来，和他说道：“老大人赏脸，要你们班子上京城里做戏去，你们这可红得发紫了。还不快谢过老大人吗？”

班主闻听此言，认作是飞来之福，就谢过了。

那头品官儿是个急性子，当时说：“我在江南，大约还有一两月勾留，就回京城。你们什么时候可以去？”

班主急切之间，难以决定，便回道：“小的班子里人多，还待大家商量一下，好生安顿料理，才能动身。”

那头品官儿道：“难道你是不愿意吗，怎么没个准日子？”

抚台见班主有为难的样子，就从中说道：“今天戏做得好，老大人另有赏号。你们班子到京城去的盘缠，我付给你，就算我的赏号。在这端午节以前，你们赶到京城去伺候老大人吧！”

班主无奈，也就答应了。

酒阑戏罢，已近天明。那头品官儿谢过主人，回头又向陈明智说："小友！你我京城里再见了。如果你们全班不能来，你可寄个信儿与我，我当派专人前来接你。"

二十一、入　班

散戏之后，寒香班的班主知道陈明智尚无一定住处，就强拉他到家中歇了。

第二日，班主摆了好几席酒，来请陈明智。除了本班的角色之外，还约了苏州城里许多出名的角色来陪他。大家像众星捧月一般，把他捧上了天。捺他在首席上坐了，轮流地敬他酒。有那年纪大一些的，说着他师傅当初许多事情，有他知道的，也有他不知道的，却句句都在夸赞他师傅。

大家正吃得热闹的时候，外面有人送进扇子、笔袋、图章、斗方几件礼品，说是那位头品大官叫送来的。那位头品大官传了话来："这些东西，不值什么，只是表表敬重的意思罢了。那个斗方，是在看过《千金记》以后，写的几首诗，只怕还不曾写出戏中的好处。"又说："今明天就走了，也不来辞行了，千万请在端午以前，到京城里相见！"

这一来，越发轰动了。有几个人，聚着看斗方上的题诗；有几个人，看这件礼品，看那件礼品。又有几个人，凑着陈明智说：

“这位头品老大人是有名的法眼，鉴赏无虚的，你这一到京城里去，怕不立刻就成为梨园泰斗么！”接着，就有那厚脸的，要陈明智提携提携，带他们到京城里去。

吃完酒，回到班主的家中，班主拉着他谈入班的事。

陈明智说：“我学的是做戏。看戏的瞧得起我，我应该很高兴，难道有什么不愿意，真地改行不成？不过，要我入寒香班，我却有些为难之处。”

班主道：“一切我都代你安排好了，不让你有一点为难。”一面说，一面许他，做头牌，很多银子的包银，管这样，管那样，无数的好处。

陈明智道：“我为难倒不在这些地方。”

班主诧异道：“另外你还有什么话呢？”

陈明智道：“因为我师傅当初吃过苦头，今天我不能不小心。我如果贪图眼前一点虚面子，答应了；到后来，一旦情形不同，会不会得到和我师傅一样的下场呢？与其到那个时候我再后悔，不如现在不接这个生意。”

这时候，那个班主有些骑虎难下：去京城，没有陈明智，怎么行？不去京城，抚台大人就会不愿意的。这不是寒香班面子不面子的事；简直说，竟是寒香班站不站得住的事了。想到这里，自然着急。只因他是个老江湖，见那些名利的话都说不动陈明智，不觉眉头一皱，又想出别的话来。他道：“你这一场《千金记》，轰动了苏州城，也算给师傅挣了脸了。你既能在苏州给师傅挣脸，为什么却不肯到京城里去给师傅挣脸？你到京城里去，做得响了，你师傅的名字岂不更响？这‘扬名显师’的事，你都不愿意，只为自己如何如何做打算，未免辜负了师傅栽培你的意思吧？慢说寒香班将来不会亏待于你，即便有什么不到之处，你为了师傅，也应该包涵包涵，不能过分的计较呀！”

班主这一片话，陈明智不是不明白，是为的拉他入班子说的；可是，话总还是不错的。就不免想道，自己反正是要做戏的，只要能给师傅出气、露脸，就在寒香班，又有什么不可！原是人家央求自己，不是自己央求人家；既不辱没师傅，师傅在天之灵，一定也不会责怪的。想到这里，他就和班主说：“要我入寒香班，也不难，除非你能先答应我三件事。”

二十二、成　名

寒香班班主要陈明智入班，心急面热，这时，只要陈明智能点头，叫他磕一百个响头，他也愿意，何况只不过三件事哩。当下便道：“你且说说，是哪三件？”

陈明智道：“天下做戏的是一家。不分城里班子，草台班子，我们都要把他们看作亲兄弟，患难扶持，同甘共苦；不许冷漠无情，幸灾乐祸。这是头一件。第二件，能人之上有能人。这做戏之事，原是永没有止境的，但见别人有一分长处，都该虚心去学他；不许目中无人，妄自尊大。第三件，师傅爱徒弟，徒弟敬师傅，要一代胜过一代；不许师傅留一手，也不许教会了的徒弟打师傅。我就是这三件，你能答应不能？”

班主哈哈一笑道：“这都是应该的事，我有什么不能答应。”

陈明智道：“既然答应，就请把这三条，订进班规，有人不能遵守，经众公议，立刻开除。办到办不到？”

班主道：“这个，这个……办得到，办得到！你怎样呢？是不是现在就进班子呢？”

陈明智道：“只要这三件事都办得到，我还搭什么架子！不过，我要去一趟平望，总要过十天半个月工夫，才能来。”

班主忙问：“你到平望做什么？”

陈明智道：“我师傅死的时候，那座坟做得很潦草。我要给它培修一点土，栽几棵树，立一块碑，让后人也好寻找。”

那班主笑道：“这点事，交给我，我给你办了；办好之时，你再去看一看。你师傅在我们班子时，多受了委屈，这就算我对他老人家一点敬意吧！”

陈明智见他说得诚恳，就由他去办。自己留在班子里，和大家一起练戏。

那班主果然不曾食言，在苏州请了高手土石匠人，按着陈明智所说的地点，去到平望，建碑修墓。不几日，修好了，班主带了全班的人，陪着陈明智，前往奠祭。只见坟也堆高了，圹也筑起来了，前前后后有几行松柏；那正面是一人高的石碑，上写“苏州寒香班老师某某之墓”。当时陈明智又身穿孝服，哭祭了一番。

陈明智大事已毕，随了班子，回到苏州。这时候，他的名声已经传开了，不是亲的也来认亲，不是友的也来认友。哥哥嫂嫂也来找他了，甪直的李大娘也把儿子送来请他收为徒弟。从前和他同在那个草台班的，很多人闻风而来，有的愿意做配角，有的愿意跑龙套。他倒也不咎既往，量才使用；把那个寒香班，更自整顿得花红叶绿，搭配齐全。端午节，寒香班去到京城，京城里识戏的人多，不用说，一唱就红，九城轰动。陈明智和他师傅的名字，从苏州响到京城，成为朝野皆知的人物。

那头品官儿，自从陈明智来到京城，时常看他做戏，既称赞他的功夫，更佩服他的人品。把他的好处，广事宣扬。后来，全京城里的人，都不敢叫他的名字，只称他作“甪直大净”。甪直，指他的本籍；大净，是说他和寻常净角不同，在寻常净角之上，因之“净”字上加个“大”字。（读者们：这“大净”二字，原是当时大家公送给陈明智的；后来有些净角，却自称为“大净”，怕的还有些儿不知来历哩。）至于他那个“赛霸王”的诨号，也一直被人称呼到老。

陈明智在京城里做了好几十年的戏，教了无数的徒弟。及至年纪老了，做不动了，就回到苏州。这时他有了一点钱，广做善事，修桥补路，救老恤贫。在虎丘半塘上，开了一个“普济堂”。遇有贫苦老病的做戏的人，分外关切。因此上，他又被人新送了一个诨号，叫作“陈善人”。

读者们，这陈明智的故事，并不全是诌出来的。在清代乾隆年间，有一位学者，名叫焦循，他著了《剧说》这一部书，书上就有一篇陈明智的小传。看了那篇小传，人人都会觉得，从前那个时代，不知埋没了多少人才。这陈明智幸而机缘凑巧，在阔人面前，露了一手，得以成名；如若不然，还不是潦倒而终，与草木同腐么？今天我来谈谈这个故事，固然是批判旧社会里同行必妒、彼此相轻的那些坏风气，以致好多人怀才不遇；更要紧的，还是奉告世人，遇事虚心，苦学苦练，有了本领，又有这样好的新社会，行行出状元，是不怕没有出头之日的。如若泄泄沓沓，嬉荒过去，就未免辜负了这个时代了。

十五贯

一、尤葫芦戏言成巧祸

屠户尤二，在无锡东关，开了一爿肉铺；为人好酒贪杯，爱和别人逗笑。别人因他生得矮矬肥胖，就给他取了个诨号，叫作“油葫芦”。日子一长远，这个诨号被喊开了，人人都知道有个开肉铺的“尤葫芦”；尤二的本名，反而没有人提起了。

这尤葫芦早年讨了个夫死再嫁的妇人做妻子。那妇人从前夫家中，带过来一个女儿，名唤苏戌娟，生得聪明伶俐，稳重端庄。一家三口，日子过得倒也和美。不幸成亲数载，那妇人一病身亡，撇下他父女二人，显得凄凉寂寞。从那时起尤葫芦就有了酒瘾；肉铺的买卖，也就一日不如一日了。

且说那苏戌娟，当初随母改嫁之时，年纪幼小，不知人事；及至母亲死后，日渐长大成人，懂得世故，伺候继父，十分小心。尤葫芦也颇为喜爱，看作亲生的一般。怎奈尤葫芦十天之中，倒有九天酒醉迷糊，以致把女儿的终身大事，搁在了一边。虽然也有几家提过亲，却又是高不成、低不就。这年苏戌娟已经十八岁了，还是不曾许配人家。

尤葫芦酒量越吃越大，本钱越蚀越少。生意既然不好；赊出去的账目，偏又有许多讨不回来：渐渐地买不起猪，卖不成肉，只好把肉铺关门，暂时歇业。常言道得好："坐吃山空。"尤葫芦剩下的那几文本钱，哪够几时吃的，不多久就吃完了；这便专靠当卖过活。当卖的日子自然更不长远，弄得有一餐没一顿的。尤葫芦成天唉声叹气，笑话也少说了，简直成了个"哑口葫芦"。

也是"穷极智生"：这天，尤葫芦忽然想起，死去的妻子有个姐姐，嫁与皋桥张氏，家境很是不错，何妨前去找她商量，借几文杀猪的本钱。只是向人借钱，既非体面之事，别人借与不借，尚未可知。为了这个缘故，他就瞒着女儿，只说出外访友解闷，让女儿好好看守门户。自己出得门来，却一径往皋桥而去。

这皋桥是一个大镇市，在无锡西边二三十里。尤葫芦原是熟路，走去就找着大姨，说明来意。恰好张氏此时手头正有几文闲钱，当下应允，拿出十五贯来，和尤葫芦合伙做那汤锅的买卖。尤葫芦原带来一个钱袋，就把钱装好，起身告辞。张氏说："妹夫远来不易，吃了晚饭再走。"一面说，一面备酒备肉，殷勤款待。尤葫芦已得着本钱，心怀放宽；见了那酒，更不禁眉开眼笑。当下尽情吃得个醺醺大醉。张氏留他明日再回；他因女儿一人在家，放心不下；明日大早，还要去买猪屠宰，不能耽搁。这便掮着那十五贯钱，别了大姨，趁着天色还没有全黑，赶回东关。

那时候用的是铜钱。一百个铜钱一小串；十小串连在一起，称为“一贯”，乃是一千个铜钱。十五贯，有一万五千个铜钱。论起分量，着实不轻。虽然尤葫芦每日杀惯了猪，有一些气力；终因酒后上路，不免觉着费劲。一路之上，踉踉跄跄，哼哼唧唧，走了两三个时辰，方才把这二三十里路走完。

到得东关，已经戌牌时分。路过街坊秦古心的门首，却见屋里还射着一丝灯光。这秦古心乃是一位老人家，平日开着一爿小铺，卖一些酒糖杂货；有时也给别人帮忙赶市，买卖猪羊。当时尤葫芦心想，明天买猪，约这个老人家同行，也好有个照应。这便伸手，把门板敲了两下。

那秦古心此时已经上床，正待睡觉。忽听敲门之声，这就问道：“你是何人？已经这般时光了，前来敲门做甚？”

尤葫芦开惯了玩笑，他捏着鼻子，装着妇人的声音，说道：“是我。秦老伯，你开开门我好进来陪你呀！”

秦古心一听就听出来了，笑着骂道：“你这个‘油葫芦’，又不知灌了多少老酒，半夜三更不睡觉，跑来跟我老人家搅什么！”

尤葫芦说：“不敢打搅，我来请秦老伯，明早帮忙，一同上市去赶两条猪来。”

秦古心说："我看你穷疯了，说什么醉话！昨天还欠我五十文没有还，明天你倒有钱去买猪哩！不要搅了，我要睡了！"

尤葫芦见秦古心不信他有钱，这便提起钱袋，在地下来回掼跌。一面掼跌，一面问："秦老伯请听，我这些钱够不够上市赶猪？"

秦古心听出钱声，果然不少，心中纳罕，不免又问道："你何处得来这么多的钱？"

尤葫芦把嘴贴着门缝，故意低声说："我刚才偷来的。"

秦古心说："你油嘴油舌地不说实话，我明天可不陪你上市去。既然你的钱是偷来的，我陪你上市，别人捉贼捉赃，我还要受你的拖累哩。"

尤葫芦见秦古心这么说，不觉笑道："你老人家也太多心了。"说着，就把前往皋桥借钱，大姨入伙十五贯之事，一一告知了秦古心。

秦古心听罢，说道："好了，你有了这十五贯钱，肉铺必然要兴旺起来的了。就是老汉的小店也要沾光沾光，你该多照顾我一点油糖买卖了。老汉明日当约众邻居，出个小份子，给你祝贺。话便如此，一早过了五更天，我就来约你，同去赶猪。你可不要死睡喊不起来呀。"

尤葫芦和秦古心相约已定，掮起了钱，转回家去。

向来酒鬼回家，常常会在三更半夜；苏戌娟等候继父也等候得惯了。这天只在油灯之下，纳着鞋底。想一阵心事，打一阵瞌睡。刚刚醒来，揉着眼睛，恰好听见尤葫芦敲门之声。苏戌娟开了门，就闻到一股酒气，方待伸手上前搀扶，只见尤葫芦把钱袋朝地上一掼，口中连说："累煞我了，脊梁骨都要压断了。"

苏戌娟多时不见尤葫芦有这么多钱，因而问道："阿爸，你说出外访友，怎么吃得这般大醉而归？却又有这样多钱？是何人借钱给阿爸的呀？"

尤葫芦听了苏戌娟的言语，心下要和她闹笑，随口就说："这个年头，父子都不能相顾，有谁肯借这么多钱与我！"

苏戌娟也就笑说："这样说来，阿爸这袋钱，岂非来路不明吗？"

尤葫芦说："有什么来路不明啊！我老实对你说：今天我上得街去，遇见了张媒婆，她和我说，西街华员外家里，有个小姐，下月出阁，还少个陪嫁的丫头。我正在无法，一时想起，就把你给出脱了。"

苏戌娟说："阿爸的话，怎么我听不懂？"

尤葫芦说："这有什么听不懂的，就是我把你卖给华家做陪嫁的丫头了。那华家奶奶，听说你人物生得很好，手脚伶俐，并无暗疾，因此立刻付了我十五贯钱做定钱，写下文书。明天一早，就派一顶小轿前来，抬你过去。"

苏戌娟认真听着，却又追问："阿爸这话是当真么？"

尤葫芦故意板着面孔说："这有什么不真哩，明天一早就有小轿来抬，我要瞒你也没有用啊！你也不必难过。你想，你在家里，陪我受苦，一顿饱一顿饿，没有吃没有穿的，倒不如去到华家，在那大门大第里面，可以享享福。我哩，有了一些银钱，也就得以度命。说起来，这还算得一件喜事哩。”

苏戌娟这时不能不信以为真，泪水好似断了线的珠子，簌簌地直朝下滴。

尤葫芦说完了话，把那个钱袋，掮放到床上，当作睡觉的枕头。他的意思，大约是想让苏戌娟难过片时之后，再告诉她，这全是假话。谁知尤葫芦一则酒醉；二则跑了几十里路，又背着那么多铜钱，实在累极了：倒上床，把头刚放在钱袋上，就鼾呼如雷，立刻睡着了。

苏戌娟起初还是将信将疑，及至听尤葫芦说得有名有姓，情形也有点仿佛，这就不能不当真了。她想起当初无父之苦；随母改嫁，不幸母亲又死了；继父对待自己，哪里会有真心。平日烧茶煮饭，洗衣浆衫，过够了苦日子；总指望将来嫁人，一夫一妻，或许还有个翻身之日。谁知这般小心伺候，到头来仍然不免被卖给别人家做丫头。一做了丫头，打骂由人，生死听便，好比下了十八层地狱，再也休想出头了。她越想越伤心，抽抽咽咽地哭将起来。她记得母亲临终之时，曾和继父言道：“将来女儿长大，要给她许配一个好好的人家。”继父当时也曾亲口应允，今日就不该有这样的变卦。她想把这话问问继父；喊了几声“阿爸”，谁知尤葫芦熟睡如泥，一声不响。

渐渐夜静更深，门外静悄悄地，屋里一盏油灯，好似鬼火。

苏戍娟哭一阵，想一阵；想一阵，又哭一阵。猛然之间，忽然想起："皋桥的姨妈，对自己向来关心，何不前往她家，暂时躲避。如若姨妈能来相劝，让继父打断那个主意，那就好了。"想到这里，就恨不得立刻插翅飞到皋桥。好容易，等到五更天，东方微微有些发亮，苏戍娟心想：此时不走，更待何时？倘若继父醒来，倒是脱身不得了。她这就踮着脚，轻轻拔开门闩，直奔朝西大路而去。

且说在这东关地方，有一流氓赌棍，名叫娄阿鼠，盗窃拐骗，无所不为。这日夜间，在别处赌钱，因为偷牌捣鬼，被人察觉，将他身上所带的赌本，罚个一干二净，然后赶出赌场。娄阿鼠一时无计可施，只好回去睡觉。谁知经过尤葫芦家门口，只见大门敞开，里面还点着灯火。他心里想道："怎么尤葫芦这早就出门去了？"恰好自家此时烟瘾大发，"何妨讨个火抽袋烟再走？"想着，就走进门。一面走，一面叫："尤二叔，尤二叔！"那尤葫芦睡梦沉沉，哪里听见。娄阿鼠见无人答应，就换口喊道："大姑娘！大姑娘！"连喊数声，仍然没有声响。

娄阿鼠平日是"兔子不吃窝边草"，做的一些坏事，总在远方；这时候，一则是自己身边输得分文无有，二则是屋中无人，正好顺手牵羊：不觉贼心陡起。当时放轻手脚，摸进了里屋。谁知一进屋就看见尤葫芦还在酣睡。他刚预备转身，偏是贼人眼尖，却又看见了尤葫芦枕着的那袋钱。这时尤葫芦鼾呼之声，好似雷鸣。娄阿鼠因又想道："趁他睡得死，掏摸个三两贯，有何不可。"一面想，一面动手，轻轻从袋口抽出钱串的绳头，向外拉扯。这钱串已经年深日久，且不十分结实，经不起扯。刚扯出半贯钱，绳子就断了，只听得稀里哗啦一阵响，铜钱洒了满地。

那尤葫芦虽则酒醉睡熟，究竟是提着心的，一听钱响，就迷迷糊糊地喊道：“捉贼！捉贼！”随着睁开眼，张口就说：“你这娄阿鼠，竟要偷我么？”一面说，一面翻身坐起，伸手去抓。娄阿鼠素知尤葫芦力大，打不赢他；又恐他再喊，声音大了，被左右邻居听见，今后在东关存身不得。一时情急之间，恰见那边一把屠刀，放着亮光。真是“说时迟，那时快”，娄阿鼠拿过刀来，就朝尤葫芦砍去。尤葫芦还不曾完全清醒，只听他那么喊了一声“哎呀”，登时血如泉涌，倒了下去。娄阿鼠放心不下，又加上一刀，眼见尤葫芦活不成了。娄阿鼠口中念念有词地说：“尤二叔，这可怨不得我，你若让我把钱拿走，哪里会抛撇这条性命哩！”说着，老实不客气，掮起钱袋，趁着天色未明，一溜烟跑回自己的住处，藏将起来。

再说五更之后，天色大明，秦古心记着尤葫芦所约赶猪之事，随便洗漱了，即便来至尤家。到他门口，见大门大开，心中奇怪。走进屋内，喊了两声，却又不见尤葫芦答应。及至来在里屋，倒不觉笑起来了。只听他说：“你看尤葫芦，昨天吃醉了酒，今天这般时候，都没有醒过来。他床上不睡，却睡在地下。”他待去拉尤葫芦，刚一弯下身，就看见尤葫芦满脸的血污。这一惊真是非同小可，颤颤抖抖地高声叫道："不好了，四邻快来呀，尤家杀死了人了！"

秦古心这一声高叫，四邻惊动，张三、李四、赵甲、钱乙，一齐拥了来。大家一看，尤葫芦被人杀死在地，已无活命；寻觅苏戌娟，却又不见踪影。秦古心把尤葫芦昨晚借钱回家，相约今早上市赶猪之事，和大家说了；就不知是谁人害了尤葫芦的性命，把那十五贯钱劫去。当时娄阿鼠已经换了衣服，夹在人丛之中，上前说道："尤二叔被人杀死，他家大姑娘却不见了，这里面莫非有甚么奸情么？"此话一出，大家都觉着有些道理。娄阿鼠趁势接着又说："大姑娘要走也走得不远，我们分头去赶，捉了回来，问个清楚，也免得你我四邻的干系。"当下就大家议定，由一两个人去传地保，四五个人分头追赶苏戌娟。

二、熊友兰行路遇飞灾

且说在那淮安胯下桥地方，有一少年，名唤熊友兰。幼时也曾读过几行文字，后因父母双亡，家贫辍学，经人荐在客商陶复朱家中，充当一名伙计。为人忠诚朴实，做事不辞劳苦。陶复朱因他既能写算，又极老成，心中着实喜欢；这便另眼相看，十分器重。

这陶复朱是个行贾，从江北贩货卖往江南，又从江南贩货卖往闽广。漂洋过海，越岭翻山：哪里价贱，就到哪里去收买；哪里价高，就到哪里去推销。成年在外，只有到年终时候，才收账回家，歇上一个月、两个月。他在江湖上跑了三十余年，也攒积了一些银两。看看年将花甲，觉得自家精力渐渐有些不济了；心中既不愿再吃那披星戴月的辛苦，也不愿意再冒那行船走马的危险。怎奈膝下只有一个孩儿，年纪幼小，还接手不得。因此上，见到熊友兰，心中就有个打算：好好将他扶植，收做自己的帮手，将来，就由他出外营运，自己不必离乡背井，尽可坐享其成了。他待熊友兰既是不比寻常，那熊友兰也自分外感激。

熊友兰来至在陶复朱家中，转眼之间，不觉数载。陶复朱每逢外出，都带他前往。他对那江湖买卖之事，虽然还欠一些老练，却也十知八九了。这年三四月间，陶复朱又打点了商货，前往苏杭闽广一带去贩卖。这时候，熊友兰已经是陶复朱得力的人，少他不得的了。

陶复朱来至苏州，出脱了一笔货，得到一些钱钞。做客商的人，放不得闲钱的；偏巧当时苏州又没有什么中意的货品，可以买进。陶复朱想到，常州梳篦，天下闻名，运至闽广，必然能有好利息；将在苏州卖货所得之钱，去到常州买进一批梳篦，岂不恰恰正好。谁知他这次来时，原是和别的客商合雇的一条船；众商在苏州卖货已毕，急欲前往杭州，既不肯绕路，又等待不得。陶复朱想了一想，这便取出一十五贯钱，用布袋装了，交与熊友兰，吩咐道："你将这十五贯钱前往常州，在那出名店家，办一批上好的梳篦，立刻搭乘便船，来到福州相见。"

熊友兰奉了陶复朱之命，第二天，就从苏州到了无锡。住了一夜，又从无锡动身，起个黑早，前往常州。那熊友兰本是个精壮的汉子，平日健步如飞，原不在乎那几十百把里路；这时只因掮着十五贯钱，头天又赶了一天路，走得自然缓慢。出了无锡城，才走三五里路，见路旁有座亭子，即便走近，放下钱袋，坐在亭前石阶上歇息。歇了一阵，刚刚站起身来，打算再走。猛然听到亭内有一女子的声音问道："请问这位大哥，是往哪里去的？"

原来熊友兰走得匆忙，又因天色还未大亮，亭中先已有人，竟然不曾知道；这时倒是吃了一惊。有问不能不答，只得回道："我是到常州去的。"

那女子又问："到常州可从皋桥经过？"

熊友兰说："前面就是皋桥，是一定要经过的。"他一面说，一面就去看那个女子。此时那女子已走近亭栏，他看得明白：她年在十八九岁，身上穿的甚为朴素，带有满面愁容，还似有泪痕未干的样子。熊友兰看着想着：这个女子有些奇怪，怎么单身一个人这早就出门去？

不等熊友兰动问，那女子却又说了："大哥既要从皋桥经过，还望携带同行。"

熊友兰忍不住说："请问大姐，去皋桥做什么？既认不得路途，为何没有家人奴仆作伴？"

那女子说："我有一个姨妈，家住皋桥，身患重病，急着前去探视。只因家贫，所以没有奴仆相随。这条路当初也曾走过，隔得日子久了，记不太清，但恐迷路，不免有劳大哥。”

熊友兰这时推诿不得，只好应允。那女子脚步缓慢；熊友兰也因身有重负，要快也不行。两个人一先一后，迤逦而行。走走歇歇，歇歇走走。彼此既非素识，一路上只是哑口无言。行来也不过五七里路，迎面乃一座大桥，上得桥来，两人都是气喘吁吁。那女子说：“这位大哥，我现时腰酸腿疼，走不得了，意欲在此再歇片刻，不知可好？”那熊友兰应道：“也好！”随即把钱袋放下，掏出汗巾，揩头拭面。

正当此时，忽闻来时路上，一片喧嚷之声。二人在桥头望时，只见有三五个人，旋风一般，从那远处赶了来。二人心中惊疑，不知有何事故。片刻之间，那几人已上得桥来。其中有一个为头的，大声叫道：“好了，好了！人都在这里！”他一上前，大家就都拥做个圈儿，把二人围在垓心之内。

二人出其不意，方待问话，却又见一老者，从后赶来，推开人群，指那女子说道：“苏戌娟，你怎的下得这般辣手？你只管自家一跑了事，却教我老汉和四邻受罪么？如今你当无有话说，与我快回去吧！”

苏戌娟见那老者出言不善，不由满面通红，口中回道：“秦公公怎说得这般言语！我去探望姨母，趁五更而行，原是事出无奈，也算不得什么‘辣手’。谁个家中，又不闹个碗盏碟儿的事情哩。”

那老者未及答言，倒是那为头的又抢先说话了。他说：“你不要在这里卖痴卖呆了！你阿爸身死在地，你却私自逃走，还想推作不知么？”

苏戌娟越发的诧异道：“我阿爸昨晚吃得大醉，明明鼾睡在床，如何咒他身死？便是我出来时，不曾告诉阿爸，也不能说是‘逃走’。你娄阿鼠向日胡言乱语，今日又来弄玄虚，惊动四邻，与我为难，这是何意？”

熊友兰见他等闹得乌烟瘴气，也不甚明白就里，只是想道：自己赶路要紧，如若只在这里看他们歪缠，知要搅到好久？想着，就拎了一拎钱袋，安排掮起，还未及举到肩上，却见那个为头的人，走上前，一把抓住，大声喝叱：“你待往哪里走！”

熊友兰道：“你我素不相识，我走我的路，你管得着么！”

那人且不理他，回头却向众人说道：“钱也有了，只不知数目可对哩。”

众人闻言，就拉着熊友兰的钱袋。熊友兰叫道：“青天白日，你等竟要打劫我的钱财么？”

那个为头的人，举手就打了熊友兰一个耳光，说：“你盗人钱财，杀伤人命，又拐逃妇女，还说我等打劫？你再嘴硬，我等就要不客气了。”

熊友兰急道：“我是客商陶复朱的伙计，现到常州去贩货，怎么拿这些言语栽诬我？我和你往日无冤，近日无仇，血口喷人，未免太无道理了。”

那为头的人，又欲动手；倒是那老者过来，将他按住，说：“娄阿鼠，你且休要打他。我等先看一看，他袋里的钱，究有多少。”说着，就吩咐众人，把钱袋打开来数。

熊友兰直嚷道：“这是我东家给我的本钱，你等为什么要查我的？”

娄阿鼠说：“你还说不要查哩！再说，我就打死你！”

熊友兰见他等人多势众，分说不清，也不知究竟要查个什么数目，只得由他们查去。心里想道：这趟门出得可是太不吉利，撞着了丧门神了。

这边熊友兰还在东想西想，那边早就把袋中铜钱，一贯一贯地数完。只听大伙儿一齐吆喝起来，说道：“真贼真赃。他还想赖哩！且找两条绳索来，把他们捆送到县里去。”

桥上争闹，为时已久，来看热闹的人，越聚越多。此时从桥西边，来了一个半老太婆。她还没有上前，倒是苏戌娟先看见了，急着叫道：“姨妈，快来救我！”

原来苏戌娟的姨妈张氏，昨日交钱与尤葫芦，合伙开肉铺。但恐尤葫芦好贪杯，误了正事，放心不下。所以一早起来，看看尤葫芦的买卖，倒是做得如何。她再也不曾想到，在桥上会遇到苏戌娟和众人争闹，苏戌娟喊叫着她，她便向前和众人说道：“不知我甥女何事得罪众位？她是一个女孩儿家，跑也跑不脱，飞也飞不掉，有话只管好说，何必这等与她为难哩！”

秦古心原认得张氏的，昨晚又听得尤葫芦告诉他借钱之事，当时就说：“你昨日可曾付与尤葫芦十五贯铜钱？”

张氏回道：“此事是有的。”

秦古心说："你可知道，为了这十五贯铜钱，害了尤葫芦一条性命？"

张氏闻听此言，急急问道："你怎么说这样的话？"

秦古心这就将昨晚尤葫芦掮钱回家，夜间被盗，遭人杀死的话，一一说了。

苏戌娟在旁听见，继父真的被人杀死，心里又苦又怕，又气又急，大声哭道："阿爸呀！你怎么会被人害了呀！你死了，女儿我怎么过活呀！"

娄阿鼠在旁接口说："你们看！她还在这里装模作样哩！明明你勾通奸夫，杀了老子，如今被捉住了，抵赖不得，难道哭几声，我们就罢了不成！"

苏戌娟连哭带诉地说："姨妈休要听他等的言语！我因阿爸要卖我给人家做丫头，特意来找姨妈解劝；出门只不过一两个时辰，谁知阿爸竟会被人杀死。我还是有些不信这事……"她叫着诉着把尤葫芦昨夜怎么大醉回家，怎么说把她卖与人家，她自己怎么逃了出来，一一告诉了姨妈。又还指着熊友兰说道："路上遇见这位大哥，他是去常州的，顺路引我到皋桥，大家硬要牵扯了他，做成我杀父之罪，这不是活天冤枉吗？"

那熊友兰也说："我连这位大姐姓甚名谁，全不知晓。我不过引她走一段路，怎么就把我攀在一起？我的钱自有我的来路，不能由你们说是偷来的就算偷来的……"

熊友兰还想朝下说，娄阿鼠又自喝住他道："你们两人约好，偷了这十五贯钱，一同逃走。现在人赃俱在，铜钱分文不少，还有什么说的！花言巧语，我们就能信得过吗？要说，你们自和县太爷去说。”

那张氏听他众人言语，也不知谁是谁非。但知尤葫芦死了，不免有点伤心；喜的是那十五贯铜钱还在，并没有损耗分文。想了一想，就说：“戌娟哪，我不想你小小的一个人，却干出这样的事来，现在我怎么能救你呀。”

苏戌娟叫声：“姨妈！”接着说：“你老人家怎么也相信他们的话呢？阿爸已经死了，我被众人冤枉，活着还有什么味？我不如也死了吧！”说着，涌身就要投下桥去。幸得人多，把她拦住。只听她呼天抢地，哭得着实伤心。

熊友兰一旁喃喃地说：“你们这样诬赖好人，我也不怕。我的钱，有我的东家，就是到了县里，也要分出青红皂白来的。”

大家看他二人的样子，听他二人的言语，难定是真是假，不免且疑且信。只有个娄阿鼠，全然不理会那些，揎拳掳袖，叱去呼来，连声喊着：“拿绳子来，绑这两个凶手送县里去，和他们还有什么说的！”尽管娄阿鼠这么叫唤，别人却都站住，没有一人走开。

正在这里难解难分之时，忽见桥东又跑来了两名县里的公差。拖着红黑棍子，背了锁链。——这两个公差，是因听说境内出了命案，从县里到了东关；及至到了东关，又听说众人追赶凶手，这就顺大路赶了来。娄阿鼠远远看见，连连招手道：“二位大哥快来！两个凶手，都被我们捉住了，把他们带走吧！”

那两个公差上前，一望而知，不由分说，就把锁链套住了熊友兰和苏戌娟。二人被套，齐声喊冤。公差冷笑道："你们做下这等伤天害理之事，还喊什么冤！"娄阿鼠一旁也帮衬着说道："你要喊冤，自到县里大堂上去喊吧，看你两个，怕不有碎剐凌迟之罪哩！"

两个公差，一人拖着一条锁链，回头又向众人说道："你们都是四邻么？可同我们一道去见太爷回话。"

苏戌娟的姨妈说："这十五贯钱原是我的。我先把钱送回家中，再去县里，岂不免得掮来掮去的麻烦？"

公差说："这是现赃现证，如何能拿走！"

娄阿鼠顿时凑上前去说道："我来掮它！就为你这十五贯钱，出了一场人命；你把它拿回去？这倒说得撇脱！"说着就把钱袋顺手掮到肩上。又向公差说："二位大哥：我们这就走吧！"

这一路上，哭的哭，叫的叫，骂的骂，吵的吵：闹闹嚷嚷，直返东关而去。

三、过于执揣情断命案

东关的命案，不到半日，就轰动了无锡全城。一个传一个，都道苏戌娟勾引奸夫，逆伦杀父；又道尤葫芦是个糊涂酒鬼，把十八九岁的大姑娘留在家里，养虎伤身，自招其祸。来看的人，人山人海，争着要瞧瞧苏戌娟和她奸夫，是个什么模样。把尤葫芦肉铺门口，围得密密层层，水泄不通。

苏戌娟和熊友兰，被差人拿来之后，当作主凶正犯，一齐给锁在尤葫芦的床脚上。锁住不说，还强命二人，朝着尤葫芦的尸身跪下，等候县太爷前来相验审问。

苏戌娟自从听说尤葫芦身死，就一直没有住过哭声。回到家里，眼见那尤葫芦身卧血泊之中，情形凄惨，更加放声嚎啕，乱碰乱撞。她明知这是被人谋财害命，却又指不出谁是凶手。央求大家趁早寻捕真凶，破此命案，为父报仇；众人哪里肯听她的言语。她这时冤苦悲切，恨不能掏出心肝来给人观看；若非众人防护得紧，早已寻了死路。

熊友兰却只想道："被人误认作杀人凶手，不过为了是这十五贯铜钱；只要审问明白，找着了陶复朱，自然就可无事。眼前一些罗唣，谅是流年驳杂，命中注定；除了耐心忍受，又待何如！"他既这般想，由着众人指指戳戳，连唾带骂，只是不瞅不睬。

看看到了午牌时分，听见远处有一片喝道之声；大家立刻纷纷后退，让出了一条路，都知道是县太爷相验来了。

这无锡县知事，名曰过于执。平日为官，也不贪财贿；办起事来，也不辞劳苦。就只自负英明果断，最爱的推测揣摩。往往但凭察言观色，去断案情。他做这无锡县，为时不过一年有余，却办了几百件案件，中间其实不免有许多误判错判之处，上官不察，只把他当作能员。这天，他听报东关出了逆伦命案，颇吃一惊，点起了衙役皂隶，带领着仵作，前往凶场，亲身相验。到得尤葫芦家门口，早有随从，在街上铺陈了临时公案。那过于执走进肉铺，略看了一眼，即升公案，听报案情。

先是仵作检验，口中报道："屠户尤葫芦，头上有刀痕两处，阔有二寸，深达寸余。委系生前被杀，受伤身死。"

其次传问四邻。秦古心上前，把尤葫芦昨晚从皋桥借来十五贯钱，今晨不知被何人杀死的话，一一说了。然后又说："尤葫芦的女儿苏戌娟，当时不知去向，是小人们四面追赶，在行近皋桥之时，却见她和一个后生，同路而行；那后生身上，恰也背着十五贯钱。因此上，小人们帮着公差，把这二人带回。"过于执问道："这个后生，姓甚名谁？"秦古心道："在我们东关，以前是不曾见过此人；适才他自己说道，名叫熊友兰。"

过于执手拈着两根胡须，眼睛凝了一凝神，又问道："虽然尤葫芦告诉你借得十五贯钱，你究竟并非亲眼所见，怎么知道实数不差呢？"张氏听得县太爷的问话，不等秦古心回答，抢上前一步说："尤葫芦的十五贯钱，是我亲手交与他的，分文不差。"她仔仔细细说过了昨日尤葫芦借钱合伙之事，又便说道："尤葫芦既然死了，请县太爷把这十五贯还给我吧！"过于执瞪了她一眼道："这钱少不得会还给你的，你休得性急噜苏！"

这时候，有那公差，把苏戌娟、熊友兰二人带近公案。过于执一面问话，一面端详。先看苏戌娟，心里想道："看她艳如桃李，岂能无人勾引？年正青春，怎会冷若冰霜？她与奸夫情热，必想长做夫妻；继父阻拦，因而盗财杀父。这案情不必细问，也就明白十之八九了。”后看熊友兰，心里又想道：“看他衣服褴褛，岂有许多钱？若说代人贩货，东家怎会放心？男女奸情，多在夜半，东关人不认识他，原不足异。看他后生身强力壮，不是这样的人，哪能杀得过一个屠夫。”

过于执尽管心里那样揣想，口里暂时却不说出。等二人诉告完毕，就吩咐把嫌疑人犯和四邻人等，一齐带县，听候大审。

刚刚说罢，人丛中有人说道：“这明明是通奸谋杀，还有什么问的！”过于执耳尖，听得这话，就命皂隶，把说话的人带过来。一问之下，知道那人名叫娄阿鼠，原是四邻之一。过于执说：“向来捉获奸情，须在奸所；今在路旁捉得，怎么能断定就是通奸？”娄阿鼠道：“太爷！这通奸的事小，逆伦杀父、谋财害命的事大。真赃十五贯，既有尸亲做证，分文不差；男女虽然不在奸所，却是同时在一处捉住：这奸情还有什么信不过的。同谋杀父，罪该万剐凌迟，太爷还听他们狡辩么！”过于执微微点点头，却只是说：“本县还未大审定案之前，尔等不可胡言乱语！”娄阿鼠连声应着：“是，是，是！太爷明镜高悬，英明果断，哪里用得着小人们多口。”

过于执喝退了娄阿鼠，打道回衙。坐在轿内，把这件案子，前前后后，又思索了一番。心想：所以有此逆伦重案，总因民情慓悍的缘故。虽然呈报上官，免不得要遭到几句申斥；喜的是凶手双双就擒，究竟不致关碍前程，这也就罢了。苏戌娟和熊友兰二人的言语，他觉得全是强词夺理，没有一句真话。只因为自己向来办案认真，遇事要追根究底；人命关天，更应该弄个明白。尽管那些话相信不得，也须查对清楚，以服其心。回到衙中，立刻签派二人，分头打探：一个去到城内西街，探问有无华家嫁女之事；一个去到苏州，探问有无客商陶复朱过境之事。

那前往西街打探的差人，当日即便回报：不但西街上没有什么嫁女的人家；就连全城之内，都没有一个在近月出阁的闺女。过于执闻言说道："果然不出我之所料！那女子的话连三岁的孩儿都骗不过，胆敢妄想骗过本县哩！"

过了一日，去到苏州打探的差人也回来了。不等差人说话，过于执就先问道："城里城外，都问不着那么一个陶复朱，是不是？"差人应着道："是！"过于执又说："水陆码头都问不着那么一个陶复朱，是不是？"差人应着道："是！"差人应过言语，却露出惊奇的神情，反问过于执说："太爷怎么知道的这样清楚，就同亲眼看见的一般？太爷若是早讲了，岂不免了小的白跑一趟苏州？"过于执微微地笑道："其中道理，不说与你听，你是不会知道的。什么陶复朱，都是那凶手奸夫捏造出来的名字。原来既无此人，你便寻遍天下，也是找他不着的。本县早就料到，你去苏州，定是徒劳往返。只因凶手奸夫，既然说有这个人，若不查明，他如何心服？查了之后，他就死而无怨了。这是本县重视人命，一片苦心，你哪里懂得哩！"那差人闻言，如梦初醒，连连说道：

“太爷圣明！太爷圣明！我等蠢人，原是懂不得的。”

差人退出之后，过于执又把前后案情，揣摩斟酌。越往深处想，越觉得苏戌娟勾引奸夫、盗财杀父，确切无疑。要凭他二人当天的言语，等到大审之时，必然不肯招认；这就只得用大刑伺候了。本来不用刑不能立威，像这等逆伦重案，即便当堂打杀，也算不得委屈冤枉。过于执想到这里，连那大审时怎么问，怎么答，又怎么问，胸中都打定了底稿。当时交待书办，立定文案；又吩咐刑房，分外小心。一切都安排妥贴，这才放出牌去，即日大审。

大审这天，来看的人越发多了。自有衙役差人，吆喝弹压，不许走动，禁止喧哗。过于执踱过暖阁，外面就一叠声地传着：太爷升堂啦！过于执走过大堂，又有三班皂隶捕快，把那“堂威”喊得震天价响。那些待审的人犯，闻此呼声，人人颤栗，个个惊惶：谁也不知这场官司，是凶是吉。过于执升堂登座之后，提起笔来，点明审问尤葫芦被害身死一案。顿时那些捧卷宗的，写笔录的，鱼贯而入，肃静侍立。过于执衣冠端坐，杀气腾腾；大堂上鸦雀无声，阴风惨惨。诸般刑具，铺陈满地，好比汤镬油锅；各色公人，排列两厢，何异牛头马面。休道这是人间公堂，竟和那阎罗王的森罗宝殿，一般无二。

先点四邻，有那张三、李四、赵甲、钱乙，拥着个老汉秦古心，上前答话；后点证人，却只有苏戌娟的姨妈，上前应话。说来说去，仍然是前日那几句言语。钱数是对的，事情也确实有点蹊跷。问到苏戌娟何时与人通奸，尤葫芦怎样被杀，大家偏又说道："小的们未曾亲见，不敢乱说。"

过于执把惊堂木一拍，厉声道："依尔等所说，凶手谅必另有其人。尔等既是四邻，快给本县把那个凶手交将出来！"

众人一听此言，吓得慌了，连忙改口道："小的们虽然未曾亲见，依情度理，那苏戌娟和熊友兰，必是凶手无疑。"过于执说："既如此说，尔等与我画了供，跪在一旁。"

掉过头，过于执说："带苏戌娟！"立刻一片声传呼下去。

不一会儿，只见苏戌娟，披头散发，泪流满面，被差人拉着，跪在公案之前。

过于执开口就说："苏戌娟！你今日要与本县从实招供，不许再有一句诳话！如若不然，本县当堂将你打死！"

苏戌娟哭着说："小女子的言语，向来句句是真，怎敢在太爷面前说诳。"

过于执道："这样就好。我且问你，尔父是被何人杀死？"

苏戌娟道："小女子半夜离开家门；临走之时，父亲还在熟睡。若知父亲会遭此奇祸，小女子也就不走了。"

过于执喝道："你说不讲假话：只这几句话，不是假话是什么！凭你这样狡猾，就该掌嘴。"

堂上说了这么一句，堂下差役接着喝一阵"堂威"。把个苏戌娟，吓得身子向下一矬。

过于执见她害怕模样，就说："只要你说实话，我不打你。我再问你，你说尔父将你卖与西街华府为陪嫁丫头，怎么西街并无华府嫁女买丫头之事？你这不是诳话么？"

苏戌娟道："这原是小女子死去的父亲所说，小女子怎知其中真假。"

过于执把惊堂木用力一拍，道："胡说！你把这些言语，推在尔父身上，可恶已极！你不要以为死无对证，你只要能说将出来，为何尔父被盗的是十五贯钱，与你同行的后生身上背的也是十五贯钱？你把这个道理说清，本县就信你适才不是说诳。"

苏戌娟道："这是事有凑巧，小女子又哪里晓得哩。"

过于执道："你东推不知，西推不晓，好张硬嘴！现在四邻作证，说你私通奸夫，偷盗十五贯钱，杀父而逃。你待赖到哪里去？"

苏戌娟哭着叫道："太爷呀！这是无头的冤枉呀！"

过于执不理她的话，只是问道："你倒招是不招？若再不招，本县就要给你一点厉害的颜色了！"

苏戌娟道："小女子其实无从招起。"

过于执在签筒内拈了一根签，往地下掷去，喝着执刑的皂役道："与我拶指！"

这拶指乃是一种酷刑：用绳子穿着一些短小的木棒，套在手指之上，使劲一收，可以夹得指骨碎裂，皮外却全见不着伤痕。

那苏戌娟虽不知此刑厉害，心中却十分畏惧，只喊着："太爷开恩。"

过于执说："你若招时，我就免动此刑。"

苏戌娟还是不肯招认。

但听过于执说了一个"拶"字，那执刑皂役，使出水牛般的气力，苏戌娟立刻面白如纸，一声惨叫，晕厥了过去。

过于执见此情景，便命松刑；一面又问："你现在该招了吧？"

苏戌娟痛彻心腑，魂魄昏迷，答不出话来。

过于执就说："既然无言辩答，叫她画押。"

于是书办捧着口供笔录，走至苏戌娟面前，扯起了她的手，在那张纸上，打了一个手印。苏戌娟有气无力，自知性命难保，也就一切由人了。

苏戌娟打了手印之后，过于执教将她钉镣收监，又命："带奸夫熊友兰上堂。"

熊友兰刚被带到堂上，过于执迎头就喝骂道："看你这个模样，就不是一个好人！你老实说，怎么和苏戌娟通奸的？怎么偷盗这十五贯钱的？怎么杀死了尤葫芦的？"

熊友兰道："小的是到常州贩货，路过无锡，从来也认不得那个女子，'通奸'二字，哪里谈起。这十五贯钱，原是客商陶复朱交给小的的货款，太爷一问便知，更不消小的多说。"过于执鼻孔里冷笑一声道："本县已经派人前往苏州查过，城里城外，水陆码头，都不见有个什么陶复朱。你虽伶牙俐齿，禁不住这些真凭实据。现在苏戌娟已经招认，你还想抵赖什么？”

熊友兰道：“陶复朱是住在船上，船已开行，所以一时未能查出。我原随陶复朱从淮安来的，太爷只要派人到淮安去问，就可明白了。”

过于执道：“本县是皇帝的差人，不是你的差人，由你派来遣去的！你先说陶复朱在苏州，如今又说陶复朱从苏州坐船他去，前言不对后语，谁能信你！你无非想借查证为名，拖延时日，本县岂能中你之计！本县再问你：你说你从苏州而来，往常州而去，为何不迟不早，正巧与苏戌娟相遇？你说你与她素不相识，为何她不与别人同行，偏偏要与你同行？你说这钱是货款，为何不多不少，和尤葫芦的钱同是十五贯？你自己去想想，这些事是骗得过人的么？”

熊友兰被这一串诘问得愣住了，他也猜想不到，为何如此凑巧。当时回答不出，只没口喊着：“冤枉！”

过于执道：“你偷了人家的钱，拐了人家的女儿，把人家杀死：你这还喊冤枉么？谅来不动刑你是不会招的。”一伸手，洒下签去，教：“重打三十大板！”直打得熊友兰血肉横飞，动弹不得。

熊友兰受过了刑，过于执又问：“你招不招？”

熊友兰道：“这是无中生有的事，太爷即使把小的打死，小的也没有得招的。”

过于执哼了一声说：“看不出你还能熬刑哩！小刑你不招，本县可要动大刑了。”说着，就吩咐皂役，安排夹棍。手摸着签筒，眼睛看着熊友兰道："要死要活，凭你自己一句话了。"

熊友兰道："小的自然要活，只是冤枉难招。"

过于执把眼一瞪，用劲掷下签去。

熊友兰在江湖上也跑了这些日子，平日早听人说这夹棍之刑，异常厉害，哪怕是精壮的汉子，挨着它的非死即伤。堂上过于执只喊得一个"收"字，行刑的绳子扯紧，熊友兰立刻疼痛难禁，汗如雨下，耳鸣眼花，屎尿齐下，浑身的骨头好像根根都散了。他对这活天冤枉，原是决意不肯乱招的；及至这个时候，实在忍受不住，只得有气无力地说："太爷，我招了！"

过于执闻言就令松绑。绳子松了，熊友兰身不由己，瘫在地上。过于执的问话，他不管听得清听不清，好歹只应着"是"。胡乱应了好半晌，有人叫他在纸上打手印，他也就打了。他心里再没有第二种想法：但觉得有把刀，冰凉地，从前脖砍进，直砍到后颈骨。想着想着，晕了过去。

过于执不去问熊友兰的死活，却只管去发落众人。当堂赏了差人，说他们捉拿凶手有功。秦古心等四邻，发放宁家，叫把尤葫芦家好生锁闭，不许有人进出；又吩咐随传随到，勿得有误。尤葫芦的尸身，早经掩埋，那就不在话下。还有那赃证十五贯钱，当众打开钱袋，数了一遍，依然分文不差，就叫张氏立下字据，如数领回。张氏领得此钱，还没有出得衙门的大门，这个公人要"草鞋钱"，那个公人要"抬埋费"，乱开名目，半讨半抢，她只落得三五贯钱到手。这是后话不提。

这一堂大审，并没有花费多少时辰，就这样断了案。退堂之时，过于执扬扬得意，自言自语地说："下官虽然才疏学浅，这老吏决狱的本领，倒还有一些。要是别人来断此案，怕的三年五载也未必有我审的这般清楚明白哩。"

四、况青天判斩察冤情

过于执断了尤葫芦被杀身死一案，把苏戌娟、熊友兰认作凶手，按照子女杀父这个逆伦的条款，判成凌迟碎剐的重罪，申详到常州府；常州府又申详到苏州巡抚之处。

这苏州巡抚周忱，身兼都御史之职，人称"周都堂"。当下见此逆伦重案，不敢怠慢，免不得调齐人犯："朝审"一番。提起这"朝审"，原是慎重民命的一件好事，是恐地方断案，或有冤屈，特此在秋决以前、霜降季节左右，把各宗判成死罪的人犯，重加审问。京中由刑部主持，京外由都御史主持。审问之后，把各案分成情实、缓决、可矜、可疑四种，奏明皇帝，请旨定夺。若是问官关心民命，用意研求，那被冤之人，也未尝没有得到翻案的机会，只要逃过了"情实"二字，就可望幸免一死。无奈这周忱乃是一个善于做官之人，讲究的是"多一事不如少一事"；尤其是把个"官官相护"看作是做官的秘诀，决不愿为了替老百姓翻案，害得同僚丢官弃爵。他既有这样的存心，自然看这“朝审”一举，无非是掩人耳目的具文罢了。

苏戌娟和熊友兰，从无锡被提到苏州，在那“朝审”堂上，原怀着一线之望，没口呼冤，请都堂爷爷再查一查。那周忱因常州府的文书写得斩钉截铁，人证俱全；而且向来知道，无锡县是个精明强干的能员，一定审得好，判得对，他既有此想法，两个犯人的言语，就一句也听不进。说得多了，他认作是强词狡辩，很不耐烦，大声喝骂不算，还要动刑。

这苏戌娟和熊友兰是受刑受怕了的，被周忱一吓，再也不敢响了，这样一来，周忱觉得犯人自认情亏，可见原判丝毫无错，就把本案定为“情实”，呈报刑部请旨。不一日，刑部回文来到，奉了圣旨，如奏施行。周都堂就近指派苏州府知府为监斩官，定下了行刑日期，令将苏戌娟、熊友兰押赴市曹，凌迟示众。

且说那苏州府知府，姓况名钟，表字伯律，本贯南昌靖安人氏。原在朝内，官拜礼部郎中。为人刚强果断，公正廉明。这一年，苏州府知府出缺。朝廷因苏州是个大郡，繁剧不易治理，必须派个得力的人。挑来选去，就派了况钟。况钟陛辞出京，临行之时，皇帝特地给他玺书一道，着他若见贪官污吏，土豪恶绅，尽可任意惩治，“如朕亲临”。那况钟走马上任，真的不怕权贵，严禁狡猾，兴利除害，惠爱穷弱。既奏减了七十二万石的粮赋，又办了无数的疑难案件。万姓腾欢，口碑载道，一时“况青天”的声名，被老百姓们喊得十分响亮。

那况钟奉了监斩之命，到了行刑的这日，傍晚时分，吩咐升堂。按着当时斩杀人犯的章程：天色起更，从牢里提出了人犯，监斩官升堂验明正身，无非三言两语，问个姓名。然后赏给一碗“长休饭”，一盏“永别酒”，让他不做饿死之鬼。酒饭已罢，即行洗剥捆绑。左右送上了招旗，监斩官在旗上判一个“斩”字，把笔抛在地下，推开了公案。就有刽子手上前，簇拥着这个犯人，远出辕门之外，或杀或剐，立时处决。行刑之后，刽子手呈上刀来验了，监斩官要赶在五更三刻以前，回报都堂，不能有误。向来都是如此，从无例外。因为这是奉旨行刑的大事，谁若不遵，上下牵连，都要受到挂碍不是的处分。

这苏戌娟和熊友兰都是受了枉屈之人，原来总想有朝一日，雪此覆盆奇冤，放出监牢，重还乡里。及至到了这个时候，被提出了大堂，眼看就要遭杀身之祸，再也没有指望的了。这就口中呼冤，声嘶力竭；眼中流泪，连血都洒将出来。况钟向来遇事留心，一点也不肯含糊，当下瞧见二人模样，就觉得有些纳罕。刽子手给二人打开枷锁，递过酒饭。那二人一口也不沾唇，饭也翻了，酒也泼了。性气不好的人犯在临斩之时，哭喊叫骂，也是有的，照例都是给他个不瞅睬。因之刽子手只管去洗剥二人，将二人五花大绑起来。

左右送上了招旗，况钟提笔在手，正要朝旗上判字。忽然间，只听两个犯人，同声叫道：“爷爷呀！冤枉啊！”这声音听进耳中，十分凄厉，况钟不禁打了一个寒噤，抬起头喝道：“多讲！”立刻堂上两厢之人，齐声接应道：“多讲！”况钟又便提笔，看看要判字了，只听那男犯说：“人家都说你是‘青天大老爷’，好比包公再世。如今却看我含冤而死么？”又听那女犯说：“你屈斩良民，算什么清官，叫什么爱民如子呀？”两厢之人，闻言又喝：“多讲！”况钟却住了笔，向两厢摇摇手，问二人说：“你二人有条条罪情，经过多少问官，三推六审，你二人也自招了的，到了这个时分，就该知道身犯王法，死有余辜，还喊个什么冤枉！”

熊友兰道：“爷爷呀！小的罪证不实，是被屈打成招的呀！”

况钟说：“你既犯刑，就该拷打，有什么‘屈’处？人证物证俱全，又有什么不实？”

熊友兰哭道：“我是客商陶复朱的伙计，找着陶复朱，就知道我那十五贯钱，原是他交付与我的。县太爷不肯细查，都堂大人又不肯追问，却让小的给那个凶手顶缸，小的是死也不能瞑目的呀！”

况钟闻言说：“你当时言道，陶复朱人在苏州，怎么苏州查不着此人？这不明是你在说假话么？”

熊友兰道：“陶复朱从淮安坐船来到苏州，又由苏州坐船去往闽广。他在苏州，原是过路，船只开后，查他不着，也是有的。小的为此，请县太爷行文淮安，问个明白；县太爷偏是不肯，竟叫小的如此抱恨含冤！”

况钟想了一想，又问道：“你是何时由淮安到的苏州？何时由苏州前往常州？你由苏州动身之时，那陶复朱可曾告诉于你，他何时开船去往闽广？”

熊友兰道：“船到苏州，是四月初八；我由苏州动身前去常州，是四月十五；我和陶复朱分手之时，他曾说到，一二日内，即便开船。”

况钟点了一点头，又自沉吟片刻，却取了火签一枝，叫差役去到葑门外钞关上一查，四月十五日以后，过关交税的船只之中，有无客商陶复朱的名字。速去速回，不得有误。那差役接过火签，转身下堂，飞驰而去。

这时候，苏戌娟又叫起“冤枉”来了。苏戌娟说：“我和这个客商，向不认识，偶然同路相逢，怎么就说是通奸？我受冤而死，还要拖累别人；又教杀我父亲的凶手逍遥法外：这不是暗无天日么？爷爷既给这个客商去查案，也该给我查一查呀！”

况钟道：“你和熊友兰是否通奸，这倒不难查明。但是，尔父被杀之时，为何你却偏偏走出门去？这中间能说一点干系没有吗？”

苏戌娟道：“只因我父说是卖我为婢，我心中不愿，所以前往姨母家中求救。父亲被杀，原是梦想不到的；我若知有此事，再也不会走了；我既不走，父亲也未必被杀，又哪里会有这场官司！这个客商，恰巧身上也有十五贯钱，这不是前世的冤孽吗？爷爷既是‘青天’，你要给我伸冤呀！”

况钟道："便说熊友兰不是你的奸夫，你半夜出门，又谁能保你别无奸情呢？"

苏戌娟拍着地哭道："我是没有出门的十八岁闺女，怎么硬要说我有奸情呢？"

况钟一想，这话很是有理：说她和人通奸，并非当场拿获，有谁见来？只要查出她是否室女，就不难明白。弄清了这奸情之事，再去查杀人之事，岂不少了许多牵绊。想着，就又命一差役："速去传唤一名稳婆前来。"这差役也是飞驰而去。

这时左右之人，见况钟迟迟没有判斩，却连派差役，出去查案；这是有违旧例的事，深恐要招得不是，因此个个惊惶。那捧着招旗的站在公案之旁，忍不住低声说道："请爷爷判了吧，不要误了时辰。"

况钟道："本府自有道理，尔等休得性急。"他口中尽管这般说，心里却也暗自嘀咕：这是常州府的案子，苏州府怎能过问？监斩官只是奉命监斩，又哪有翻案之权？派人去查，查出犯人说的是诳话，照原案判斩，倒是不难。但是，按着原来的案情，其实是有许多可疑的漏洞；犯人的形色和声音，也未必是狡狯之徒：万一查出来其中是有冤屈，又该如何办理呢？难不成说，查归查、判归判么？想到这里，况钟免不得有些为难起来。公案旁的大烛，被风吹得火焰闪动；况钟的心，正好比那对大烛，摇摆不定。

还没等况钟拿定主意，差役已将稳婆传到。况钟吩咐道："你将这女犯引至耳房，仔细检验，看看是否还是童身。如若不实，当心你的性命！”那稳婆连称“不敢”，把苏戌娟引往耳房中去了。

这检验童身的办法，虽然当时审问官司的常常使用，究竟并非完全可靠。况钟是个明白人，因为苏戌娟口硬，所以这才试上一试。及至苏戌娟被引去耳房，他倒又有些后悔：如果检验不出，是否童身，岂不反而坐实，是有奸情么？他正踟蹰之时，稳婆却已检验完毕，引着苏戌娟，向公案前报，道：“禀爷爷！这女犯委实是黄花女儿。”

况钟闻言，心中甚喜，却又问：“你检验得仔细认真么？我若找别人再验不合时，你的罪名可不小哩。”

那稳婆说：“小妇人愿具甘结，如她不是童身，任凭罪责。”

况钟见她愿意具结，便教取文书给她打印，赏了几两银子，让她去了。

稳婆方去，奉命往葑门外钞关上去查船只的衙役，也来回报：“本月十五日，是有一只载有商货的客船，由此过境，开往杭州。那船上客商之中，正有个陶复朱，缴纳货税银子一两二钱。”说毕，缴还了火签，又缴呈钞关上收税簿子一本。况钟按着日子一翻，果然一点不错。他不觉长长地倒抽一口冷气。

况钟这时心中想道：案子冤枉，是一定的了。男女二人，一在淮安，一在无锡，平日既不相识，女的又还是室女，奸情显然是没有的了。既没有奸情，盗杀之事，就要另外去查。如查不着，又待如何？要给这二人翻案，眼前就是违抗圣旨，明是惹火烧身；

将来查不着正凶时，罪名就会更大。他越想越是为难。

那捧着招旗的好似看出了他的心事，又上前一步说："爷爷！天色已快交三更了，既已查过，可以判了。"

况钟叹口气，提起那枝笔，舔了银朱，向着旗子；笔尖都快要点上旗子了，只是心里不安，两手发抖。这枝笔，再不是一枝轻轻的竹管兔毫，却仿佛有千斤之重。只要一落下来，两个尘世间的活人，立刻就要变作枉死城中的冤鬼。他提起笔又放下，放下笔又提起，几起几落，不知怎么是好。

跪在公案前的苏戌娟和熊友兰，觉得回生有望，等待况钟另外发落。及至况钟要向招旗上判斩，两人不禁同时叫道："爷爷已查出了冤枉，给我们笔下超生啊！"

况钟闻声，伸头向下望了一望。这时大堂之上，虽是灯火通明，究竟夜晚不比白昼，那两人的身上，影影绰绰的，好像两个孤魂野鬼，万分凄惨。况钟一咬嘴唇，发个狠，自己对自己说道："明知冤枉，照样错杀，这算得什么清官！斩不得，斩不得！……"这就把笔掼在桌上，向那捧着招旗的一摆手。

那捧着招旗的偏不肯后退，只是说："爷爷呀，奉旨决囚，停留不得的呀！如若延迟，小的们吃罪不起！"

况钟说："本案还有内情，必须重行审问明白。本府不遇此事，不知此情，也就罢了。如今既见破绽，就该呈报上司，为民请命。有什么不是之处，概由本府承当，尔等不必惊慌。"说着，又吩咐下去："且将两名犯人，与我带至耳房，候令行事。"

堂上一应在职人员，见况钟这般言语，惟有奉命办理，静候下文。因不知况钟有何主意，不免人人捏把汗，个个担着心。

五、见都堂况钟纳印信

况钟查出苏戌娟和熊友兰确有冤情，不肯判斩。当下只是想着，本案是奏请圣旨施行的；若不赶在五更以前，请示都堂，不但不能翻案，而且无法交差。这便吩咐众人，且不要熄灭灯火，只把仪门掩上，仍在大堂伺候。又唤过家院，取素服小帽来换了；怀了那知府印信，着两名随从，提灯开路，径投都堂官衙而去。

这时已交二更三点，正当夜半，路绝行人。况钟一面走，一面盘算：如不能捉住正凶，这件案子，终难了结；要捉正凶，又不知应从何处下手。将来上司怪罪下来，却也沉重。只是见死不救，于心难安，拼着这一顶乌纱帽，总会弄得个水落石出的。都堂衙门和知府衙门虽然相隔很远，因他思来想去，片刻未停，只是琢磨，如何才得破案，这就在不知不觉之间，高一脚、低一脚地走到了。

都堂衙门口支着两个大灯笼，衙门里却一片漆黑。只有号房还有两盏油灯，灯下坐着夜巡官，强打精神，似睡非睡。

况钟上前问道："门上夜巡官在么？"

那夜巡官猛吃一惊，回问："半夜三更，尔是何人，闯进辕门来了？"

况钟应道："本府况钟在此。"

夜巡官见说知府到了，提灯而出，照了一照，认是不差，就说："府太爷今夜监斩，甚是辛苦。此刻素服小帽前来，不知有何事故？"

况钟道："本府正为监斩之事，来见都爷，请烦与我通报。"

夜巡官道："都爷早已安寝，合衙也都入睡。这等夜深，小官不便通报。"

况钟道："本府有紧急公事，必须立见都爷；如不通报，出了差错，你可担当得起？"

这夜巡官向知况钟与众官不同，听了这样言语，虽然心中不愿，却也不敢怠慢，就接过手本，代他传了进去。

夜巡官进去，为时却也不久；况钟在外边，偏只等的心焦，把一分一刻的光阴，当作了一年半载。他耳听外面更夫，敲过三更的梆子，更好像有忍不住的煎熬。就在衙门口，踱来踱去，一步不停。好容易，听得里面脚步之声，赶忙迎上去问："都爷升帐了么？"

夜巡官道："小官说都爷安寝，不能惊动，府太爷却定要小官通报。适才都爷十分着恼，若是别的官儿，连小官都要受责。因是府太爷，都爷就传下话来：'深夜恕不接待，明日早堂相见。想是监斩已毕，把手本留下就是。'府太爷，这份手本，是留下来还是带回去？”

况钟急道：“本府正为了此事而来，哪里是什么监斩已毕！现有两条人命，在生死呼吸之间，若等早堂，就要误了大事。请烦夜巡官，再为通报一声。”

夜巡官说：“小官委实无此斗胆，不敢再传。府太爷既不肯将手本留下，就请带回吧！”嘴里说着，也不管况钟是否伸手来接，一下就塞了过去；掉转身，走进号房，再也不出。

况钟上前，又复央求，说了无数的美言，那夜巡官只是不允。况钟正在束手无策之时，猛抬头，却看见高高大大的一面堂鼓，顿时计上心来，更不管好歹，攀上鼓架，取了鼓槌，重重敲了两下。这堂鼓原是备作紧急之事和百姓鸣冤之用的。但照旧例，若是百姓鸣冤，敲了此鼓，先须受责，然后审案；因此平常轻易没有人敢敲。真的敲了，都堂就得立刻审讯，不许迟延。况钟这时迫于无奈，明知有些不便，事出非常，只得试他一试。

这鼓不敲则已，一敲之时，立刻合衙震动，你推醒我，我推醒你，穿衣的穿衣，点火的点火；闹闹哄哄，全都起来了。先有中军官出来问话：“是何处小民，半夜前来击鼓？都爷早已有令：击鼓之人，若有状纸，先打四十大板，等候传问；若无状纸，加倍重打，赶出辕门之外！”

况钟只得上前说道：“是本府况钟前来告状。只因来得匆忙，未备状纸。等候见过都爷，再行领罪就是。”

那中军官故作张惶的模样说：“原来是府太爷呀！小官不知，

多有冒犯。请府太爷稍候片时，都爷即便出堂来了。”

这时，只听合衙员役，上下闹嚷：“吩咐开了角门呀！”“各该夜役明灯站堂呀！”“都爷升堂啦！”就在那隐约的烛火之下，人影散乱，这个喊过来，那个叫过去，角门打开，中军官引着况钟进去，况钟就拱手站立堂下，暗中窥觑。但见那些员役：有的睡眼蒙眬拖着竹板，有的精神恍惚夹着护书，有的披着衣裳忘了系带，有的歪着帽子不及盘头。众人因不知出了什么大事，都堂要升夜堂，你问我，我问你，看见苏州府拱立堂下，倍觉稀奇，喊喊喳喳，交头接耳，有些像一群蚊子在乱飞乱叫。好半晌功夫，才参差不齐地排好了班。谁知中军官却又传出话来：“都爷有命，各班员役且退，只着旗牌官到东花厅伺候。”接着，又上前向况钟说：“都爷请府太爷在东花厅相见。”

众员役乱纷纷前来站堂，刹时间，又乱纷纷地退去了。况钟只随着中军官，去到东花厅内。

这东花厅乃是都堂平日会客之所，布置得富丽堂皇：灯烛辉煌，菊桂芬郁；陈设的周鼎商彝，悬挂的名书法绘。况钟皆无心欣赏，只是想着，如何说动都堂，重翻冤案；不时侧耳而听，交了几更几点。只见他，一时站起，一时坐下，真似热锅上的蚂蚁，没有片刻宁静。好容易，听得有一阵脚步之声，远远来了，他赶忙去到门边伺候。及至门帘挑起，进来的却是老家院，捧上茶水。况钟低声问道：“都爷穿衣下床没有？”家院道：“都爷洗盥已毕，立即前来，府太爷且请稍坐，何必如此着忙。”况钟心下暗想：这人命关天的大事，他等只看作稀松平常；过了五更天，怎能刀下留人？这才是“急惊风遇着慢郎中”，没他奈何。

外面传更的敲着三更三点，这才见旗牌官、中军官、家院、门子，好一群人，把个都堂周忱，簇拥将出来。

周忱因况钟扰了他的好睡，满怀不愿，进得门来，况钟参见，他全不瞅睬，开口只是问道：“今夜奉旨决囚，借重贵府监斩，为何不在法场行刑，却夤夜前来击鼓？本院有些费解！”

况钟忙道：“只因那两名死囚，罪证不实，斗胆来见老大人，欲求暂缓行刑，以免冤屈无辜。”

周忱道：“本案已经三推六审，无锡县、常州府都是有名的能员，似此逆伦重案，怎会不细心推求。本院调看过文卷，亲行过朝审，犯人俯首认罪，并无异词，若有冤枉，早已昭雪，哪里等到贵府此刻前来多事！”周忱言语之间，十分怒恼，只顾自己坐下，也不管况钟坐是不坐。

况钟见周忱这般模样，尽管有些不服，只因救人要紧，不得不权时忍耐，依旧低声下气地说道：“老大人说已经朝审，但不知可曾传到客商陶复朱，查明那十五贯钱的来路？又不知苏戌娟和熊友兰通奸，是谁眼见？”

况钟说话，原已捺住火气；那周忱听来，却偏觉着顶撞，就冷笑了一声，说道：“依贵府所说，天下一切命案，只要未经贵府审讯，其中都有疑窦的了？本院尽忠报国，执法无偏。本案赃证俱全，奉旨处决，何劳贵府如此保救！”

况钟说："人命关天、非同儿戏，老大人说赃证俱全，卑府看来，全都有些捕风捉影……"

周忱剪断了他的话说："本院请问贵府，这监斩官的职责该当如何？"

况钟道："监斩官的职责，是验明人犯正身，准时处决，立刻回报。"

周忱道："贵府既然深明其中职责，为何越俎代庖，擅离职守，只顾猎取贤名，目无朝廷法纪呢？"

况钟喏喏连声道："卑府不敢。卑府只记得律例上还有一条：'凡死囚临刑呼冤者，得再勘问陈奏。'本案明有冤屈，但求老大人网开三面，代为做主，那受冤之人就可死里逃生。"

周忱道："本院向来奉公守法，不敢胡作非为。人犯是奉旨处决的，如何能稽延时日？请贵府不必多言，赶快回到法场，迅速行刑；误了时刻，彼此都有未便！"

外面已敲着四更了，周忱只是不肯应允释囚重审。况钟这时，只得说道："卑府南来之时，曾蒙圣上亲赐玺书，遇事可斟酌而行。本案卑府愿独担干系。倘若他日查明，不能翻案，一切罪责，由卑府去领。"

周忱道："贵府既有御赐玺书，尽可把那两名死囚释放，径自陈奏便了，又何必劳步来和本院麻烦？本院是没有玺书的，只知一生谨慎，不犯常规。"

况钟道："老大人且请息怒，卑府还有下情禀告。那客商陶复朱，确有其人，四月间曾由苏州路过，这熊友兰的话不是全然无根的。那苏戌娟，还是黄花女儿，说她与人通奸，也是不近情理的。这两件卑府都已查实。今日如将二人糊涂赴刑，他日圣上得知此事，怪罪下来，卑府职责尚轻，只怕老大人还是有些不便吧！”

况钟这几句言语，倒把周忱说得愣住。周忱原意，多一事不如少一事，恨的是况钟多管。这时见况钟既已查出冤情，又有玺书在手，如不听他几分，真的把罪犯处决之后，他去御前告状，也还有些棘手哩。沉吟片刻，便说道：“如依贵府所言，他二人都是受冤，那凶手却在何处呢？贵府交不出凶手来，本院又怎能释放他二人？”

况钟忙道：“只要老大人肯宽限数月，卑府当亲到淮常二府，察看回报。”说着，又从袖中探出知府的官印，双手捧放在周忱面前桌上道：“这是卑府的官印，现时留押在老大人这里。如若卑府去到淮常二府，事有不决，请老大人将卑府题参，卑府甘心领罪。”

周忱见况钟说得如此，不得不允，只好说道：“贵府既是坚持，本院姑准半月期限，查明结案。倘若不然，本院即便宽容，旁人也要议论；这沽名钓誉的罪名还小，无私有弊的话可就沉重了。还请贵府三思，不要自误！”

况钟道：“卑府决无后悔。”

周忱道：“既然如此，贵府请将印信收回，本院准了期限，贵府就请回衙吧！”

况钟道：“卑府谢老大人的恩典，但是还有一事，要请老大人俯允。”

周忱道：“还有何事？”

况钟道：“卑府前往淮常二府查案，实是越权。意欲向老大人请令箭两枝，亲赍前往，就可有呼必应了。”

话已说到这个地步，周忱只好取两枝令箭与他。况钟接过令箭，打躬称谢。周忱却又说：“贵府必须多多留神，这半月期限，逾越不得的；如过一日，那时间，不要怨本院的题参！”说完话，一拂袖子，就起身回上房去了。

况钟得到都堂的允诺，十分欢畅，全不计较那些言语。中军官送他走出府署，一面走，一面说：“府太爷，你不但扰了都爷的好睡，把合衙上下，都闹得一夜不安哩。”况钟道：“这倒都是本府的不是了！”只说得这一句，也就不再理睬。

出了都堂抚署辕门，有那随从人等接住。况钟忙问：“什么时候了？”左右说道：“已交四更二点。”况钟连催快走。

赶回知府衙门，大堂上灯烛犹明，员役未散。况钟又复换过了衣冠升坐，提出了苏戌娟、熊友兰二人，当堂发落道：“本府奉得都堂大人面谕恩准，汝二人逆伦盗杀一案，其中疑窦尚多，有待勘查，因此暂免一死，听候平鞫。”说罢，就命差人将他二人松绑。又吩咐改押平监，不要再与死囚同牢。那苏戌娟熊友兰二人，死里逃生，感激不尽，只顾朝上叩头谢恩，不知应该如何说话才是，但听他二人喃喃地念着："子孙万代，禄位高升！"

退堂之后，天色已经微明，况钟又传点人役，准备坐骑，安排先行前往常州无锡县查案。

众人说："太爷一夜未睡，且当安息片刻，前往不迟。"

况钟道："都爷有命，本案必须早结。稍有迟延，只恐其中有变，更难着手。尔等为了救人性命，也该不辞劳瘁才是。"

众人忙道："爷爷既如此辛勤，重视民命；小的们理当侍从，哪有什么劳瘁的话讲。"

况钟又复叮嘱：此行要十分机密，格外小心。众人役都唯唯应承，当日便往无锡而去。

六、勘现场娄鼠露行藏

无锡县知事过于执，这日正在理事，忽听报说，苏州府知府况钟驾到。过于执十分惊疑：苏常二府，井水不犯河水，事先未见通报，匆促而来，定有重大事故，慌忙接入。坐定之后，况钟也不寒暄，就交出令箭，说是奉了都堂之命，前来复勘尤葫芦一案。过于执口虽不言，心中却老大的不快，一意想着：此案已经奉旨处决，不知何人多嘴，竟来翻案；自己当初审断，甚是认真，有赃有证，一些差错也没有，前来复勘，也无非多此一举。尽管这般想，那款待上司的礼节，还得照旧施行，立刻暗中吩咐下去：准备公馆，安排筵席。

向来查案的，不过是奉命行事，随便问个三言两语，写点滥调陈词，回去销差。这原是官官相护，率由旧规的。谁知这况钟偏生与众不同，交待了来意之后，接着就说："那尤葫芦被杀的凶场在何处，还烦贵县指点，兄弟好去复勘。"

过于执回道："尤葫芦被杀的当天，卑县就去查勘，申详常州府转报都堂，有卷存案，想蒙大人看过。今事隔数月，似乎已经没有什么值得再查的了。"

况钟说："兄弟既奉上命，身不由己，总须再看一遭，才好复命。"

过于执闻言不悦，肚里暗说：向闻这位知府有"青天"之名，谁知竟是这等迂执顽固之辈。一面想，一面只是说："大人今日住下公馆，歇马一天；执定要去时，明日前往不迟。"

况钟沉下脸来说道："贵县怎么这样说！本案事关几条人命，十分火急，不比寻常；若令生者受冤，死者抱恨，你我身为牧民之官，何以辞其咎？贵县如别有公干，不能抽身，就请派一二差役，向导路途，兄弟自行前往就是。"

过于执忙道："大人说哪里话来！既然大人不辞劳瘁，卑县自当伺候。"他话是这样说，心中却另有打算：要查便查，难道谁还怕查不成。且看他能查出一些什么？查不出时，我定要狠狠讥笑他一番，让他认得我过某人也不是无能之辈。

这况钟由苏州来到无锡，机密迅速，原是神不知、鬼不觉的。

但那过于执并不理会这些，他先派差役，往东关地方，通知乡保总甲，准备接候苏州府复勘尤葫芦一案。片时之间，东关就轰动了。别人只是觉得这样事情很是少有，也不知原委如何。其中却不免惊动了娄阿鼠这个家伙。

娄阿鼠是个“心中有数”的人，原来只道苏戌娟、熊友兰已成刀下之鬼，自己可以逍遥法外，高枕无忧。这时忽听说苏州府前来复勘，事情似乎有些不妙。他先想到：自己干下的事情，一无人看见，二无人知道，既无人证，又无赃证，是不怕它什么的。等到苏州府前来时，不妨混杂在街坊四邻之内，且看看他怎样的查法。转而一想：这苏州府况知府，是出名的“包公再世”，足智多谋，厉害无比，倘若在他面前，露出马脚，岂非自讨苦吃？常言道得好：“三十六计，走为上计。”不如且去他州外县，躲避个十天半个月，等待这边风平浪静，再回来也不迟。这娄阿鼠原是无有家业之人，说走就走，只见他脚底下搽油，“桃之夭夭”了。

且说过于执陪着况钟，来至东关；直到尤葫芦家门口下轿。这时总甲已传集四邻，前来接候。况钟先问：“这尤葫芦家封锁之后，有人进去过没有？”

四邻道：“县太爷当时命小的们仔细看守，从来无人胆敢进去。”

况钟上前看了一看封锁痕迹，就命启封。

进门之后，况钟一眼就瞧见油灯之下有一只尚未纳完的鞋底，就问：“这是何人所做？”

四邻说：“这是苏戌娟所做。”况钟点点头。

过于执问道:“大人，这只鞋底，也和逆伦凶杀的案子有关吗？”

况钟道:“你我多查一查再说吧！”

过于执暗自好笑，这位知府，徒负虚名，原只是这般的傻角。

那况钟一时抬头看看上面，一时低头看看地下；一时侧过耳来，好像听什么声响；一时拉长了呼吸，好像闻什么气味。他只顾琢磨：凶手如何进屋，如何出门；是先行暗藏屋内，还是从外而来。桌椅肉案，床铺墙板，这边推一推，那边拍一拍，敲的敲，打的打。一面查，一面用手比划，一面想。众人看他那副模样，也不知葫芦里卖的是什么药，全都暗暗纳罕，想笑不敢笑。

看过外屋，又去看里间。这里间甚为窄狭，乃是苏戌娟的卧房。虽然久未居人，有些霉湿气味；喜的是杂物家具，全未搬移。只见床上被褥，铺叠整齐，明是晚间安排就寝时的样子。那零星动用之物，也毫无凌乱之象。况钟都看在眼里，更加明白，苏戌娟当初确是没有什么逃走的打算的。连前想后，她那杀父的冤情，不难昭雪；只是谁是凶手，依然头绪全无，不能不有些烦恼。

正当此时，忽听过于执在外屋装腔作势地大声说:“呀！大人，这里有大滩的血迹哩。”

况钟闻言，就从里间走出，顺着过于执手指之处，向地下看着说道:“这血迹里有什么可疑的呢？”

过于执道:“依卑县看来，这只怕是被害人的血迹哩。”

况钟道:“自然不会是凶手的血迹。凶手若流得这多血时，他也就逃不脱了。”

过于执道：“虽然知道这是被害人的血迹，但是卑县看来看去，总看不出凶手是何等形样之人。”

况钟道：“贵县意思说，凶手准定是苏戌娟和熊友兰么？”

过于执微微笑道：“大人说他们是受了冤枉的呀！”况钟知道过于执有意奚落，当下也不辩驳，只顾再去推详。

那过于执因况钟未曾答言，越发得意，追着又问；“大人见着了多少可疑之处呢？”

况钟道：“贵县你呢？”

过于执道：“卑县觉得处处可疑。”

况钟道：“倒要领教：贵县说处处可疑，不知是哪几处？因何可疑？”

过于执道：“若不可疑，大人查勘，就不致于这样地费心了。”

况钟道：“如此说来，兄弟是庸人自扰了？”

过于执道：“大人言重！想来，大人重视民命，所以过分用心。”

况钟回问道：“贵县呢？”

过于执道：“卑县才疏学浅，审理本案，虽说有赃有证，据事辨情；大人既说是有差错，必然另有卓见。还望大人多多指教，卑县也好加一些阅历。”

况钟道：“只怕兄弟是徒劳往返吧！”

过于执道：“大人胸有成竹，怎么会徒劳往返哩。”

过于执这里一步紧一步地逼着况钟，那些随从们也都听见了。

就有一个县中乖巧的书吏，讨好过于执，在地下拾起一枚铜钱，递将上去道：“太爷请看，这个钱是否也有可疑之处呢？”

那书吏把钱递与过于执，过于执随手就又递与况钟道：“这个钱大大的可疑！但是卑县看它不出，还请大人指点！”

况钟接过钱，正自沉吟；却又见别几个皂隶，也有拾得一个两个的，也有拾得三个五个的；其中竟有一人，从床脚阴暗之处，找到数有半贯之多，不禁惊叫起来。

况钟问过于执道：“贵县说，这半贯之钱，从何而来？”

过于执道：“想那尤葫芦，平日卖肉，家中存个一贯半贯之钱，也是有的，何足为奇。”

况钟想了一想道：“记得文卷上说得明白，尤葫芦家无隔宿之粮，因而向人告贷。若说一时忘记，家中还存有一百两百的铜钱，倒也说得过去；把半贯之钱，洒在这里，就不能说毫不可怪了。”

四邻挤在门外，都听到府县二人的说话，就有秦古心上前说道：“禀大人：尤葫芦身死的前一日，曾在小的店中赊过五十文的杂货。他若有半贯钱，又何致欠小的五十文哩。”

过于执不等况钟说话，先自问秦古心：“要是依你所说，这半贯钱却从何而来呢？”

秦古心道：“依小的猜想，莫非这半贯钱，是在那十五贯之内的么？”

过于执道：“那个凶手，抢了十五贯钱，真赃已经截获，分文不见短少，怎么又会多出这半贯钱来？”

秦古心道："依情度理，很像是凶手抢钱之时，手忙脚乱，散落了这半贯钱，来不及收拾，就赶忙地逃走了。至于那个捉到的凶手……"

秦古心话未说完，过于执瞪着眼大声急问："那个捉到的凶手怎么样？"

况钟见过于执厉颜呼叱，颇为不然，接过口说："四邻小民之言，只是让你我留心采择，可信则信；但怕他说的不多，为何却要阻拦不由他尽情说出呢？"

秦古心得着况钟这样言语，壮了胆，一径的说道："当初尤葫芦被杀之时，苏戌娟恰恰逃走，又恰恰遇到个身背十五贯钱的熊友兰，小的们不能不起疑心。其后二人被捕，小的们仔细想来，那苏戌娟向来为人稳重，毫无轻佻，和人通奸之说，谁也不能指实；那个客商熊友兰，本地从未见过此人，说他定是奸夫，也是有些欠通。小的们在大审的那天，原想把下情向县太爷详细说说，却又恐县太爷着落四邻要凶手，因此上不敢言语了。今日难得青天老大人前来复查，小的已有一把年纪，拚着一死，斗胆回禀。若依小的之见，偷尤葫芦的钱的，怕是别有凶手。若问这凶手是谁，小的却无从知道，还请两位老大人详情判断。"

秦古心只顾说，过于执却变了脸色，一片青、一片黄的；因况钟有言在先，又不敢发威，只好强笑向况钟说："这江南之地，人情狡悍，大人但听这老儿前后反复的供辞，就可知道一二了。"

况钟笑道："只要他肯说便好，你我也不必计较他言语的轻重是非。”

况钟刚说得这一句，忽然间又有个皂隶，从地上拾起一个小小木盒，递了上来。况钟取过，打开一看，里面盛的却是两粒骰子。放在手中，颠簸一下，分量沉重，不似骨头的。当下就交与过于执道：“贵县请看，这骰子有些蹊跷哩。”

过于执接过手，随口便说：“本县民风浇薄，赌风甚盛，这种骰子，家藏户有，其实也不足为奇。”

况钟道：“这骰子和平常骰子，没有不同之处吗？”

过于执道：“尤葫芦既好吃酒，必爱赌博，骰子必是他的无疑；卑县也看不出有什么特异之处。”

况钟回过头又问秦古心道：“那尤葫芦生前，是否好赌？”

秦古心道：“尤葫芦爱酒如命，却从未见他赌博。”

过于执就说：“逢年过节，难道他也不赌博么？”

秦古心道：“逢年过节，他更是烂醉如泥，哪有心肠赌博。”

过于执道：“他虽不赌博，家里有两粒骰子，预备朋友们玩耍；或者有那买肉的人，前来买肉之时丢落在这里，这都是情理之常。这两粒骰子，那里会有什么文章！”说着，他把头直摇个不住。

况钟不理会过于执的话，却又问秦古心道：“你等街坊之中，可有什么好赌之人？”

秦古心道：“玩玩纸牌，掷掷骰子的，倒也尽有。”

况钟道：“我问的不是这种人。我问的乃是那种游手好闲，以赌为业的。”

秦古心朝门外看了一看，低声说道：“有倒是有一个，今日不知何故，却未见应传前来。”

况钟问：“此人姓甚名谁？”

秦古心道：“他名叫娄阿鼠。”

况钟又问：“这娄阿鼠想必是个行家。但不知在那赌博场中，可曾有偷牌闹鬼和人打吵的情事？”

秦古心道：“前几年也还好。只是这几年来，常在赌博场上，被人赶出；大家说他赌得不直，手脚不干净。这些，小的非亲眼所见，不敢乱说。”

过于执听着忍不住说：“可又来，你既非眼见，又怎么知道这些？”

秦古心嗫嗫嚅嚅地说：“大家都这样说，不是小的一个人诬赖他。”

况钟说：“我再问你：这娄阿鼠和尤葫芦平日可常往来？”

秦古心道：“那娄阿鼠行为不正，尤葫芦素来不愿理睬于他，因此二人没有什么往来。”

况钟听了秦古心这一番话，想了一想，回头又问过于执道：“那娄阿鼠既是四邻，为何点传不到？”

过于执不回答况钟，却将此话去问书办，书办又去问皂隶，一个一个朝下问，最后是总甲向前禀复：“小的点传他时，只见房门紧锁，内无人声，呼叫不应；问及左右四邻，说他时常不在家中，间或在外流连，三夜两夜不归，也不一定：因此上传他不着。”

况钟说：“即命四邻给他带信，下次有传必到；如若怠慢，定须从重治罪。”说罢，挥手令众人退出，然后凑近过于执，低声说了几句。只见过于执，皱眉瞪眼，露着大不以为然的样子。又似因上司吩咐，不敢不从，把书办叫至身边，暗暗传了况钟的言语，叫他们小心办事，不可有误。

复查已毕，况钟和过于执回到县衙。况钟因即要赶赴淮安，不得不把要在无锡办理之事，托付过于执。过于执道：“大人嘱咐，卑县自当遵办。只是卑县有一事不明：那熊友兰明有十五贯赃证，大人说他是冤枉；如今却怎么因为两粒骰子，就认作娄阿鼠可疑呢？”

况钟道：“贵县因为有十五贯钱，就断定熊友兰的盗杀，而且断定了苏戌娟的通奸杀父；为什么如今明有这两粒假骰子，却不觉着娄阿鼠的可疑呢？”

过于执口中虽无言可对，心里却只骂着“荒唐”。

况钟为了要弄清楚娄阿鼠的下落，唯恐过于执存着羞恼芥蒂，不肯用心办事，这便又安慰他说：“本案真相如何，还待续查，才能明白。贵县是有名的能员，必能相助，找个水落石出的。你我都是为了老百姓，谁也不必把那功过是非，横亘心中，以致视而不见，听而不闻。兄弟有什么鲁莽之处，候结案之后，当再来领罪。”说过这话，又约定如知娄阿鼠的踪迹，必须迅速相报。

交代之后，况钟就换乘船只，离无锡前往淮安。

七、借测字古庙访凶手

却说客商陶复朱，自和熊友兰在苏州分手之后，和众客同舟，先到杭州，后往福建。在福州等候了好多时日，只不见熊友兰到来，心中甚是诧异。众客纷纷议论：那熊友兰，莫不是拐款潜逃？莫不是生灾害病？莫不是遇了截路剪径的强人坏了性命？众客买卖已毕，前去广州；陶复朱既惦念着熊友兰，更惦念着自己那十五贯钱，便单身留下。谁知盼来盼去，依旧是石沉大海，消息毫无。他是年高气虚之人，朝夕焦急，有些禁受不起，忽忽染了一病在身。众客从广州回来，看他那副模样，抛撇不得，劝他不必呆等，先行回家。依他之意，要绕道苏州、常州，探听个真实下落。众客归心似箭，抄走近路，不肯依从他的言语。他无可奈何，只索回家。

这陶复朱春末离家，在外间半载有余，回到淮安，不觉已是冬初。他那病症，原不过出于焦思苦虑，带点暑湿风寒，在家养息，不多日也就痊愈。他把货物账籍，结算清楚，烧纸酬了神，就安排单身再去苏州。要走未走之际，这日晌午，忽有一人，前来相访，开言问道："这里可是陶复朱陶大公的宝府？"

陶复朱看那人时，只见他：面貌端方，神清气爽，一部飘飘的五绺胡须，一双奕奕的含光秀目；身穿青衣小帽，却整齐清洁，举止潇洒，不似寻常之辈。当下慌忙拱手回答道：“只小老儿便是陶复朱，不知客官缘何提及贱名？”

那客官道：“现有一人，名叫熊友兰，不知陶大公可与他相识？”

陶复朱没口应道：“识得的，识得的！但不知他现在何处？”说着，便把自己如何携带熊友兰去到苏州，如何在苏州和熊友兰分手，如何在福州等熊友兰不见，如何生病回家正待前往苏常去探听的话，一一说了。一面说，一面张罗茶水，请那客官在屋内坐了，细问熊友兰的下落。

只听那客官说道：“听大公之言，交了十五贯钱与熊友兰办货；正为了这十五贯钱，争些把那熊友兰的性命断送了。”

陶复朱吃惊问道：“此话怎讲？”

那客官就把熊友兰因尤葫芦一案被疑牵累之事，仔仔细细说了。

陶复朱忙问：“如此说来，我那十五贯钱，给人冒领，没有着落了？”

那客官见他问钱不问人，心下有些好笑，口中只说：“只要这个案子弄明白，那十五贯自然会物归原主的。”

陶复朱闻听此言，似信不信地说：“而今有这样的官儿么？”

那客官道：“你且休问那官好官坏，只问自家的理直理亏。钱既然是你的，谁能硬赖了去！只是一层，你如不亲身前去料理，这事既无头绪，慢说你那十五贯不会归还，就连熊友兰的性命也有些难保。”

陶复朱这时却换过口来说道：“不为十五贯钱，为了熊友兰，我也要去的。哪里出了这样的昏官，也不把案情对证明白，就将无辜良民，派作奸杀，论斩论剐？我一定要到都堂那里去告状！”说着说着，他才想起，动问客官的名姓，从何而来，怎的知道这般详细。

那客官道：“我姓钟，人家称我‘钟二兄’，只在苏州府前办点代书之事，也还会打卦测字。因听人说，那熊友兰死罪有些冤枉，除非淮安陶大公，别人都难代他分辩。我因出外闲游，来至此地，顺便造府，相告一声。陶大公有心要为熊友兰伸冤，找回那十五贯钱，就该作速前去苏州，耽延不得了。”说罢此话，那客官就告辞而去。

那客官并非他人，正是苏州府知府况钟。况钟由无锡来至淮安，意在探听熊友兰和陶复朱的往来。要知真情，莫如私访，为了遮掩他人耳目，不露风声，因此上装作江湖术士的模样。他先到胯下桥，找着了熊友兰的老家，从那里知道陶复朱的住处；然后又从陶复朱的口中，知道了那十五贯的来历。熊友兰身受冤枉，千真万确了；只要陶复朱前往作证，便可无事。但是凶手是谁，还无着落，连个身有嫌疑的娄阿鼠，在无锡时，都传讯不着。似这般光景，想把全案查清，竟不知要花费多少时日。都堂限定半月为期，这便如何是好？思来想去，无计可施，回至舟中，愁眉不展。

谁知况钟正在为难之时，忽报有无锡县的快班，赶来求见。况钟急命召入舱中问话。

那快班行礼已毕，当时言道："小的们奉大老爷和县太爷密令，追查娄阿鼠的下落，探知他在数日之前——就是大老爷到东关查案的那天，离开了无锡。他出门的时候，行色匆忙，举动鬼祟。小的们听得这个话，不敢放松，一路踩访，追踪下来，闻知他竟是过江来了。过江之后，偏又恰恰来到淮安。究竟他在淮安，藏身何处，或者暂时路过还要他往，却不敢断定。小的们特地携同眼线前来，听候大老爷的吩咐。"

况钟听得此言，心中甚喜，立刻传知所有随从，和无锡来人，连夜分投各处客店赌场，搜查娄阿鼠的踪迹。

众人去后，况钟只在舟中，秉烛待旦，等候消息。将近天明，众人陆续回船，都说未曾和娄阿鼠相遇。只是其中也有人说，在那赌场之中，听得风言，一二日前，有一外来赌汉，大注输赢，那模样好似正说的娄阿鼠。况钟便命众人且去歇息，明日再查。

次日大早，况钟让众人去后，自家却取起课筒，扮成卖卜之人；带了一个门子，作为徒弟。弃舟登岸，一面举着课筒，摇得稀里哗啦地响；一面口中念念有词："有那疑难不决，要知流年吉凶祸福，请来卜个卦、测个字，定能遇难呈祥，逢凶化吉。寻人得见，谋事能成，失物可获，求财必得。"穿大街，走小巷，进西门，出东门，一路行来，不知不觉到了东岳庙前。

这东岳庙是座古庙，有很大的香火。门子说："请师父且到庙里求个签。闲常听得人说，这东岳大帝的签很灵哩。"况钟道："进去歇歇脚也好。"

二人一先一后，走进庙来，直登大殿。谁知蒲团之上，跪有一人，手捧签筒，叩头祷告着说："若保无事，请大帝赏我一根上上的吉签！"

况钟听此人的话音，似带无锡的土语，心中不觉暗暗一动。就装作瞻仰神像的模样，绕到蒲团的前面。那人也十分机警，况钟的脚步虽轻，他却看到况钟的身影，抬起头，和况钟正好打个照面。况钟原不认识此人，只因近日时常听得皂隶们谈论，娄阿鼠如何如何，一看此人，正有些相像。当时就他身旁，用言语挑逗道："求神不如起数，求签不如测字。在下观枚测字，名传四方，今来贵地，还未开张，若是客位愿意测字，我先奉送一个。"

那人闻言，真的把签筒放下，抬头问道："你那测字灵验么？"

况钟道："自然灵的。一字不灵，你就不测二字。"

那人道："测字就是测字，为何又叫'观枚'呢？"

况钟道："客位要问什么心事，不消开口，只信手写一个字，我便可代测吉凶。"

那人道："如此说，这就测不成了。"

况钟忙问："这是何故？"

那人道："我本想写，怎奈我是不识字的呀。"

况钟笑道："这也无妨。客位不写时，随口报一个字也行。"

那人道："我报个老鼠的'鼠'字。"

况钟一听，心中嘀咕：怎的他不说别字，却恰恰提个"鼠"字呢？

况钟稍一迟疑，那人连忙便问；"先生，这个字想是测不来？"

况钟道："测得来，测得来！但要请教客位，所测何事？"

那人说："为了官司。"

况钟故作吃惊的模样说："呀，为了官司吗，这'鼠'字一十四画，数目成双，乃属阴爻；就鼠论鼠，又是阴中之阴，乃幽晦之象：若占官司，就怕急切之间，不能明白哩。"

那人道："不能明白倒也好，只不知日后有无是非缠绕相累？"

那人这么说时，况钟可就有八九成看出破绽来了。他既八九成猜着是娄阿鼠，就决意从测字之中，多用几句言语，探听探听。

你道娄阿鼠怎的正好来到淮安？又恰恰和况钟在东岳庙中相会？这也是"无巧不成书"。原来那日他因躲避况钟，在乡间住了一天。常言道："做贼心虚。"不管他手脚如何干净，举动如何狡猾，总不免有些心惊肉跳，坐卧不安。自思自想：如果况钟追查四邻这个"无故下乡"，说不定也会做成老大的嫌疑。与其留在无锡，担惊受怕，倒不如远走高飞，来得自在。只是一层，他向来以恐吓诈骗、赌博为生，并无知心朋友，待投奔何处呢？后来想起，淮安东岳庙有个老道，往日曾来过惠泉山，自家曾经给他帮忙办过事；不如且到他那里借住几时，有了个托足之地，慢慢再做打算。谁知来到淮安，偏巧那老道出外云游，未能见面。他在客店赌场，串了三几日，心神不定，也想开码头去到别处。这日，他来东岳庙，看看老道已否回来，顺便求枝签，定一定去留的方向。他再也不曾料到，有人为了他的蛛丝马迹，跟踪下来。所以和那“测字先生”交谈之时，只知彼此江湖气味，有些相投；说那“测字先生”原来就是知府况钟，他连做梦也想不到的。

闲话表过。且说况钟见娄阿鼠露出了一些破绽，就安心话中套话，找他往下谈。当时掇过一条板凳，两人同时坐下。况钟向门子递了个眼风，那门子就上前说：“师父在这里测字，我上街去，耍耍就来。”

况钟故意喝道：“你在门外，遇见有那寻找打卦算命的，与我兜揽几个来。可要快去快来，不得贪玩走远！”

那门子喏喏连声地走出去了。

这里，况钟放下了卦筒，展开了折扇，回头又问娄阿鼠道：“客位问的是自己的官司，还是问的别人的官司？”

那娄阿鼠把眼睛眨了一眨，洋洋说道：“我是代别人问的。”接着又道：“自己问，和代别人问，难道还有什么分别不成？”

况钟道：“客位既是给人代问，我直说休怪。这场官司，问卦之人，正乃为祸之首。”

娄阿鼠身子一抖，说道：“你这是从何看出的？”

况钟道：“这鼠，乃是十二生肖之首，在官司里，应着了造祸之端。”

娄阿鼠掉过脸去道：“我不信你这些江湖话！”

况钟道：“这不是江湖话，客位且听我往下说。按字而论，鼠性爱偷窃；这场官司，莫非也因偷窃而起么？”

况钟见娄阿鼠不理，就又说道：“这个被偷窃的人家，想是姓尤。”说还未毕，只听咕咚一声，娄阿鼠竟是翻身跌倒在地。况钟连忙扶他起来，没口问道：“客位怎么没有坐稳？跌坏了哪里了？”

那娄阿鼠一面“啊唷、啊唷”地揉着屁股，一面说：“我叫你不要说江湖话，你偏要说江湖话！我不信，你连别人的姓都测得出来。要是这样，你倒成了神仙了。”

况钟微微笑道：“我并非信口开河，这也是按字而论的。你想一想，老鼠不都是爱偷油的么？”

娄阿鼠道：“这是别人的事，油也罢，盐也罢，我也不管。先生但给我看看，往后可有是非连累？”

况钟摇摇头道：“怕的事情不妙，目下就有败露之象。”

娄阿鼠道：“这又是怎么说？”

况钟道：“目下正交子月，鼠属子，鼠月当令，鼠祸难逃。”

娄阿鼠道：“为了躲过这场口舌，我想到别处走走，只不知去向何方为是，还请先生指点指点。”

况钟道：“你要实对我讲，果然是代人测的还是自己测的。你若说得清楚，我才能指点得明白。”

娄阿鼠思来想去，欲言又止。况钟就又说道：“老兄！‘四海之内，皆兄弟也’。你我江湖上的朋友，一见如故，有什么不可实说的？你实说了，我不但能为你指出迷途，即或有什么为难之事，我还可为你分忧。”

娄阿鼠听况钟这般说，忍不住道：“实不相瞒，我是给自己测的。”

况钟道：“你是自测，这却好，避得脱的。”

娄阿鼠道：“这又何以见得？”

况钟道：“你是自测，本身就不落空了。‘空’字头，下面加个‘鼠’字，就是‘窜’（竄）字。窜乃逃窜之窜。既然逃窜，就可避得脱了。”

娄阿鼠高兴说道：“如此，承先生指点了。”

况钟却又道：“只是一层，那老鼠多畏多疑，前怕狼，后怕虎，常言道，‘首鼠两端’，欲进又退，奔到后来，就会上下无路，进退两难，反而窜不出，躲不脱了。”

娄阿鼠道：“先生所说，果然不差。本来这场官司，也不过芝麻绿豆大的事情，只因我生来胆小，向喜疑神疑鬼，因此不知如何是好。先生，你说朝哪一个方向去的好？”

况钟把折扇打开又折起，折起又打开，反复几次，故作掐指细算的样儿，好半晌，这才说道：“鼠属巽，巽是东方，你只是往东南方去的好。”

娄阿鼠道：“费心再算算，走旱路好？走水路好？”

况钟又那么算一算道：“鼠属子，子属水，是水路去的好。”

娄阿鼠道：“何日动身，才能大吉大利？”

况钟道：“这鼠字之头，乃是个‘臼’字，臼字是两个半边‘日’字凑成的，两个半日，就是一日。说走今天就走，迟则有变。再有一说，鼠乃昼伏夜动之物，要走，最好连夜起身。”

娄阿鼠信了况钟的言语，心下却又不免犹疑：“这往东南而去，水路乘船，岂非要经过无锡、苏州等地？”他为此有些不决。

况钟早又看出他的心事，只作不知，淡淡说道：“这东南之地，最好是杭州一带。这路途之上，看来像有风波，其实可以逢凶化吉。”

娄阿鼠听见这般说，抓抓头发，搔搔耳朵，走是决定走了，一想，又不知有无船只。

他把此意和况钟一说，况钟笑道：“这是天缘凑巧，你我相逢。我搭的一只小船，今夜正要开往杭州，赶趁年下的买卖。客位若不嫌弃，便可同行。至于船金，是多是少，听凭客位；即便不给，也不多在你一人，就算我请了客罢。”

娄阿鼠道：“如此说来，你不是测字先生了。”

况钟倒是一惊道：“为何不是？”

娄阿鼠道：“你明是我的救命王菩萨呀！”

况钟这才放下心，笑着说：“你将性命交付给我，我一定要把你放得稳贴。”

娄阿鼠此时十分高兴，问清况钟船只停泊的地方，约定上船的时刻。然后又取出一些钱文，当作船钱和测字的课金；况钟也就收下了。两人当时分手。这时门子早已出外，约了便衣皂隶，暗自跟踪。娄阿鼠虽则狡猾，只因出于不备，竟然丝毫未曾察觉。这且不表。

且说况钟，先回船上，吩咐了一番。等到晚间，娄阿鼠果然来了，立刻开船便行。一路之上，况钟只和他打些江湖上的交谈，并且告诉他，路过各地，尽可在船上高卧，不必忧心。那日船过无锡，娄阿鼠显得有些不安；及至船从无锡开行，这才认作自此太平无事，没口恭维况钟，真的把况钟比作了神仙一般。

八、雪奇冤公堂结大案

况钟船到苏州，直返知府衙门，当有上下人等，齐来接住。况钟开言便问：“无锡县把尤葫芦案中人犯都带到了么？”回说：“都带到了。”又问：“淮安府有人前来伸冤告状么？”回说：“有一陶复朱，已经交保候传。”况钟便命：把全案卷宗、人证物证，一齐调来，立刻审问。

况钟刚刚换过衣冠，就待升堂，忽报：“都堂府内有一中军官求见。”

况钟道：“请他进来相见。”

那中军一径走入，行了个常礼，气势昂昂地说道：“府尊前向都爷请假半月，往淮常二府查案，今将满期，未见回报，不知何故？小官奉爷面谕：无锡尤葫芦一案，人赃俱获，经过了三推六问，铁案如山。府尊却倚仗着御赐玺书，偏信凶手的胡言，任性施为，包庇逆伦重犯，延误刑期，欺谩同僚，违抗上司，目无王法。都爷着府尊即刻进见。若已查明确实的冤情，当面回报，可免罪责；若未查明，显是无端生事，应即缴还印信，听候题参。”

况钟闻言笑了一笑道：“都爷相责之言，下官不敢分辩。下官在淮常二府，也略略得到一些蛛丝马迹，正待审问。便请略候片时，看下官升堂理事。倘或问得有什么差错之处，还请指点一二。”

说罢此言，况钟便手捧那两枝令箭升堂。上堂之后，先将令箭安插在公案上胆瓶之中，然后又吩咐皂隶，替中军备个座位，以便观审。只见他，不慌不忙，提起笔来，第一个点着了陶复朱的名字。

陶复朱上得堂来，从头到尾，申诉了一番。况钟细细听完，即便问道：“熊友兰从被捕到定刑，前后许久时日，你为何迟迟前来？若是当时已经处斩，你这时即便能给他伸冤，又怎能还他的性命？”

陶复朱道：“小的只为患病在身，欲行不得；又兼未得信息，不知熊伙计的下落，因此来迟。”

况钟冷笑一声道：“你若不为你那十五贯钱，只怕未必前来吧！”说罢，就令跪在一旁，另提熊友兰审问。

熊友兰这半月不受囚刑，身体已渐健壮，上了大堂，眼睛明亮，一看就看见了那边跪的是陶复朱。这时他忘记了身在公堂，一下扑将过去，哭着说：“陶大公！你怎么此时才来？我差一点做了无头之鬼，到了枉死城了，”陶复朱也不觉洒了几点惭惶的眼泪。

况钟回过头，望着那中军官说：“你看见没有？陶复朱真身在此，熊友兰那十五贯的来历已经清楚了，和尤葫芦的十五贯果然是一点不相干的。”

那中军道：“府尊所说，自然不差。只是本案事隔多时，府尊复查，早闹得满城风雨：这就难保无人暗递消息，勾结买通了这么一个陶复朱。其中若还有诈时，就难以清楚了。”

况钟笑道：“此言有理。请你再往下看。”

况钟略问了熊友兰几句言语，便命传前往无锡的差人来见。况钟道：“本府命尔等守候娄阿鼠，尔等见着了那娄阿鼠不曾？”

差人回道：“小人们守了数日，并未见娄阿鼠回家。因此就遵着爷爷的言语，扭开门锁，进去搜查。”

况钟道：“尔等可曾搜出了什么可疑之物？”

差人道：“那娄阿鼠的家中，破破烂烂，只是些各式的锁钥，残缺做假的赌具。床上被褥全无，席下却搜到布袋一个。这布袋好似钱袋，小人们将它取来，请爷爷过目。”说着，呈上了那个布袋，况钟取在手中，略略看了一下。命那差人，一旁伺候，这便传苏戌娟的姨妈张氏问话。

那张氏前来之时，奉命带了前次公堂退回的那个钱袋。况钟问过了一些话后，接着说："尤葫芦那天到你家时，是不是就带的这个钱袋？"

回道："小妇人一时并未留心。"

况钟道："现有另一条布袋在此，你看哪一条像是尤葫芦的？"

她看了一看说："小妇人委实分别不出。"

况钟道："既然如此，我再问你：你从那熊友兰手中取回的十五贯钱，是否仍如原数？"

回道："在熊友兰手中取回的，十五贯钱，分文不差。只是后来……"说到这里，有些吞吐。

况钟便道："有什么话，只管讲来，在本府大堂之上，还怕什么！"

张氏道："只是后来，被县太爷手下的那些公差们，这个要草鞋钱，那个要抬埋费，小妇人只落得三五贯钱到手了。"

况钟笑着向那中军官说了一句："这就是都爷说的'能员'手下干的事哩！"说过，又问张氏道："你那三五贯钱现在放于何处了？"

回道："小妇人一时气恼，把它全买了一些粮食了。"

况钟道："你原先交给尤葫芦的钱，和后来那三五贯钱，钱串子是否一样？"

回道："小妇人当初也不曾仔细留心。只是后来想了一想，小妇人交给尤葫芦的那十五贯，都是拣选的大钱；退给小妇人的三五贯之中，却带了一些鹅眼夹砂的小钱。是何缘故，小妇人还没有明白。"

况钟叱道："你既早有所疑，为何不来诉告？你只知要你那十五贯钱，就不管你甥女的性命么？"

张氏连忙说道："小妇人知罪了。"

这时，两条布袋，同放在公案之前，况钟传来苏戍娟，问她道："你可认识，哪一条袋是你父亲的钱袋？"

苏戍娟一眼看到娄阿鼠家中搜出的那一条钱袋，指着说："只这一条便是。"

况钟又问："你有甚记号为凭？"

苏戍娟道："记得有一天，我父偶不小心，将钱袋烧了一个小洞，是我亲手用线缝补，绣成一朵梅花模样，爷爷请看，便知分晓。"

况钟就叫皂隶，抖开那条钱袋，果见靠着袋口之处，绣有一朵小小的梅花，只因使用日久，颜色已变，如不仔细端详，原是看它不出的。

况钟看罢，又和中军官说："这里有两个钱袋，是两份十五贯钱，十分明白的了。熊友兰的十五贯，和尤葫芦的十五贯，各有来路，无锡县断的案，岂非张冠李戴，叫那李代桃僵？这真有点草菅人命哩！"

那中军官道："那盗钱害命的却又是谁呢？"况钟道："你不曾听说，那个钱袋是从娄阿鼠家中搜出来的么？"

那中军官道："只凭一个钱袋，就能断他盗杀么？这话如被无锡县县太爷听得，只怕心里也会有些不服吧？"

况钟道："若还别有证据之时呢？"

中军官道："府尊断案，向称贤明，证据不足，自然也不会随意指在平人的身上。可又有一层，这两名凶手，府尊断定他是冤枉；府尊所说的真凶，虽则有名有姓，却是人在何处呢？放是放了两个，拿却拿不住一个，府尊在都爷面前，又怎么交待呢？"

况钟笑道："说得也是！我若拿不住真凶，怎么能救得这两个人，又怎么去见都爷交差哩！"

况钟与那中军官把话说了，就叫过两名皂隶，从签筒内掣出一枝火签发下，道："你等速速去到玄妙观茶馆之内，把尤葫芦案中的凶手娄阿鼠，提来问话！"

此言一出，不但那中军官显着惊疑，合堂上下，也都是你望我，我望你，觉到突然，莫测高深。

那皂隶奉了命，既不识得娄阿鼠，找不着头绪，走上前，欲待问明几句。况钟早知其意，不等他开口，又自说道："你等一去时，自会看到娄阿鼠。不必多言，提来就是。"那况钟向日发话，说一不二，皂隶因之不敢再问，只得带着锁链，径去玄妙观。

且说娄阿鼠自从过了无锡，就放宽了几分心。船停苏州，并未介意。但觉那测字先生上岸许久，不见回来，有些寂寞。过了一个上午，只见那门子上前言道：“我师父前往玄妙观，赶趁生意，给人打卦算命，不知几时才回。客位如觉无聊，我陪客位也去玄妙观走走如何？”

娄阿鼠有些想去，又有些畏怯。那门子就说：“我那师父，丢三忘四，他看得玄妙观热闹，就会忘记我等在此。不去催促，回来定是很晚，说不定会误了船期。”

那门子原本能言善辩，何况说之再说，娄阿鼠被他打动了，这就离舟登岸，和他一同进城，来至玄妙观。

这时的玄妙观，人山人海，拥挤不开。门子带着娄阿鼠，转来转去，到得一爿大茶馆门前，门子说：“怕的我师父会在这茶馆里面，你我不妨进去看看。”

及至进去了，门子又说：“你我且上楼泡个茶，买几片糕吃吃。我师父现在虽不在此，等他片刻，必然会来的。”

那娄阿鼠毫无耐性，哪里是静坐吃茶之人，几次三番要回去；门子只用言语，将他稳住。

正在拉拉扯扯的时候，忽见两名皂隶，从扶梯走上楼来。那娄阿鼠不觉立刻变了颜色，掉过头，只装作凭栏看街景的模样。

这时，皂隶已见到门子，心中恍然，彼此递了一个眼色，皂隶即便走近前，把娄阿鼠的肩膀一拍道：“娄阿鼠，你的事犯了。”

娄阿鼠回身急辩道：“我路过苏州，刚刚下船，犯得甚事？两位莫要弄错了人了？”

皂隶道：“错与不错，自有府里爷爷问话，不用和我等多说。”

两名皂隶，一面说，一面动手，早将锁链套住了娄阿鼠，拖了就走。

也不过一盏茶的工夫，皂隶直把娄阿鼠提到苏州府大堂之上，缴了签，销了差。

那娄阿鼠怀着鬼胎，不敢抬头，却听得上面问道："娄阿鼠，你杀了尤葫芦，盗了他十五贯钱的事，是怎么做出来的？快快与我招来。"

娄阿鼠连忙叩头道："这事是那熊友兰和苏戌娟通奸，逆伦盗杀，与小的无干。小的虽是四邻，和苏戌娟向少言语，也不认识那个熊友兰的。"

况钟冷笑一声道："此时你还想混赖么？我让你看一个凭证。"说着，使命左右将钱袋递给他看。

谁知娄阿鼠看过钱袋，却说："这个布袋，与小的有什么关连？"

况钟道："钱袋是从你家中搜出，怎说没有关连！"娄阿鼠道："平常人家，有个布袋，也要犯法的么？"况钟道："你说这钱袋是你自己所有，我倒要问你，你的钱袋上有什么记号？"

娄阿鼠结结巴巴回道："家常使用，哪里能记得许多。"

况钟道："你认不得，我叫那认得的人和你说话。"这就点了苏戌娟和张氏，还有那老汉秦古心。苏戌娟把袋口绣花之事，又说了一遍；张氏和秦古心，全都记得，那天尤葫芦掮那十五贯钱时，就是用的这个布袋。秦古心又还说道："小人和尤葫芦多年邻居，时常交往，这个钱袋，明明是他的，一点也差不了。”

这时候，娄阿鼠原是辩无可辩的了，只因是性命交关的事，因之咬紧牙关，给他一个硬赖。况钟道：“钱袋之事，暂不必说。我且问你，为甚要去淮安？既到淮安，为甚又来苏州？”

娄阿鼠道：“小的因混吃艰难，出外是为的找个糊口之处。要知出外就被推疑，小的宁死也不出去了。”

况钟道：“你既是为的糊口，怎么在淮安东岳庙里，却告诉人说，要躲过一场官司的灾难呢？”

娄阿鼠道：“小的从无此言。”

况钟喝道：“我把你这狡猾大胆的恶贼！你抬起头来，看看本府是谁！”

娄阿鼠受了半天的审问，觉得语音有些耳熟，却只想不起是何人；闻言抬头一看，谁知不看犹可，这一看之下，七魄之中减六魄，三魂之中少二魂，登时两耳雷鸣，筋酥骨软；不管他平日如何呵哄诈骗，猾坏奸刁，到此时自觉原形毕露，再也遮掩不住了。他怎么也不会想到，那天在东岳庙里，一条板凳上同坐测字，而且同舟共走了几日的，竟是知府爷爷。到这时，那一张能将红变绿、把死说活的嘴，好似缝了线的口袋，响不出声来。

却又只听况钟在上说道：“娄阿鼠！你既知本府是谁，可将如何盗财害命的事，从实招来。本府念在几日相识之情，减你一些刑罚。你即便不说时，这事已经明白，要逃也逃不脱的，只是让皮肉多受苦楚，那又何必。本府良言相告，你听见没有？”

那娄阿鼠见事已至此，跪在那里，挺一挺胸脯道：“爷爷是包公再世，小的愿招。”

况钟道：“好！一身做事一身当。你招得详实些，于你还是有好处的。”

娄阿鼠这便从头说起，如何见财起意，如何杀死尤葫芦，如何凑巧有那熊友兰来顶缸；自己当时因为有了替死鬼，放下心，满以为可以逍遥法外，其后因见苏州府到无锡复查，觉得有些不妙，因之脚底搽油，溜之大吉。

他一面说，自有人一面记下他的口供。况钟免不得还要问：“你偷到手的是不是整整十五贯？这些钱花在何处去了？”

娄阿鼠道：“小的在熊友兰、苏戍娟被捉之后两三天，见是无事了，才把那钱拿出去赌。其实只是十四贯有余，原不足十五贯的。赌了又输，输了再赌，所剩只得几贯了；那天付的卦金和船钱，就是这个钱。”

况钟道：“你只为了十五贯钱，杀死一人不算，还坐看两个人无辜送命，你的心也忒狠毒了些！如今你既已招承，死罪难饶，我判你谋财害命，你心中可服？”

娄阿鼠道：“只求爷爷笔下超生！”

况钟把脸一变，猛拍惊堂木，说道：“似你这等恶贼，平日以诈赌为生，不知破了多少人的家财。本案若非得到这多证据，险些又被你遮了耳目。自古杀人偿命，岂能宽恕于你！”说着，便喝令左右，将娄阿鼠重打四十，钉镣收监，打入死囚牢内。

役吏们将娄阿鼠带走之后，况钟却又回头问那中军官道：“凶手幸未漏网，下官该还不致为无锡县所笑吧？想来，这顶乌纱，都爷也得许下官再戴几天的了。”

那中军官侧身而言：“不敢，不敢！”这半天况钟审问娄阿鼠之时，那中军官已经听得目瞪口呆，也说不出别的什么话来了。

只见况钟又将全案有关之人，逐一发落。一面行文无锡县，请追衙役拿去苏戌娟姨妈的那一些钱文；一面又从官库中取出一些自己的俸银，赏给陶复朱，赔他的本钱——这因为陶复朱远来作证，虽为的自己的本钱，却使得本案更加明白，大有好处。熊友兰和苏戌娟二人，当堂释放。按道理说，他们是奉旨处斩，就该等到旨意之后才能释放的；况钟却因真凶已获，不忍再让他们受牢狱之苦，这便做主放了，再行补奏。

况钟判完了案，只见堂下众人，像捣蒜一般地叩头；堂上员役们，也啧啧称赞：一片颂扬青天之声，震耳欲聋。那中军官下得座来，向况钟深施一礼道：“府尊如此用心，如此圣明，都爷得知，定必保奏，想来府尊不日禄位高升，前途无量！”

况钟含笑指着面前那两枝令箭说道：“下官只求心安，对得起这两枝令箭也就是了。”说罢此话，便命掩门退堂。

这一案，出得奇，访得奇，因此上“况青天”之名，沸沸扬扬，朝野皆知。后来那况钟曾被调升官职，苏州商民，攀辕卧辙，死留不放，皇家只好仍然把他留在苏州；他就死在苏州任上。

后人有诗赞曰：

郡中齐说使君贤，只剪轻蒲为作鞭；
兵仗不烦森画戟，歌谣曾唱是青天。

后 记

《十五贯》的故事，最早见于宋人话本，题作“错斩崔宁”。明人所编的话本集——《醒世恒言》，把这一篇收了进去，改题作《十五贯戏言成巧祸》。两个时代不同的话本，除了一写“本朝”，一写“故宋”、“南宋”之外，其余没有什么不同之处。

清初戏曲家朱素臣（㿥）*，显然是在话本故事的基础上，又增加了另一个《十五贯》的故事，改编成为昆曲剧本。他把两个《十五贯》故事的主角，写作姓熊的弟兄二人（一名友蕙，一名友兰），因之，剧本也就题作《双熊梦》。话本中那个被人误认为凶手的崔宁，含冤而死，及至案情大白，死者已不可变生。戏曲中那两个被人误认为凶手的熊氏弟兄，却因遇到认真负责的好官，得以翻案，死里逃生。

后来的许多作家，根据了朱素臣的剧本，又改编成各种形式

* 朱素臣，名㿥，字素臣。——编者注

的作品，其中有：弹词、京剧、梆子、宝卷、南音等等。虽然各种改本的文学形式不同，题名和文字有差别，人物名姓有改动，在某些细节上也小有出入；但在故事基本内容上，都和剧本是相同的。剧本和它以后的改本，具有同样的目的：敷演耸动听闻的巧之又巧的故事，颂扬关心民命的好官。

一九五六年，“浙江省《十五贯》整理小组”整理了这个剧本。极其精当地加以删改：削去了原本不好的部分，强调了原本好的部分。它只采取两个“十五贯”故事中的一个故事——和话本相同的那个故事，从原本二十七出中抽取了八出。它把一些迷信情节，改为科学的侦查；尽可能取消一些巧合，让故事形成必然的发展（当然，其中属于戏曲性的偶然，是不可能没有的）。更重要的，乃是它突出夸张了主观主义者如何自以为是，官僚主义者如何敷衍应付：在这种情况之下，老百姓遭了殃；而那些负着行政责任、高高在上的官员们，还心安理得，问心无愧哩。

这样的整理，在艺术上，故事紧凑集中，情节加强了真实性；在主题思想上，鲜明地揭露了主观主义、官僚主义的危害性，予以严厉的批判。它使得古典文学作品，能和现实的社会生活相结合，大大提高了它为群众服务的意义和价值。毫无疑问，它是吸取了古典文学中的精华，排弃了糟粕。接受民族遗产，予以发扬光大，这是一个典型范例。当然，昆曲《十五贯》受到群众热烈欢迎，除了剧本改编得好之外，精彩成功的表演，也是个重要的原因。

这本《十五贯》戏剧故事，基本上是按照这个整理的剧本改编而成的。它曾在上海《新民报》发表过。

应该指出，说这本小说是按照整理的剧本改编而成，表现在两个方面：其一，是在主题思想上，采取了整理剧本强调反主观主义、反官僚主义的精神；其次，是在写作形式上，采取了整理剧本分作八场的方法，改成八个章节。

同时也应该指出，由于小说和戏曲的文学形式不同，在改编时，对于材料的处理，势必要有些或大或小的变动。再还有，这个《十五贯》的故事，既分见于各种形式的古典文学作品之中，在改编时，自然得参考这些作品，求取截长补短的功能。

把这个剧本改为小说，主要目的在使一般读者比较方便地了解这个故事。文字形式，用近于话本的旧小说体裁，却尽可能地不用旧的词语。这样改法是否合适，是否伤害了原来剧本的优点，希望读者给我以改正的意见！

张友鸾

一九五六年十一月一日

魔合罗

一、离 家

元朝时候，在那河南府录事司醋务巷里，有一户绒线铺。铺主李德昌，朴实勤劳，称誉乡里。娶妻刘玉娘，生得十分美貌，且是贤慧无比。孩儿佛留，年方四岁，聪明伶俐，能言善语，逗人疼爱。一家嫡亲三口儿，靠着买卖，倒也衣食无亏，和美度日。

李德昌有一本家叔父，名唤李彦实，年将八十，老迈龙钟；老妻早丧，只和孩儿李文道一起过活。那李文道以行医卖药为生，外号人称“赛卢医”。他开了个生药局，正在李德昌绒线铺的对门。只因他素性刁狡，不甚正派，无人肯把女儿许配给他，三十岁了，还只是一个单身汉。

两户本是远房，因住得近，就不免有些往来。李德昌成亲之后，常听得刘玉娘数说李文道许多不是之处，他认作这是叔嫂不和，也不甚介意，只拿“各立门户营生”、“井水不犯河水”等等的话，劝慰玉娘。

且说这年新春，李德昌去到长街，卜了一卦。——这是当时迷信风俗，要知一年买卖好歹，家宅兴衰，必须在年初卜上一卦，接着卦象，听从卜卦先生言语行事。那就算是趋吉避凶。

李德昌年年卜卦，卜卦先生只用好话打发他，他自高高兴兴地回家。这年却是作怪，那先生排了卦，看了又看，半晌也不言语，却只皱眉咂舌。李德昌识破先生之意，必是卦中有什么不吉之处，因此碍口难言。他急欲得知究竟，便道：“先生只管实说，那卦象怎么讲，让在下得以早早防备。报喜不报忧，那倒失却在下前来卜卦之意了。”那先生道：“我直说了，你休见责！按这卦象，细细看来，你只在目下，会有百日的灾难。”

李德昌忙问：“这灾难可有什么打紧之处？”先生道：“若依卦象而言，凶险不小：小则有牢狱疾病之殃，大则有杀身之祸。”

李德昌闻言吃惊道：“不知还有什么解法没有？”先生推算了半晌，回道：“除非去到南方千里之外，躲过一百日，才可图个侥幸无事。”

李德昌取出卦金，谢过先生，转身回家。到得家中，只是短叹长吁，闷闷不乐。刘玉娘看出丈夫这般模样，甚是关怀，不免仔细诘问。李德昌把卜卦先生之言，告诉了玉娘；又自说道：“去年一年之间，生意颇不茂盛，想来总是命运所关。即今我便打点一些货物，前往江西。一则躲过这百日之灾；二则也做些买卖，寻几文利息。”

刘玉娘闻听丈夫之言，意欲相阻，只是话到嘴边，碍难出口，几次三番地忍住了。那李德昌一心盘算贩货出门的事儿去了，竟然丝毫不曾察觉。

你道刘玉娘要说未说的是何言语？——原来李文道见刘玉娘人物标致，就起下了不良的念头；虽则刘玉娘平日不给他半分好颜色，他还是兽心不死。因此上，刘玉娘心想：“丈夫一旦离家远去，那厮必来罗唣，日子怎能过得安宁！”如若刘玉娘当时竟自说了这话，那李德昌十有八九就不出这趟远门了；怎奈刘玉娘只是觉得，李文道纵然居心不良，自家却不曾拿住他什么把柄，胡乱讲了，休言面上没有光彩，更还怕丈夫责怪。她却哪里料到，就为的这一迟疑，后来反而闹出一场泼天大祸！

二、守　义

李德昌听信卜卦先生之言，忙碌了好些日，才把货物打点停当，翻了通书，挑了个长行黄道的吉日，安排上路。

这日一大早，他带着妻儿，去向叔父辞行。又托付兄弟李文道，好生代为看觑家中。那李文道满口应承，只是说：“但愿哥哥一路福星，赚得十分利息，早日回家！”

两口子分离之际，刘玉娘有口难开，流泪不止。李德昌道：“去到外府他州做买卖，原是生意人的本分，也不是一去不归，你何必这般烦恼！你在家中，小心在意，带好孩儿，多则一年半载，即便相见。”刘玉娘只好掩住悲怀，看丈夫挑着一担货物，渐渐走远。

李德昌走了之后，刘玉娘在家，每日照管孩儿的衣裳茶饭，做着绒线买卖，只和平日一般。

过了三日，这天刘玉娘刚打开绒线铺的大门，天时尚早，无有主顾，却见李文道闪将进来，开口言道：“哥哥走了多日，兄弟只是没空前来探望，还请嫂嫂宽恕！”

刘玉娘道：“不知叔叔前来，有何话讲？”李文道说：“怕的嫂嫂有什么呼唤之处，故此前来，听候吩咐。”刘玉娘道：“我并无甚事要劳动叔叔；待得有事之时，自当前去央请。”

李文道说：“想来嫂嫂如此年轻，哥哥忍得下，抛撇便去，让嫂嫂一人在家，受此寂寞。我今日无事，且代替哥哥，陪伴嫂嫂，也免得嫂嫂一人孤单之苦。”刘玉娘听得李文道的言语有些不正，就走至门口，面朝着生药局，大声喊叫：“叔公！叔公！”

那老汉李彦实，拄着根拐杖，闻声走出，问道：“孩儿你叫我怎的？”刘玉娘道：“叔叔无故来我房中，口出胡言，请叔公与我做主。”那李老汉虽则老迈，平日也略略看出，李文道对嫂嫂有些不怀好意。当时走过来，就将李文道叱骂一顿道：“从来叔嫂要避嫌疑。你哥哥出门远去，嫂嫂一人在家，未曾呼唤，你擅自来至房中，却是何意？快快与我滚走！下次若再如此，我就打折你的狗腿！”李文道一面走、一面咕唧说道：“我又不曾做什么，值得这般大惊小怪！”

李文道去了。李老汉安慰着刘玉娘道：“有我在这里，你休得怕他。那厮若再前来，你叫我，我一定不饶他，将他打死。”说罢去了。

刘玉娘送走叔公，只怕李文道还会来搅，便收下了绒线铺的招牌，关上门，不做生意了。抱着孩儿，坐在柜台之内，思前想后，心中焦急，两泪交流。

从那日后，每隔三五天，那李文道就要来闹一回。他来闹一回，刘玉娘就请叔公来赶他一回。刘玉娘心想，日久天长，这般闹法，怎样是个了局？她恨不得长了翅膀，飞到丈夫身边，又恨不得丈夫走到半路，即便回转。这两桩自然都是落空，她只有整日像防贼一般，过着那愁苦的日子。

正因李文道的搅扰，害得刘玉娘，三日之中，倒有两日不敢打开绒线铺的大门。远近主顾，也就很少前来了。既没得什么买卖，那日常费用，从哪里着落？但见她，不是缺米，便是无柴，时常打着饥荒，十分苦楚。

三、得　病

且说那李德昌，带着货物，离开河南府，一路南行，数月之后，来到了江西南昌。只因贪图利息，不免多耽搁了一些时日，约莫一年左右，才做回家之计。却喜的是买卖顺利，赚了大把银子，比当初的本钱，高了百倍。这一天，你看他，精神抖擞，喜气洋洋，挑着一副担子，健步如飞，出了南昌城，直往北去。

你道李德昌，当初出门之时，原挑着一担货物；今日既然得了百倍利息，为何还只是货物一担呢？——其中有个原故：当初他挑出来的那一担，无非绫罗布匹，日用杂货；今日挑回去的这一担，却尽是些金珠财宝。看起来，一担仍然是一担；论起价钱，这一担比那一担，可就大大不同了。

你又道，李德昌既然这般富有了，上路之时，为何不买头牲口坐乘，为何不觅个人力代挑行囊，还要自己吃那般的辛苦呢？——这也有个原故：做买卖的人，全靠会算计，才能赚得钱财，原没个满足处的；他把少花一文，看作是多赚一文，省吃减用，尽量啬刻，怎肯破费买牲口的钱？又兼道路之上，有许多险恶，他挑着值钱的货物，遮掩隐瞒，唯恐被别人知道；如若觅人代挑，又怎么放心得下呢！

李德昌出外过久，归心似箭，这次上路，不曾计较，赶上个酷热的暑天。出门的人，十分劳累，饮食又欠些清洁，因此他在半途之间，染了一病。起初但觉腰酸背疼，头昏眼花，也还不甚介意，只是带病趱行。七月初间，行近了河南地界，道声："惭愧！这病儿吓不倒我。到得这里，我便是爬也爬得到家的了！"

这日是七月初七。李德昌行至河南府城外二十来里处，眼望就要进城了，不料忽然间，天上阴云四合，雷声隆隆，接着就下起暴雨来。这一段路，前不巴村，后不巴店，是一片旷野荒郊。只因他在河南府土居已久，记得离此不远，有座"五道将军"的古庙，但愿早到那里，找个躲雨藏身之所，也可权且歇歇腿脚。他这就冒着雨，深一脚，浅一脚，拖泥带水地直向前去。

那"五道将军庙"，原不甚远，只因李德昌是有病之人，行走缓慢，好半晌才赶到那里。进得庙来，放下担子，先去检点财物，却喜遮盖得紧，不会沾湿分毫。这时反转觉得身上冰凉；连忙脱下衣服，使劲拧干，再行披上。看看天上，大雨还似倾盆泼瓮一般，全无略住之意，他接连打了两个呵欠，便横下身来，把头倒在神龛前拜垫之上，权时歇息。

李德昌的意思："这雨一时难住，且小睡片刻，换一口气，候雨住再行。"谁知他是走乏了的人，适才间被急雨一阵冲淋，不歇下时犹自可，这一歇下来，新病引起了旧病，在那酷热的天气，他却打着寒噤，身上发冷，好像落在冰窖里。

他自己不知是病，只认作得罪了神灵。——原来古时候神话：有个天神叫作"东岳大帝"，他有无上的权威。这东岳大帝面前有几名神将，其中专管人间生死的，便是这庙里供的五道将军。元朝人极其迷信这个神道，谁也不敢将他得罪。这里虽是一座古庙，屋宇坍败，无有僧人；但那五道将军的威灵，久在人心，还是不小的。——这时李德昌想起："进庙匆忙，不曾向神道顶礼；行囊之中，或许有什么腥臊臭秽，将神道触犯；因此被神道怪罪下来。"想到这里，他就勉力挣扎，爬将起来，跪向神像，一面拜，一面喃喃祷告道："弟子有甚触犯之处，只望神圣饶恕！爷爷护佑弟子，回返家中，定当备办香烛三牲，前来还愿。"

他话犹未了，却更觉着增寒发热，难受万分：胸中闷胀，好似火块烘烧着肝肠；一颗脑袋，疼得直待开裂。趴在那里，休想抬起身来。这时他才理会到是得了凶猛的恶疾。所幸身子虽则动弹不得，心下却还不甚糊涂，睁着一双大眼，只盼有个过路行人，经由到此，也好托他捎个口信，带到家中。

四、捎　信

却说宋元时节，又有个风俗，每逢七月七日的晚间，家家乞巧，都要供上一个泥娃娃。这个泥娃娃，有个胖胖的身子，圆圆的大脸，嘻着一张大嘴，分外逗人喜爱。论它的模样，好比如今无锡的"大阿福"；在当时，却只叫它作"魔合罗"。这魔合罗三字，是按着印度古文翻译而来，它原是一位尊神的名号。这位尊神，据佛家说，专为人间降喜降福的；它的神像，恰恰就是这个模样。——闲话表过不提。

再说在河南府南乡龙门镇，有一老汉，名叫高山。夫妻老两口儿，原靠务农为生。只因这老汉有一手塑像的好本领，塑出的泥人儿，男女老少，喜怒哀乐，都似活的一般。每年赶这个七月七日，总得塑上百十个魔合罗，挑到城中去卖。因他塑得好，往往不到正日，便卖得精光。今年却动手动得迟了，到了初七，还剩下好些个，不曾出脱。

这天，他挑了担子，直奔城内。离家之时，太阳高照，是大好的晴天；走到半路上，恰巧也遇上那场大雨。卖泥货的小贩，早就防着个“天有不测风云”，在那货筐里，带上了钉鞋、雨伞和油布。虽则权时免遭淋湿，只是雨下得太大，地上泞滑难行。走到五道将军庙时，他便也挑着担子，进去躲雨。

那高老汉刚刚进得庙门，忽听里面有人唤道：“老爹，救命啊！”高老汉走得匆忙，原不曾细看庙中有人无人，被这一声叫唤，倒是吃了一惊。定神急看时，看到了那边地上睡了一个汉子，身旁还有一副货担。他不知就里，就便问道：“你那厮怎么了：是挨了绿林中人的闷棍么？是寻短见又舍不得死么？是撞到了什么凶神恶煞么？”那人慢吞吞地说道：“都不是。我是远方回来，身得急病之人。”高老汉道：“方今暑热炎天，瘟疫可怕，我在这里，你休得传了我。——我还是远走为妙。”说着，就去拿扁担。只听那人又道："我得的并非什么瘟疫之症，不过是暑湿风寒，老爹何必这般害怕！"高老汉道："你便不是瘟疫，我也并非郎中，在这里，救你不得，还是枉然。"那人道："我只求老爹给我寄一个口信进城，定当重谢。"高老汉道："哥哥休怪。我平日有三桩戒愿：一不做媒，二不做保，三不与人寄信。这三桩事，我都是吃过苦来的，你怨我不得。"那人道："老爹难道忍心看我这等病死荒郊么？常言：'救人一命，胜造七级浮图。'老爹不肯为我寄信进城，我若有些好歹，就是老爹误了我的性命，我死了时，魂灵儿就钉住老爹你的身上。"

一则那高老汉原是个有善心的人，二则也被那人的言语打动了，这便说道："你央人寄信，倒这般放刁呢。好吧，今日我破了戒，与你寄一遭儿。你且说与我名姓，把信儿寄与何人？"那人便说："我叫李德昌，出外做买卖，如今得利百倍回来。我的妻子叫刘玉娘，孩儿叫佛留。我家住在城里醋务巷，住两间高瓦房。隔壁是个熟食店，对门是爿生药局。老爹只去寻找李德昌绒线铺，街坊们都会指点与老爹的。老爹到得那里，叫我妻子，快快觅一头牲口，前来接我回去。"高老汉应允了，却又吩咐他说："如今世道不好，你休再把买卖得利之事，说与他人知道；谨防着'财帛动人心'，你这病夫，抵挡不得，莫要误了大事。"李德昌满口子称谢道："遵老爹之命，决不再向他人提起。"

此时雨住天晴。高老汉三步当作两步，快走如飞，直奔城中而去。

五、怀　奸

高老汉“受人之托，忠人之事”。他想着李德昌病势沉重，恨不得一步儿就走到他的家中。一路之上，这家人唤：“那卖魔合罗的，挑将过来。”那家人说：“那卖魔合罗的，且站住脚。”高老汉头也不回，只一面摆手，一面答道：“要买魔合罗，且等我转来；现时我有急事在身，一概不卖。”那些要买魔合罗之人，只在高老汉背后议论道：“这老儿莫非有些疯癫，挑着那么沉重的担儿，有货却偏生不卖。”高老汉明明听得，当作不知，只顾自家赶路。

高老汉长住乡间，不多进城，这城中的道路，甚是不熟。他却不嫌麻烦，一路挨次问将去。穿过大街小巷，转来转去，那醋务巷也就居然被他找到了。巷口原有牌坊一座，上面写了斗大的三个字。怎奈高老汉识字不多，这三个字恰是素常少见的，因此还是不知这里是不是醋务巷。正当为难之际，恰好有个人，正朝巷外走来。高老汉上前将他拦住，开言问道：“请问哥哥，这里是醋务巷么？”

你道来者何人？——此人非他，原来是李德昌的兄弟李文道。那李文道这日因大雨滂沱，无有主顾登门，坐在家里闷得慌，雨过天晴，便把药局交与父亲看管，自己踱出街来闲逛。不想刚刚走至巷口，就遇到那问路的高老汉。高老汉问得急，他偏答得慢，只是说："你问那醋务巷怎的？"高老汉道："有人托我寄信与他家中。"李文道又问："是何人托你寄信？"高老汉道："托我寄信之人，名叫李德昌，他托我寄信与他娘子刘玉娘。"

李文道闻得"李德昌"的名字，却不道出是他哥哥，只又问道："你识得李德昌么？"那高老汉被他问得烦了，一口气儿说道："我不识得李德昌。只那李德昌，出外买卖，得了百倍利息回来，不想路上身染重病，目前睡倒在那南城外五道将军庙中，动弹不得。他托我寄信与他娘子刘玉娘，快备牲口，前去接他回家将息。哥哥，你这可明白了没有？"——高老汉心热口快，只顾没遮拦地把话一齐说出，倒忘记了自己叮嘱李德昌的言语了。这也是年高性急的原故，怪他不得。

李文道闻听高老汉这些言语，陡然心中起了一片恶念。当时不露声色，只告诉高老汉道："我这河南府城中，有两条醋务巷。刘玉娘所住的是大醋务巷，这里却是小醋务巷。你若一定要亲见刘玉娘说话时，休进这小醋务巷，只从这里往北走两条街，再由北往西走两条街，然后往南又走两条街，往东一拐，便是那大醋务巷。那刘玉娘所住之处，是两间高瓦房，隔壁有个熟食店，对门是爿生药局。她家只有我最清楚，你亏得问着我；切莫再向别人打听，反把方向迷失。"

高老汉一听，他的言语和李德昌所说，一些不差，也不计较是不是走的回头路，只屈着指头记下，道声谢，挑起担子走了。

李文道望着高老汉走远，他也不逛街了，翻转身，自回药局。

六、害兄

且说老汉李彦实，平日和儿子李文道一起过活，说是老子管教儿子；殊不知，他既靠儿子行医卖药为生，在那药局之内，只算得儿子的下手。这日，他因儿子出门，一人无事，便检点药材，取出晾晒。刚一动手，却又见李文道匆忙回来，在架上和柜子里，各取了一包药。抽身出去，解着后院系在枣儿树上的那头毛驴。李彦实心中纳罕，忍不住问道："孩儿！你这样匆忙，待往哪里去？"李文道说："有人生了急病，请我前去看脉下药，只要一顿饭的时候，就回家来。"一面说，一面取了个大口袋，铺在驴背上，牵出门，紧勒缰绳，得得地如飞而去。

李文道才走不多时候，李彦实老汉忽然想起，那柜里装的，全是些砒霜之类的毒药；为人治病，不带平日所用的药箱，倒带了毒药去，却是何意？他待问时，怎奈李文道已是走得远了，找不着去向，没法追赶。虽则放心不下，只是不敢声张。

那李文道骑着一头快驴，扬鞭疾走，直出南城。哪消多久，便到了五道将军庙。下得驴来，把它系在庙墙石环之上。伸头探脑，四面张望，远近并无一人。一闪身子，他就踅进了庙里。

再说李德昌病倒在五道将军神座之前，头疼肚痛，一阵紧似一阵。一时眼睛发黑，神智不清；一时醒来，也是昏沉难受。心里焦急，盼望亲人不到，不觉眼中滴下泪来。正当此时，耳旁忽闻有人呼唤："哥哥醒来，哥哥醒来！"

李德昌闻声睁眼，见是李文道，倒也一喜，上气不接下气地说道："兄弟，我从南昌回来，到此感了病症，行动不得，不能还家。你嫂嫂在哪里？怎么不来接我？"李文道说："嫂嫂随后就到。着我先来，与哥哥把脉治病。"说着，就伸手按捺李德昌的脉息。把了一会儿，连连说道："这是风寒暑湿的症候，并不打紧。只是病来如山倒，太急骤了，以此禁受不住。好在兄弟早已料到，带将药来，一吃下去，立刻就好。"

你看李文道，这时真的又关心，又利落，从身上掏出两包药，寻个破碗，舀碗雨水，把药羼和一起，扶起李德昌，就着他吞服。李德昌道："等你嫂嫂来再吃吧。"李文道说："哥哥病势来得凶恶，药吃晚了，难保性命，等个什么！"就这么半劝半强，把药倒进李德昌口中，不由李德昌不咽将下去。

李德昌咽下药，登时就觉烘烧五脏，火燎三焦。用手揉着肚子叫道："兄弟！敢不是弄错了药么？"那李文道只是说："不错，不错！吃了这药，暂时难受，须得忍耐些个！"一面说着话，一面却转身出去，取来驴背上的口袋，将李德昌那担金珠财宝，全部装上。

李德昌疼得满地打滚，眼看李文道劫夺财物，心知被他谋财害命，只因挣扎不起，不但不能和他争持，连话都说不清楚，只喊着："你这厮！……你这厮！"

李文道哪里理睬他，只顾把那袋财物，驮上驴背，跨将上去，绕着庙后小路，换条路，不经南门，一径回去了。

七、迎　夫

回头再说那高老汉，在醋务巷的东门，遇着李文道，将他言语，信以为真，转来转去，只寻不到大醋务巷。后来没法，只得又问了别人，这才知醋务巷原只一条，并无大小之分。高老汉牙痒痒地，只骂着那个使促狭的人："不管别人缓急，却是骗人打趣。"

高老汉一面骂着，一面走进醋务巷，找到了李德昌绒线铺，就将魔合罗的担子歇下来。他刚待进铺相问，却不料铺中一个妇人，大声叱说："你那老汉，好不晓事！人家做买卖的去处，你却拦门挡住？"

高老汉自怨自艾地说："今日真个倒运！适才间被那个贼子弟诳骗，害我绕了大半个城；如今却又被这妇人抢白！"尽管如此，却免不得上前打话："这里有位刘玉娘么？我是给李德昌寄信来的。"那妇人闻言，慌忙说道："李德昌现在何处？信在哪里？只我便是刘玉娘。老爹请屋里坐，我好奉茶。"

高老汉道："茶是不消。老汉搅了你的买卖了。"刘玉娘道："老爹休得见怪。且请把李德昌的书信与我。"高老汉道："嫂子！你那李德昌，在南昌做买卖，得了百倍利息，已经回来，行至南城外五道将军庙，忽染重病，不能行走，托我寄个口信，要嫂子备头牲口，快去接他。"刘玉娘慌道："他得的甚病？"高老汉道："我不是郎中，哪里知他得的甚病。只是看他模样，言语无力，抬身不动，是病得不轻的。"刘玉娘道："多多亏了老爹！我这就去接他。等他来家，再慢慢拜谢老爹。"

刘玉娘心慌意乱，急要出门。孩儿佛留，年纪幼小，哪知事情轻重，这时他看见高老汉那担魔合罗，却扯着刘玉娘的衣服吵叫："妈！我要！"刘玉娘叱道："家里连买菜的钱都没有了，还想买这买那！"孩儿不依，只是啼哭。高老汉看不过意，就说："这个孩儿，想是佛留。"刘玉娘道："正是他。老爹怎么知道他的名字？"高老汉道："也是你那李德昌说与我的。这孩儿喜欢老汉的手艺，倒也是老汉的面子。好，好，好！今天为了李德昌的事情，老汉还不曾开张，如今就送他一个。等得李德昌回家，也好做个见证，知道老汉来过。"说着，他就取了个魔合罗，递与佛留。刘玉娘还待谦让，佛留却早自接下，登时喜笑颜开，不再啼哭。

高老汉又便叮嘱刘玉娘："作速去接你那李德昌吧！"说过这话，挑起担儿，向刘玉娘作别，自卖他的魔合罗去了。

高老汉去后，刘玉娘急急忙忙，把佛留托与邻舍大妈照管，包了头巾，锁了门户，借了一匹牲口，赶往五道将军庙。

那刘玉娘是个妇人家，行路缓慢；又兼动身得迟了，到得那里，李文道早已回城；李德昌却是动弹不得，言语不得了。

刘玉娘不知其中有许多周折，进得庙来，一眼就只看到李德昌昏睡在神座之下，神色大变，不似平常。连忙上前，摇着他的身子问道："孩儿的爹，你这是怎的了？怎么病得这般沉重？"那李德昌两眼发红，一声不响。刘玉娘急得两泪交流，只是叫道："这可怎么好呢！孩儿的爹，你倒是说句话呀！"李德昌嘴角动了一动，挣扎得喉咙一阵响，却道不出半个字来。刘玉娘在此荒郊古庙，找不到人来相助，只得使出吃奶般的气力，半驮半拖，将李德昌掇上牲口。李德昌身旁那副担子，她倒也曾看见，因见空无一物，也就不去管它了。

八、身　亡

刘玉娘千辛万苦，用牲口把丈夫载得回家，驮至房中睡下。起初还指望去请郎中，前来诊治。谁知刚才安顿好，那李德昌却"唉哟"了一声。刘玉娘急唤他时，只见他两眼上翻，四肢发直，口中有出气无入气，竟是这么死去了。刘玉娘呼天抢地，号啕大哭。正自又痛又急、没得主意之时，却听李文道在门外问道："嫂嫂为甚哭得如此伤心？"刘玉娘不去理他，只管连哭带诉道："孩儿的爹呀！你怎的这般的忍心，抛撇了我和孩儿去了呀？你叫我和孩儿以后怎么过活呀？你怎的一句话也没有就走了呀？你为什么不闭眼睛呀？你是活生生地走出去，怎么这样地回来呀？你倒是说一句话呀！……”

李文道已是推门而入，大惊小怪地问道：“怎么了，哥哥死了吗？”说着，干嚎了两声，又说道：“我哥哥去到南昌，不曾听说他回来；怎么回来了就亡故了呢？”刘玉娘道：“他今天回来，得了重病。我得着别人口信，从五道将军庙把他接来家，谁知道，竟不等候我去请郎中，他就这么走了。我的天啦！”李文道说：“竟有这等事吗？他既然能到五道将军庙，为甚不能自己回家，却待人去接？我家就在对门，你接我哥哥时，为甚不唤我同去？我是行医的，家中开的是生药局，药材有的是，怕治不了他的病症？你不说与我父子知道，这事可就有些怪了。我倒要问你，我哥哥是得的什么病症！”

刘玉娘听得李文道这片言语，又悲又恼，当时回道：“他在路上得的病症，到家刚才歇放上床，即便亡故。我又不是郎中，怎知是什么病！”李文道从鼻子里冷哼了两声，只是说：“待我看看，我哥哥可是好死。”说着，他就装模作样，走向李德昌尸身之旁，弯下腰，看了又看，忽地说道：“不好了！我哥哥七孔流血，明是吃了毒药身亡，你怎么说他是因病而死？怪道你说话含糊，原来如此！”刘玉娘骂道：“你这厮，见哥哥身死，一句好话也没有，却来诅詈亡人，污蔑嫂嫂。你见我是孤儿寡妇，竟自上门欺人，我是容不得你的！你这厮不走，我就要唤四邻来打杀你。”她一面骂，一面直喊着李德昌的名儿痛哭。

李文道不慌不忙地说：“现放着亡人在床上，你须有眼睛，难道看不出他七孔流血？还装着没事人呢！”刘玉娘见李德昌身死，只顾啼哭，原不曾察觉他七孔流血。听得李文道这般说，留神一看，果然不虚，那李德昌眼、耳、鼻、嘴，处处的血齐往外渗。刘玉娘伤心之上，又加伤心，哭道：“孩儿的爹呀！你是被人谋害了吗？你是自己错吃了药吗？你告诉我，我好给你报仇哇！”

李文道一旁接口说：“你休要乔张乔智吧！常言说：‘家丑不可外扬。’趁此四邻不知，有我父子做主，将我哥哥火化了，何等干净。你从前做下甚事，我也不追究，只要你断绝旧日的往来就是。从此以后，两家并作一家，我是没有妻子的，你也不愁没有丈夫。‘一床锦被遮盖’，人不知，鬼不觉的，那也就是了。……”

刘玉娘正哭得发昏，因李文道这几句言语倒是气醒转来，扬起手，二话不说，就打了李文道几个耳刮子。李文道不敢还手，只是大呼大叫。

本来，刘玉娘自从李德昌走后，时常在家啼哭；今日哭时，邻舍原不曾留心。及至她和李文道吵闹，为时久了，声音大了，左邻右舍，纷纷赶来，登时挤满了一屋人。

九、问　案

却说河南府的县令，是个糊涂的官儿，但知要钱，哪知理事。当时老百姓送他四句口号道得好：

好个官人只爱钞，原告被告他都要。若是上司来刷卷，厅上打的鸡儿叫。

在这县令手下，有一姓萧的令史，最是奸刁狡猾，善能攒造文书，舞弄刀笔。他给县令敲诈索讨，县令只把他当作心腹。老百姓也送他四句口号道：

官人“清”似水，令史“白”如面；水面打一和，糊涂成一片。

这日，县令正在坐衙，听见衙前哄闹，欲待命人去问时，早见一群人簇拥着进来：一个妇人，啼啼哭哭；一个汉子，怒气冲冲；一个老儿，颤颤抖抖；随后还有各色人等。

县令把公案一拍，问道：“尔等有何话讲？是谁告谁？仔细说来，不许喧闹。”

只见那个汉子，抢上前说：“小的名叫李文道，告我嫂嫂用毒药药死了我的哥哥。”

县令一听，就说：“她用的是什么药？你哥哥服了多少？究竟死了不曾？”李文道说：“嫂嫂怎的合药，小的无从知道。只知哥哥是七孔流血而亡，委实身死。”县令道：“既然死了，想是不能复生的了，你何必还来告状？”李文道说：“药死亲夫，此乃十恶不赦的大罪，不能不告。”县令道：“你话也有理。”回过头，喝一声：“左右！与我将这药死亲夫的妇人，绑将起来，重刑伺候！”

众衙役方待动手，却见萧令史一使眼色，大伙便只空吼了一个堂威。那萧令史低声和县令说：“此案尚未问明，动刑不得。案子断得太快了，哪里掏摸油水？”县令觉得此话不差，便说：“萧令史，你与我把此案审断。”

萧令史先问李文道：“你且把词因细细说来。”李文道说：“小的李文道，本处人氏。有个哥哥李德昌，到南昌做买卖，去了年余，昨天还家，忽然七孔流血身死，想是我嫂嫂养有奸夫，因此合药把我哥哥药杀。令史与我做主哇！”

萧令史便向刘玉娘说：“你药死亲夫，是该碎剐凌迟的呀，快快与我从实招来！”刘玉娘哭道：“大人在上：小妇人刘玉娘，嫁夫李德昌，两口儿数载以来，从未红过脸面。去年我丈夫去到南昌做买卖。昨日有人寄信，说他已回来，在南城外五道将军庙中染病。小妇人寻个牲口，直至庙中，问着不言语；接到家内，猛然气绝而亡。我小叔叔前来，见他七孔迸流鲜血，道是被药杀了。是不是被药杀，小妇人哪里知道？小叔叔说我养有奸夫，这是血口喷人。请大人明鉴，小妇人和丈夫是儿女夫妻，怎有此事！”

萧令史回过头来向李文道说：“如此说来，明是你诬告的了。你自己说是不是，免得我动刑。”李文道说：“小的告的都是实情。令史不信，可问我老爹。”萧令史便叫：“那老儿，你说。”李老汉道：“小老儿名叫李彦实。只这死者，是小老儿的侄儿，去年去到南昌做买卖，几时回来，并未见我这侄媳来告；忽然听说，我侄儿回来就死了，又且七孔流血，死得凄惨。这事是有些蹊跷，还请大人明察。”

萧令史听了双方的口供，又问过四邻，想了一想，便道：“你等且画了供，待本官前去相验以后，再作审问。原告被告，一齐收监，听候断决。”

十、索　贿

下得堂来，那个糊涂县令，把萧令史叫至内室，怒容满面地说道：“我要打那个妇人，你只不许我动刑，说有油水；这油水却在何处？怎么不与我送来？”萧令史道：“总须在相验以后，问过两堂，遮掩了别人耳目，才好谈银子。”县令道：“谁去相验？”萧令史道："自然要大人亲自前往。"县令道："那死了的人，也不会说话，要我亲往何用？拿银子的事，我是高兴的；验死尸的事，我是不高兴的。真地非验不可，你自去验吧！"萧令史道："人命关天，这相验之事，一定要县令大人，亲身前往。何况又是约杀亲夫的案子，不去是不行的。"县令道："要我亲自去，也还可以；你只说，这个案子，我该得多少银子？少了我还是不去。"

萧令史知道那县令的脾气，当时回道："多则三四锭，少则一两锭，一定不会落空的。"那县令听说有银子，倒也不拘它多少，登时笑将起来说道："既然如此，便走这一遭儿。落了空，我是不依的。"

萧令史退出县令的内室，回到自己房中，前后仔细一想："这件案子，也许是真，也许是假。是真的时，自有那妇人抵命；是假的时，却有些碍手，只怕会成一件无头的案子。"想到这里，心中先有了三分计较，便只顾微微冷笑，自言自语道："休管它是真是假，且先看看谁有银子。"

当时，萧令史便叫过一名体己衙役，去到监中，看看那李文道、刘玉娘二人，关押之后，是何模样？可有甚人，前来探问？

那衙役去不多时，即来回话道："李文道谈笑自若，还打酒买肉请牢头禁子。刘玉娘却只是哭泣，连个送饭前来的人都没有。"萧令史一闻此言，便道："你传知监里，把那李文道提来，我要密审。"

片刻之间，李文道提到。这萧令史原是本地人，和李文道也曾见过面。当时开言说道："你告你嫂嫂，又没个见证，这场官司，休想打得赢！我适才闻听人言，你有心谋你哥哥那座绒线铺，这事可是有的？如若谋财诬陷别人，我便要打杀你！”李文道不慌不忙地回道：“哥哥回家，七孔流血而死，这便是老大见证，还要什么别的见证！他那爿绒线铺，又不做什么买卖，用来还债还不够，我谋他什么！”萧令史道：“你这厮休得嘴硬，可知道刑棒的厉害！”李文道说：“刑棒虽然厉害，也不打那无罪之人，我怕它则甚！”萧令史抓抓头，瞪着眼说：“你这厮，是教老爷们给你白白辛苦么？”

李文道原知那萧令史是贪贿之人，适才因他不说，便故作不知；如今他既开口，屋内又无别人，这就将右手向上一扬，伸着三个指头；一面说道：“小的家门不幸，出了这场祸事，拖累官府，心中不安。却只是家贫没得什么孝敬，就这个数吧！”萧令史道：“你那两个指头是害了疮？还是瘸了？怎么不伸出来？”李文道见萧令史胃口不大，就给他一个爽利，登时将五个指头全伸了。口中只说：“还望令史明察秋毫，早日给我哥哥报仇。”萧令史道：“是早是晚，只看你了。”说过，便命将他押还监狱。

李文道急欲定案，当日夜间，就着人去向父亲取来银子，悄悄送与萧令史。那萧令史倒也不曾独吞，自分了两份银子给县令，县令眉开眼笑。不消说，这件案子，不曾开审，先就有了定局。

你道官场之中，竟然黑暗到这种地步？怎知道，在那个时代，这些事都很平常，丝毫不觉得奇怪呢！

十一、受 刑

那一日，县令去验了李德昌尸身，果然是七孔流血，服毒身亡。这便填了尸格，命将李德昌火化了。回到县中，提出有关人犯，一一审问。

那县令银子到手，哪里还有心问案子；即便是问，又能问清什么言语。事事他都倚仗着萧令史，就叫过萧令史："你与我审问。"他自己只坐在公堂上，像个泥塑木雕的菩萨。

李文道"钱到公事办"，那萧令史偏在他这一边，只照"药杀亲夫"去审问刘玉娘。

萧令史问道："你丈夫回河南府来，你是怎么知道的？"刘玉娘道："是一个卖魔合罗的老汉与小妇人寄了信来的。"萧令史道："这几日，卖魔合罗的小贩甚多，你说那人姓甚名谁？"刘玉娘道："小妇人当时未曾问得。"萧令史道："你这话就可怪了。我再问你，你说借牲口去到五道将军庙，已是知道丈夫得了重病的了，为甚却不告知你那知医识药的叔公和小叔叔？"刘玉娘道："小妇人当时心慌意乱，没有想到这里。"萧令史道："你这又是推脱的话。你那丈夫，既是得利回来，他的货物，现在何处？"刘玉娘道："小妇人在那五道将军庙内，只见有一副空担儿，哪见有甚货物。那卖魔合罗的说小妇人丈夫得利回来，小妇人其实不曾见得。”

萧令史问到这里，大声喝道：“这妇人一问三不知，好生狡猾，你老实与我招出：奸夫是谁？怎么合的毒药？哪天起的谋杀念头？”县令闻言，插口叫刘玉娘：“你听见没有？就照此问话，一一回答上来。”刘玉娘道：“小妇人并未药杀亲夫，从何招起。”说着，只伏在地下，痛哭不止。

这时，萧令史又附在县令耳旁，说了几句话。只听县令说道：“我知道，不动刑，你是不肯招的。”县令话才出口，萧令史就吩咐掌刑皂隶，用棍棒拷打。

那刘玉娘原是良家妇女，娇生惯养的，怎禁得刑罚。吃了几十下棍棒，只见血肉横飞，晕厥于地。皂隶向她喷了几口凉水，这才悠悠醒来。

县令见刘玉娘醒来，还只是说：“我知道，不动刑你是不肯招的。”

那县令为何只会说这两句呢？因为萧令史教他的就是这两句，所以不敢多说。谁知刘玉娘挨刑之后，心中只是想：“丈夫已死，六亲无靠，寡妇孤儿，今后也只是一个死数。倒不如拼了一条性命，屈招了，也免得皮肉受苦。”想到这里，就说：“小妇人招了。”

刘玉娘话刚出口，那县令糊里糊涂，急将起来，在座上说道：“你招不得呀！你要招了，准是个死数哇！”

此言一出，堂上堂下的人，都有些失色。谁也猜想不到，县令竟会说出这般的话来。萧令史着了慌，接过口，将喉咙喊叫得更响，他说："你听见本官的话没有？你如果不老实地招，就是个死数哇！"

刘玉娘疼昏了，醒转来，自然还是疼之不已。县令的言语，她不曾听见；萧令史的言语，她倒是句句入耳。当时信口说道："药杀丈夫之事，全是小妇人所做。是我在丈夫回家，趁他病得迷糊，把毒药来与他吃下的。"萧令史说："你那毒药，从何处得来？"刘玉娘道："是家中原来有的药耗子的。"萧令史又问："你那奸夫是何人？"刘玉娘这时积愤满怀，怨冲牛斗，忍不住说道："大人哪！你也还望个公侯万代，不要再问这绝子绝孙的话吧！我药杀丈夫，够得凌迟碎剐也就是了，你叫我去指害谁人哪？"萧令史冷笑一声道："你不招，难道本官就不能将你判死么！"说了这一句，又和县令叽咕几句，就叫刘玉娘画了招，披枷戴锁，打进死囚牢内，原告和四邻，全都释放回家。

十二、伪　尹

那刘玉娘被押在死囚牢中，日夜啼哭。一则丈夫身死得不明不白，既不能得他临终一言半语，又不能为他料理身后之事；二则把佛留托与了邻舍照管，无父无母的孤儿，何等可怜，也不知是否可以长大成人；三则自己被判凌迟，不但受此泼天冤枉，还要永世挨人唾骂。她思前想后，觉得和那李文道并无杀身之仇，苦苦栽诬，莫非是前世的冤孽？她自知无钱无势，遇着了这样的糊涂贪官，决无生理。但她心中其实是不服的，那股怨气没个着落，只得用啼哭来发泄了。

牢中人等，也有看出刘玉娘是受了委屈的，却谁又帮忙她不得。因她哭得凄惨，就连那狠心肠的禁卒，闻得她的哭声，也要揩揩自己的眼睛。

这天，刘玉娘正在哭时，忽然间，有一禁卒前来向她说道："且住了哭，我告诉你一件喜事。"刘玉娘道："我这死了丈夫、抛撇儿子、身犯十恶大罪的人，有何喜事可言！"那禁卒道："听说河南府尹，奉了御旨，来到本县查案。御赐他势剑金牌，准他先斩后奏。待他来时，你去喊冤，只要说得有理，不愁他不豁脱了你。这不是一件喜事么？"

刘玉娘闻言，虽觉官官相护，未必就能翻得了案；但如今既有一线之望，心中也就开朗了一些。

就在这晚上，外面乱纷纷地，直叫："提刘玉娘！提刘玉娘！"刘玉娘想道："定是府尹来了。这是我老大的机会，要好好回对，不能错过。"来至大堂，灯烛昏暗，刘玉娘跪下之后，便听得堂上问道："刘玉娘，你这药杀亲夫一案，你服是不服？"刘玉娘连忙喊了一声"冤枉"，接着说道："小妇人并无药杀亲夫的情事。"堂上说："你既未药杀亲夫，为何却画押招供呢？"刘玉娘道："那都是严刑拷打，屈招了的。"

刘玉娘这话刚一出口，只听堂上把惊堂木一拍，问官发怒，大声喝道："我把你这大胆的泼妇，竟然妄想翻案！左右，与我扯下去，重打四十。"打完了，刘玉娘疼得不能走动，堂上又问："刘玉娘，你现在服不服了？"刘玉娘把心一横，决意不再找苦吃，随口就说："我服了！该杀该剐，早日把我处决了吧！"堂上冷冷地又说："不怕你不服！下次再问你时，若还改口，我叫你立刻死于杖下。"说着。便命押回牢中。

——你道这就是奉旨前来的河南府尹么？其实不是的。只因河南县令，知得府尹要来查案，心中发慌。是那萧令史给他出主意，把一应疑难屈判的案子，先提出来，审问一遍。遇有不服的囚犯，加以重刑。等得府尹来时，这些囚犯不敢言语，府尹也就追究不出什么来了。萧令史此计行的毒辣，刘玉娘不知，误入圈套，以致又受了一番苦刑。这话按下不提。

十三、判　斩

数日之后，河南府尹，果真来到本县。这府尹为官倒也清正，只是年岁大了些，有时不免显着颟顸。早在朝中，就听说这河南府官浊吏弊；立意要秉正除邪，做一番整顿。歇了几日，升厅问事，便命掌案司吏，将那应行签押的文书，呈来审核。当有萧令史，捧了一宗文卷。府尹看时，却是“药杀亲夫”一案。这便问道：“此案应该如何办理？”萧令史回道：“那犯妇刘玉娘，招状是实。此案已有一年，尚未处决。只要大人判个斩字，就可结绝。”府尹道：“为何县令早不处决？”萧令史道：“县令早经呈报。只在昨日，才奉到‘准予施行’的御旨。”

府尹道：“那死囚现在何处？”萧令史道：“现押本县牢中。”府尹道：“可将她提上堂来，待本府亲自再问一遍。”萧令史应声派人去到牢中，把刘玉娘提将来。

刘玉娘是吃过苦头的，一听提审，就有些胆战心惊。上得大堂，连头也不敢抬起。府尹问她：“你是刘玉娘么？”刘玉娘回个“是”字。府尹又问：“刘玉娘，县令断你药杀亲夫一案，你可还有什么不服之处么？如有不服，可将那词因诉与本府。”刘玉娘听得这些话，和前日所问，有些仿佛。她怕的是又中圈套，哪里还敢喊冤，只含糊地从鼻子里应了一声。府尹有些不耐，大声喝道：“你有冤说冤，有苦诉苦。这样哼哼唧唧，却为何来！”这一喝不打紧，却把个刘玉娘，纵然有千言万语，也吓得缩了回去，不敢声张了。

府尹见她如此，不禁点头晃脑，自言自语道：“这妇人一句话儿也没有，想来其中必无什么冤屈之处，县令所断，定是不差。”想着，就要在旗上判个“斩”字；忽然又自沉吟起来道：“人命关天，是件大事，我问的未免简略，如有舛错，于心不安，理当再问几句才是。”

那府尹想至此处，便打开卷宗，按着详由，又复问道：“你那毒药从何而来？”刘玉娘道：“是家中毒耗子的。”府尹问：“你那奸夫跑了不是？”刘玉娘道：“是的。”府尹问：“你丈夫得来的金珠财宝，全被奸夫拐逃了不是？”刘玉娘道：“是的。”府尹问一句，刘玉娘答一句，一些分辩也没有。府尹不觉生起气来，心里倒是骂着县令：“似这等伤天害理、药杀亲夫的妇人，早该处死；一直留到此时，迟迟不决，不知得了这妇人几多贿赂。今日既落在我的手中，让他晓得我英明果决，清正端方！”

府尹正想着，萧令史却又在旁说话了，他道：“犯妇已无异词，大人怎么还要迟疑？”府尹闻言，这便提起笔，判了个“斩”字，立命左右：“将这妇人，推出市曹示众。”众衙役领命，有那刽子手在前带领，把刘玉娘拖了出去。

刘玉娘听得最后几句言语，才知已到生死关头。此时要想声唤，却来不及了，众衙役闹哄哄地，哪里容得她张口，七手八脚，直将她拖至衙门外上绑。府里的衙役司吏，排班结队，只等吩咐，好侍候府尹动身，前往市曹监斩。刘玉娘知道死在眼前，央求衙役，把儿子带来相见一面，却只无人理睬。她思前想后，受了这般冤苦，这时再也忍不住，就一行哭，一行诉，一行骂，絮絮叨叨，无了无休。

十四、怀　疑

却说这河南府尹手下，有一个六案都孔目，姓张名鼎，字平叔。此人聪明正直，足智多谋。在那府尹衙门，原是六房的首脑。一身担受公私利害，笔尖注着生死存亡。平日府尹对他十分敬重，也甚听信他的主张。来至这河南府时，府尹因无暇下乡劝农，便着他代替前往。一去多日，才始回衙复禀。

那张平叔刚欲进衙之际，一眼看见了一个被捆绑的妇人，坐在墙下，又哭又骂。他心中嘀咕："斩杀人犯，乃是大事，怎么这件案子还不曾听说，府尹刚一坐衙，就拿个妇人开刀呢？"想着，即便上前，意欲动问。围在那里的一些衙役，见他来了，纷纷走开。有那口快的，却告诉刘玉娘："这是府内六案都孔目，你可尽情诉与词因，求他去到府尹大人面前说上两句，即便不能免死，也可拖迟几天。"

刘玉娘原来逢人便诉的，听得这话，自然更是滔滔不绝。张平叔听她说得曲折，就仔细问道："你道是你小叔叔陷害于你，为何却不向县令告诉呢？"刘玉娘道："那个贪官，知他受了多少银钱，只不听我一句话，硬把我屈打成招。"张平叔道："府尹问时，你该求他伸冤的了，又为何只是招认呢？我那府尹，从来不爱动刑，你是尽可申诉的呀！"刘玉娘道："府尹是好是坏，我哪里知晓。天下老鸹一般黑，还不是官官相护么！”张平叔道：“你这话可委屈了我们府尹了。”刘玉娘道：“有什么委屈的！第一堂问我的，我喊了一声‘冤枉’，他便将我责打四十大板；第二堂，我哪里还敢说话。那个糊涂的府尹，便将我判了斩了。”

张平叔有些不信，回过头，问一个衙役说：“府尹来至这河南府，坐了几次衙了？”衙役回道：“只今天才坐第一次。”张平叔道：“可又是怪！府尹才坐一次衙，这妇人怎的却被审问了两次？”说着，又问刘玉娘道：“头次责打你四十大板的，和今天将你判斩的，是一个府尹么？”刘玉娘道：“我哪里知道哩！只听恶声恶气，倒是一个模样。”

张平叔问不出详情，只吩咐衙役们道：“且待片刻，再将这妇人送至市曹。容我回去禀府尹，取个决断。”刘玉娘一听此言，不觉存了一线之望，连忙说：“都孔目救得我时，生生世世，我都不忘大德。”张平叔道：“我去向府尹说。准了时，你休欢喜；不准时，你也休烦恼。只是一层，府尹若再问你什么言语，你必详细回答，不可隐瞒，误了大事！”

十五、质　问

张平叔上得大堂，府尹还坐衙未散。他禀告劝农之事已毕，府尹道：“你辛苦了，且自歇息去吧！本府与你十个免帖，放你十日休假；假满之后，再来办事。”

张平叔后退了一步，却又上前一步说道：“谢大人的恩典！只是……”府尹道：“你还有什么话说么？”张平叔道：“小的现有一事不明，要请大人的示下。”府尹道：“你说。”张平叔道：“适才间，小人见那府前，有一妇人，捆绑在身，似要斩杀，只不知因何罪过？”府尹回头向萧令史说：“你便说与他听。”萧令史从头说了。张平叔却道：“萧令史，我是六案都孔目，这般人命重事，怎么不教我知道？”萧令史道：“你下乡劝农去了，难道你一年不回来，还等你一年不成？这案子是县令所断，府尹所判，你也不是上司，一定要等你做什么！”张平叔道：“你说的也是。此时我既回来了，你可将案卷拿与我看。”萧令史道：“府尹已经判斩，案情我都说与你听了，还要看那案卷做什么！”张平叔道：“我一定要看一看！”府尹说：“萧令史，你便给他一看，也费不了什么。”那萧令史无奈，只得与他看。

张平叔手捧案卷，看了一遍，仰面问着府尹：“这犯妇供称：丈夫李德昌，去到南昌，一年无有音信，只因七月间，有不知姓名男子，送信前来，说李德昌病倒在五道将军庙内。这个送信的男子，大人勾问了没有？”府尹道：“没有。”张平叔又道：“李德昌回家之后，七孔流血而亡，她小叔叔告她与奸夫同谋，药杀亲夫。这奸夫姓张？姓李？姓赵？姓王？家住何处？以何为生？大人勾问了没有？”府尹道：“没有。”张平叔道：“犯妇供称，所用砒霜，原是家中毒耗子的，即便是毒耗子的，也有个买来的地方。不知是哪家药局，随便出脱毒药。大人勾问了没有？”府尹道：“没有。”

张平叔又道：“按着几人供状，都说李德昌买卖得利回来。这李德昌所得之利，可是官收了？还是存在苦主家中？”府尹闻得此言，不禁发怒道：“本府一清似水，怎么会收他财货！你不当浑说！”张平叔道：“非是小人斗胆浑说。大人请想：这个案子，寄信人没有，奸夫没有，卖药之处没有，财货没有，怎么便断定是妇人谋杀亲夫呢？”

萧令史见张平叔越说越有理，忍不住插言道：“本案县令已经问过，犯妇也都招认，是不会有错的。”府尹也便说：“那犯妇一句别的话也没有，本府不按原判处理，却待怎的？”张平叔道：“小人看那犯妇，身带棒疮，定是熬不住刑罚，被县令打得怕了，以此大人问话，她也不敢说。如若细问，其中多应另有情节。再有一层，看这文卷，府尹原只审问过一堂，即便判斩；怎么那刘玉娘却说，府尹曾问过她两堂来？这中间恐怕也还有什么鬼祟。”府尹一惊道：“有这等事么？”萧令史忙说：“不是那犯罪妇人信口胡言，便是都孔目误听了，哪会有这等奇事哩！”

府尹见其中有许多蹊跷之处，便向张平叔说：“你既然这般讲，本府且将这犯妇，缓刑三天，交与你去审问。问得出道理，本府与你表奏天子，赐赏封官；问不出道理，本府只处你忤犯上司，妄翻定案的罪名。到那时，你休得埋怨本府。”

张平叔听得这些话，欲待应允，觉得罪责不轻；欲待不应允，又觉得于心难安。想来想去，还只是硬着头皮，一口承担了下来。

十六、重　审

府尹问完一应公事，退衙去了。张平叔领得这个严命，心内踌躇，只因限期紧迫，不敢迟延，一面细看文书，寻觅其中破绽；一面吩咐，带进犯妇，细细推求。

刘玉娘这回留了神了。上得厅来，一看问官，原是适才那位都孔目，便打定主意，有话尽说。

张平叔问案，是不使威风的，先着衙役："把那犯妇解了绑索，让她回话。"然后便问道："刘玉娘，你说你那小叔叔陷害于你，你是衔冤负屈，我都听过了。但不知，你可有什么凭证？"刘玉娘道："若非他有意陷害，怎么说我和奸夫合谋，药杀亲夫？"张平叔道："你既无奸夫，便不该招认。"刘玉娘道："小妇人遇着贪官，屈打成招。如不招认，早就被打死了。"张平叔道："你那砒霜，究竟是从何而来？"刘玉娘道："小妇人家中，并无砒霜。贪官硬逼小妇人招认，因此胡乱应承。"张平叔道："你如今句句翻案，却不也是胡乱说的么？"刘玉娘道："小妇人不敢。只是大人要小妇人说什么凭证，小妇人怎么说得出！"

张平叔手翻卷宗，前后一想，又便问道："你丈夫出外买卖，和谁结伴同行？”刘玉娘道：“他只单身一人前往。”张平叔问：“你去五道将军庙时，可见你丈夫带着什么财货？”刘玉娘道：“只见一副空篮筐，放在丈夫的身旁，并不见有财货。”张平叔问：“那副篮筐，你取回家中不曾？”刘玉娘道：“小妇人当时只顾着救护丈夫的性命，顾不得那篮筐，因此没有取回。第二天就出了事，也不知那篮筐何在了。”张平叔问：“你见着丈夫时，他一句话都不曾说么？”刘玉娘道：“直到断气，其实没有听得他一言半语。”

张平叔问一阵，琢磨一阵，这便又说：“说你丈夫在五道将军庙中生病，给你送信前来的人是谁？”刘玉娘道：“此人从来不识。”张平叔问：“你可还记得，他是什么模样：面黑？面黄？有须？无须？身高？身矮？是胖？是瘦？”刘玉娘道：“当时小妇人一听丈夫回来，身患重病，心中慌乱，来不及端详那个人，因此一些也记不得。”张平叔又问：“你可记得那人身穿什么衣服？”刘玉娘想了一想道：“那时正是天热，他只穿一身单衣。”张平叔道：“你丈夫死时，是哪一天？”刘玉娘道：“是七月初七，今天便是周年。”说到这里，她忽然又道：“小妇人记起来了。”张平叔道：“你记起了什么？”刘玉娘道：“小妇人丈夫当天回家，当天死去。那天送信的人，原是个卖魔合罗的。我的孩儿，还曾向他讨了一个魔合罗。”

张平叔闻得此言，心中一喜，立刻又问：“那个魔合罗现在何处？”刘玉娘道：“是小妇人怕孩儿将它打破，随手放在家堂阁板儿上。如若无人移动，理当还在。”

张平叔不再问刘玉娘的话，却吩咐一个衙役：“你快快与我去到这刘玉娘的家中，在家堂阁板上，把那魔合罗取来，我要勘问于它！”

衙役听得此言，心中诧异，不敢动问，只是奉命如飞地去了。

十七、勘 神

不过一顿饭的时间，那衙役即便从刘玉娘家中，把魔合罗取至。

张平叔说过了，要勘问魔合罗，厅上厅下的人，都不解其中之意：“一个泥娃娃，怎么问得出话来？”因此齐在一旁等待，看他如何勘问。

那衙役把魔合罗送至公案之上，张平叔伸手接将过来。那个魔合罗真塑得好：

曲弯弯画翠眉，宽绰绰穿绛衣，明晃晃凤冠霞帔。休道它相貌庄严，却只是笑嘻嘻。是待那七月七日乞巧的，好付与一家儿燕喜。

张平叔捧了那魔合罗，从头到脚，翻来覆去，看之又看。看了不算，还伸手上下去摸。摸了一阵，只是摇头不语。又好半晌，才把魔合罗放在公案上对它说道："魔合罗！我看你模样儿倒是乖巧讨人喜欢，想必是个有灵的神道。这李德昌被毒身死，刘玉娘是否身受委屈，可说与我知道。我必让她家世世代代供养你，不只是七月七日这一天才受到香火。"

上下人等，见张平叔和魔合罗说话，越发猜不透。就有人想着："此时如若魔合罗开口答言，那倒是千古奇闻；魔合罗既不能说话，都孔目却偏要问它，莫不是疯癫了么？"

张平叔不管别人议论，自家只催着魔合罗："你说呀！为何不言不语？你不要以为自己是个神道，就敢公然抗拒。若再不说，我就要动刑了！"一面说，一面取过一根小小戒尺，比着要拷打的样儿。任凭张平叔怎么使威风，魔合罗哪有个说话的？只见张平叔，真地动起戒尺，劈劈拍拍，朝魔合罗身上敲打。起手还轻，只打褪了一些皮层染料。打着，说着："魔合罗，你若说了，我就不再打你了。"随着说话，手就重了，只见那魔合罗的胳膊被打折了，头颅被打落了，一身都敲得粉碎。只有个底层，还是整整的一块坚实泥土。张平叔道："你要保着根基，我偏饶你不得！"说着，又打。把那层土打得粉碎了时，在里面却露出四四方方一张小纸片儿。只见那张平叔取在手中，朝亮处一看，登时喜笑颜开，向着左右道："这魔合罗已说了话了。"

左右有那性急的，便说："魔合罗说话，怎么我等却听不见？"张平叔笑道："只因你等没有神耳，却怨谁来！你等且将泥土扫去，明日再给这魔合罗重塑金身。”说罢，又自吩咐：“今日天色已晚，且须歇息，明日再审吧！”吩咐已毕，他便捏着那张小纸片儿，退厅去了。众人疑疑惑惑，不知他葫芦里卖的什么药，问他又不讲，只好且将刘玉娘收监，待明日再做理会。

你道张平叔勘问魔合罗，真地要神道回答言语么？非也，非也！原来那卖魔合罗的，都是亲手捏造。为了要表明自家手艺，也是宣扬推广，总要在魔合罗身上，做个记号，写出名姓来。有的就在底层上刻个图章；有的却把来印在纸片儿上，夹塑到泥里去。张平叔要查问那个卖魔合罗送信的人，因不见魔合罗身上刻有图章，这才把它敲碎，寻出了那张纸片儿来。又因掩人耳目，这便不得不装神弄鬼。——此话表过不提。

十八、辩　解

张平叔寻出了那张纸片儿，不敢怠慢，退出厅来，就唤个伶俐的衙役，要他按着纸片儿上所写的姓名住址，前往南乡龙门镇，提取名叫高山的前来听审。

高山那老汉，今年七月七日，也自进城卖了一趟魔合罗。这夜晚，没有事了，只在家中计算，得到多少利息。账还没有算清，忽见一名衙役，手持拘票，要拿他到官。高老汉从未见过官府，不知怎么飞来这场横祸，吓得慌了，打躬作揖，向衙役打听，想知事从何而起。衙役哪里理他，只是说：“自家做事，自家明白，装个什么糊涂！到得府中，自会有人告诉你，休得向我噜苏！”高老汉千百般央求，只是无用。左邻右舍，纷纷说道：“这老汉是个好人，莫非府中误听言语，错拿了人？”衙役道：“我们张都孔目，向来精细小心，怎么会错！这老汉有甚言语，可自去分辩。你等不放心时，也可前往听都孔目问案。”衙役说罢此话，一条锁链，锁着高老汉就走。邻舍有那热心的，也便跟随于后。

衙役是夜晚到得乡间的，闹闹嚷嚷，把高老汉提入河南府时，不觉已是天明。张平叔闻报，立刻升厅。

张平叔问明高老汉的姓名住处，所干行业，接着便说：“去年七月七日，你在那南城外五道将军庙，干下了一件瞒心昧己的勾当；还想移花接木，嫁祸于人。这件事如今已然发作。你与我好生打点，仔细供认了吧！”高老汉闻得此言，丈八金刚摸不着头脑，有些目瞪口呆。张平叔道：“你怎的不言语？”高老汉道：“小老儿平日务农，哪识得害人之事，此话小老儿委实回答不出。”

张平叔道：“你既装痴卖呆，我叫你看一个人。”说罢此话，便命把刘玉娘提上厅来。

高老汉听说“刘玉娘”这个名儿，心上好熟，却还不曾十分想起。及至刘玉娘被提到厅下，高老汉见了，不禁叫道：“你不是那李德昌的娘子么？怎么却在这里？”

张平叔一拍惊堂木道：“你那老儿，在公厅之上，叽叽喳喳，叫些什么！现在你听我说：只在去年七月七日，李德昌买卖得利，从南昌回来，行至五道将军庙，是你见财起意，将他药死，把财物盗走不说，却还去告诉他的妻子刘玉娘，把他接回去，让他死在家中。你施的这个诡计，如何瞒得过天下人去？你从实说了吧，免得动刑。”

高老汉道：“哪有此事！只因那李德昌病得厉害，不能走动，要小老儿与他捎个信儿回家，怎说小老儿谋他财物？小老儿若要谋他财物时，还会与他捎信？”

这时刘玉娘却开言了：“你那老汉，若不是下毒药害了我的丈夫，怎么我丈夫回家之后，却七孔流血而亡呢？”

高老汉道：“这是你家屋内之事，小老儿怎么会知道呢？小老儿因吃过苦，向有三戒：一不做媒，二不做保，三不与人捎信。想不到心里慈悲，偶然破了一个戒，竟又招惹这样的事来。大人要问只问这刘玉娘，小老儿其实是一句供不出来的。”

张平叔道：“你若不招认，我可要动刑了。”高老汉道：“大人即便打死小老儿，小老儿也无法招认。”

张平叔问案，轻易是不动刑的。这一堂，因得不着个头绪，有意恐吓那老汉，故意高叫：“左右掌刑人伺候了！”

谁知他这句话刚刚说出，就有一大群人，拥上前来，齐声呼喊：“大人！打不得的！这事和高老汉其实是无干的！”

十九、详　情

且说张平叔喝打高老汉，尚未动手；忽见一群人，拥上堂来，大呼“打不得”。张平叔当下问道：“你等却是何人？胆敢咆哮公堂，违我法度？说得有理，方可饶恕；如若不然，每人责打四十大板，一齐轰出！”

那众人告道：“小的们是高老汉左邻右舍，早晚见面的人。高老汉为人公道，又且是贫穷之人。这谋财害命之事，决不是他做的。”张平叔道：“不是他做的，是何人做的？你等说与我听。”众人道：“是何人做的，小的们不知道。若说是高老汉做的，大人请去看，那高老汉屋里，破衣破被，破碗破瓢，哪有什么财物！既不为了财物，为甚却要害人性命？还请大人三思！”

张平叔听众人言之有理，想了一想，又便问道：“高山，你与刘玉娘送信之时，怎么说的？”高老汉道：“是小老儿依从那李德昌言语，告诉刘玉娘，她丈夫从南昌得利回来，病重在五道将军庙，要她去接。”张平叔道：“你与刘玉娘说话时，身边有无他人？”高老汉道：“倒是有一个人。”张平叔忙问：“那人是谁？”高老汉道：“是刘玉娘的孩儿，年方四五岁，名叫佛留的便是。”

张平叔回过头问刘玉娘：“你听得高老汉捎的口信后，怎么去的？”刘玉娘道：“是小妇人向邻舍借了一头牲口，飞奔前往。”张平叔道：“你借牲口时，是怎么和人说的？”刘玉娘道：“小妇人只说到城外探亲，并未说丈夫回来。”张平叔道：“你为何要这般说？”刘玉娘道：“小妇人信了这老汉言语，也认着丈夫是得利回来，怕的露了白，因此不敢告诉他人。”张平叔道：“全无一人知道你丈夫回来么？”刘玉娘道：“除了送信的高老汉，只有小妇人知道。孩儿佛留，虽然在旁，只知要魔合罗，哪里理会他爸爸回家之事。”

张平叔这便又问高老汉：“你那老儿，再想一想，也曾把李德昌回来之事，告诉他人没有？”高老汉被审问了这半晌，连前想后，倒是渐渐想得清楚了，回道：“小老儿进城寻觅醋务巷时，曾遇着一个人，问小老儿找什么人。小老儿当时告诉了他，是为李德昌送信回家。那人便指东话西，说那个醋务巷，有什么大醋务巷、小醋务巷，害得小老儿兜了半个河南府城。”张平叔道：“那人是怎样一个人？”高老汉道：“那人约有三十来岁年纪，不高不矮，面容却是黄瘦，穿着一套灰布衣裳。”

高老汉此言方罢，刘玉娘却接口说道：“此人却似小妇人的小叔叔李文道模样。”张平叔道：“你能准定说，那人就是你小叔叔么？”刘玉娘道：“非小妇人亲眼所见，因此不敢说。”

张平叔沉吟了一阵，又问刘玉娘道：“你小叔叔平日对待哥嫂如何？”刘玉娘便把李文道为人不端，常来调戏的话说了。张平叔道：“你那叔公，总算是个正派的人了？”刘玉娘道：“叔公年纪老迈，溺爱孩儿，有些放纵，哪里敢奈何他。以致小叔叔才那么胡乱。小妇人丈夫死时，小叔叔要小妇人答应他的无礼之求，他就不告官。及今想来，此事越发的可疑，莫非竟是他下的毒手？还请大人多多详情。”张平叔道：“这要他父子到官，问个明白，我不能听你一面之词。”

张平叔审到这里，天已近午，便吩咐掩衙，下午再审。他走出厅堂，一路上左思右想：“不施一计，急切之间，此案难明；事到如今，只好……如此如此。”

二十、求　医

这一个下午，真个忙煞了张平叔，里里外外，查这个，问那个。就凭许多事，都有些痕迹，看出李文道有老大的嫌疑。他原不难把李文道提拿到案，当庭对质；却又怕的他万一矢口否认，又没个人在五道将军庙见他动手来的，那时候，岂不反而棘手？因此上，他却想出一条计策，从李文道父子口中找证据，让他们自家把金珠财宝送出来。既要如此，就不得不做得机密一些，免得打草惊蛇，又寻不着踪迹。

且说这天傍晚时分，“赛卢医”李文道，因无病人上门，正在收拾之际，忽见外面有一公差模样的人，踱进屋来。李文道心中先是一惊，后见来人并无恶意，这便起身含笑迎着问道："这位大哥，是来访人问事的？是来寻医买药的？"那人一摆手，低低说道："你且禁声，听我言语。我们府中老夫人，身得暴病，口说谵言。东岳庙王道士说是撞着神道，中了恶，须得快快请医，服些安神定气之药。还要机密行事，休让那神道得知，前来阻挠。有人荐引这里赛卢医是位高手，特地着我来请。不知赛卢医在家不在？"李文道闻言忙道："小弟便是赛卢医李文道。不知府上是哪一家？离此远近？"那人道："不必问了，到时自知。现有白银五两，先行奉上，待治好了老夫人病症，更有重酬。请先生带了药箱，就此前往吧！"

李文道请出父亲李彦实，把银子交与，背起药箱，随着那人便走。李彦实摸不着头脑，追出门，想问几句话，却见那人掉转头，瞪着一双大眼，说道："此时不能说，到能说时自会告诉你；你不要误了你儿子的运气！"说时，催着李文道走了。

这河南府城厢内外，李文道原是十分熟悉的。他见那人把他引至一座大宅院，意欲径入，不觉迟疑道："这不是府尹的官邸么？"那人凑至他耳边说道："你休得言语，我告诉你知道，生病的就是府尹的老夫人。府尹为人性急，你医得好老夫人时，他必有大把银子谢你；若医不好，还要当心。"李文道喏喏连声道："我自当用心医治。"

那人把李文道引进这家大宅院，穿房入户，转弯抹角，直到一间小小房间之内。此时李文道眼观鼻、鼻观心，哪敢抬头细看。

只知那里有一张大床，垂下帷帐，有一只带着金镯的手，伸出帐外，候着诊脉。一按脉，倒是觉得甚为平和，不弦不滑。他点头寻思：大约富贵人家的老年人，吃食不化，受了风寒，略略积滞了些，只要一味建中汤，就可治得。当时便打开药箱，抓了药，君臣佐使，一齐配好；说道："此药立刻吃下，蒙头睡一觉，等醒来发一身汗，自然痊愈。"

李文道下了药，即欲告辞。那请他前来的人，却只说道："府尹有话，请先生前厅奉茶，等老夫人醒来，复诊一遍，再走不迟。"李文道暗道："回去也是闲着，等就等吧。"

此时只见内外人等，川流不息，进进出出。一会儿有人来说："老夫人已服下了药。"隔一会儿，又有人来说："老夫人服了药，却只睡不着，不知何故？"

李文道嘀咕道："莫非我把安神之药，下得轻了么？"他还没有想起第二个念头，只见另一个人来报："这会儿老夫人只呼腹痛不已，府尹叫请先生快去看。"

李文道刚欲举步，却又见第四个人出来，气急败坏地叫道："大人吩咐，快将那个郎中锁起来。老夫人吃了他的药，腹痛一阵，这回冷汗交流，竟自断了脉息，归天去了。"

这几个人，都是些粗鲁汉子，哪容李文道分辩，一齐动手，就把他绑了起来。

二十一、智　赚

这场祸事，李文道梦里也不曾做到。被绑在那里，想不通为何一剂建中汤，竟会吃杀了人：莫非自家药箱不干净，夹了什么毒药在内？莫非老夫人吃这贴药之先，吃了别的药？莫非煮药的当儿，有什么肮脏的东西？不管怎么，这府尹总是个不好惹的，坏了他的老夫人，不死也要褪层皮。

李文道一夜受了许多苦楚。到天明时，忽见外间走进一个斯斯文文的人。那人入厅坐下，即便问道："府尹叫我问你：平日无冤无仇，为何下药把他老夫人害死？"

李文道哭丧着脸道："小人下药，一些不错，不知道老夫人怎地死了！"

那人道："你大胆！府尹大人，难道会诬赖你不成！不理你怎么犟嘴，不是死罪，就是流罪，府尹大人是不会饶过你的。"

引李文道进府的那个公差，此时悄悄向李文道说："这是张都孔目，你好好央求他，在府尹大人面前，与你说几句好话，就能大事化小，小事化无了。"

李文道哪里顾得思索，闻言便道："请孔目哥哥搭救！医生有割股之心，哪有害人之理。小人为府尹大人的老夫人治病，只有分外小心的，怎会疏忽？”

张平叔道：“你还说不疏忽哩，老夫人一命都已断送在你手中了。”李文道说：“其中有什么委屈，孔目哥哥去请府尹推研一下，便会知道，决不是小的错下了药。”张平叔道：“府尹大人此时又悲又怒，谁敢代你言语！”

李文道只是求情，张平叔只是回绝。李文道见无有望头了，就哭了起来道：“我是自己不好，医术不高，胡乱给人治病，落得这个下场。可怜我家中尚有八十岁的老父，叫他倚靠何人？”

张平叔闻言便问：“你真的有八十岁的父亲么？”李文道说：“旁人尽知，小的岂敢说谎。”张平叔道：“幸而如此。我有一计，只在你八十岁父亲的身上，可以救得你一条性命。但不知你能不能依从我的言语？”

李文道说：“只要能免一死，孔目哥哥叫我怎的，我便怎的。”张平叔却又道：“此事若让府尹得知，定说我徇情开脱了你。你无事了，我倒要为你吃苦。使不得！使不得！”李文道急着央求道：“‘公门之内好修行’，孔日哥哥，你须知我是无辜的呀。”

张平叔等得李文道再四央求，这才说道：“律例上说的是，老不加刑，只是罚赎。你若把罪名一齐推在你父亲身上，不过花几文钱，就可以无事了。”李文道说：“我怎么样推呢？”张平叔道：“府尹大人已然吩咐，把你送往府中，交我审问。我当众问你时，问一句，你只应一句，‘药是父亲配合的，行医得来银钱也都交与了父亲’。如此，我便把案子着落在你父亲身上，念他八十老人，责骂罚赎，这不就无事了么？”李文道急切之间，哪及细想，只满口道谢孔目救命之恩。

张平叔却又千叮万嘱：“无论如何，我不问你，你休说话。若多一句话时，露了破绽，我便救你不得了。”李文道性命要紧，句句都应承了。

二十二、中　计

且说李彦实老汉，见儿子李文道，去了一夜，不知何事，心中不安，只觉眼跳。第二日，一大早起身，只站在药局前屋檐下等待。

正当此时，远远望见两个衙役，手执锁链前来。他身不由主地，转进屋中。还不曾坐定，那衙役已自跟随而入，向他问道：“你这老汉，便是李彦实么？”李老汉道：“只小老儿便是。”两个衙役，更无他话，抖起锁链，就套上他的颈子。李老汉忙道：“老汉奉公守法，为何要拿我？”衙役道：“你被人告了。”李老汉道：“是谁告我？我有什么罪过？”衙役道：“若问你有什么罪过，我等不知，原告自会说与你听的。”李老汉急道：“这原告倒是何人呀？”衙役大声喝道：“你儿子李文道，他便是你的原告，你便是他的被告！”

李老汉道："二位休得取笑，我那儿子，怎会告我。"衙役道："你去至公厅，自然明白。休得多说，与我快走吧！"那李老汉无奈，只得锁了门，被两个衙役，拖至府中。

张平叔闻说李老汉已经提到，升厅便问："你那老汉，名叫李彦实么？"李老汉道："小老儿便是李彦实。'人在家中坐，祸从天上来'，不知大人为什么拿我？"张平叔道："现在你儿子李文道，药死了人的案子发了。本当治他一身之罪，他却攀扯到你，连你也脱不得干系。"李老汉叫道："哪有此事！我家自开药局，两世行医，哪曾药死过人？大人莫非弄差了，我儿子他也不能告我。"张平叔道："你儿子已被我拿押在此，你不信时，我叫他说与你听。"李老汉只不信道："除非我亲耳听得我儿子的言语……"说着，又自改口道："这话是不会有的，必是他人陷害。"张平叔道："我看你这老儿，说话十分狡猾，还不及你儿子老实。你莫非想和你儿子当面串词么？"李老汉道："小老儿不敢！"张平叔道："回头我问你儿子的话时，只许你听，不许你说！你若胡乱开口，不问你说话是非，先领我四十大棒！我看你那老儿，这四十大棒可禁受得起！"李老汉道："大人不问小老儿时，小老儿一言不发，也就是了。"

这时张平叔，不再问李老汉，却传下话，叫那各班掌刑皂隶，打开各色刑具：有用来绷扒吊拷的，有用来夹打搒箍的，有用来炮烙烧煎的，有用来钻凿刺砸的。皂隶们也知是张平叔有心要显露严威，把刑具分外拖敲得响亮。即便是积年作恶的人，听得这般声音，也免不得心惊胆战。李老汉一颗心，好似吊桶落在井里，只是七上八下。

张平叔让李老汉看过了堂威，吩咐衙役，且先将他带下，歇息片刻再审。

带走李老汉后，张平叔又叫过一名衙役，如此这般叮嘱一番。然后再命提审李文道。

二十三、获　赃

衙役把那李文道提到厅上，挨公案不过尺来远近的地方，着他跪下。张平叔和他说话时，只是和颜悦色地道："现在当厅审问，你要与我仔细小心了！"李文道说："小人决不敢有半句胡言。"张平叔问话之时，其中原暗藏着一些机关；李文道哪里知晓，还只认作张平叔要他守住在府尹官邸中所关照的言语。

就在这时，那领了张平叔叮嘱言语的衙役，悄悄地将李彦实那老汉提了来。李老汉跪的地方，离着李文道背后约有五六尺。李老汉进厅来就看见了李文道，李文道却不知李老汉来至在他后面。

张平叔叫过书吏道："现在我开审问事了，你好生与我记下人犯的口供。"书吏唯唯应是，提着笔，铺开纸，预备书写。

张平叔问着李文道说："李文道，你药死了人，这药是何人与你配合的？”那李文道答话且是迅速，他道：“是我父亲！”张平叔道：“你父亲也懂得医药么？”李文道说：“小人的医药，就是父亲传授的。”张平叔又问：“你得到的银子呢？”李文道说：“我都交与父亲了。”张平叔道：“你一点也不曾花费么？”李文道说：“小人没有花费分文。”

那李老汉听得李文道的口供，句句道着他，心中不忿，也忘了张平叔吩咐的言语，大嚷大吵起来道：“药杀哥哥也是你，叫我埋藏财物也是你，强逼嫂嫂私休也是你，一应都是你，你怎么说成是老子做的？我打杀你这个不孝不义的东西！”说着，抓起锁链，就朝李文道砸去。他刚要站起，却早被衙役们按捺住了。

李文道原不曾料到父亲也来至公厅，忽然听得父亲这番言语，骇得扑登登地瘫了下来。

张平叔问着李文道：“你也听得你父亲的言语么？”李文道说：“我招认的只是府尹老夫人服药身死一事，我父亲老迈龙钟，胡言乱语，他说的什么，我都理会不得。”张平叔冷笑一声道：“你还做得像没事的人哩！我且叫你见一个人。”说着，便叫把高山提出，和他见面。高山一见了李文道，就指着他骂道：“你这厮，真不是个好东西，明明一个醋务巷，你说是两个，害得我去年跑遍了半个河南府，到今年还觉得腿疼哩！”张平叔又向李文道说：“你不认得他，他还认得你哩。你还有什么说的！”

暂时张平叔不再问李文道，却掉转头，吩咐把李彦实提近前来跪了。李老汉这时听出言语不对，有些目瞪口呆，手足无措。

只听得张平叔问道："李老汉，你既已招承，休再想抵赖得过了。现有口供在此，你与我画了押。"李老汉犹豫着，不想下笔，张平叔断喝道："我念你年老，不肯加刑；你若不画押，凭这口供，也就能判你的罪。你倒是画押不画？"众皂隶顺着张平叔的意思，把刑具颠弄着稀里哗啦一阵响。李老汉心下发慌，因见事已至此，只得画了。那李文道一旁干急，也只没奈何。

张平叔看了李老汉的花押，立即命人，押着李老汉，去至他的家中，把埋藏的财物取来。李老汉装着昏聩，故意说几句颠倒糊涂的话；怎奈别人一些也不信他。他想不走，却有那小板子、小棍棒，一下轻、一下重地催打着，不容他不走。到得醋务巷，开了药局大门，去至后院，不消费什么大事，就在那枣树根下，刨出了一大包金珠财宝。

二十四、公　判

张平叔又复升厅。这一次，却把刘玉娘也提了出来，彼此对证。刘玉娘一听口供，知道丈夫原被李文道父子害死，恨得咬牙切齿，哭得气噎声粗。

一堆金珠财宝堆在厅上，张平叔问着刘玉娘："你可认得这些财物，它是何人所有？"刘玉娘道："小妇人不知，不敢乱说。"只说得这句话时，忽然看见那包裹着金珠财宝的两件汗褂，连忙又指着说：“只那两件汗褂，虽则被泥土烂破，小妇人却认得，那原是丈夫当日所穿。”张平叔道：“难怪你不认识这些财物，这原是你丈夫在外间赚得来的。若不为的这些财物，你丈夫也还不致就送了性命哩。”

李老汉口供已有，真赃实证也齐全了，这时李文道除了低首服罪，更无异词。他从头供认，怎地从卖魔合罗老汉口中得知李德昌得利回家，怎地到五道将军庙药倒了李德昌，怎地逼着嫂嫂私休，怎地告状到官，怎地送与县令和萧令史的财帛。甚至当初李德昌卜卦之时，那个卜卦先生的言语，也都是他用钱所买。他见几次调戏刘玉娘，不曾如愿，认作是碍于李德昌在家中的原故；因此他要卜卦先生说李德昌有百日之灾，让李德昌外出，他便好趁机下手，这原使的是“调虎离山”之计。

张平叔得了这些供状，叫书吏打点做成文案，就在府尹交代下来的第三天，报将上去，请府尹下断。那府尹也已得知，张平叔把此案平反了，刘玉娘果真受了冤屈。看了文案，心中甚喜，口里却说：“本府闻说，你审问本案，曾使了一些诡诈，这是为吏之道么？”张平叔道：“大人限我三日为期，我若不略施小计，哪里就能破得这么快？这怨不得小人，只怨大人限期太短。如今小人并未动一动刑杖，那受冤的得到伸冤，杀人的低头认罪，难道小人也还有过错么？”府尹哈哈一笑道：“张鼎！你审得好，本府这便坐衙下断。”

府尹坐衙，把一行人犯，连着萧令史也在其中，押在厅前。只听那府尹判道：“李文道谋杀兄长，请出御赐的势剑金牌，即时将他押赴市曹处斩。李彦实主家不正，合杖八十，念其年老，罚钞赎罪。萧令史贪污受贿，假设公堂，冒充府尹，杖一百，永不叙用。县令为官不才，贪赃枉法，奏请圣上处分。刘玉娘着领回李德昌所遗金珠财宝，回家好生抚养孩儿；因她守义坚贞，屈受拷讯，请敕旌表门庭。高山为人仗义，奖给花红。卜卦先生受人贿买，谣言惑众，杖四十，逐出境外。张鼎问案有功，本府分俸三月为赏，再候朝廷赐赏升迁。”处断已毕，立刻施行。

那张平叔审案审得好，老百姓人人称颂，个个赞扬。因此上，后来他由一个小小都孔目的属官，直升做行省参知政事。干练能吏之名，扬于四海。这是后话不提。

——读者们！休认作这件事只是个编出来的古话儿，要知道这件事在元代当时原是件大大的新闻。那时有一位大作家名叫关汉卿的，曾将此事，写作一个杂剧。他那个杂剧的“题目、正名”便把这事说出了纲领。他写的是：李文道毒药摆哥哥，萧令史暗里得钱多，高老儿屈下河南府，张平叔智勘魔合罗。

救风尘

一、宋引章含泪堕烟花

在旧日社会里，有一种苦人儿，叫作“娼妓”。那娼妓原也是父母所生，天地所育；五官四肢，一样端正，聪明智慧，不亚他人。只因家贫难以度命，或则被人逼勒诳骗，以致堕入勾栏，抽身不得。肉体遭着蹂躏，精神受着压迫，暗地里血泪迸流，人面前还要装出笑脸。她们的生涯，真个是悲惨万状，笔墨难罄。

那娼妓既有这许多惨处，自然总想早日从良，脱离苦海的了；为何偏有一些娼妓，身子是自由的，还只是不肯嫁人呢？难道说，那风尘之中，有什么值得迷恋的？——其中有个道理。原来娼妓嫁人，做偏房、当外室的居多，受尽了大妇的荼毒，免不得下半世的凄凉。逃出了脂粉监牢，又做那家庭奴隶，形同狗彘，依旧沉沦。大家见的多了，彼此存有戒心，不敢轻率以身许人。谁都在想，能够碰到一个知情知义的郎君，一夫一妻，相亲相爱，厮守着白头到老。怎奈自家身份，又被人看得下贱了，要想那般称心如意，只是可遇而不可求。因此上，蹉跎了岁月，耽误了年华。认真说来，那娼妓之中，有的是“花魁女”、“玉堂春”；嫖客之中，却少见“卖油郎”、“王公子”。明是嫖客无义，到头来还说作“婊子无情”。也无非由于社会制度的不良，才生出这般冤屈的议论。

这里要说的就是一个娼妓从良的故事。只因这个女娃儿，心地善良，一时迷于富贵，被个浪荡子弟，用几句甜言蜜语，骗娶到家，苦受折磨，看看待死；多亏平日要好的一个小姊妹，巧设计谋，将她搭救，保住了性命，另和一个有情义的秀才，结为夫妇。这个故事，也算不得怎么稀奇曲折，只是当时的世态人情，却可从此中窥见一二。闲言道罢，请看正文。

话说元朝年间，在那汴梁地方，有一宋老汉，以做小本买卖为生，膝下无儿，单生一女，取名叫作引章。这宋引章体态轻盈，面目姣好；且是性格温柔，为人朴实。宋老汉把她当作掌珠，十分爱惜，不幸引章十三、四岁的时候，宋老汉得了一场重病，医治无效，竟自亡故了。这宋老汉原是升斗小民，没有家产，他一倒下了头，抛撇得妈妈李氏和女儿引章，不但眼前无法度日，而且还要天天抵挡上门的债主。母女二人，吃尽卖绝，有时整天喝不到一口稀糊，只是抱头痛哭。

这天，她母女又在哭泣之时，有那街坊赵大妈，过来言道：“像你这样的日子，是硬挺不下去的。不想个主意，只管哭，哪一天也哭不出半升米来。”

李氏回说：“我是个没脚蟹，六亲无靠的人，遇着这样乱世荒年，还有个什么主意，眼见得饿死罢了。”

赵大妈道：“话不是这般讲。自古‘好死不如恶活’，蝼蚁尚且贪生，为人岂不惜命？你如果把主意想得周全，自然会有路走。依我看，不但饿不死你，而且还会有你的好日子哩。”

赵大妈说罢这几句话，走将过去，牵住宋引章的两只手，又理理她的头发，不住地称赞道：“好个标致的小姑娘，被家穷埋没了。如果打扮起来，怕不赛过天仙。你怎么好久不到我家去耍了？盼儿姐姐想你想得紧呢。”

这几句话，赵大妈不是随便说的。原来赵大妈当初也是个好人家，只为家贫，就让女儿盼儿，做了歌妓。这盼儿比引章大两岁，玲珑剔透，冰雪聪明，能言善道，识字知书。自从列进了这烟花队里，又学会了吹弹歌舞，行令猜枚。至于那些风月调情，眉眼弄俏，更是无师自通，当行出色。因此上，她的名声，在那汴梁城中，竟自十分响亮。

宋、赵两家，原来时常往来，引章和盼儿，也是要好的姊妹。后来赵家做了门户人家，宋家不免躲避一点，形迹便显得疏远。及至宋老汉从病到死，处处需钱，李氏告贷无门，却多得赵大妈的帮衬，两家这就又走得近了。今日赵大妈前来，话中有意，无非想劝李氏，让宋引章也走赵盼儿那条道路。李氏听了赵大妈的话，懂是懂得，总不免有些犹豫，当下说道："不怕嫂子见怪的话，要我这小小孩儿，去做粉头，我心中实在不忍。"

赵大妈道："你说你心中不忍，当初盼儿接客之时，我又何尝忍得下哩！这本是一条绝路，走到这里，也叫无法。你看我，这几年，债也还清了，手头也活动些了。现在我和盼儿说了，只要遇到合意的人，两相情愿，就可许配，这也没有耽误她什么。"

李氏道："我这孩儿，笨头笨脑，怎及盼儿机灵，叫她应酬门户，只怕不中。"

赵大妈道："只要你愿意，把引章交给盼儿去调理，三五个月，准定还你一个十分出挑的人才。"

李氏道："看我这般景况，怎么能给孩儿安排衣服头面？孩儿衣衫褴褛，又怎么能出去应酬？"

赵大妈一笑说道："这都是些小事。盼儿衣服头面，尽有的是；只要不嫌肮脏，叫她暂借一些与引章穿戴，有何不可。"

李氏把那些为难之处，说将出来，赵大妈全都答应给她设法，她也就没有什么可说了。这时，赵大妈倒又忍不住说："我是念着你母女的生活，所以一力相助。这事究竟是个下策，又关系引章终身，你母女要多想一想。将来万一有什么差池之处，休怨我撺掇怂恿。"

李氏答道："嫂子好意，我怎会不知。我既然答应了，即便有泼天祸事，也只能自怨命苦，怎么能怪到嫂子头上？话便如此，明日我就带着孩儿，来见她盼儿姐姐。"

赵大妈去后，李氏且不忙和女儿说话，却在丈夫灵前，点燃香烛，痛哭失声。一面哭，一面诉："这不是我对不住孩儿，你也知道，不这样做，我母女立刻就要饿死的。但愿你冥冥之中，保佑孩儿，一帆风顺，早日得嫁个好人家。"

那宋引章见母亲与赵大妈说话时，也听懂一二,一则因为毕竟年纪幼小，不知利害；二则又看惯了赵盼儿平日作为，觉得甚是平常：因此并不十分介意。这时母亲一哭，她反而随之伤心起来，抹着眼泪。却又推着母亲说："妈不用哭了，爹总会保佑我们的。"

二、安秀实痴情论嫁娶

常言道："惺惺惜惺惺。"那赵盼儿得知宋引章为了葬父养母，舍身青楼，不禁勾起自家的愁恨，生出十分的爱怜。因此上，她将那门户人家之事，浑身技艺，以至如何梳妆打扮，如何弄态争妍，都尽情说与宋引章听。宋引章人虽实朴，却不蠢笨，得着这名师传授，不消几时，就学得澈悟了。赵盼儿取出衣服头面，听凭宋引章挑选穿戴，毫无吝啬，直把个初出茅庐的女娃儿，指点得颦笑有术，顾盼生姿。真个是：比花花解语，比玉玉生香。

这时候，赵盼儿又肯为她到处宣扬，在那酒席筵间，应酬场上，说宋引章许多动人的好处。这样一来，宋引章的名声也大大地噪动。只不过三年工夫，远近人都知道汴梁有这么个出色的女子。

且说洛阳地方，有个倒霉的秀才，名叫安秀实。自幼颇习儒业，学成满腹文章；只因应举不中，又不善于家人生产之事，把一点家财，都弄得消乏了。年已二十有三，尚无妻室。曾有媒婆来给他介绍，他说：“我要的老婆，必须十分美貌。如若不然，宁愿终身不娶。”

那媒婆当时就抢白他道：“似你这般一个穷秀才，却要讨十分美貌的老婆，这不是癞虾蟆想吃天鹅肉么？”

媒婆当面抢白不算，背后还到处胡乱宣扬。安秀实走到哪里，哪里就有人指指戳戳说道：“癞虾蟆来了。”这“癞虾蟆”三个字，倒成了他的外号了。

安秀实时常听到别人戏弄的言语，心中不快。这年又逢应举之期，他就早早把家财三文不值二文地一齐卖了，买了一头牲口，驮着行囊书卷，离了洛阳，进京赶考去了。

当时由洛阳进京，原应过黄河往北，这条路要近捷一些。但如往东绕道郑州、汴梁，却也平坦好走。安秀实早闻汴梁地方，繁华热闹，只恨不曾到过。如今喜的是试期还远，这便决意取路东行，顺便观光，以偿宿愿。

不一日，安秀实到了汴梁，住下客店。游罢了三街六巷，免不得涉足秦楼楚馆。这也是当时的风气，读书人结识几个名娼，只认作“风流韵事”，无须有什么隐讳。那安秀实是个讨不到老婆的人，到得这么个纸醉金迷的地方，怎能一点不动凡心？他听得人家说，汴梁的歌者，有一个赵盼儿，又有一个宋引章。这就备下茶资，登门求见。先见赵盼儿，体态妖娆，言语伶俐，尽管眼花缭乱，不免心内踌躇："似这般人物，哪里看得起我这个穷秀才。"再见宋引章，却合了脾胃，彼此十分投洽。他倒并非因为宋引章年轻两岁，只是爱宋引章朴实。

安秀实是个读书人，自然应试要紧，他到勾栏中走走，原本是逢场作戏，当作行云流水的。谁知一见宋引章，喜出望外，牵惹了情肠。偏偏天公凑趣，那黄河这时忽然发了大水，无从过渡，他只好住下等候。客窗寂寞，时刻觉得宋引章的影儿在眼前闪动，身不由己地就走将去了。一回生，二回熟，先还只是笑耍，后来竟自有些迷恋，一时半刻不见宋引章，便似少了点什么东西，一颗心老是不落实。及至见了面，平日一个笨牙拙齿的人，这时却倾江倒海，连自己也不知道，那么多的话是从何而来。本来他因为黄河涨水留下来的；后来水退了，可以过河了，他还是住在客店里，舍不得走。

这时，宋引章的母亲李氏，看出了安秀实一心在女儿身上，背地里就跟女儿说："那个秀才，倒是个老实人；他若没有家小，我觉得你两个做得一个对儿。"

宋引章只是回道："也没有过过三个黄梅四个夏的，知道他是怎样心性的人！"

李氏见女儿这般说，只好由她。但遇安秀实来时，李氏却总是用心奉承，还不让他多费银钱。安秀实有些感激，直把李氏当作亲丈母看待，十分亲热。

安秀实在汴梁流连，忽忽一个多月。心中盘算，这样长远下去，把身边一点银钱花尽，进不得京，赶不得考，岂不要流落在外吗？走吧，却又只是抛撇不下那个宋引章。左右为难，不知如何是好。

这天安秀实去到宋引章家中时，李氏接着，开口就问："姐夫为何这般愁眉不展？莫非有什么贵恙么？"

安秀实闻言叹了一口气道："病倒没有，只不过有一点为难之事。"接着，就把自己的心事说了。又道："我待娶引章为妻，不知妈妈可能应允？"

李氏闻言，笑了一笑道："这是引章自己的事情，不知你可曾问过她？她若应允，我是好商量的。"

安秀实进得房中，扯着宋引章说："我几次和你讲婚姻的事情，你只推在妈妈身上。今天妈妈说了，只要你应允，她便应允，你还有什么说的？我娶你做正妻，也不辱没你。有朝一日，我考中了时，你便是一位夫人。迟早你是要嫁人的，嫁我有什么不好？"

宋引章道："我也没有说不肯嫁你，只是我妈妈说，我还年小，过两三年再谈这事。你若能等得了时，我们就算说定了。"

安秀实道："我有什么等不了！只怕姐姐的心，未必比得了我。"

宋引章鼓起腮帮说道："你把我就看得那么下贱，说话都是不做数的么？"

安秀实连忙说："姐姐休要动气，我信得过就是了。"说着，就走出房外，把李氏请将进来，欢欢喜喜地说：“姐姐已经应允嫁我了，她叫我等她两三年。这两三年，我不但等得，而且还待干出一点功名，好来接我姐姐。妈妈，你老人家意思怎样？”

李氏道：“我也帮你欢喜！以后来时，你就是家里人了。”

安秀实道：“就在这几日，我打点进京应举，不能多来妈妈家中走动了。”

李氏道：“这是秀才们的大事，我们不能阻挡。姐夫只管去，我给你好好照料浑家。今天老身就预备一点薄酒，一来给你们两口子祝贺祝贺，二来就算替姐夫饯行吧！”

说着，李氏果然就去安排酒食。那安秀实却趁了这个工夫，把赵盼儿接将来，央她做个媒人。盼儿是个热闹人，一来了，就听她叽叽喳喳地说话，直把这个酒筵，看作了洞房里吃交杯。安秀实心花怒放，乐不可支，盼儿贺他一杯，他便干一杯，吃得醺醺大醉，方才罢休。

三、周公子炫富买姻缘

再说在那郑州城中，有个周同知的孩儿名叫周舍，专爱吃喝嫖赌，只是不务正业。是个花花公子，浪荡儿郎。别的本领他没有，在那女娃儿们面前，偏装得温柔体贴，好似十分情深。他老子挣来的造孽银钱，由着他去撒漫使用。就凭着这一些，在那风月场中，他倒成了出名的人物。有首诗道得他好：

酒肉场中十三载，花星整照二十年。
一生不识柴米价，只少花钱共酒钱。

郑州离汴梁甚近，论繁华热闹，却比汴梁差得远。那周舍在郑州住得闷了时，便找个由头，或说做买卖，或说访友，去到汴梁，耍上三两个月。汴梁好多门户人家，他都相熟。三十岁上，周舍的老子死了，越发地自由自在起来。只因往来郑州、汴梁，总不方便：想常在汴梁吧，丢不开郑州的产业，没人照管；只在家里管着产业吧，日子过得实在没趣。这就想出一条主意，要在汴梁讨个粉头，带回郑州，与自己做伴。

周舍在汴梁，也常在宋引章家中走动，看中了她，曾和她妈妈李氏开口，这是前年的事了。那李氏见周舍油头滑脑，不大愿意，只推脱过两年再说。

事又凑巧，那安秀实待走未走之际，周舍恰又来了。这一回，他赶了两车货，一直投往宋引章家中。

刚见面，那周舍从车子上搬下许多东西，吃的，穿的，用的，样样都有，大约值得三二百两银子。送到宋引章身边，问她："你看这些可好？"

宋引章略看了一眼，只是说道："你带了这许多东西，是贩运的货色么？”

周舍道：“我想送与大姐的，不知大姐可赏脸呢？”

宋引章笑道：“我没有福分消受你这些东西。”

周舍道：“妈妈前年说的，今年可以答应我的亲事，我是来讨话儿的。只要允了，这些就都是大姐的了。”

宋引章道：“我待要收你的，只怕妈妈不允。”

周舍就问：“妈妈为何不允？”

宋引章道：“妈妈要我嫁一个秀才哩。”

周舍闻言，着实追问；宋引章就把安秀实何日前来，如何讨亲，妈妈如何应允的话，一齐说了。

周舍急问道：“大姐自己意思如何？”

宋引章斜觑了周舍一眼，轻悄悄地道：“那个酸秀才，哪里懂得什么风情。做个秀才娘子，怕不蹭蹬煞人。”

周舍道：“大姐这是允了我了！”说着，也不等宋引章回话，就去找李氏。

李氏听了周舍言语，知是女儿自己答应亲事，一时推脱不得，只好说：“公子路途辛苦，今日且请安歇，有话明日再说如何？”

那周舍是常在风月场中行走的人，心中有个计算：他知道那个秀才，还在城中未走，打铁趁热，先下手的为强，如若等过一时半刻，说不定会有变化。当时就说：“前年妈妈允了我的，怎么这阵又允了什么秀才？”

李氏道：“这话何人所说？”

周舍道："大姐自己讲的，难道是假？"

李氏一听，宋引章把这些话都告诉了周舍，是她心在周舍了。当时回道："允与不允，先要问引章自己的意思。公子稍坐，让我自问她几句。"

宋引章来至李氏房中，李氏开口便问："昨日你才允了安秀才，怎么这会儿又允了周舍？"

宋引章道："我几时允过安秀才？"

李氏道："昨晚的事，你倒忘了？"

宋引章道："我没有忘，记得清楚着呢。一则我家未收他的红定，二则我家未吃他的肯酒。酒是我家办的，话是随便说的，那也能认作定准么？"

李氏道："你休糊涂，妈在暗中为你留意多时，那安秀才老诚，合得上给你做配。"

宋引章冷笑道："糊涂的是妈，不是我。你叫安秀才也搬这些礼物来，我便嫁他。常言道：'姐儿爱俏，鸨儿爱钞。'妈是老糊涂了，我嫁安秀才，你得个什么？"

李氏道："你道我不知这其中的道理么？那周舍是个不好缠的人，我只怕你嫁了他时，久后自家受苦。"

宋引章道："妈妈不用为我操心，他对我是和待别人不同的，我是一心愿意嫁他。"

李氏有些恼了，只是说："随你，随你！"

宋引章得了妈妈这一句话，扭转身，回到自己房中，告诉周舍："妈妈已是允了亲事，你且和她说去。"

那周舍欢欢喜喜，摇摇摆摆，来见李氏，说道："妈妈允了亲事了？"

李氏道："你两个，一个愿娶，一个愿嫁，我没有什么说的，只是我那孩儿，为人朴实，今后你休得欺负她！"

周舍道："我岂敢欺负大姐！请妈妈请下家中姻亲，做个喜筵。我车上装的花红彩礼，也都请妈妈收下。"

且说那个安秀才，已经打点行装，明日过河上路。傍晚时节，抽个空儿，去和宋引章辞行。谁知行至宋家门口，只见那里停有车辆，张灯结彩，好多人进进出出。一时愣住了，不敢进去，却向那赶车人打听："你们是从何而来？在此作甚？"

那赶车的说："是郑州周同知的公子贩货到此，讨了这家女儿，明日便回郑州去。"

安秀实在宋家走动了这些时日，也知宋引章有个旧客人姓周的。但他不信，怎么宋引章昨天才许了自己的亲事，今天又嫁旁人？免不得再问一句："这家女儿，叫什么名字？"

赶车的说："这家是汴梁有名的宋引章，你都不知道么？我们公子讨的就是她！"

安秀实听了这句话，好似五雷轰顶一般，腰酸腿软，站立不住。想进去问问宋引章吧，只怕空讨没趣；不问吧，既恐此话或有不实，又还有些割舍不下。想了一阵，想起了昨日赵盼儿曾说做媒人，不如就托她去打探一下。

安秀实见到赵盼儿，把听见的话说了。赵盼儿不知其事，也自大吃一惊。当下就说："我去问问。若无此事，你自去向引章辞行；若有此事，我便劝她，劝妥了你休欢喜，劝不妥你也休烦恼。"

说罢，那赵盼儿就一阵风似地去了。

四、赵盼儿苦心劝愚昧

那赵盼儿急急忙忙，去寻宋引章。进得屋来，却见宋引章换了新衣，正在对镜插戴钗环。赵盼儿故作不知，开言问道："妹子到哪里应酬出客去，打扮得这般花枝招展？"

宋引章一面让坐，一面只是笑而不言。

赵盼儿又说："妹子喜气洋洋的哩！"

宋引章道："姐姐不曾看见我门口的两盏红灯么？"

赵盼儿道："我看见了，只是不解其中之意。"

宋引章道："我今晚上嫁人哩。"

赵盼儿道："你们倒快哩，昨天晚上才讲好，今天晚上就出嫁了？"

宋引章道："姐姐说我嫁哪一个？"

赵盼儿道："还用我说么？昨天晚上，不是我为你和那安秀才做媒来么？"

宋引章撇一撇嘴唇说道："我嫁了安秀才，两口子只好打莲花落，讨饭吃。"

赵盼儿打起了猛吃一惊的样子，说："你不嫁安秀才，难道另嫁别人？你另嫁别人时，昨晚上的言语，岂不都是谎骗？"

宋引章道："姐姐休如此说！我昨晚说了什么来？慢说做夫妻的话，是你和妈妈说的，不必我管；即便算是我说的，想我们门户人家，和客人交谈，甜言蜜语，也是常有的，没有什么奇怪，哪就做得定准？"

赵盼儿只是笑道："妹子说今天嫁人，莫非也是说着做耍的？"

宋引章道："今天一些不假，我妈妈已经受了人家的花红彩礼了。"

赵盼儿道："我那妹夫是谁呀？"

宋引章道："就是周舍！"

赵盼儿道："妹子如今就出嫁，莫不嫌早了一点么？"

宋引章此时穿戴已毕，和赵盼儿同坐到床沿上，说："姐姐说我太早，我还待劝姐姐，也该早点打个主意哩。你想我们，今天被人喊作'大姐'，明天被人喊作'大姐'，总不是一个了局。嫁了人时，不管是张郎家妇，李郎家妻，也算终身有靠呀。"

赵盼儿道："妹子嫁人，千万里挑不出一个好的来，为何偏要嫁那个周舍呢？那周舍是个出名的嫖客，常言道得好：'做丈夫的做得嫖客，做嫖客的做不得丈夫。'这点道理，你都不懂么？你嫁周舍，究竟取他什么？"

宋引章低了头说："姐姐，你说周舍不漂亮么？"

赵盼儿道："那周舍鳖鳖蝎蝎的，一点气概都没有，只是油头粉面，全不知人伦之事；妹妹说他漂亮，却不是'情人眼里出西施'么？"

宋引章道："他待我好哩。"

赵盼儿道："我只不信，他能胜过安秀实，待你更好？"

宋引章道："姐姐只看这一身衣服，这一副头面，都是周舍与我备办来的，难道他待我还不好么？"

赵盼儿微微一笑道："妹子原来只为的这一些？你道这就是周舍待你的好处？这是他要讨你，用的钓饵，你都不知么？那周舍到处惹草拈花，惯做虚情假意，你嫁了他，相好不到一年半载，他就会把你抛撇的。"

宋引章听赵盼儿这般说，倒是有些生气了，她道："姐姐却把周舍说得这般恶！"

赵盼儿道："我还说得不恶哩！那周舍气性不好，是有名的，来这汴梁，捣过三处勾栏。你嫁了他，挨他拳打脚踢的日子一定会有的，那时候你休来告我。"

宋引章一挺身站起来，说道："我便被他打死，也不来央告你。"

赵盼儿还待往下劝说，却听得门外响起一片喇叭声，接着只见周舍衣冠齐楚地走将进来。——那周舍刚出去找着吹鼓手，叫来酒筵，要和宋家亲戚见面，即便与宋引章成亲。回到房中，不曾想到赵盼儿在此。当下见了面，免不得深施一礼，含笑说道："姨姨来得正好，给我们做个媒吧！"

赵盼儿道："要我给谁做媒？"

周舍道："给我和引章。"

赵盼儿道："我给宋引章做媒，你要我保她哪些儿？保她那针指油面？刺绣铺房？大裁小剪？生儿养女？这些你难道不知道？你们的媒，自己早做了，要我做什么！"

说着，抢出门外，就那么走了。

周舍瞪着眼看她出门，回过头却向宋引章道："赵姨好个歪刺骨，前年就是她坏了我的好事，今天给她面子她不要。她以为我央及她，不知我已成了事么？"

宋引章被赵盼儿说了一阵，虽然用话把她顶将回去，心里却自有些活动。这时听了周舍言语，也不回答，周舍不知就里，还以为宋引章身上有什么不快，凑近问她。宋引章只得强打精神，重装笑脸，陪着周舍，出去吃酒，和众亲戚见面。

且说赵盼儿从宋引章家中回去，只见那个安秀实，果真还在那里呆等。

赵盼儿先不说话，坐下来，只叹了一口气。

安秀实虽然老实，也看得出别人颜色，忍不住开口问道："姨姨去劝引章，想必是不济事了？"

赵盼儿道："秀才，你要讨老婆时，我与你保亲做媒，另找一个吧！"

安秀实道：“引章若是变了心，我这一辈子就不再讨老婆了，也不消姨姨费心。”

赵盼儿道：“她有什么好处，值得你这么看重？”

安秀实道：“我就是爱她，也说不出什么道理。她嫌我不嫌，我原不知道的。她嫁别人，但愿她夫妻和睦，白头到老。我明天就进京求官应举去，永远我再也不到汴梁来了！”

安秀实话说得不多，脸色沮丧，却是十分难看。赵盼儿心中不忍，便道：“考期如若还远，我劝你在这里再住几时。宋引章和那人的婚姻，我看是好不到头的。你能耐心等候，宋引章知道你这份情意时，说不定还能回心向你呢。”

赵盼儿这几句话，把安秀实又说出指望来了。他道：“真地像姨姨所说，我便在这里等她三年五载，也没有什么不可以。”说着，笑了一笑。赵盼儿却觉着他笑得有些凄惨。

安秀实辞了赵盼儿，自回客店，绕着路，不走宋引章家门口经过，免得看着那一对红灯伤心。

五、宋引章无妄受鞭笞

周舍那日和宋引章成亲，真个是两情和谐，欢同鱼水。第二天，周舍雇来一乘花轿，吹吹打打，把宋引章接到郑州家中去了。

宋引章拜辞妈妈之时，免不得大哭一阵，她和妈妈说：“孩儿嫁了人，妈妈摘下乐户的牌子，便是安居的良民，再也不受别人欺侮了。有着周公子给的那些银两，也够妈妈下半世的过活。妈妈寂寞，可以常到赵大妈家中走动，不必思念孩儿。孩儿去郑州，过得好时，不要多少日子，就派人来接妈妈去耍。”

李氏道：“孩儿自去吧，不必记挂我。从今以后，要好好听顺丈夫，勤俭持家，学个三从四德，不可稍露轻狂，被别人看不起，须知妈妈不在身边，一切要仗自己挺起身来的。”

说过之后，又还叮嘱周舍：“我把孩儿交与你了。过些时，我来探望。如若你欺负了我的孩儿，我是不依的！”

周舍满面春风，没口子带笑回道：“不敢，不敢！等得引章把家中安顿好了，我自亲来迎接丈母到郑州去。”

你看他，说罢了话，骑上一匹高头大马，押着一乘轿子，两辆大车。轿子上是讨来的新娘，车子上是贩来的货物。人财两旺，得意洋洋，直奔郑州。

到得家中，周舍带领宋引章，拜了祖先，见了众亲友，只说在外讨的亲，全不提起宋引章的出身。头几日，也还处得好；往后去，周舍一天一天的变了样，才只半个月上，为了一件小事，竟把宋引章毒打了一顿。

你道周舍那般喜欢宋引章，为何却要打她？——只因周舍讨宋引章，当作是在家中养个粉头，让自己受用的，谁知宋引章另有一个想法，她认作自己从了良，又是一夫一妻，就该相敬如宾，勤俭度日。宋引章收拾起当初对待客人的狐媚劲，周舍就觉着有些不过瘾。两下里话越谈越少，和在汴梁时候的热闹，自然大不相同了。

宋引章的出身，周舍原瞒着人的。怎奈纸包不住火，不几日，诸亲友全知道了。大家纷纷议论，都说周舍有偌大一份家财，却不讨个规规矩矩清白人家的女儿做老婆。还有那缺德鬼，编一些谣言，嘲笑宋引章。有的说：周舍用花轿抬宋引章回郑州时，走在半路上，一晃一晃地走不稳。周舍上前待打轿夫，轿夫却说："不干小的们事，只不知奶奶在里面做什么。"周舍揭起轿帘一看，原来新娘子脱得精赤条条地，在轿子里翻跟头哩。——编的这个话，里面套着话说："坐轿子打滚，不识抬举。"

又有的说：周舍把宋引章讨到家里，哪知宋引章懒惰惯了，什么事也不会做。有一日，她为了要讨周舍喜欢，自己动手，翻一床被絮。周舍进房一看，不见宋引章，却只见床上的被子在鼓动。周舍就问："新娘在哪里？"只听被子里答道："周舍，我在被子里面哩。"周舍道："你在被子里面做什么？"又听被子里答道："我在翻棉絮，把自己套进了被子里面了。"周舍闻言生气，拿起棍子就打，却又听被子里叫道："周舍，打我不要紧，你休得打坏了隔壁王婆婆。"原来宋引章翻被絮，把自己套进被子不算，连隔壁的王婆婆都遭她套进去了。

这些话，全是没有的事，那些人，偏把它当作真的，传来传去，用来打趣周舍。周舍也明知别人造谣，心中却不免有些后悔起来：如若不是讨的门户人家，怎会被这些人嘲弄？他不去和那些人分辩，倒把宋引章看得不顺眼。

周舍原来在外面花天酒地惯了的，讨了宋引章，也有十天八天，不曾出门，只在屋里厮守。及至他有些厌嫌宋引章了，便常常在外吃酒。有一日，深夜还未回家，宋引章不免派小厮前往迎接。谁知那周舍醉醺醺地，回到房中，满脸杀气，举起马鞭，朝着宋引章，就劈头劈脑打去。宋引章一面闪躲，一面说："你为何平白无故地打我？"

周舍道："我高兴在外面玩耍，你却着人去要我回家，让我丢人，说我被一个娼妓婆娘管束。我今只打一个样式，下次你再如此，我便打死你！"说着，那马鞭就似雨点一般，落将下来。那宋引章哭叫无人过问，无处闪躲，直挨了百十下，周舍打累了时，方才歇手。

歇了手，周舍又说："我不许你哭！你若再哭，我就再打。"说着说着，不一会工夫，他却是睡着了。

这时候，宋引章遍身伤痕，好几处隔着衣服，沁出血来。她不敢高声啼哭，只有嘤嘤啜泣。对着一盏残灯，思前想后，才知道嫁周舍是看错了人。悔不该不听妈妈和赵盼儿的言语，悔不该回绝安秀才的亲事，悔不该贪图周舍的体面和富贵。如今迟了。又还只怕他打开了头，以后时常如此，这个日子怎么过得下去！即便不打，听他的言语，自己依然还是个"娼妓婆娘"；从了良和不从良，也没个分别之处，那倒不如照旧当娼的自在了。

宋引章浑身火辣辣的疼痛，坐在那里，一夜未睡。她想不开时，几次三番要去寻死，却又觉得有些冤枉，也还舍不得这个花花世界。

第二天，周舍醒来，看见宋引章那个模样，并没有一点怜惜，倒是说："你这贱骨头，不睡觉，待吓诈我么？我在脂粉队里，看得多了，任凭你'一哭、二饿、三上吊'，也吓诈不了我。你若就死了，倒是干净；明天老子花几百两银子，再买一个。像你这样人才，有什么稀奇处！"

宋引章被他一顿打，打得怕了，哪敢回嘴。那周舍偏只不放松：平日梳头洗脸，原有丫环伺候，今日却只叫宋引章做那些丫环做的事。宋引章小心地替他梳洗，他还叱骂着，说是笨手笨脚，比个小丫环都不如。

梳洗才罢，就有人来约周舍去吃酒。周舍提起马鞭，向宋引章指点着说道："你知道厉害了么？你在家中，好好安分！如若不然，我吃酒回来时，再教你吃马鞭！"说着去了。

这一日，宋引章粒米不曾粘牙，只坐在房里啼哭。举目无亲，呼救无门。太乏了时，不禁打了一个盹，刚一合眼，却看见安秀实，来给她敷金疮药。她待和安秀实诉说委屈，安秀实把她一推，她便疼得醒了。又是伤处疼，又是心中凄惨，眼泪直把衣襟浸得透湿。

六、王货郎急足传书信

话休繁絮。从那一日起，周舍大非昔比，三天两日，都在外面眠花宿柳。偶然留在家中，只是没好气，对着宋引章，不但全无当日的恩情，而且非打即骂。宋引章见不是事，这日，趁周舍不在家中，匆匆忙忙写下一封信给妈妈李氏，要她前来搭救。信虽写好，只是无人捎寄。

那宋引章正在为难之时，事有凑巧，隔壁王婆婆前来探望于她。这王婆婆年将六十，原是汴梁人氏，和周家是老邻居，看着周舍长大的，因此常在周家走动。宋引章被讨进门，王婆婆认她作同乡，甚觉亲热。周舍待宋引章不好，王婆婆也自看见，没法拦阻周舍，只有常常安慰宋引章忍耐。宋引章在这周氏门中，满眼所见，都是姓周的人，牙缝里哪敢道出周舍的半个“不是”？一见王婆婆，虽然认识不久，却似亲人一般，有些苦水，尽情倾诉。只要无人在侧，就谈个无了无休。

这日王婆婆来时，见宋引章又在啼哭，心中不忍，用许多好话劝她：“周公子年轻，一时糊涂，你好好等待，他总有回心之日。你如一天到晚地悲痛，坏了自己的身子，未免有些不值得！”

宋引章道：“当初我妈妈是不让我嫁他，这只怪我自己，有眼不识恶人。如今我被他折磨得紧，日日吃他棍棒。似这般下去，怕的活不到几时了。”

王婆婆道：“年纪轻轻的，为什么要说这般断头的话呢？”

宋引章解了一只袖子，叫王婆婆看她身上，一条青，一条紫，遍体都是伤痕。她指着说道：“这一条是昨天打的，这一条是前天打的。那一条发乌的，还是上个月底打的，到今天伤痕消不掉呢。”

王婆婆看得有些心酸，没口子说道：“怎么这样狠心啊！”

宋引章道：“他口口声声言道，我是他买来的，要打死，就打死，也不犯什么王法。现时但愿让我妈妈知道，我在这里受苦，把那周舍讨我时花的银两，一齐还他，赎我出去。如若不然，委实我活不下去了。”

王婆婆道：“我不怕周公子见怪，这个信，我教我家老汉与你捎了去。我家老汉，原想下月去汴梁一带做买卖，如今我便要他即日前往。”她说着这几句话，分外把声音放得低了。

宋引章道：“婆婆如此大恩大德，我死了也不会忘记。”

王婆婆道：“真地能救你出这个火坑，我心里也舒服，哪消你来谢我。”

宋引章这便谨慎小心取出了写好的信，悄悄交与王婆婆藏起，又还叮嘱着说道：“我的一条性命，就在婆婆的身上了。”

王婆婆唯恐外面有人听见，拿了信就起身告辞。一面走，一面故意大声地说：“你好自保重，多听周公子的话，休再惹他生气，过一日老身又来看你。”

王婆婆是个急性人，回到家中，把信交代了丈夫王老汉，恨不得王老汉立刻飞往汴梁。那王老汉素日也是不喜欢周舍的，听着王婆婆一番话，不禁骂道：“那个畜生，伤天害理：前两年讨个婆娘，害死不久；这回却又下此毒手。他直把家里当作杀人场了。喜的我这货郎担货色已是配得齐备，明天我便走。”

王老汉常在郑州、汴梁之间往来做买卖，路径熟悉。进了汴梁城，一直就找到宋引章家中，把信交与李氏。李氏看过信，又听王老汉说了许多事，心痛万分，泪如雨下，口中只顾说：“怎生是好？怎生是好？”

王老汉在旁言道：“奶奶舍得把周舍的银子退与他，赎取你的女儿回来，也就是了。白白啼哭，又有何用。”

李氏心慌意乱，把不曾动用的几个银子，包扎起来，雇了一乘小轿，直奔郑州。

周舍是郑州有名的人家，轿子抬至他门口歇下。李氏下了轿，径往里走，却被门房里的人拦住了，问：“你待找谁？”

李氏道：“我是你们公子的丈母，从汴梁来看女儿的。”

门房把话传了进去，好半晌，只见周舍大摇大摆走出来，直眉瞪眼，开口便说：“你是何等的人，敢称我的丈母！我和你，一手交人，一手交银子，买绝了的。你跑来做什么？”

李氏听他言语不善，气得半死，只有说道：“你便不认我作丈母，也不能不许我母女见面呀！”

周舍道：“你女儿浑身上下，全是门户人家的习气，我正在好好管束她，岂能让你见面，又把她教坏了！”

李氏道：“我便还你银子，你把我的孩儿还我。”

周舍怪叫了一声道：“你那老虔婆好生无礼！想我这等人家，只有买进人口，哪有卖出人口的？”

李氏道：“你便不许我把孩儿接回去，也不该欺负我的孩儿。当初你在汴梁，怎么和我说的？如今变了卦，却不怕应了咒么？”

周舍道：“人是我买的，便打杀了，也没有你伸冤之处。”说到这里，回头喊：“左右，与我把这个妇人赶将出去！若再罗唣，就送她到州衙问罪。”

这时，有那一群门房、小厮推推搡搡，把李氏拥到门外。李氏大哭大骂，他们只是不理，“扑”地一声关上了大门。

李氏从汴梁来时，不曾想到周舍这般反脸无情。在这郑州，她既人地生疏，没个商量之处，颇觉进退两难。明知周家财多势大，总不成活生生等着女儿被他家打死？哭骂了一阵，还是决意去到州衙，喊冤告状。

李氏刚刚打定主意，忽见左邻人家，走出一个老婆婆，凑在她的耳边，低声说了几句话。说完了，掉身便回。李氏稍一迟疑，却去找原来那乘轿子，依旧坐上，回汴梁去了。——说话那人，便是王婆婆。她在隔壁，偷听已久，闻得周舍暗地着人到州衙去了，虽不知闹的什么鬼，但恐“强龙不敌地头蛇”，李氏是从外方来的一个妇道人家，难免要吃周舍的亏，因此上前，暗递消息。

又还告诉李氏，宋引章有话："要救得我，除非是盼儿姐姐亲自前来。"故此劝李氏作速回汴梁搬兵。李氏知道王婆婆便是那货郎王老汉的老伴，自然句句相信，径回汴梁去了。

七、赵盼儿仗义设计谋

宋引章的妈妈李氏，前往郑州，动身时原不曾告诉赵盼儿。赵盼儿随后听得人说，李氏探望女儿，走得十分匆忙，却料到其中必有一些蹊跷之事。

李氏回到汴梁，心急如焚，又没有一个好主意，只有按着王婆婆传知宋引章的言语，去找赵盼儿。

赵盼儿一见李氏，便道："大妈去到郑州，怎不相告？不知我那引章妹子，过得好么？"

李氏未曾答言，先自扑簌簌流下眼泪。

赵盼儿道："大妈为什么这般模样？有什么烦恼？"

李氏道："引章不听你劝，嫁了周舍，进门不到一月，遭了几次三番的毒打；如今打得看看至死，不久就要身亡。大姐，你说怎生是好？"

赵盼儿惊道："那周舍竟然打了我的妹子吗？大妈看我妹子，伤势可重？"

李氏道：“我去到郑州，那个天杀的周舍，只不让我和引章见面，他说，人是他花银子买绝了的。引章伤势如何，我也不知，只怕的性命有些难保呢！”说着，又呜呜地哭将起来。

赵盼儿道：“大妈又怎么得知我那妹子挨了打？”

李氏道：“多亏她隔壁王货郎与我捎了信来，我才得知的。”

赵盼儿道：“大妈休要啼哭，啼哭也救不得我的妹子。我有两个压被的银子，咱两人拿着去找周舍，把我妹子赎买回来，也就是了。”

李氏道：“我原带了银子到郑州去的。那周舍言道，他们大户人家，只买人口，不卖人口。大姐，他这般说，我哪里还有话讲？我原想告官，只怕官说，花钱买的妇人，打杀不论，我又要输与他。”

赵盼儿道：“我那妹子老实糊涂，不用说了。只不知当初大妈为何要应允周舍的亲事？”

李氏道：“周舍起过誓，决不欺负引章的，谁知他变了心呢？”

赵盼儿笑道：“大妈也信那些人起的誓么？想这往往来来的客人，哪一个不曾起过誓？有的说‘要遭横死’，有的说‘一定短命’，这些誓，还不是秋风过驴耳么！”

李氏道：“这是以往的事了，我后悔也无益。大姐，你是个有计谋的人，又和引章有八拜之交，总不成见死不救么？”

赵盼儿道：“我劝妹子不要嫁周舍，妹子说来，将后来即便是死，也不来央告我呢。”

李氏道：“你还记着引章仇恨么？”

赵盼儿道：“她挨了周舍的打，不是没有央告我么？大妈不说，我还不知呢。”

李氏道：“这是我一时心急，到郑州去日前，不曾把她捎来的书信先给大姐看。引章信上原说，只有大姐，才能救得她的。”

宋引章那封书信，李氏一直放在身边，都揉得皱了。赵盼儿接将过来，却见上面写的是：

当初不信好人之言，果有恓惶之事。进得他门，不过一月，朝打暮骂，遍身鳞伤。可急急央赵家姐姐来救我。来得早，还可见面；来得迟，就怕见不着了。

赵盼儿读信时，李氏嚷嚷叨叨，哭着说着：“引章怎么打熬得过呢！大姐如若不肯救她，她只有等着被周舍打死了。”

赵盼儿看完信，搁在一边，且不说话，只举起菱花镜，左照右照，理一理蝉鬓云鬟，调一调眉梢嘴角。然后又放下镜子，牵一牵绣服罗裙，试一试琢袜珠履。

李氏见她好似不理睬这事，急道：“大姐果真不肯救引章，我便再去郑州，和那天杀的拼了这条性命，死也和我孩儿死在一起！”

赵盼儿笑了一笑道：“大妈不要性急，我在这里想主意呢。”

李氏道：“你想了什么主意？”

赵盼儿道：“主意已然想好，尽可去得。大妈且请回去安歇，不必忧愁，等候着好消息吧！”

李氏道：“大姐不把主意和我说，叫我怎么安得下心来。”

赵盼儿道："大妈信得过我时，看着我办事；信不过时，就自去郑州拼命。我的主意，内有天机，不可泄漏的。"

李氏见她不肯说，也就不强要她说。只是千叮万嘱，请她早早行事，迟恐不及。李氏坐了一会，赵大妈出来，把她请走，自到别屋里谈讲去了。

赵盼儿送走了李氏，即便调兵遣将。先叫过一名小闲，（那小闲乃是一种专给门户人家跑腿的人。他们拉马背纤，传书递简，照应酒筵，伺候茶水，只靠客人们的赏赐、娼妓家的分润为生。有首诗道得好："钉靴雨伞为生计，偷寒送暖做营生。不是闲人闲不得，得了闲时闲不成。"说的便是这小闲。）吩咐道："你与我雇一辆太平车儿，一匹马，明日我要到郑州去。"

那小闲忍不住问："大姐去郑州，有一匹马儿还不够骑的，却又要车儿做什么？"

赵盼儿道："装我的衣服行李。"

小闲道："装衣服行李做什么？是大姐要搬家到郑州么？"

赵盼儿道："我去嫁人。"

小闲道："前些时，宋引章嫁人嫁到郑州，如今大姐又到郑州去嫁人。那郑州人有多少好处，姐姐们都要嫁他们？不知大姐要嫁的却是哪一家？"

赵盼儿道："你且休问我嫁哪一家。只今我去郑州，你愿不愿意送我去？"

小闲道："给大姐送嫁，有什么亏待我处，我为何不愿。"

赵盼儿道：“你愿意更好。你这就去雇车马，顺路到客店里，把那个秀才安秀实请来。”

小闲道：“那安秀才穷酸饿醋，语不惊人，貌不出众，连宋引章都不喜欢他，大姐找他做什么？”

赵盼儿道：“叫你休得多问。你去是不去？你若不去时，我就另找别人。”

那小闲满脸堆笑，慌忙说道：“大姐不要着恼，我这就去。”

小闲去不多时，安秀实就来了。见了赵盼儿，唱个喏：“承蒙姨姨呼唤，不知有什么事？”

赵盼儿笑着问他；“你还想引章不想？”

安秀实摸不着头脑，答道：“我在这里，等候姨姨的话，为何姨姨却发此问？”

赵盼儿道：“你如还记得引章，那便好。三天以后，你到郑州州衙，指告周舍夺了你的老婆，我包把引章取来还你。”

安秀实喜出望外，痴愣愣地说道：“姨姨这话当真么？”

赵盼儿道：“我几时骗过你来？”

安秀实道：“只是，那州官若不听信，又待如何？”

赵盼儿道：“你只照着我的话行事，不可有误。其中许多巧妙之处，说与你这么个秀才听，也是枉然。你去吧，多说了，我就要着恼了。”

那安秀实一直信服赵盼儿，听她这般说，果然不敢再问。又唱了一个喏，走了。

安秀实去后，赵盼儿便到里屋，如此这般，把话交代了妈妈，她妈妈知道她主意多，也就不管，只任凭她去做。

八、周公子见色乱情绪

且说赵盼儿这日由汴梁去郑州，却是热闹：一辆太平车儿，载着行李；小闲跟在后面，挑着箱笼；她自家骑在马上，好似个出塞的昭君，就可惜没有人把她当作画儿摹下。

到得郑州，觅了个像样的客店，选了间干净的上房住下。然后叫小闲来吩咐："我要添买一些钗环脂粉，你与我叫一副货郎担来。"那小闲应声待走，赵盼儿又喊住他道："只在周同知家隔壁有一个王货郎，他的货色齐备，往常也到过汴梁，甚是闻名，你就与我把他找来，别的我不要。"

小闲道："张货郎、季货郎不都是一样么？货郎担尽多的是，为何单要王货郎？我又不知道王货郎住在哪里？大姐这不是消遣我？"

赵盼儿道："我在汴梁时和你说过，要东就东，要西就西：怎么我才安排头一件事，你便拗着不听我言语？"

小闲连忙说道："我去，我去！"

小闲刚一挪脚，赵盼儿跟着又说："那周同知便是周舍亡故的老子。你只去问店小二，便能知是哪一条街上。”

那小闲唉声叹气地走了。不多一会儿工夫，果然引将一个老汉，挑个货郎担儿来。

赵盼儿一见，叫把货郎担歇在屋内，开言便问：“王老爹，你好？”

王老汉揉了揉眼睛，说道：“老汉年老糊涂，记性不好，不知何处见过大姐。”

赵盼儿道：“只是前几日，我在汴梁宋引章妈妈身边，见过老爹来的。”

王老汉信以为真，便道：“大姐几时到郑州来的？要买一点什么？”

赵盼儿道：“东西我也要买，要紧的却是我给宋引章带来一封万金家书，老爹能与我交到她的手中么？”

王老汉拍拍胸脯道：“大姐只管交给我！”接着又道：“请饶恕老汉噜苏，大姐贵姓？”

赵盼儿道：“我姓赵。”

王老汉道：“莫不是赵盼儿么？那宋引章盼你得紧，你想是救她来了？这几日，她更被打得不像样儿；你来了，她就好了。”

赵盼儿道：“我也救不得她。老爹，这封信，你必不能给别人看见！”

王老汉连声说着：“大姐只管放心！”

赵盼儿交过了信，胡乱地买了些钗环脂粉，那王老汉自去了。

这时，赵盼儿梳妆打扮，忙个不停。小闲便问："大姐要去应酬么？"

赵盼儿道："我待嫁人呢。"

小闲道："大姐倒是嫁谁？"

赵盼儿道："如今也瞒不得你了。我待嫁周舍。"

小闲奇怪起来道："大姐和宋引章是好姊妹，怎么她嫁周舍，大姐你又嫁周舍呢？"

赵盼儿笑道："只许宋引章喜欢周舍，不许我喜欢周舍么？"

小闲道："两姊妹共嫁一个丈夫，将来怎么处？"

赵盼儿道："我也管不得许多。你看我，可能讨得周舍的喜欢？"

小闲道："大姐这一打扮，把杨贵妃都盖下去了，是男子都要被迷倒，怎说一个周舍！"

赵盼儿道："既这般时，你就去与我把周舍请来，我当面和他谈这个亲事。"

那小闲答应了，刚要出店门时，巧不过，却见周舍衣冠齐楚地走将进来。——你道周舍是平白无故，忽然来到客店么？不是不是。原来这家客店，正是周舍所开。周舍并非靠那房钱养家，只是叫店小二做他的耳目，若有出色女子，住在店中，就去叫他，好来奸宿。赵盼儿来时，店小二看在眼中，悄悄地与周舍送了个信，说是"来了一个女的，模样分外妖娆，不知是什么路数"。因此周舍赶将来了。

小闲是认识周舍的，一见面，喜得打跌道："大姐叫我去请周公子，周公子自己却来了。你真是好人，免得小闲我多跑路。”

那周舍忙问：“哪个大姐？”

小闲伸伸大拇指道：“天下第一的个赵盼儿，周公子你不知么？”

周舍听说是赵盼儿，心中有些没好气，回过头，叫：“小二！与我关上店门，我打这小闲。当初在汴梁，那赵盼儿坏我亲事，今天她却来见我？”

小闲急道：“我姐姐将着锦绣衣服、被褥铺盖来嫁公子，公子怎么倒打我？”

周舍听赵盼儿是要来嫁他，倒觉一愣。尚未开言，却见赵盼儿站到房门口，向他招手道：“周舍，你来了？进来，我与你说话。”

今天赵盼儿打扮得确实动人，比平日还多添了几分俊俏。她向周舍一说话，才闪动了一下眉毛，那周舍就不禁通身酥、遍体麻。口中只是说：“赵盼儿，你敢大胆到我郑州来，看我处置你！”说着说着，却一步一步走进她的房中。

赵盼儿按他在椅上坐下，俏声问他：“周舍，你这个小糊涂虫，你可知道我的心？”

周舍道：“你的心？你只是百般阻拦，不许宋引章嫁我。我要你保亲做媒，你骂我的话，道我不记得么？”

赵盼儿道：“周舍，我说你糊涂，你可真糊涂。我在汴梁，常听人说你的名字，说的我耳满鼻满的，只是不曾见你，后来和你见了面，害得我茶饭无心的，只是想着你，你那时候没有讨人，我只待你向我开口，我就嫁你；谁知你却看上了宋引章。宋引章是我姊妹，你讨她，我也不恼；你为什么却要我保亲做媒？这不是有意奚落我么？你说我恼是不恼？”赵盼儿说到这里，眼泪一行一行流下来，不住用手绢去揩；愈揩，那眼泪愈流得厉害。

周舍听了这些话，一把抓住赵盼儿的手道：“姐姐早也不和我说，我怎知姐姐有这个心呢！姐姐是汴梁出名的人，姐姐不开口，我又怎么开得这个口呢？”

赵盼儿挣脱了手，又道：“我见你讨了宋引章，一生气，原想永远不和你见面的。哪知这一个月，日日夜夜，都在想你。因此上，我连妈妈都抛撇了，带着这鞍马、车辆、妆奁来寻你。谁知见了面，你却这般无情无义，既要打我的小闲，又还要处置我！我好后悔，知道你这样，我就不该来了。”

赵盼儿说到这里，一推门，朝外喊小闲，说：“拦回车儿，咱们回汴梁去！”

九、宋引章闯店闹虚嚣

当时有两句话道：“家花不及野花香，野花虽香不久长。”那周舍一天到晚，只在女人身上用功夫，恨不得把所有好看的女人，都讨了来，放在自己家中。及至讨了一个两个，又还“吃着碗里，望着锅里”，只没个满足的时候。赵盼儿知道他是这一种人，就故意地逗他，在他鼻凹儿上抹糖，让他舔又舔不着，吃又吃不着，干着急。

周舍哪知就里，他见赵盼儿说要嫁他，这是到口的野食，煮熟的鸭子，怎么能看她飞掉呢？赵盼儿叫小闲看车儿，他赶忙一把拦住，嘻皮笑脸地说："我没有想到姐姐居然肯嫁我。姐姐嫁我，小闲便是我舅子，连他我都不敢得罪，怎敢得罪姐姐！"

赵盼儿道："你一会儿人，一会儿鬼也似的。既然这般说，我嫁你是一定的了。只是我在汴梁时，听人言道：宋引章把你管得紧，可有这事？如若是真，只怕我到了你家，免不得天天打架，这便怎办？"

周舍哈哈一笑道："宋引章没有这样大胆，姐姐尽可放心。"

周舍话刚说到这里，忽听外面有一个妇人的声音和店小二吵闹。吵着吵着，一头就抢进房来了，不是别人，却是宋引章。

宋引章进得房来，就去扭赵盼儿，口中只说："我道是谁，原来是你！你勾引我的丈夫，天天在外不归，让我一人受那凄凉之苦。今日我和你拼了吧！"一面说，一面哭。那赵盼儿不敢回手，就向后闪躲，只是闪躲不开。

周舍初时呆了一呆，随后却抄起门闩，要打宋引章。宋引章见他打来，不由不放松扭着赵盼儿的手，向外而走。周舍待追出去打她，赵盼儿倒是拦住说道："你拿偌粗的棍子，倘或打杀了她，那便怎了？"

周舍愤愤地说："我拿银钱买来的婆娘，打杀了也不用偿命。"

赵盼儿道："似你这等凶恶之徒，谁人还敢嫁你！"

周舍听赵盼儿这般说，便放下门闩，依旧坐下，不再追打宋引章。

宋引章在外面，哭一阵，骂一阵，自有那店小二和赵盼儿随来的小闲，连骗带哄，把她送走了。

赵盼儿定了一定神，却问着周舍道："这不是现世现报么？你说宋引章不敢管你，怎么宋引章却闹到客店里来了？"

周舍道："她向来大门不出，二门不迈的，只不知今天犯了什么毛病，这般大胆起来！"

赵盼儿道："我头一天跟你见面，她便这般样，将后来，在一个屋子里，日久天长了，哪里合得来！"她说着，又流了眼泪。

周舍道："有我哩，你怕她什么！"

赵盼儿道："你不怕她，我自怕她。看她这般不贤慧，除非你把她休了，我才能嫁你。你若舍不得宋引章，我还是回汴梁去。"

周舍道："要我休她也不难，回到家里，我便办这件事。"说着，迟疑一下，却又道："我若休了她，姐姐却不嫁我了，那时候，我不是'一头抹、一头塌'么？"

赵盼儿道："你不信我么？我起誓与你听。"当下她果真指着"皇天"，起了个大誓。

周舍听她把誓说了，道："姐姐话说得太重了！"

赵盼儿道："你逼着我起重誓，倒又假惺惺地做什么！咒都赌过，该放下了心么？如今你就回家写休书，回来我和你成亲。"

周舍道："我们先吃交杯酒吧。"

周舍喊店小二备酒，赵盼儿道："不消去买。我车上备了十瓶美酒，教小闲取来便是。"

周舍道："我叫小二去买羊肉。"

赵盼儿道："羊也不消买，我车上有一只熟羊呢。"

周舍道："好，好，好！难得你备办得这般齐全；如今我只去买一匹红来，我们就可以行礼了。"

赵盼儿道："红也不消买，我箱子里有一对大红罗呢。"

周舍道："样样都用姐姐的，教我心里怎么过得去？"

赵盼儿道："我嫁了你，人也是你的，东西也是你的了，还分什么彼此？"

——原来元朝的风俗，订婚时候，男方送酒与女方，女方吃了，叫作"肯酒"；男方送红布、红绸与女方，女方收下，叫作"红定"。吃了肯酒，收了红定，这头亲事是再也不能翻悔的了。周舍原是照规矩办事，要买酒买红；不想赵盼儿都带了来。这时他被赵盼儿几句言语，说得天旋地转，不辨东西南北，也就不管酒和红罗是谁人所有的了。闲话按下不表。

且说赵盼儿已自吩咐了小闲，把车上这几件东西，一齐搬来。就在房中，铺起红罗，排上酒筵，她和周舍，并肩而坐，吃起酒来。

一面吃酒，一面赵盼儿卖弄风韵，诉说衷情。她道："你看我比得过宋引章么？"

周舍道："姐姐是笋条儿年纪，花朵儿身躯；比花解语，比玉生香；这个世界上，有谁赶得上姐姐？那宋引章在家里，只似木雕泥塑的菩萨，哪有姐姐半点儿风情。"

赵盼儿道："你休说得这般好听。我比那宋引章，只是这针指油面，刺绣铺房，大裁小剪，居家度日之事，也还胜过她两三分。哥哥，我为的喜欢你，不要你花费分文钱财，不要你劳累一点精神，倒贴了妆奁，自己送上门来，要和你同甘共苦，过这一生。哥哥，往后去，你可不要抛撇了我！"

周舍酒已吃得不少，被赵盼儿的言语，说得心花怒放，浑身毛孔都舒服，一会儿"雷打火烧"，一会儿"天诛地灭"，赌了无数的咒，还只怕她不信。

赵盼儿捂住周舍的嘴道："哥哥休再这般说，让我听着难受。"

周舍涎着脸道："我不说了。姐姐须应允今晚和我成亲。"

赵盼儿道："你不休了宋引章，说的那些便都是谎话儿，要我和你成亲，我是不干的。"

周舍还待要说什么，赵盼儿推推搡搡；把他挤出房外，关上了门。隔着窗子说："你如今回去休了宋引章，明日是个黄道吉日，我和你成亲。"话说完，吹了烛，自睡了。

周舍想想赵盼儿的话也有道理，只好趑趑趄趄地走了。

十、周公子出妻中计策

再说宋引章在周舍家中，受尽了煎熬，挨够了打骂。妈妈来时，她只是事后方知，不得见面不说，周舍还因此又恶狠狠地使了一顿无情棍棒。她一天一天地在那里挣命，就只有一个想头，除非是赵盼儿设个计谋来救她。这日王婆婆递来一信，拆开一看，知道赵盼儿已来郑州，心中甚喜。王婆婆又传了赵盼儿的言语，教她如此这般，按时行事。她去客店中吵闹，正是依着赵盼儿的嘱咐。回到家中，把要紧东西，收拾收拾，等待着周舍。

那周舍是个聪明的糊涂蛋，被赵盼儿迷住，由她撮弄。回家一见宋引章，就说："宋引章，我休了你了，你与我走吧！"

宋引章道："我不奸不盗，你为什么要休我？"

周舍不耐烦地说道："你天天在我面前，惹我生气，因此我要休你。当初我花了大把银子，把你讨将来；今日分文不要，由你自在，你还有什么不愿意？"

宋引章哭道："'嫁汉嫁汉，穿衣吃饭'。我嫁你时，你怎样说来？你如今勾上赵盼儿了，把我一脚踢开。我偏不走，看你怎样！"

周舍瞪着一双大眼，说道："你若不肯走时，我就要打杀你！"

宋引章道："宁可让你打杀，我只不走。"

周舍急着要和赵盼儿成亲，唯恐宋引章真地不走，这便收起凶相，换上笑容，说道："你若依我的话，让出这个位子来，回到汴梁，我一样照顾你。赖着不肯走，又有什么好处？"

宋引章道："你教我回汴梁，我靠什么过活呀！"

那周舍在这些事上，倒是个舍得花钱的人，当时掏出一个银子道："你若答应走，我给你这个银子。"

宋引章哭道："一个银子，值什么？就要我卖掉这个位子么？"

周舍道："你这个贼贱人，我在你身上，已经花过那么多银子；你妈要赎你，我没有答应；如今又给你一个银子：老子做了这么一笔赔本买卖，你还心不足么？你真地不走，也就算了，老子拼着不讨别人，也把你打杀。"

宋引章听了这些言语，好似很害怕，只是说道："我走便走。被你说得这样，我不走，又有什么意思！"

周舍递与那个银子，宋引章接将过去，却还站住不动。

周舍道："你接了银子，怎么不走？"

宋引章一伸手道："把那个拿来！"

周舍道："还有什么？"

宋引章道："你休了我，又不与我休书，我没有凭证，别人还要赖我是私逃呢。"

——周舍只给银子，不给休书，你道是他忘了么？自然不是。原来他有心要这么一个花招，叫作"口休手不休"，不写字据，将来还想有个抓拿之处，依着宋引章平日的为人，骗也会被他骗过了；怎奈宋引章得着高人指示，不得休书，决不出门，因此逼着周舍非写不可。

周舍无奈，将过纸笔，伏在案上，写下了休书。又取出印泥，使劲地在自己签名的花押下面，打了一个手印。顺手向宋引章摔了过去，说："这是有凭有据了，你与我走吧！"

宋引章接过休书，还只顾说道："你这个没有良心的，你这个害天灾的，真个忍心休了我么？"

周舍道："少废话了，谁个和你作耍！你拿了这张休书、这个银子，要与我走得远远的；如若还在这郑州城中，被我知道时，我自己便不动手，也叫别人打杀你。"

那宋引章并不答他的话，塞好休书，拿着银子，一头哭，一头骂，出门去了。

宋引章是被赵盼儿约好的，只要休书到手，赶快去客店见面。

赵盼儿见宋引章来了，就问："事情都办好了么？那休书怎么写的？拿来与我看。"

宋引章一面掏出休书，递与赵盼儿，一面又告诉她，周舍给了一个银子。

赵盼儿道："只要他一个银子，便宜他了。也罢，等我在屋里仔细看看这个休书，可有什么毛病。你去关照小闲，备一匹马，我们立刻动身。只怕迟了，周舍赶到，不免多些纠缠。"

宋引章果然出去吩咐小闲，又忙着把些动用的东西，重装到车上。

赵盼儿还了休书，和宋引章包了头帕，算了店钱，出门便待上马。谁知那个店小二，却上前拦住道：“你们走不得！”

赵盼儿道：“我欠了你店钱么？”

小二道：“不欠。”

赵盼儿道：“我偷了你店中的东西么？”

小二道：“没偷。”

赵盼儿道：“我一不欠店钱，二不曾偷你店中的东西，你为何不让我走？”

小二道：“周公子有话交代，他已讨了你，你已嫁了他，因此上你走不得！”

赵盼儿道：“你这厮好生无礼！便依你说，也只是我和周舍之事，哪用你闲管！”

小二道：“周公子教我不得让你走。”

赵盼儿道：“你好大胆，只知顺着周舍，便敢这般无法无天！”说着，她向小闲使了一个眼色。小闲就上前，推开店小二。那小二不依，两个扭打了起来。

趁着乱中，赵盼儿向宋引章道：“你我先走吧。”

你看那：两匹马，八个蹄儿，翻铙撒钹，得得得如飞而去。店小二被那小闲缠住，脱身不得，急得暴跳如雷。

再说周舍写过休书，赶走了宋引章，料理一些家中之事，眼看着丫环仆妇，把房间收拾干净，然后踱着方步，前往客店，去接赵盼儿成亲。

周舍来至客店，见店小二和小闲相打，便上前喝住道：“你等为何打闹？”

小二见是周舍，松了手，急诉道：“那个赵盼儿走了！这小闲缠住了我，因此我没有拦住她。”

周舍吃了一惊，心知上当，便问：“她走了已有多久？”

小二道：“也不过一盏茶的光景。”

周舍咄了一声道：“你这个笨蛋！”说着，反身出店，找了一匹马，追下去了。

十一、赵盼儿风月救风尘

从郑州到汴梁，这条路，周舍时常来往，最是熟悉。情知赵盼儿领了宋引章，回返汴梁，必走大路，他便快马加鞭，抄近绕小路，只不过五七里，反兜在二人的前面了。他先藏身一个小山岗后面，看二人将待走近，猛然勒马而出，大声喝道：“贱人，待往哪里去？”

赵盼儿和宋引章，吃了一惊，胯下的马，不由倒退了两步，只见那周舍跳下马来，把宋引章一把揪住说道：“你是我的老婆，为何背夫逃走？”

宋引章道：“你既然休了我，又还不许我在郑州，怎么我走了你又这般说？”

周舍道：“那是我和你闹着耍的，你现在与我回去吧！”

宋引章道：“你写了休书与我，白纸黑字，怎么叫作闹着耍的？”

周舍道：“那张休书是算不得数的。”

宋引章道：“你亲笔所写，画了押，打了手印，也会算不得数么？”

周舍道：“打手印要有五个指头印子才能算数；这张休书上，只打了四个指头印子，因此不能算数。”

那宋引章听了周舍的言语，倒是有些恍惚起来，便从怀中掏出那张休书。方待打开来看时，却见周舍一个虎扑，抢上前一伸手，就夺将过去。他看都不细看，嗤嗤嗤地一阵扯，立刻扯得粉碎；这还不算，又将那画押打手印的那个纸角，朝口中一塞，竟然咽下去了。

宋引章没有料到这一着，一时手足无措，不觉看着发呆。及至定过神来，无计可施，只望着赵盼儿叫道：“姐姐，这个该杀的周舍，他吃掉了我的休书了，怎生是好？”

赵盼儿上前一步，说道：“周舍，你既写了休书休了她，怎么又把休书吃掉？你这厮，做出事来，就是这般无礼无义！”

周舍哈哈一笑道：“你也是我的老婆。有话说，咱们回家说去，不要在这大路上吵吵闹闹，让过往人见了，说我周舍治家不严。”

赵盼儿道：“我一辈子找不到老公，也不会嫁你。你说我是你的老婆，我问你，是谁保的亲？是谁做的媒？”

周舍道：“虽无保亲做媒的人，你却吃过我的肯酒来。”

赵盼儿道：“我几时吃过你的肯酒？”

周舍道：“在那客店之中，不久之事，有店小二为证，你倒想赖么？”

赵盼儿道：“你好不识羞，吃的酒，是我车上带来的十瓶好酒，怎么倒是你的？”

周舍道：“你亲手接过我的红定来。”

赵盼儿道：“这越发可笑了，从我箱子里取出的一对大红罗，那也是你的么？”

周舍道：“你也曾说过，你的就是我的。”

赵盼儿道：“你说的比我更多呢！如今我也不要你的，你也休想我的吧！”

周舍道：“你指天誓日，说的那些话，难道没有一句话是真的么？你也须担心，有朝一日会应了誓呢！”

赵盼儿道：“我们门户人家，原把这起誓当作耍的。起誓都灵验时，这门户人家早就绝了种了。别人信得过起誓，也还罢了；你周舍要是信得过起誓，看你就不敢把我妹子打成这般模样了。”

周舍说一句，赵盼儿剪他一句，到后来，他无话说了，直眉瞪眼地，瞅了赵盼儿一下，却回过身，只向宋引章说："引章，你休得上赵盼儿的当，和我回去吧！"

宋引章求着赵盼儿道："姐姐救我呀！"

赵盼儿道："你尽管放大了胆子，去就去，他也吃不掉你的。"

宋引章流下眼泪，说道："姐姐，我跟他回去，受他折磨，迟早是要被他打杀的。"

这时，周舍恶狠狠地上前，推她上马，口中只是说："休书已经毁了，你不跟我去待怎么？好好跟我回去，我还可少打你两顿；若再故弄玄虚，我就要你死！"

宋引章是被周舍打怕了的，听了这些话，浑身发抖。万般无奈，攀着雕鞍，待上马时，只是腿软无力，上不去。

忽然间，又听赵盼儿笑了一笑道："周舍！你那番心机，只哄得小娃儿，休想在我面前使用。"掉过头，叫："妹子莫怕！那厮扯掉的是假休书，真的休书自在我这里。和他告到州衙去，怕他什么！"

周舍闻言，哪里相信，朝赵盼儿做个鬼脸道："奶奶！去你的吧！我家务事，你也挑唆得够了。我和我的老婆进城，你回你的汴梁。今天我也没有工夫和你歪缠。有朝一日，我再去汴梁，慢慢算账。"

赵盼儿又笑道："你不信么？看这里！"只见她把手一扬，也是一张灰色纸，大小模样，和休书恰正有些相似。

周舍这时有些疑惑，弯下腰，从地下拾起那扯碎的纸角，一看，原不是自己的笔迹。他不怨自己粗心，上了当，却只上前，要抢赵盼儿手中的纸。赵盼儿却自灵便，早防了他的这一手，一下就塞进了怀中。一面又还打趣说道："周舍，你吃下的那个，不是手印，只是我画的几个王八。真休书在我这里呢，你便用九头牯牛来，也休想拖得出！"

——你道宋引章手中那张假休书，是从何而来？那张真休书，怎么又会到了赵盼儿的手中？原来赵盼儿聪明精细，只防着宋引章再被周舍所骗，这便在离开客店之前，把宋引章支使出去，关照小闲备车备马；她却在屋里，按着那张休书的样儿，另写了一份交给宋引章。宋引章原没有想到那张休书是假的，所以见周舍扯去，十分慌急。赵盼儿见周舍扯那张假休书，却只是暗笑，有心让周舍空自高兴一下，再来揭破他。古时候，只有丈夫用休书把老婆退婚，老婆是不能自己和丈夫离婚的。宋引章如若没有那一张休书，那周舍家中，即便是火坑地狱，她也得住将下去，到死为止。赵盼儿分外留心替宋引章保护那份休书，是有道理的。

且说周舍又羞又急，这时顾不得体面了，只是朝赵盼儿身上拉扯。赵盼儿虽然智谋有余，气力却敌不住周舍，只有按着胸前，挣扎抵抗。宋引章一面大喊"救命"，一面上前去扯周舍的胳膊。三人登时乱作一团。

十二、安秀才花柳成花烛

再说那个小闲，在客店里，和店小二扭打了一番。周舍来到客店，店小二松了手，自去和周舍说话；他便趁此机会，挑起箱笼，一溜烟地跑了。那店小二送走了周舍，不见了小闲，便锁了店门，也追将下来。

小闲走了几里地，远远看见周舍扯着赵盼儿的衣服，宋引章攀着周舍的胳膊，三个闹作一团。便一路呼喝道："光天化日之下，你那周舍，怎么在此打劫妇女？"

周舍正在使着劲，赵盼儿的衣襟钮扣，被扯落了两颗；手上的皮，也被掐破了：看着危急。亏得小闲这一声呼喝，周舍不知是谁，不由不吃一惊，慢了手脚；赵盼儿一闪身，转将过去了。及至周舍看到来人是小闲，心下放宽，不去理睬，只赶着赵盼儿。小闲脚步加紧，一霎来至他们身旁，卸下了箱笼，从后拦腰把周舍抱住，口中只说："你要坏了我的姐姐，我就要你的命！"

那周舍虽然能欺负两个女的，却哪里抵得小闲有劲？小闲把他一抱住，好似绳索捆得紧紧，脱身不得。回头用拳头去打，一拳打着，一拳打不着；打得着时，也只似擂在牛皮上，自己的手生疼，那小闲却丝毫不觉。

赵盼儿和宋引章一递眼色，两人都拉过缰绳，扶鞍跨镫，就待上马。周舍看在眼里，只有干急，不能过去拖住。他便不住口地骂那小闲：“你把她两个放走，我教你得不着好死！”

这里已经乱得不可开交了，巧不过，店小二也赶到了。他是周舍的人，免不得上前相帮，去拉小闲，这就更乱了。

赵盼儿见这般混闹，不是事，当下说道：“周舍，你等众人且莫扭打，我只问你，究竟意欲何为？若是想抢我身上的东西，那是没有王法的事，我也决不能让你抢走。”

周舍说道：“你要拐我老婆，终不成我看着不管？你是识相的，让她跟我回去；你若不识相，我就扭你到州衙，告官去。”

赵盼儿道：“好吧，我们告官去吧。我就是没有见过官，倒要看看那官儿是什么模样。”

周舍狠狠地说道：“到了官，怕不打折你两条腿！”

赵盼儿道：“就不知打折的是谁的两条腿！”

一伙人，吆吆喝喝，拉拉扯扯，进了城，到了州衙。有许多人，跟在后面看热闹，把个州衙门前，挤得水泄不通。

那郑州州官，名叫李公弼，原算得一名聪明正直的清官。当日正在坐衙，闻得外面喧闹，有人喊冤。即命张千、李万，将一众带进衙来，当厅审问。

那周舍左手扯着赵盼儿，右手扯着宋引章，直到厅前，依旧紧紧不放。州官和周舍的父亲当初原是同僚，因此认得周舍，也风闻周舍是个不成材的子弟。这时看周舍这副模样，心中好生不然，便断喝一声道："周舍，你在本官面前，揪住两个妇人，成何体统？还不赶快与我撒手！"

周舍无奈，只得松了手，诉道："大人可怜见！这个妇人，名叫赵盼儿，从汴梁来到郑州，明说嫁我，却把我老婆拐走。请大人与我做主，治她应得之罪。"

周舍气急败坏，把话说得没头没尾，州官没好气，叱骂了他几句，又叫他从头说。周舍只得一五一十，把话说了，但只将写休书之事，瞒过不提。

州官听完，就问赵盼儿："你那妇人，为何拐带他人老婆？有何话说？"

赵盼儿道："这宋引章和我是结拜的姊妹，当初原有丈夫的，却被周舍骗来郑州。如今周舍又写下休书，将她休了，怎么说我拐带？难道说，被休了的妇人，还不能自家走动么？"

州官便问："那休书何在？"

赵盼儿当堂取出休书，呈上州官。

州官打开休书看了，便向周舍说："这是你亲笔所写，打了手印的，还有何说？"

周舍叫屈道："这是赵盼儿骗我写的。"

州官问赵盼儿："周舍的话是么？"

赵盼儿道："恩官问他，这休书他在何处所写？写时小妇人可曾在场？"

州官问过周舍，知道休书原是他在自己家中写下，当时并无别人在场。这便说："你自己愿意写的，怎么却翻悔？你又不是两三岁的娃儿，别人骗你，你为何就此相信？"

周舍无言回对，只有说："宋引章本没有丈夫的，休听那赵盼儿胡诌。"

州官正待再问赵盼儿，忽听衙外，又有人喊冤。当时张千出去，带了一个秀才模样的人进来。州官问："你何故喊冤？"

那秀才回道："我名安秀实，在汴梁聘得宋引章为妻，却被郑州周舍，强行夺娶，因此前来，恳求大人做主。"

州官道："你说聘了宋引章为妻，是何人保的亲、做的媒？"

安秀实道："保亲做媒的是赵盼儿。"

州官便问赵盼儿："你说宋引章原有丈夫，她那丈夫是谁？"

赵盼儿道："正是这个秀才安秀实。"

州官道："是你保亲做媒的么？"

赵盼儿道："是。"

州官把话都问过了，看了看宋引章道："你的意思如何？"

宋引章道："周舍既休了我，我死也不愿同他在一起了；我只嫁这安秀才。"

州官当时说道："周舍，宋引章明是有丈夫的，你怎么赖作你的妻子？若不看你父亲面上，治你重罪！"说着，当众下断道："周舍杖六十，与民一体当差。宋引章仍归安秀才为妻。赵盼儿等发放回家。"

判毕，赵盼儿欢欢喜喜，看着杖罢周舍，拥了安秀才、宋引章夫妇，骑马乘车，自回汴梁，给他们庆贺团圆去了。

这个故事，是根据元朝大戏曲家关汉卿所写的一本杂剧改编的。这本杂剧写得好，它反映了当时社会生活，刻画出那个聪俊的姑娘赵盼儿，巧施妙计，斗胜了轻薄凶蛮、有财有势的贵公子。它又还告诉了读者，女孩儿家挑选对象要小心，不能一时为了富贵风流，轻易把爱情交给了浪荡少年，到头来是不会有好下场的。

鲁斋郎

一、整银壶张氏被劫

在郑州地方，有一恶霸，凶横无比。此人姓鲁，官拜斋郎之职，人都顺口儿称他作“鲁斋郎”。他因家中广有桑麻土地，宝贝珍珠，所以吃喝玩乐，浪荡逍遥。他嫌官小不做，嫌马瘦不骑，不去随朝，只顶着那个头衔，勾通官府，在地方上胡作非为。他高兴的时节，引着花腿闲汉，带了弹弓粘竿，每日里飞鹰走犬，东闯西撞；不高兴的时节，便挖人的眼睛，剔人的骨头，剥人的皮。也曾有人告过御状，怎奈皇帝本是个糊涂的，常日听众官说鲁斋郎的好处，有心要宽待他三分，即便是血腥命案，也只说得一句：“教他下次休再如此。”哪有什么罪谴到得他的头上！鲁斋郎因此益发残暴，竟成了一个杀人不眨眼的魔王。郑州一带的人，提起鲁斋郎的名字，连小娃儿半夜里都不敢啼哭。老百姓有诗一首，单说这鲁斋郎的威风：

花花太岁为第一，
浪子丧门再没双；
街市小民心胆战，
权豪势要鲁斋郎。

这一日，鲁斋郎领了家人随从、教师打手，出外打猎取乐，走得远了，直来到许州地面。虽不曾猎得几只獐狍鹿兔，却践踏了百十里地的粮食庄稼。种地的望见他的人马来到，都远远地躲开，谁敢阻拦，道个不字？有那不识相的，多看了他两眼，便被拿住，打个半死。那鲁斋郎兴尽之时，回往郑州，一行人众，穿城而过。来至大街之上，他一眼瞥见银匠铺里，坐着个年轻妇人，十分美貌。只因他骑的是一匹烈马，行走如飞，不容仔细端详。好容易，走至城外不远，把马带住，缓缓而进。他心中念着那个妇人，便回头叫心腹人张龙问话。偏偏张龙落后了，不见了人。他只得和众人下马等待。总有两盏茶的工夫，才见张龙笑嘻嘻地打马赶了来。鲁斋郎说道："你这狗头，到哪里去了？"

张龙道："我给大人办事去了！"

鲁斋郎道："我有什么事教你办的？明明是你在这里说谎话！"

张龙道：“大人的嘴虽不曾吩咐小的，大人的眼睛却吩咐了小的了。”

鲁斋郎道：“你这狗头，胡说该打，我的眼睛几时又吩咐你什么来？”

张龙道：“大人的马在前，小的的马在后，大人朝那银匠铺里望了几眼，小的便晓得是差使到了。一定要等大人有了言语再去办事，显得小的太不中用了。”

鲁斋郎闻得此言，不禁眉开眼笑道：“你知道她是什么样的人家？”

张龙道：“那个开银铺的姓李，排行第四，人都唤他作‘银匠李四’。一家四口儿：老婆张氏，一双儿女，儿子叫作喜童，女儿叫作娇儿。全凭打造银器为生。”

鲁斋郎道：“你说的张氏，是不是圆圆脸，小小鼻子，含嗔带笑的那个妇人？”

张龙道：“小的办事，岂能有错！”

鲁斋郎道：“虽则你能背得她的家谱，又有何益？你有什么计谋，让大人我将她弄上手？”

张龙笑道：“这事，别人不容易，大人却不费吹灰之力。”说着，凑近了鲁斋郎耳边……如此如此，说了一遍。

鲁斋郎道：“这是好计！”

只见那张龙，从行囊之中，找出一把银壶瓶，捧在手中。鲁斋郎扶鞍上马，吩咐众人，随在后面，掉转马头，再进许州城，缓缓地走上大街，直到银匠李四门前歇住。鲁斋郎下了马，随从掇过交椅，伺候他坐下。然后张龙上前，将李四唤出来，道是："鲁大人命你去见。"

那银匠李四，从未见过官府，鲁斋郎这个排场，先自把他吓得慌了，迎面跪下，只是叩头。

鲁斋郎问道："你是银匠么？"

李四道："小人是银匠。"

鲁斋郎道："李四，你是无罪之人，不用如此害怕；你起来，我有话吩咐你。"

李四站起，低声下气问道："不知大人有什么吩咐？"

鲁斋郎道："我有把心爱的银壶瓶，跌漏了，你与我修整一下。修整得好，我与你十两银子。"

李四忙道："修整一把银壶瓶，是件小事，哪用得这许多银子。"

鲁斋郎道："你是个老百姓，我怎么肯亏你？修整得好，给你银子不算，我还要赏你酒吃。"

这里鲁斋郎说话之时，那里张龙便将银壶瓶递在李四手中，指点与他看："就是这跌缺的地方漏酒，你须小心将它整好。"

李四接过银壶瓶，就在油灯下面，吹焊锤砸，真是难者不会，会者不难，哪消片刻工夫，即便整好。

张龙把银壶瓶转递给鲁斋郎，鲁斋郎细看了一看，道："真是好手段，整旧为新。张龙，有酒么？盛满一壶，试它倒是漏也不漏。若只是整得外面光，盛不得酒时，还是枉然。"

李四陪笑道：“大人说哪里话来！这银壶瓶，如今是滴水也不会漏的。”

说话间，张龙已将酒灌满了那把银壶瓶，果然一滴不漏。鲁斋郎拿过十两银子，赏给李四。李四心想，这一把银壶瓶，也值不得那一半银子，怎么能领这般重赏？随着又转了一个念头，大人们用银子，就凭个高兴，哪里在乎什么值得不值得。他这就谢了赏，把银子接下。

这时，鲁斋郎又命张龙；“将酒斟上三盅，赏他的好手艺。”

李四原不会吃酒的，只为的是大人赏脸，不能不吃，一盅接着一盅，仰着脖子，干了那三盅酒。

鲁斋郎又问：“李四，你家里还有什么人？”

李四道：“小的有个丑媳妇儿。”

鲁斋郎道：“也好，丈夫得赏，妻子沾光。你唤她出来，我也赏她三盅酒。”

李四走进屋，把张氏引出来拜见。

鲁斋郎看张氏吃了三盅，他也自和张龙，各吃一盅。然后撤了交椅，骑上马，随从们都上了马了，李四夫妻只在门前恭敬相送。忽然间，鲁斋郎把马鞭朝着李四指点了两下道：“李四，你知道么？你吃的酒，是那许亲的肯酒；十两银子，是你接我的聘金。你的老婆，我已看中，现在带回郑州。你要告我，随你到哪个大衙门告去。我就是鲁斋郎！”

说时迟，那时快，鲁斋郎说着话，张龙和随从打手们已自动手，把张氏挟在马上。那张氏哭喊挣扎，哪里挣得脱。李四一时呆住了，及至醒悟，那一行人马，已走了一两丈远。这时，李四什么都不顾了，跟在后面，大声喊叫：“清平世界，朗朗乾坤，抢劫良家妻子，你是哪里来的强盗！”

一路之上，也有人看的，也有人听见的，因知是鲁斋郎，谁也不敢阻挡。

鲁斋郎的马走得快，李四的脚步走得慢，走了一里半里地，李四就看不到那一行人的踪影。他心里惦念妻子，依旧紧追不舍，一直追到郑州去了。

二、结兄弟李娣认亲

却说郑州府衙内，有一个都孔目，姓张名珪，字均玉，本地人氏，原习儒业，因连科不利，进身为吏，多载以来，熬得这个职位。妻子李氏，华州华阴县人，是个医士人家的女儿。成婚之后，连得一儿一女，儿名金郎，女名玉姐，嫡亲四口儿，和美度日。

这孔目虽是一个吏员，却是府尹的心腹耳目，掌管着一衙之内的大权。府尹审理案件，打点文书，都听从孔目的安排。一府原不止一个孔目，那个领头的，唤作都孔目，也就是总孔目的意思。他的权柄，不消说更在众孔目之上了。那贪赃枉法、营私舞弊之徒，做得这都孔目时，便是阎王的判官，人人见着都怕。古人有句，单道这吏员瞒心昧己、弄钱的手法，道的是：

休想肯与人方便，使一片害人心，勒措来的养家缘。押文书心情似火，写帖子勾唤如烟。冒支国俸，滥取人钱。置了庄房买了田，哪里管三亲六眷尽埋冤。逼的人卖了银头面，我戴着金头面；送的人典了旧宅院，我住着新宅院。

说到这张珪，倒是心地善良，奉公守法。他念着公门里面好修行，小心谨慎，不敢乱走一步。尽管如此，因他这职位是个要紧的职位，别人还是奉承他，他在那郑州城中，也算得个有名的人物。

张珪每日里去到府衙，随班供职，不必细表。这一天，因衙中无甚大事，散值略早，有一名随从，跟着他慢步回家。看看要到家时，却见有一伙人，围在墙边，不知闹些什么。张珪便教随从，上前观看。随从看后，回报道："有一个行人，因患病症，卧倒在地，起身不得。"

张珪闻言，心中不忍，分开众人，亲自察看。只见那人面如黄蜡，蜷作一团，双手按住胸前，哼唧不已。张珪问道："你为何倒在地下，得的什么病症？"

那人回道："我一向有个急心疼的毛病，但发作时，便待要死。今日走到这里，不料病发，又未曾带着药物，看来是不能得救的了！”说着，不觉流下泪来。

张珪心想：自己妻子懂得医药，一向知她善治那急心疼，哪里不是积德之处，何妨将此人领到家中，与他一服药吃。想着，便命随从，扶起那人，去到自己家中。

张珪的妻子李氏，给丈夫安排了晚饭，正在等候，忽见丈夫引了一个人来，心中诧异，忙问："这是何人？"

张珪当时告知了就里。那李氏也是个善心人，连忙从药瓶内倒出药来，按着分两，调配了一碗。张珪接过，灌与那人吃了。这药原是李氏祖传灵方，百治百效，那人吃下不过片刻工夫，转过气来，神色如初，精神立振，站起身，深深拜揖道："多谢官人、娘子！若非官人、娘子，哪里得我这条性命来！"

张珪见那人得救无事，心中欢喜，便问道："你这位君子，何方人氏？姓甚名谁？怎么忽得此病？"

那人回道："小人姓李，排行第四，人都顺口儿唤我作李四。我是许州人氏，打银为生。向来有这个急心疼的症候，却只轻易不发作。今因来郑州，人地生疏，忽然病发，只认作要死去的了，不料却得官人、娘子的仙丹，教我永生永世，也忘不了大德。"

且说张珪的妻子李氏，自从出嫁之后，因家乡华阴，连年亢旱瘟疫，一家人死个净尽，只没个走娘家的去处。她调药救得这个李四，看此人相貌忠厚，是一个好人，又恰恰姓李，这便悄悄与张珪说道："我姓李，这人也姓李，我有心待认他做我的兄弟，将后来我也有个走娘家的去处，只不知孔目你的意下如何？"

张珪道：“大姐既有此意，那有什么不可。”回过头，便问李四道：“你姓李，我的妻子也姓李。如今我的妻子，想认你做个兄弟，你可愿意？”

李四道：“官人、娘子救得我的性命，休道是做兄弟，便在你家中随驴把马，我也心甘情愿。况兼我父母死得早，只没得兄弟姐妹，一生孤寒，今日有了姐夫、姐姐，我也好有个走动处。”

说罢此话，李四就请张珪、李氏在上，他拜了八拜，尊声“姐夫，姐姐”；那张珪和李氏，一个唤他“小舅子”，一个唤他“兄弟”，十分亲热。然后又教金郎、玉姐，出来拜见舅舅。

这时，李氏不免问起：“兄弟，你因何事故，到这郑州来？家中留下我那弟妹和侄儿们，你怎放心得下？”

李四闻言，忍不住簌簌地流下泪来。

张珪忙道：“小舅，你姐夫身在府衙，做一名都孔目，别的不敢说，只在这郑州地面，如若有人欺负了你，你只管告诉你姐夫，便当着人拿来治罪。”

李四道：“姐夫之言，当得真么？”

张珪笑道：“你太看不起你姐夫了！你只在这郑州城里，四处打听，只要道出你姐夫张珪的名儿，谁不知道！”

李四见张珪说得这般贴实，便一面哭、一面诉道：“你兄弟因媳妇被一权豪势要抢了，特地从许州赶到郑州，只为找不到衙门，告不成状，这才发了急心疼的老病！”

张珪道：“你要告状，就在我那衙门里。如若府尹有些犹豫，凭着我的言语，也能做一半主。但不知，抢我那弟妹的却是何人？”

李四道：“那人名叫鲁斋郎，请姐夫与我做主！”

张珪闻言，吃了一惊，却又问道：“你道那人是谁？……”

李四道：“他自说是鲁斋郎。”

张珪连忙掩住李四的嘴道：“小舅！你这话却有些骇人呢！幸得是在我家中，若在别处，这话被那人听了，连你的性命也送了！既然是他，这话再休提起，便告到皇帝老子面前，也打不赢这场官司。”

李四道：“他为甚有这等狠处？”

张珪道：“话却难说。他这官儿比天还大，任啥官府，没一个不怕他的。我一时既说不尽，也不敢多说，你将来却自会知道的。我如今且与你一些盘缠，你回许州去吧，这也是我们亲眷一场，此外我也帮不了你什么。你留在郑州，全然无益，说不定还会有性命之忧！”

这番话，说得李四毛骨悚然，凄凄惨惨，只得回许州去了。

三、扫坟茔孔目遇霸

不多几日，已是清明，柳抽嫩绿，桃绽新红，平日的荒郊野外，这时另有一番光景。扫墓的扫墓，踏青的踏青，连素常不出门的妇女，也联翩结队，来到垧上墦间。有道是：莺啼新柳畔，人哭古坟前。

都孔目张珪，祖坟就在郑州东郊。早几日，安排好了，出城祭扫。一家四口人，带了祭品香烛，上坟添土。扫墓已毕，大人自在坟院内歇息，和看坟的人闲话；两个小孩儿，却坟前坟后，坟左坟右，拾橡子、捉蝴蝶儿耍去了。城里住久了的人，来至郊野，有如摆脱笼网，好不舒畅。娃娃们东跑西跳，大人也不去拘禁他们。

正耍得好时，忽听金郎哇的一声，哭将起来。张珪和李氏，方待去看，却见玉姐上前，金郎走在后面，一齐进了屋。那金郎头上破了一层皮，鲜血迸流。李氏连忙把他搂抱在怀内，扯了巾绢，细细揩抹。小兄妹两个，一面哭、一面诉。先时听得不真，还以为摔了跤跌破了头；听了好一阵，才明白，原来是外面有人在用弹弓打鸟，打不准，弹丸打破了金郎的头。

张珪一听，心中愤怒：是什么人，却到我家坟院内打鸟儿？打鸟不说，还伤了我的孩儿？推开门，走出去，大声骂道："哪里来的野杂种，却在这里打鸟？也不打听打听，这是谁人家的坟院。我张珪岂是好欺负的？你今打破了我孩儿的头，我就要在你头上锥两个窟窿！……"

张珪话还不曾骂完，却见一人，窜将过来，走至他身边喝道："张孔目，快些住口，休再胡言，大人在此！"

猛然间，张珪惊得呆了。他识得说话的那人，是鲁斋郎身边的随从张龙。再一看，那边一群人，众星捧月似的捧着一个手拿弹弓的人，正缓缓朝他面前走来。此人不是别人，正是鲁斋郎！

——你道鲁斋郎为何也到得这里来了？原来他自从在许州抢来李四的老婆之后，起初是像心肝性命一般的疼爱，日日守在家里；及至过了一些时候，玩得厌了，两眼就看不得那个女的了。他因清明时节，家家妇女都出门郊游，其中必有长得好看的，这便率领众人，四处盯梢猎艳。来至在张珪家坟院之外，见那边树上歇了一只黄鹂，便举起弹弓，对准一弹打去。他不对准时，或许也会碰上；正因他对得准，那弹丸没有飞上树，倒把在树根下玩耍的金郎头打破了。

张珪一叫骂，鲁斋郎也自听见，开言便说："张珪！你骂我吗？"

这时张珪慌忙跪下，没口子说道："张珪不知是大人驾到，若知是大人，教张珪不得好死！"

鲁斋郎道："那不认识我的，多望了我一眼，他就该死；你识得我，却又骂我，你说该当何罪？"

张珪道："张珪罪该万死。"

鲁斋郎道："君子千言有一失，小人千言有一当。你因不知是我，所以错骂；知道是我时，量你也不敢。不知者不为罪，我不和你一般见识，你且起来。我问你，这座坟院是哪一家的？"

张珪回道："这是张珪家的祖坟。"

鲁斋郎道："我要得乏了，你不请我到坟院里坐一坐吃杯茶么？”

张珪道：“大人赏脸，张珪有幸得很！”

张珪在前，引了鲁斋郎走向坟院，将要进屋，只听里面一个妇人声气，在呵哄着娃娃说道：“孩儿不要再哭了，你爹出去打那个野杂种去了？”

鲁斋郎听了，只是嘻嘻地笑问张珪：“这是什么人在说话？”

张珪吓得变了脸色，急道：“这是张珪的丑媳妇儿，她因不知是大人，胡言乱语，待张珪去教训她。”

张珪只道李氏骂了那鲁斋郎，不免罪加一等；怎知那鲁斋郎，听得妇人声气，十分清脆，心中舒畅，只觉骂得太少，哪有见责之意。

那坟院里原是一明一暗两间屋，张珪先进去一步，向李氏递了一个眼色，李氏连忙躲入里间。鲁斋郎进了屋，此时倒忘了口渴，却问张珪：“你那媳妇呢？难道不该拜见我么？”

张珪无奈，只得进去和李氏说知。李氏道：“我为什么要去拜他？”

张珪低声道：“他是个丧门神。你只依我言语，出去拜他一拜。”

李氏向来是依从丈夫的，就出来拜过。

那李氏年刚二十有余，本来生得俊俏，杏脸含春，柳眉如画。今日为了出门，分外梳妆打扮，更觉婀娜多姿。鲁斋郎不曾看见她时，还则罢了；这一看见，立刻有些魂灵出窍，一双眼，从头到脚，又从脚到头，只在李氏身上打量。李氏被看得不耐烦，翻身自进了里屋。

李氏进了屋，鲁斋郎的魂儿才归了窍。喝了一口茶，对张龙耳朵说了几句；张龙诺诺连声，走过来，便对张珪说了。张珪听了张龙的话，立刻脸上变了颜色，还不曾回话，却又听鲁斋郎说道："张珪，你听清楚了么？"

张珪道："我……"

鲁斋郎道："张珪，你一家人都骂了我，这就是个死罪。我吩咐的话，好好照办，我便免了你的；如若不然，两罪俱罚，你就休想活命！"

说罢，他站起身，一群人簇拥上了马，回去了。

李氏不知其中缘故，见众人走了，便出来问着张珪："大哥，这是何人，你却这等怕他？"

张珪道："大姐休问了，快收拾回去吧。"

李氏又道："看那家伙穿戴得像一个官儿，却又那么不老诚，骨溜溜的一双贼眼。"

张珪道："不说他了，回去吧。"

李氏道："好容易出来玩耍，还不曾尽兴呢，怎么就回去？"

张珪道："这还不尽兴了？走吧，走吧！"

李氏见张珪脸色不好，不敢多说，只得收拾了提盒，领着孩儿，一同回家去了。

四、生折离悲哭献妻

那张珪回得家来，只是愁眉不展，唉声叹气。一时看着李氏，一时看着两个孩儿，搓搓手，拍拍头，显见有老大的心事。

李氏问道："你这般模样，是怎么了？"

张珪道："我只觉得满身不舒服呢！"

李氏道："莫非今日出门，撞了什么神道了：害得孩儿打破了头，你又不舒服！"

张珪道："正是这样，把孩子和我都害苦了。"

当日张珪连晚饭也不曾吃，就睡了。睡又哪里睡得着，只在床上翻来覆去。李氏认作他真的得了病，摸摸他头上却不发烧，问他喝水他也不睬。

第二天，李氏做好了早饭，和孩子们吃了。张珪却说道："大姐，东城姑妈家今天有喜庆事，你我同去走一遭儿。"

李氏也曾听张珪说过，有个远房姑妈，住在东城，却是平日素无往来。忽听要去贺喜，有些诧异，不免问道："怎么早些日子，不见提起？一些礼物也不曾备办，就这样去么？可要带孩子去呢？"

张珪好似很不耐烦地说："不用问，一切我早都安排好了。孩子也不用带，只我两个去就是。”

那时的妇人家，以依从丈夫为主，李氏不敢多问，就去换了衣服，梳妆了一番。刚要出门时，张珪却又吩咐她道：“你瞧瞧两个孩儿吧。”

李氏不知他话中之意，只说：“孩儿都弄得妥贴了，走便快走，好早些回来。”

张珪引着李氏，转弯抹角，走了很多的路。李氏看看有些走不动了，张珪指道：“前面那座房子就到了。”

李氏道：“姑妈家是做什么生意的，怎么住着这般的大院宅？”

张珪恨恨地说一声道：“看他院宅大，怕不和杀人放火的强盗一般弄得来的！”

李氏闻言，缩了脚道：“似这般亲戚，又何必和他往来？”

张珪扶住她道：“他也不在家里杀人放火！这个院宅里，吃的是龙肝凤脯，着的是绫罗绸缎，看的是舞蹈百戏，听的是笙箫歌笛：只怕你去了，会把家都忘了呢。”

说话之间，已到那大院宅门首，张珪先进去和门上说了一句，只听门上的人答道：“不必通报了，大人等你已经等得久了，现在东花厅内，快快请进吧。”

李氏被张珪一直连扶带扯，拉将进去，到了那院里的东花厅，却见一人，立在上首，开言问道：“张珪！你如何来得这般晚？”

张珪道：“因要安顿两个小的吃早饭，弄好即便赶来，不觉就到了这个时候了。”

张珪一面说着，一面扯了李氏，双双朝那人下拜。李氏偷看了一眼，那个人哪里是什么姑妈，原来是昨日在祖坟上看见的那个恶官人。她心中有些不愿，却因看出张珪十分怕他，不得不随着拜了几拜。

那人大剌剌地，也不回礼，只指着那边一张桌子，桌上排了酒食，他道："张珪，你夫妻且吃几盅，等一会儿我再有话说。"说着，走至屏风后面去了。

这时，李氏忍不住问张珪道："你领我到这个人家来，却谎说给姑妈贺喜，这是为何？"

张珪道："我自会告诉你，你且坐下，和我同吃几盅酒再说。"

说着，他举起酒壶，给李氏斟了一盅，自己斟了一盅。李氏不吃，他自吃了。一盅干了，又干一盅，一连吃了五六盅。李氏按住酒壶道："大哥，不要再吃吧，吃醉了，教我怎么扶你回家？"

张珪道："哪里用得着你送我回家？倒是让我吃醉了的好！"说着，老大的泪珠早滚了下来。

——你道张珪为何把李氏领到这个地方？为何未开言就先流泪？原来其中有一段凄惶之事：昨日在坟院里，那鲁斋郎教张龙和他说："大人说你媳妇生得好，命你明日一早送至公馆，收作夫人，自会有好处与你。你不遵命时，要你一家都死！"张珪是个文吏，性子软弱，当时心头恨得痒痒地，只没个奈何。回得家中，心想，那鲁斋郎有权有势，说到做到，如不依他，一家四口，定然没命。要想拖儿带女，弃家逃走，这百十里内，全是鲁斋郎的天下，却哪里逃得脱？为了保全两个孩儿，只有忍辱含垢，把个花枝儿般的媳妇送将去。他因恐李氏不依，所以适才谎说到姑妈家，直骗李氏去到鲁斋郎的院宅。

当下张珪不得不把这话，仔细和李氏说出。李氏猛然呆了，道："大哥，你是醉了么，怎出这般言语？"

张珪道："事已至此，由不得你，由不得我，只得随顺他吧！"

李氏听得真了，急道："你我结发夫妻，有儿有女，你却教我随顺他人？即便你忍心，也要我愿意……"说着，哭着，哽噎得说不下去。

张珪不免又道："他如今要你做夫人，也还算是好的；倘或他是要我张珪的头，我也只得切下来送给他。"

李氏道："你在这郑州做个六案都孔目，谁人不让你一分，为什么要这等怕他，连个媳妇也保不了？你枉顶了个人头做这男子汉，就不知找个衙门去告他？"

张珪忙道："你轻说些！这些话被他听见了，我和孩儿们就会没有了性命。若有个衙门肯收告他的状子时，我又怎么肯把自己的媳妇亲送上门来给他！"

李氏哭道："不管你怎么狠心，我只舍不得我的孩儿，死也不能随顺他！"

这夫妻二人，难舍难分，一个哭，一个劝，正没个了结时，却又见鲁斋郎身后面带着一群丫环仆妇，从屏风那面踱将出来。他先向张珪说了一句道："话想已说清了？"也不等张珪回答，掉转头，叫丫环仆妇："把新奶奶接到上房，伺候她洗澡换衣。"

那些丫环仆妇，一拥上前，如狼似虎，簇拥着李氏，向里面推搡。李氏不肯去，却哪里挣扎得开。她哭喊着张珪，张珪心如刀割，口中只还劝道："你随顺了大人，是有福的。"李氏见张珪如此说，就连张珪也恨上了，骂着张珪负心。骂着骂着，声音渐远，早被拖扯去到深院内室了。

鲁斋郎微微含笑，向张珪说道："妇人家到生地方，总是如此；只要过得一两天，自然会好的，你休为她担心。我看你那模样，十分难受，莫非有些舍不得么？"

张珪回道："张珪不敢！只因张珪家里有两个小孩儿，如今他母亲被大人收作夫人，那两个小孩儿无人照管，未免有些为难。"

鲁斋郎道："你既好心将媳妇送我，我不能教你没个人照管孩儿。我有一个妹子，名叫娇娥，如今许配与你，替你当家，作为酬答。只是一层，你要好好地待她：你骂了她，便是骂我一般；你打了她，便是打我一般。那时我是要不依的。"

张珪道："张珪不敢！"

鲁斋郎道："张珪，你辛苦受累了，回家歇息吧，休要出门，等候我着人送妹子前来。"

说完话，鲁斋郎退入内室，自去寻欢作乐。那张珪昏昏迷迷，一把鼻涕、一把眼泪地走了。

五、乔兑换恶霸嫁妹

张珪回得家来，两个孩儿迎着叫“爹爹”，又问：“我妈呢？”

张珪结结巴巴，惨惨地说道：“你妈，你妈这也就要回来了。”

两个孩儿，听得这句话，大的牵住小的，直往外走，走着说着：“到门口等妈去！”

张珪听在耳里，痛在心头。他看着屋里，总似李氏身在其间：一时仿佛她坐着的模样，一时又仿佛她走动的模样。想着，就骂自己：“张珪呀张珪，你便是死，也不当把自己的媳妇送与别人做夫人呀！你这样的忍心么？你怎么对得起自己的媳妇，怎么对得起一双儿女？”骂到这里，就觉得李氏说的那一句话“枉顶了一个人头做这男子汉”，直在耳朵里响。他用手擂着额角，不够，又使劲拍拍地打了几下耳光。

转而一想，却又说道：“张珪若不如此，自己性命不保，两个孩儿性命不保，都不必说；我那媳妇李氏，不是死，也还是被他抢去做夫人。等得那时受罪受苦，倒不如这样，我和孩儿们且能活命；她放得下心，在那个人家，比在张珪家里还要享福得多哩。”

张珪在屋里，左思右想，翻来覆去。一会儿想到：“这会儿工夫，我那媳妇怎样了？”一会儿又想到：“往后去，我和两个孩儿却如何过活？”想得他泪流不已，如呆似痴。

他正在伤心落泪之时，忽见金郎进来说道：“爹，外面有人，送妈来了。”

张珪闻言诧异，抹抹眼，赶忙出外看时，原来来者却是张龙。张龙身子后面，一个年轻的妇人，圆圆的脸，生得很喜俏，只是带有几分憔悴的颜色。张珪正待问话，那张龙已自叫妇人上前，指与她说：“这便是张孔目。小姐，你依着大人的言语，好生给他当家，照管他那两个孩儿。”说罢，又吩咐张珪：“我奉大人言语，送小姐来与你成亲，愿你两口儿好好安家度日；你在小姐面前，休得多说多问，大人知道，是要不愿意的。”

张珪心乱如麻，只有没口子说：“张珪不敢！张珪不敢！”好似别的话一句也不会说。

张龙完了差事，拱拱手，走了。

这时，两个孩儿，围在旁边看，张珪就说：“这是你们的妈，你们以后要听妈的话！”

那妇人倒是老诚，伸手要去牵那个大的，抱那个小的。两个孩儿偏都跑开了，抱住张珪的腿，说：“这不是我妈，我要我妈！”

张珪道：“你们那个妈归了鲁斋郎，再也不会回来的了，就要这个妈吧，这个妈自会疼爱你们！”

那妇人也道：“我就是妈。来，孩儿们，和我亲热亲热，我给你们做好吃的、好穿的、好玩的。”

两个孩儿，一经妇人呵哄，反而啼哭了起来。张珪心里念着自己的媳妇，见孩儿如此，益发难受；只因新来妇人是鲁斋郎的妹子，哪敢得罪，便骂着孩儿："你这两个不知好歹的奴才！妈疼你，你倒躲开？"说着，便把两个孩儿向那妇人身边推去。

那妇人是个会带娃儿的模样，她见张珪如此，反转说道："孔目且休性急。人生面不熟的，难怪孩儿和我不亲近，过得几日，自然会好的。"

张珪心中暗想：鲁斋郎那么个恶霸，倒有这样的妹子，却也难得。只是做后母的，再好不过，又怎么比得了自己的亲娘。当时说道："两个孩儿，也是平日娇纵得惯了，小姐不要挂怀，念在张珪先前那个媳妇，只得这点骨肉，早晚看觑一点！"

那妇人道："孔目你尽可放心，我只将这两个孩儿，当作自己的儿女一般看待。"

张珪正和那妇人说话时，忽见随从进来报道："许州的舅爷来在外厢，请孔目说话。"

张珪闻言，便去客室，见到来人，认得是那银匠李四。张珪道："你不在许州生理，却又来此地做甚？"

李四道："姐夫有所不知：自我回到许州，谁知我那两个孩儿，因爹妈不见，出外寻找，竟不知去向何方。我保不得自己妻儿，坐在家中，既是凄惨；出外看见乡里，也自惭愧。想想不如前来郑州，投奔姐姐、姐夫。倘有机缘，在一城之中，能够见得我那妻子一面，即便是死，也是甘心的。我已将房屋家伙，卖与旁人，就不知姐夫可肯收容？如有为难之处，我还有一艺在身，当另求一处银铺，自去生活，不必打扰于你。”

李四把话说完，张珪一阵心酸，回道：“小舅，不是我不肯收容你，怎奈我也得了和你一样的病症。”

李四道：“姐夫，你也害了那急心疼么？这个病，却是苦恼得紧。别人得这个病，是生死关头；姐夫得了这个病自有姐姐那万灵万验的仙丹，怕个什么？”

张珪道：“我害的不是那个用药医得的急心疼！我的病，只和你修整银壶瓶时得的病症一样。如今你来晚了，要想见你那姐姐，是再也不能够的了！”

李四还不十分明白张珪话中之意，睁大了眼睛，问道：“你说我姐姐怎么了？”

张珪道：“你姐姐也被鲁斋郎夺走了！”说着，便将前前后后的事，细数与他听。

李四听得，也流了泪，说道：“那个十恶不赦的鲁斋郎，却拆了你我两个的家！”

张珪然后又说与他听：“那鲁斋郎，把你姐姐夺去，却将他妹子娇娥与我为妻，说给我照管两个孩儿。我只发愁，后母不比亲母，这两个孩儿怎么能得以成人！”

李四道：“姐夫，既敌不过那个恶霸，这份仇恨，留待将后来再说吧。他究竟还给姐夫换了一个媳妇，我呢，他抢了我的妻子，连一只母鸡也没有给呢！”

张珪道："他那妹子，性情倒像是个好的，只可恨她会有那样的哥哥。小舅，你那个姐姐既然再也不会回来，你就把她认作姐姐也是一样。"

李四道："这也是礼所应当，我就拜见这个姐姐吧。"

张珪正待引李四去见那个妇人，这时，随从却慌慌张张进来说："府尹现有急要公事，请孔目即时入衙相商。"

张珪见府尹召唤，不敢怠慢，就教李四在家中等候，他片刻便回。

六、失儿女孔目出家

张珪到府衙去了，留下李四，一个人坐在客室里，分外无聊，想着结拜的姐姐，也便想着自己的媳妇张氏和一双孩儿：媳妇被人抢走了，孩儿失散了，永世都不能再见了。他正在凄惨，猛然间，听得一个妇人的哭声，幽幽切切从内室传来。那个声音，却是奇怪，李四听来，竟有些像是张氏。他不曾那么想时，还则罢了；那么想时，就越听越像。常言道得好："事不关心，关心则乱。"他既听着那个哭声像张氏，就想看看究竟是怎样一个人。这时也不顾得什么礼貌规矩了，推开后窗，直朝内室望去，正见着一个妇人，坐在那里啼哭，身旁围着两个孩儿。论模样，那妇人恰似自己的媳妇；只是她衣装首饰，十分华美，又有些不对。他想：天下人面貌相同、声音近似的尽有，鲁斋郎的妹子自是鲁斋郎的妹子，管她做什么。转而又想：若竟是自己的媳妇呢？当面错过，又觉不舍。想到这里，矜持不住，便大声叫了一句："喜童的妈！"

说是巧来，便有这般巧，这里李四叫得一声，那里那妇人立刻抬起头来，应了一声道："是什么人在唤我呢？"

李四听得真了，哪里忍得住，慌忙转出客室的门，就向内室走去。内室他是去过的，五七步就走到了，那妇人已自起立相迎，不是张氏，却是谁来！两人一见，未及开言，只见你扑向我，我扑向你，搂抱在一起，一齐嚎啕痛哭，好似把这些日子的心中委屈，全都交给了眼泪。

且说金郎、玉姐两个孩儿，好容易这会儿工夫，和张氏相熟了些。忽然间见闯进了人来，来了便哭，骇得他两个也哭将起来。

张氏倒是把照顾孩儿认作是自己的事，一面揩抹眼泪，一面呵哄孩儿。金郎哭着说："我要我爹！"

张氏道："你爹到衙里去了，这就回来。"

金郎道："我找我爹去！"

张氏只道他要去门口等候他的爹，因便点头应允。那金郎牵着玉姐，一直走了。

两个孩儿一走开，屋里登时安静，李四急着问张氏："你可把我想死了，谁知竟会在这里相见。那张孔目却是骗我呢，道你是鲁斋郎的妹子。”

张氏道：“鲁斋郎把我当作他的妹子，许给张孔目，你教张孔目怎么知道？那个天杀的鲁斋郎，他和我说：‘你去到张家，只记住姓鲁名唤娇娥，是我的妹子。如若露出半点风声，让那张孔目知道你是李四的媳妇，我就要用你的骨头榨抽！’那个天杀的鲁斋郎，我被他抢去不几日，就连连看见他打死两个妇人。他把那杀人之事，只当作家常便饭，随意作耍。今天你我相见，如被张孔目知道，告诉他时，还不知有多大祸害呢？”

李四哭道：“只怨我白做了一个汉子，保不住妻儿。”

张氏便问；“你怎么和这张孔目相熟，却到他的家中做客人？”

李四说了已往之事：如何由许州追赶来至郑州，如何找不到衙门去告状，如何发了急心疼病，如何得到张孔目妻子李氏相救，后来结拜姐弟……

说到这里，张氏插一句道：“我在鲁斋郎家里，只听得一片哭声，要死要活，想必就是她了。那个天杀的鲁斋郎，这种事，不知道干了几多遭了。我真不信，为什么就没人管得他？”

李四道：“就是世人管不了他，总有那一日，他会被雷劈火烧的！”

张氏这时却又问：“我那喜童、娇儿两个孩儿呢？”

李四只得回道：“两个孩儿都走失了！”

张氏道：“怎么，都走失了？怎样走失了的？”

李四正待细说经过，却见张氏脸色陡地惨变，不等他把话讲完，直向前栽，多亏李四将她扶住，但她竟自昏死过去。

李四多方掐捏呼唤，好一会儿，张氏才悠悠地醒转来，哭道："不为着两个孩儿，我活着做什么？我算得是两世为人了，受尽了别人的折磨苦楚，到如今，却见不到我那孩儿的面，不如当初死在那个鲁斋郎家中，还干净些！"

张氏哭得伤心，李四劝得费力，两个人正搅作一团，恰好，张珪这时回得家来。

那张珪在府衙中办完公事，急着回家。到得自家门首，只见大门敞开在那里，心中疑惑，三步做两步跨将进去，客室里不见了银匠李四，倒听得内室一片哭声。赶到内室，又只见那李四搂住了鲁娇娥。两人昏昏迷迷地，竟不知有人进来。张珪看得不顺眼，便断喝一声道："我不在家里，你二人背着我，做些什么事！"

二人一时慌了，不觉跪倒在地。

张珪越发疑心，就指着李四骂道："我把你这个人面兽心的！……我当你作自家亲兄弟看待，你就该把我媳妇认作是姐姐一般。如何却趁我不在家中，竟自闯进内室来调戏她？须知她是鲁斋郎的妹子，如告到鲁斋郎那里，你却教我怎么躲得这场祸事？"

说到这里，又自掉过头向张氏说道："你是你哥哥着人送来给我做媳妇的，进门不到一日，就勾引外人，我家中哪里安得下你？为了免却以后口舌麻烦，莫如你仍回你鲁家去吧！只是你见得你哥哥时，须要实说，休说我张珪欺负了你。”

李四这时不得不分辩道：“禀告姐夫得知：她原不是那鲁斋郎的妹子。”

张珪怪叫一声道：“你道我是三两岁的娃儿，却拿这样的言语来诳我？既然鲁斋郎把她许配与我，即便不是鲁斋郎的妹子，你也不该调戏她！”

李四道：“非是兄弟调戏她，她原是我那个被鲁斋郎抢去的结发妻子。”

张珪一惊道：“你这话当真么？”

李四道：“兄弟怎敢说诳。是鲁斋郎，得了我姐姐，厌嫌她了，才将她改名娇娥，充作自己的妹子，许配给姐夫。我二人不曾想到，能在这里见面，一时伤心，不知忌讳，须请姐夫恕罪。”

张珪听他说得凄惨，就叫二人起来，道：“既是夫妻见面，难怪如此，我们从长商议一个办法，也就是了。”接着，却又问：“我那两个孩儿呢？”

张氏道：“适才孩儿们说，要找‘爹爹’，是我由他们去的，想来只在门前。”

张珪道：“我回得家来，门前哪见有人！”说着，转身就朝外走，一面走，一面叫唤，叫一声“金郎”，唤一声“玉姐”。李四也跟在后面，东张西望。一路叫将去，看不见一个人影，得不到一句回音。

张珪在府衙中使唤的那个随从，这时上前说道：“我这里有三个人，分三条路赶了去，这边遇不上，那边或许能遇得上。只是沿一路去找，错过了就会找不着的。”

张珪依言，和他二人分路而进。从城里跑出城外，又从城外跑进城里，嘴也叫干了，腿也跑酸了，三个人，都只没有见着那两个孩儿。路上的人，也有说看见的，也有说不曾看见的，竟还有说有一个官员引了两个孩儿的，偏只说的不清，道的不明，教张珪没处寻找。

起了更鼓，三个人才气急败坏，回了家来。张珪命随从自去府衙。他却找李四夫妇，当面说道：“你看我，妻子被鲁斋郎抢去，一双儿女又不知所向，我在世间，还有什么趣味？如今我将这份家业，交给你二人执掌，我自往华山修行学道，出家去了。”

李四闻言吃惊道：“姐夫偌大一份家业，又是衙中的都孔目，怎么抛撇得下？若说孩儿不见，明日还可再去寻觅。姐姐被抢走了，那鲁斋郎原赔了你一个……”

张珪不等他说完，便道：“你好没廉耻！她既是你的媳妇，我岂能和鲁斋郎一样，强占了你的？”

李四道：“不是我无廉耻，也不是我忍心；只因这是鲁斋郎当作妹子许给你的，你还了我时，知道鲁斋郎可愿意？鲁斋郎若不愿意，我两个得一齐死。”

张珪道：“你们是儿女夫妻，眼下能完聚一时是一时。真的大限到了，要你二人一齐死，你便想活也活不成，却怕个什么！你把这家计好好执掌，闭门不出，自可不惹祸事。若是我那两个孩儿，有回来的一日，你们为我好好教养，就算是知恩报恩了。”

李四夫妇，左一句、右一句地劝张珪，张珪只是不听。只见他：这边摸摸，那边看看；嘴里咕咕嘟嘟，自言自语；一时哭，一时笑；疯疯癫癫，折腾了一夜。看看天明，一甩袖子，道：“你们好生过活吧，我去了！”

李四上前要拉他，哪里拉得住，就那么飘飘荡荡越走越远。张珪是出家去了。

张珪走后，李四和张氏商量，住在这里，颇不稳妥，不如去到他州外县，免得再受那鲁斋郎之害。因便取了一些细软，锁了门，自到别处谋生。

七、上奏本包拯被斥

读者们：你道李四的一儿一女，喜童、娇儿；张珪的一儿一女，金郎、玉姐，这四个孩儿，怎么走失了的？怎么会一个都没有消息？其中却有一段情节。

原来当时有个小小官儿，姓包名拯，字希文，本是庐州金斗郡四望乡老儿村人氏。立身端方，为官清正。因他在朝中最爱直言，今日弹劾这个，明日弹劾那个，大小百官，又恨他，又怕他。被他弹劾过的人，就在宰相面前说他的坏话，道：“那个包拯，紊乱朝纲，全然不把相爷放在眼内；再要任他在朝中胡行，不知将来还会闹出一些什么事来！”那宰相平日因包拯不善阿谀，早已不喜；听得众官如此说，这日上朝，便奏了一本，说的是：“包拯立朝刚直，不畏权贵，可派他为江南采访使之职，以展其才。”这采访使，犹如后来说的钦差大臣，专到各地，调查官吏的善恶，报告皇帝；皇帝便分别加以奖惩。说起来，这个官儿的权柄好像不小；其实，采访使的话，皇帝信的少，不信的多，因此只算得个有名无实的官儿。那宰相要包拯去做这采访使，不过是将他挤出去，免得在朝中碍手碍脚；糊涂的皇帝哪知其中之意，却认作宰相真的是提拔人才，便准了奏，把包拯外放了。

那包拯被放作采访使，不但毫无怨言，反而心中甚喜。你道为何？只因他久闻地方官吏，十之八九，都是贪赃枉法，无恶不作的；如今自己当了采访使，周游各地，为民除害，岂不正中下怀？他既有这个念头，出得京城，便一路明查暗访，认真奏报朝廷。这且按下不表。

且说这一日，包拯行至许州，在傍晚时候，打从大街经过，忽见有一男一女两个小小儿童，站在街心啼哭，只不见有个大人前来相劝。他便上前问道：“你这两个孩儿，为何这般时候，不回家去？莫非是迷失路途么？”

那两个孩儿，一齐摇头，都说“不是”。

包拯道："是不是爹妈打骂你们了？"

又都摇头说"不是"。

包拯道："这也不是，那也不是，你们却为什么站在街心啼哭？"

大的男孩回道："我肚子饿了！"小的女孩接着说："我也饿了！"

包拯道："饿了就该回家吃饭呀！"

男孩道："家里没有人。"

包拯道："你妈呢？"

男孩道："我妈被一伙人抢在马上走了。"

包拯闻听此言，心中一惊：清平世界，朗朗乾坤，怎么会有抢人之事？想来，却恐孩童之言，未必是真，就又问道："你爹呢？"

男孩道："我爹赶我妈去了。"说着，哭着，和女孩两个，一叠一声，喊妈喊爹。

包拯问不出个头绪，正有些焦躁，只见左边一户人家，呀的声开了门，有个老汉，趑趑趄趄走过来，低声说道："这位行路的客官！而今不平的事儿多得很，管也管不尽。老汉奉劝你，还是少管为妙，免得惹火烧身！"

包拯听得此言，心中不悦，就道："放着两个孩儿，不见了爹娘，哭哭啼啼，何等可怜！你等四邻，坐视不理，一些慈悲之心也没有，却还来怨我多事呢！"

那老汉道："非是我四邻不理，只因抢走他妈的那个人，是个惹不起的。"

包拯道："他是何人，你却这等怕他？"

那老汉先还不敢讲，因包拯逼得紧，他东张西望，见左右无人，这才用手掩住嘴，凑在包拯耳边，说了三个字道："鲁斋郎！"说完了，就似被蛇咬了的，赶忙抽身缩进屋去，扑通地关上了大门。

包拯也曾听得鲁斋郎的恶名，只是还不知道他竟敢如此横行，当时怒火从心起，把一张黑脸，变得泛了白。看着面前两个孩儿，受着冻饿，不能见死不救；既无人可以商量，只能抱了一个，牵了一个，一面走，一面说："跟我走，我带你们找爹妈吃饭去。"

这两个孩儿并非别人，一个是喜童，一个是娇儿。那包拯只认作李四夫妻，全被鲁斋郎害了，因此将他兄妹带走。后来李四从郑州回来，不见了孩儿，问四邻时，四邻都说不知，李四悲愤万状，这才毁了那个家，又去到郑州寻找张珪。这话表过，也就不提了。

再说那包拯为了要查访鲁斋郎平日的恶迹，就由许州，去至郑州。这也是"无巧不成书"：在许州，他拾得银匠李四的一双儿女；来到郑州，却偏生又拾得了都孔目张珪的一双儿女——金郎和玉姐。

原来那一日，金郎、玉姐，兄妹二人，在家门口等候着爹爹，左等也不见，右等也不见，又想妈，又想爹。金郎就出个主张，和妹妹说："州衙我去过的，我们到州衙找爹爹去。"玉姐幼小，无有不依。金郎走大路，记得不多远便是；哪知路走岔了，越走越远，往前看既看不见州衙的所在，想后退也不知该从哪条路上回家。天气已黑，两个人，牵着手，哭着在街上乱转。

金郎和玉姐，不远不近，恰恰转到包拯住处的门口，走不动了，坐在石阶上哭。包拯闻声，出来一看，知是迷失了路途的孩儿。问他们家住哪条街上，却又回答不出，只是东西南北的乱指。包拯无法可施，便将二人引进屋内，给他们茶饭吃了，准备明早再送回家。

就在那吃饭之时，包拯免不得和两个孩儿打话。谁知不问则已，这一问之下，也不过三五句言语，两个孩儿说的原不甚清楚，包拯听得却偏十分明白，立时竖起两道剑眉，把钢牙咬得喀嚓喀嚓地乱响，拍桌大叫："这个该杀该剐的恶徒，毁了一个人家，又毁一个人家，知他毁了多少人家！此贼不除，百姓不安！"他还待骂将下去，却见那两个孩儿，被他骇得抱在一起，又似要哭的模样；只好勉强按捺住那股怒气，呵哄着孩儿。

金郎、玉姐，在包拯家中过了一夜，第二天一早，包拯便命随从张千，送他二人回家。那张千因金郎说"爹爹名叫张孔目"，这就引了他们，去到州衙探听："张孔目住在哪里？"

那张千却哪里知道：按照向例，张珪每日五鼓上衙，今天却误了卯；府尹着人去寻找他时，他竟踪迹全无。阖衙上下，不知其故，疑疑惑惑，纷纷议论。忽见张千来问，还认作是给张珪送了什么消息来的。及至张千说明原委，府衙里人就说："张孔目无影无踪，谁敢收留他的孩儿！"张千放心不下，又没奈何，只好问明地方，带着两个孩儿，前往寻找。

到得那条街上，金郎认得了，飞也似跑向前，过去推门，谁知推了几推，却推不开。张千赶至一看，门上一把锁锁得牢牢地，旁边贴了一张纸条儿，上面写的是："本宅主人，出外云游去了，至亲好友，不必光顾。"——原来这是李四临走之时，给他贴上的。——张千见了，只是叫苦。待领两个孩儿往回走时，两个孩儿却是不依，定要进去。千劝万劝，将锁指与他们看，告诉说回去拿钥匙，这才哭哭闹闹地走开。

回得家来，张千把一番言语向包拯说了。包拯听罢，眼望着金郎和玉姐，便道："让他们兄妹二人，和喜童、娇儿在一起吧！这也是我和他们有缘，你好好与我照管就是。"张千连忙诺诺答应，引着金郎、玉姐去了。

这里包拯越想越恼，走进书房将这些日子里查得来的鲁斋郎许多过恶，一条一款，写得分明，编成一个奏本，着人送往东京。在那奏本中说："张、李两家，四个小儿，无父无母，无衣无食，现由微臣带在身边抚养。圣上如若准了奏章，微臣当率领四儿进京，面君陈诉。"

那奏本送到东京，皇帝见了，心中不悦，便问左右大臣："鲁斋郎平日不是这般的人，怎么包拯却说他有许多过恶？众卿亦有所闻么？"

左右大臣，平日都受过鲁斋郎的好处；这时又听出皇帝口气，有些偏袒，便纷纷奏道："鲁斋郎甚是安分，那包拯若非和他有什么私嫌，必是全凭道听途说。”

皇帝道：“既然如此，可下诏旨，教包拯休得诬罔好人，自干罪戾。他既说领了四个小儿，着他好生教养，也就是了。”

皇帝的话是“金口玉言”，说了算数的。不一日，便有圣旨，到了包拯那里。包拯接读之后，气得发昏。只因鲁斋郎有钱有势，又兼朝中有人；自己官儿太小，扳他不动。姑且忍住，慢慢再打主意。

八、苦读书两儿成名

光阴似箭，日月如梭，弹指间，十五个年头过去了。

这时节，包拯已由外官内调，封作龙图阁待制，正授开封府尹。要说这包拯，铁面无私，弹劾权势，原是那些大官不喜欢的；只因老百姓称颂赞扬，按资格也该擢升，这才做了那样的官。

十五年来，喜童、娇儿、金郎、玉姐，都已长大成人。包拯奉了皇帝圣旨，有教养之责；即便那皇帝早将此事忘却，他也不敢怠慢，何况四个孩儿，好似小鸟依人，在一起长久了，不由不爱。便请了一位先生，教那两个男孩儿读书识字。两个女孩儿，都一般的相貌庄丽，性格温柔，包夫人把她们带在身边，授与针指。虽不是亲生儿女，照管得和亲生儿女其实无一毫差异。

孩儿们一天大似一天，渐渐懂得些人事了，都记得有那父母之仇，一定要报。只是仇人是谁，喜童问着金郎，金郎问着喜童，两个人，偏一样的模模糊糊，说不清，道不明。

有一日，这两人商议了，便请见包拯，喊声“爷爷”，一同问道：“记得我二人的父母，被一恶徒所害，只不知究是何人？请将那个恶徒名字，告诉我们，好去报仇。如若不然，我二人哪有颜面活于天地之间。”

包拯点点头道：“父母之仇，果然要报，你二人的志气原是好的。怎奈时机未到，报他不了。”

二人问：“为了要报父母之仇，杀身之恨，等待个什么时机！”

包拯道：“杀了身，还报不了仇，为天下人耻笑且不必说，将后来却教谁去报仇？”

金郎道：“难道这父母之仇就罢了不成？”

包拯道：“父母之仇，都不去报，枉为一世之人；怎么能说罢了！老夫因见你们那个仇家，势大如天；你两个小小娃儿，决非他的对手，这才要你们等待时机。”

喜童道：“只要爷爷将仇人的名字告诉我，我去和他拼了命。要我等待，其实按捺不下。”

包拯道：“你那仇人，作恶多端，也知四处都是些冤家，因此防卫严密。你便有心和他拼命，只怕要见他一面也难。”

二人闻言，急得一齐下泪道：“几时才是我二人报仇的时机呢？”

包拯道：“这不是性急的事。你二人发愤读书，只要有点成就，那就是报仇的时机到了。”

二人见包拯不肯说出那个仇家的名字，知道其中必有缘故，不敢再问，只有遵从教训，发愤读书。

包拯虽则公事繁忙，却是关怀他们的功课，时时来查，见做得好，不说什么；见做得不好，便道：“似这等时，却哪日报得了父母之仇？”二人听了这样言语，自觉凄惨羞愧，不由不加倍用起功来。

这年是科考之年，包拯把二人叫至面前，一一吩咐道：“你二人都已十八九岁了，论年纪也该应考去。别人应考，为的是功名富贵；你二人，却又不同，考取了，可望报得父母之仇；考不取，还须再等三年。一切场中之事，老夫已与你二人安排妥贴；怎么用心做文章，那却是你二人自己的事了。”

喜童和金郎，几年来悬梁刺股，发愤勤学，都已到了火候，把那科考看作探囊取物一般，当时回道：“如若考不取时，决无颜面来见爷爷。”

他二人进了场，不骄不怯，几道题目，做得篇篇锦绣，字字珠玑。考完回家，将所做文字，背诵与包拯听了；包拯平日脸上轻易不露笑容，听完他二人的文字，禁不住现出几分喜色。

果然，发榜时李喜童点了头名状元，张金郎也高高得中。他二人赴罢了琼林宴回来，包拯又摆下了家宴，饮酒作贺。

酒过三巡，只见他二人，高捧酒盏，跪在包拯面前，开口言道：“我二人多亏爷爷培养，今日得成进士，这天高地厚之恩，没齿难忘。这杯酒，聊表我二人感恩怀德之意，爷爷干了杯吧！”

包拯也不推辞，连说：“好，好，好！”接过酒，一饮而尽。

他二人，又自斟了一盏，高高举着。

包拯问道：“老夫已自干了一杯，你二人又还有什么话说？”

二人忽然同时流下泪来，说道：“我二人父母之仇，衔之已久。爷爷前曾说到，要待科举得中，方能报得。如今二人侥幸成名，只是还不知仇家名字。爷爷干了这一杯，便将那仇人的名字说出，我二人好去报那个仇。如若不然，我二人要这个进士虚名，却有何用？”

包拯道：“好，好，好！父母之仇，不共戴天；人子而不思报父母之仇，何以为人！你二人有这片孝心，值得敬重，老夫再干这一杯。”说着，又接过酒，一饮而尽。

喜童、金郎，认作包拯饮了这杯酒时，会将那个仇家说出；谁知包拯酒是饮了，话却不说。他二人跪在那里，只是不动。

包拯道：“你二人为何久跪不起？”

二人道：“爷爷不曾将那个名字说出呢！”

包拯摆摆手道：“且起来，听老夫的言语。你二人那个仇家，无恶不作，万民切齿。你二人父母之仇，老夫切切于心，时时在念，到如今已有十五个年头了。本当早日下手，为民除害；怎奈他深得皇恩眷宠，极难剪除，怕的是打蛇不死，更毒三分。你二人科名得中，老夫暗中多了一臂之力，就有了把握了。话虽如此，也还要施用巧妙机关，方能百发百中；如若稍有泄露，就会失灵。

今日老夫且不将他名字说破，只在这三天之内，管包你二人大仇得报，让那恶贼死于国法之下。”

包拯向来不作虚言的，二人当下便又拜谢了，站起来，各自就座饮酒不提。

九、包拯智斩鲁斋郎

就在那第二日，包拯上朝面驾奏上一个本，上面言道："有那恶霸鱼齐即，为害乡里，荼毒生民；掳掠百姓，剥削成家。新科状元李喜童，进士张金郎，二人之母，被他劫取；二人之父，被他迫害无踪。似此贼子，不可不除！"

皇帝看了奏本，十分震怒，说道："新科的状元进士，乃是寡人的门生，那恶霸竟然如此大胆，劫害他们父母，无法无天，岂能容得！"说罢，便在奏本上御笔亲批了一个"斩"字，封了一口尚方宝剑，着包拯即刻前往行刑。

——你道真的有那么一个"鱼齐即"么？非也，非也！原来这包拯用的是个偷天换日之计。他将此计，不但瞒过了糊涂皇帝，也瞒过了满朝中文武百官。怎的叫作偷天换日之计呢？是那包拯，在奏本上写的是"鱼齐即"三个字，等皇帝批了"斩"字，即回南衙开封府，一面点齐兵丁衙役，准备出巡，一面却在内室中，将奏本上“鱼”字下面添个“日”字，“齐”字下面添个“小”字[①]，“即”字上面添了一点：“鱼齐即”这时节就成了“鲁斋郎”了。

包拯等候兵丁衙役，排队齐备，便亲自押队，又教喜童、金郎，左右相随，径往郑州。包拯既不说出为何要出巡，别人谁敢问得。

到得郑州，包拯一声令下，教将鲁斋郎宅院团团围住，只许放进，不许放出。这时大众方知是来捉拿这个恶霸；喜童、金郎也才明白，自己的仇人却是鲁斋郎。

鲁斋郎平日也知自己的民愤不小，早做了一些准备，朝中广设耳目，大小事情，莫不尽知。他万没有料到，包拯另有锦囊妙计，瞒过众人，神不知鬼不觉地，给他来一个“迅雷不及掩耳”。这日，他正在内院饮酒作乐，忽见张龙慌慌张张，进来报道：“大人！大事不好了！”

鲁斋郎喝道：“便是天塌下来，也自有长人顶住；你这等惊慌，为的什么？”

张龙结结巴巴地说道：“大人这座宅院，现被兵丁围住，看样子是来拿人的。”

鲁斋郎道：“你混说些什么！谁敢动我一根汗毛，我教他全家都死。我身在家中，又不犯法；真的有事时，朝中早有飞马来报，怎会一点消息没有，却发了兵来？”

---

① 斋字的繁体为“齋”，齐字的繁体为“齊”。所以齊字下加一“小”字即成“齋”字。

张龙道："带领兵丁前来的，乃是南衙开封府那个包待制。"

鲁斋郎一听来者是包待制，"哨"的一声，不觉将手中酒杯，坠落于地，口中只是怪叫道："快快与我点起教师打手，安排家伙伺候！"

张龙道："来的兵强马壮，数不清的刀枪剑戟；量宅院里这几个人，哪里抵挡得住？"

鲁斋郎还待吩咐什么话时，只听外面一叠声呼唤："传鲁斋郎出来接圣旨呀！"

鲁斋郎听得"圣旨"二字，转忧为喜，掉回头，叱骂张龙道："圣旨来了，不是加官，定是进爵，你这该死的奴才，倒说作大事不好呢！"

说罢，端正了衣冠，就大踏步走将出去。刚转过屏风，迎面只见包拯端立在上方，面无笑容。他这时心中又觉得有些不妙，却又不能后退，硬着头皮，欲待与包拯施礼；包拯不睬理他，只大声言道："鲁斋郎听旨！"

鲁斋郎跪下了，听包拯念圣旨道：

奉圣旨：鲁斋郎为害乡里，荼毒生民，掳掠百姓，剥削成家。新科状元李喜童，进士张金郎，二人之母，被他劫取；二人之父，被他迫害无踪。似此多行不法，辜负朕恩，着南衙开封府尹包拯，捉拿到案，明正典刑。

那鲁斋郎原是个杀人不眨眼的魔王，到得这时，禁不住浑身像筛子般乱抖。说时迟，那时快，包拯把圣旨宣读已毕，道得一句：“与我拿下！”只见左右出来四五个人，把鲁斋郎拖翻在地，按头的按头，按腿的按腿，按身子的按身子，登时捆得像只粽子。——读者们：那四五人之中，有一个是李喜童，有一个是张金郎，这都是包拯的计较，让他们得以亲手去报父母之仇的。

这时，包拯取出了多年访查得来的，鲁斋郎一桩一桩罪行条款，举着去问。鲁斋郎知道死在眼前，无法得救，便将心一横，信口胡说，也有招承的，也有不招承的。问他十五年前，抢的银匠李四和都孔目张珪之妻，现在何处。他回答是：“李四之妻跑了，张珪之妻死了。”再问他时，仍是这般说。

包拯在审问鲁斋郎时，衙役们早已入内搜查，纷纷来报，有许多不法的东西。是哪些东西？原来是：

> 大进小出的升斗，薄本重利的契约，通官府纳贿赂的帐本单据，压百姓卖儿女的文书。前院养的是，请来的教师打手，凶丁恶棍；内室藏的是，抢来的娇妻美妾，艳婢娈童。绷巴吊拷，阶沿下排列着诸般刑具；尸骨骷髅，地窟中隐现着无数冤魂。似此凶残天下少，可知百姓怨声多！

包拯听罢，大怒道：“这般不法横行，便判十个剐罪，也不为过；今日只处一死，倒是便宜他了。”喝教左右：“与我取下他的首级。”

鲁斋郎央告道：“这些事，果然都是我的过错，我此时别无话说，只求能见皇帝一面，死也无恨。”

包拯道：“你莫非还想到金銮殿上弄什么手脚？老夫教你阴魂托梦去吧！”说罢，一挥手，左右人等，立时把鲁斋郎一颗人头砍下。

斩了鲁斋郎，包拯便命登录男女人众：男的一齐带到开封府审问；女人是抢掠来的，全行放回。在名册之中，果然不见银匠李四和都孔目张珪妻子的姓名，只得罢了。

办了这一件事，包拯回到开封，率领状元李喜童，进士张金郎，面驾谢恩。糊涂的皇帝，只听得在郑州剿除了一个恶霸，并不曾听清楚那人姓名，不由问着包拯：“卿家在郑州时，见了那鲁斋郎么？”

包拯奏道：“微臣奉旨，斩的就是他。”

皇帝大惊道：“寡人几时有旨教斩鲁斋郎的？鲁斋郎他犯了什么罪？”

包拯闻言，就将那御笔亲批的旨意，和鲁斋郎犯罪的条款，送到皇帝案前。皇帝一看，疑疑惑惑，也记不起批的是真、批的是假了。看到鲁斋郎有这许多罪行，心中不免恼怒；又见状元、进士，都是被害之人，岂能为了一个已死的鲁斋郎，让状元、进士觉得皇帝不公平？何况鲁斋郎既然死了，不能复生，咎由自取，也无足惜。为了这些缘故，不但不怪包拯欺君矫诏，反而奖勉他道：“多时以来，寡人被那鲁斋郎蒙蔽；如今卿家为国锄奸，为民除害，应该记你一大功！”

包拯闻言，心中暗笑，也不敢多言，谢恩已毕，便和李喜童、张金郎退朝去了。

十、云台观两家团圆

李喜童和娇儿，张金郎和玉姐，两对兄妹，虽则大仇得报，解了那心头之痛；只是各个念着双亲，不免苦楚。这日，同来见包拯，要去那道观之中，请诵几卷经文，超度亡故的父母。

包拯闻言，说道："父母之恩，昊天罔极。这原是一片孝心，生不能养，死当一祭。老夫也不阻拦你们。离此不远，有座云台观，其中颇多修行有道的人，就到那里去做好事吧。着张千照料你们去。老夫还有一些公事，办完了时，也来上一炷香。"

喜童、金郎齐说："孩儿们出身寒微，当不得爷爷的大驾，就此辞谢了。"

包拯道："不用你们如此，老夫自有道理。"

喜童等四人，不敢多言，退将出来，自有张千备办车骑，径投云台观而去。

那云台观是一座敕建的大道院，有千百间道房，千百个道友。大殿上供着三清，身高数丈；遍处香烟缭绕，一片经咒之声。四面八方，有那为儿孙祈福的、为祖先追荐的，日常不断，到这里来诵经礼拜。——读者们知道，宋朝有好几代皇帝，都是尊奉道教的，所以各地有无数道观，人人都懂得些道教的经文。不用说，这原是一些迷信的事情，只因在一千多年以前，科学不发达，才有这般现象，算不得什么可怪的事。

且说他一行人到得云台观，观中听说是包待制家中来的官员，便有道童报知观主，亲自接待。那观主姓阎，道号双梅，长眉皓首，羽氅纶巾，上前稽首，说道："不知是相公们驾到，未曾远迎，还请恕罪。相公们是来随喜的么？容小道引进。"

当时李喜童便道："我们是来请宝观有道之士，诵几卷经文，做些好事的。"

观主忙道："这事方便，且请到方丈室中待茶，吃了斋，再做法事。"说罢，便将数人迎将进去，直至方丈室中坐定。张千随后，取了银子，递与观主，说是念经拜忏的经钱。观主道："我们出家人，要银子做什么！"话尽管这般说，却眉开眼笑地接了过去，然后又问："不知要做好事，追荐何人？"

喜童道："我姓李，追荐我的父亲银匠李四和母亲张氏。"

金郎接着道："我姓张，追荐的是我父亲张珪和我母亲李氏。"

那观主一面听，一面用笔记下名字，写完了后，却面向方丈后唤道："李相公，请出来认客！"

只见方丈后走过一人，四十岁上下，来至观主面前问道："观主唤小人与哪个相见？"

观主指着喜童兄妹道："你可曾认识此二位？"

那人见问，便来上下打量喜童兄妹。兄妹二人不解何意，只是发怔。却见那人急切问道：“二位贵姓？家中还有何人？”

喜童答道：“我们是许州人氏，姓李。父亲是银匠李四，母亲张氏。十五年前父母受鲁斋郎迫害，与我们失散，想已故去！”

喜童话音未落，却见那人抢上前来，一把抱住喜童兄妹，叫声：“苦命的孩子！”话未出口，眼泪早已滚将下来。

——读者不问自明，那人正是银匠李四。却说十五年前李四夫妻走失孩儿，惧鲁斋郎之势，流落他乡外县，制银器为生。十五年来，倒也挣得一份家业。只是走失的孩儿寻访无踪，只道已不在人世，每每念起，好生悲戚。后听得人说包待制为民除害，斩了鲁斋郎。夫妻商量，回郑州走一遭，一来探视张珪遗下的家业，二来就到这云台观追荐孩儿亡魂。这天夫妻来到云台观，让观主记下喜童、娇儿名字，哭祭一番，又对观主诉过身世，便到方丈后歇息。恰逢喜童一行也来此观中，对观主说出父母姓讳，却被观主记起李四，因此唤出与喜童兄妹相认。当年走失时喜童兄妹尚幼，父亲容貌一丝儿不记。李四还恍惚记得孩儿模样，又经喜童一说，料是孩儿无疑。

当下李四慌入方丈后将妻子扶出。母子相认，不免又恸哭一番。喜童兄妹将当年走失后蒙包待制收养，教育成人，一举状元及第，及后来包待制智斩鲁斋郎，为父母报仇之事一一禀过。李四夫妻这才转悲为喜，感念包待制大人恩德不已。

不料李四一家团聚，一旁触动了金郎兄妹心事。眼见他人完聚，却念自家父母，不禁落下泪来。

喜童见此情景，心下明白，忙上前劝慰，又对父母介绍道：“这二位的父亲乃是十五年前郑州府都孔目张珪。”遂将金郎兄妹身世一一从头讲过。

李四听罢且惊且喜，原来张珪的孩儿竟与自家孩儿同处十五载，比肩长大。当下李四道：“甥儿们且休烦恼。你们的父亲是我救命恩人，你们的母亲曾与我结为姐弟。今日与你们相见，只如见自己孩儿一般。且耐几日，得便时与你们同去寻找父母。”

金郎道：“舅舅说得是。但愿寻得父母，早早团聚。”说罢，金郎、玉姐拜认了舅舅、舅母。

正自说话间，忽从外走进一妇人，这妇人走至观主面前，道个万福，便动问超度之事。

李四在旁，只觉这妇人好生面熟，细细端详，心中一愣，脱口叫道：“这不是姐姐李氏么？”

妇人闻听，回头瞥见李四，也是一愣，犹豫片刻，不禁叫道：“这可是李四兄弟？”

当下言语相对，李四认出这妇人，正是张珪之妻李氏。李氏认出李四，那眼泪如断线珠儿滚将下来。李四忙道：“姐姐且省烦恼，叫你认自家孩儿。”说罢将金郎兄妹推至李氏面前。

李氏听得李四的话，抬起泪眼，见面前一男一女，哪里想到就是自己儿女，便向李四道：“兄弟敢是玩笑么？”

金郎见此情景，早已明白，急走到李氏面前，双膝跪下，连声叫道："母亲，非是玩笑，我二人正是金郎、玉姐！"

只此一句话，李氏如大梦初醒，眼见得亲生骨肉只在面前。李氏抱住金郎兄妹放声恸哭。

当下众人劝得李氏止住哭声，李四便问道："不知姐姐十五年来如何得过，怎么也凑巧来这云台观？"

李氏闻言，不禁又滴下泪来，诉道："十五年前鲁斋郎将我霸去，不上一年，便喜新厌旧，把我贬为奴仆。我只在鲁府上苦熬岁月。后来鲁斋郎被包待制斩了，鲁府仆役尽皆散去。我出得鲁府，寻访亲人无踪，只以乞讨为生。今天欲到这观中超度亡夫，不想与兄弟孩儿相聚。"

说罢话，李氏与弟媳、侄儿相见，问了金郎兄妹际遇，言语之间，便又想起丈夫张珪，不禁叹道："我家夫主自从别后，迄无音信。今天幸得大家团聚，可惜丈夫不在了。"

李四道："姐姐自入鲁府，孩儿走失，姐夫一念之下抛却家业，出家学道去了。我看多敢仍在世上，待日后细细寻访便了。"

李四话未说完，听得门外三声渔鼓，只见一位先生身披鹤氅，腰系葛丝，足登云履，手执渔鼓，如神仙般飘飘然走将入来，一径到观主面前，道一声："老道友，贫道稽首了。"观主慌忙起身答礼道："道友多时不见，又到何方云游去了？"

你道有这般巧事，这李氏从旁见这先生，愈发觉得像自家丈夫，心下疑惑，又不敢造次相问，悄与李四道："兄弟看这先生，与你姐夫酷似。"

李四已自留意，想起张珪出家学道之事，料此先生必是张珪，因高声道："姐夫，还认得银匠李四么？"

那先生将李四打量一番，却摇头道："贫道并不曾认得什么银匠李四。"

李四闻言，心想莫非错认了人？再三打量，却又与张珪丝毫不差，遂又问道："先生不是——郑州府都孔目张珪么？"

先生呵呵笑道："你敢是认错人了。贫道自号云阳子，并不是什么都孔目张珪。"

却说李氏在旁，细观这先生容貌声音，与自家丈夫一丝儿不差，偏这先生自说不是，便不敢贸然相认：只自心中疑惑。

那金郎兄妹先见李四说出父名，只道那先生便是父亲，及至那先生说认错了人，只觉好生失望。

众人正自纳闷，忽听门外道童报道："包待制到！"

原来包待制办完公事，独自一人到观中来烧香。众人听得包待制到，慌忙迎将出去，那包待制已自走将入来。观主忙施礼道："贫道不知大人光临，有失迎迓。"

包待制答过礼，便问喜童四人好事做得如何了。喜童等将两家团聚之事禀过包待制，且将李四等介绍给大人。包待制听了也自欢喜。

金郎又道："现在只有我父亲无下落，刚才却把这先生错认作我父亲。"

包待制也曾在郑州府见过张珪，听得金郎所说，也觉那先生宛似张珪，因问道：“那先生可是张珪？”

那先生听得包待制相问，慌忙上前施礼道：“大人恕罪，贫道正是张珪。”

读者问了，那先生到底是不是张珪？为何先前却不承认？要知这其中有一段缘故。

那先生正是张珪。十五年前，张珪一家妻离子散，他一念之下，弃家出走，入山学道。十五年来张珪诵经学法，绝了尘世之念，自取个道号云阳子，四出云游，也曾到云台观与观主讲经论道。今日张珪又来这观中，不料恰遇妻子及李四一干人。李四相问之时，张珪已自认出，无奈自己已将那红尘之事看得如死灰槁木，若还与亲人相认，便须还俗。因此上横下一条心，抵死不认，却自心中流泪。及得包待制相问，这张珪却不敢相瞒，只得承认。

当下包待制道：“张、李二家受鲁斋郎之害，妻离子散。不料十五年后一朝相会，岂非天缘巧合，也不枉了老夫一片苦心。张珪，你休要执迷，冷了妻室儿女热望之心。你只今日还俗，我仍着郑州府复你都孔目之职便了。”

张珪闻言，知道包待制一片苦心，不敢违拗，当下拜谢了，这才与妻子儿女恸哭相认。

包待制又道：“老夫还有个主意：只今日就将玉姐配与喜童，将娇儿配与金郎，择吉日完婚，你二家亲上加亲，骨肉永聚，老夫算了却一桩事情。”

当下众人齐来拜谢，感念包待制大人恩德，众口夸赞不尽。这正是：

离妻儿日久天长，
出奇谋智斩鲁郎。
云台观亲人巧会，
包待制万民颂扬。

杏花庄

一、卖　酒

宋朝宣和年间，好汉宋江，把寨为头，聚弟兄于梁山，结英雄于水泊，三十六大伙，七十二小伙，还有上十万的喽罗。八方共域，异姓一家；仗义疏财，替天行道。真个是：威镇山东，令行河北；烈烈轰轰，十分兴旺。

这梁山上的好汉，专一劫富济贫，锄强扶弱。头领们闲常下山，遇有客商车辆人马，任从经过；若是贪官污吏，箱里搜出金银时，一个不留。即便三二百里以外，有那广积钱粮、害民的大户，以及欺压善良、暴发的小人，便引人去，公然打家劫舍，搬取钱粮上山。安分良民，小商小户，却安居乐业，不受惊扰。因此上，绕着梁山周围几百里地带，倒是人烟不断，鸡犬相闻。

且说就在梁山西边附近，有一座村庄，名叫“杏花庄”。这庄子里的人，最爱的是种杏树，庄前庄后，山上山下，一片全是。当那春季开花之时，灿烂似锦，好看煞人：这杏花庄之名，原不是随便得来的。

杏花庄也有百十户人家。在那庄子尽头，杏树上挑着一个草帚，那下面开着一个小小的酒店。卖酒的是一老汉，名叫王林。原是一家嫡亲三口，老夫妻带着一个女孩儿，日子过得倒也和美。不幸老妈妈亡故，剩下父女二人，相依为命。

王林老汉这个女儿，已经十八岁了。虽是贫穷人家出身，偏是生得美貌非常，千娇百媚，那远近人家，都唤她作“满堂娇”。因为喊得惯熟了，王林老汉平日也就这么呼唤起来。

女儿家到了那般年龄，按着当时规矩，早该与她择配，许给人家的了。却因老妈妈在日，拣精拣肥，高不成，低不就，以致耽误下来。老妈妈亡故了，王林老汉更是离开女儿不得，想着坐山招亲，选一个入赘的女婿，急切间还只是找不着一个合适的。

这满堂娇在家中，照管烧茶煮饭，洗衣浆衫。遇着酒座上忙时，免不得也上前去，帮着揩抹碗箸，调合汁水。既是卖酒人家的女儿，就说不上什么抛头露面的话了。

常到老王林酒店里吃酒的，有些是杏花庄里的乡民，有些是过往客商；因它靠梁山近，更多的酒客，乃是梁山上的小头目和喽罗们。大头目来的却少；只有那黑旋风李逵，吃酒没有个够，不管醉是不醉，从这里经过时，总得吃上几碗。王林老汉和他相熟了，知他是直性人，彼此倒是谈得投机。

每年三月初三和九月初九，是春秋两季中最好的日子，郊外游人分外众多，有上坟祭扫的，有寻花问柳的。遇到这些日子，老王林酒店里的生意，也比平常兴隆得许多。

这日，正赶三月初三，老王林早就安排得妥当，烧的旋锅儿热着，等候吃酒的人来。那满堂娇今天更自打扮得干净，鬓边插一支鲜艳的杏花，这边掸掸尘土，那边看看天色，进进出出，忙个不停。

二、求 浆

日色将近正午，只见远处有两骑马，飞奔而来。前面的那人又矮又黑，后面的却是个梢长大汉。行近老王林酒店，脚步放得慢了，只听后面那人说道："大哥！你我且在此处，饮个三两杯，解解口渴如何？"

前面那人道："兄弟说得也是。"

说着，两人滚鞍下马，只把缰绳系在店外老杏树上；一先一后，进入店来。

老王林见有酒客，便上前张罗。那二人拣了一副座头，靠着窗口坐下。

矮黑的那人问道："有好酒么？"

老王林没口连声应着："有好热酒哩！"

那人又问："有牛肉么？"

老王林道："有花糕般煮下的肥羊肉，刚自煮熟，香着哩！"

那人道："好，与俺先打四角酒，切一大盘羊肉来。"

王林老汉应声去到后边，却先告诉女儿道："外面来了两个吃酒的人，骑的高头大马，腰系红绢褡膊，看那模样，有些似梁山上下来的头领，你可小心把酒旋好，休得惹他不快。"

满堂娇道："女儿自会料理，爹爹何须放心不下！"

老王林出去，送上杯箸，摆出香喷喷的肥羊肉，热腾腾的美酒。那两人一面吃酒吃肉，一面称赞："怪道人说杏花庄虽则村酒，不同平常，果然是好！"

老王林听人道他酒好，就觉高兴，一碗一碗筛将来。那两人吃得口滑，只顾要，各吃了十来碗。

酒吃得多，话也说得多了。那梢长大汉问着王林道："你也认识俺两人么？"

王林说："老汉眼花，不认得哥哥们。想来，都是梁山上的头领么？"

那梢长大汉指一指道："俺这大哥，姓宋名江，人称'呼保义'的便是。只俺，叫作'花和尚'鲁智深。"

老王林一闻此言，又惊又喜，连忙说："不知是太仆驾到，未曾远迎，接待多所不周，还请不要见责。”——原来这“太仆”是古代专给皇家管理养马的官儿，地位却是不低。在宋朝时，对那江湖人物，是知些武艺的，都用这太仆相称，显着尊敬。这话表过不提。

矮黑的那人，这时便说：“俺那山上的头领们，多有来你这里打扰的；若有谁欺负了你，只管上山告诉俺，俺自与你做主。”

老王林陪笑说道：“太仆说哪里话来！你那山上头领，都是替天行道的好汉，怎会欺负平人！老汉这小小买卖，多亏头领们照管，让老汉吃得一碗平安饭，还该谢过太仆才是。”

王林说着，就去另添了一盘肉，筛了两碗酒，用劝盘捧着送上道：“这算老汉略表一点孝敬之心，请两位太仆，在老汉手里，干了这一碗。”

那两人哈哈一笑，大剌剌地便伸手取过酒来，仰着脖子，一饮而尽。

三、敬　客

吃罢了那杯酒，矮黑的那人却又问道：“不曾起问：老人家，你叫什么名字？”

王林老汉把名字说了。

那梢长大汉便道：“原来你就是老王林。闲常也听人说，杏花庄老王林家的酒好，今朝一试，果不其然。”

老王林笑道：“承头领们过奖了。”

那梢长大汉又说：“江湖上有人言道，杏花庄老王林酒店，有一传家之宝，名叫‘满堂娇’。不知是何等宝器，也能让俺们看上一看么？”

老王林道：“满堂娇是我小女的名字，哪里是什么传家宝器，头领们听得差了。平日家，我那小女也帮着伺候酒客；今天闻得是两位太仆，却自害羞，不敢出见。既承问起，老汉便着她出来敬酒。”

矮黑的那人道：“既是千金闺女，不见也罢。”

那梢长大汉却说：“王林老汉一番好意，大哥就领了他的吧！”

老王林也不管他二人如何商量，只径自跑到后面，高高兴兴和女儿说：“梁山上的宋太仆，亲身在此，孩儿，你出去敬他一杯。”

满堂娇羞羞涩涩地说道：“女儿穿得这般模样，怎能见得那宋太仆。”

老王林道：“谁不知道梁山宋太仆，乃是大仁大义之人，岂能笑我等穷苦。他来至我这酒店，便是你我天大的脸面；你若不去敬酒，倒被人耻笑，道我们不知礼哩！”

满堂娇还只说：“只怕不中么？”

老王林道：“不妨事！”说着，连推带搡，就把满堂娇领至酒座前面。

那满堂娇见着二人，施礼万福了，便站立一旁。王林老汉递过劝盘，筛了两杯酒，她也就怯生生地敬过。

这时，矮黑的那人，却从满堂娇手中，取了那副劝盘，把面前酒，斟上一碗，送与王林道："辛苦了老人家，心中不安，俺也回敬一杯。"

老王林见是宋太仆敬酒，恭恭敬敬，一面口中说着"不敢"，一面双手捧了吃下。

矮黑的那人，敬过酒，又自解下了腰间系的那条红绢褡膊，送与王林道："老人家，你那衣裳怎地破了老大一块？俺将这褡膊送与你，你好用来补那个破洞。"

老王林只认作宋太仆恤老怜贫，便千恩万谢地接过。

谁知他不接还好，刚一接过，却见那梢长大汉，大笑着站起来道："王林老汉，你知道俺大哥的意思么？"

老王林闻言一愣，答不出话来。

那梢长大汉接着便说："俺大哥自从杀了阎婆惜，至今尚无一个压寨夫人。是你女儿生得端正，俺大哥心中喜欢。适才敬你的酒，便是订亲的'肯酒'。俺知道，你不应允亲事，是不会把这杯酒饮下；既然饮下，便是肯了。适才送你的褡膊，便是放的'红定'。那条褡膊，不是红绢做的么？你不应允亲事，是不会把这红绢收下；既然收下，便是俺大哥定妥了这头亲了。"

老王林这时目瞪口呆，手里捧着那条红绢褡膊只是扑簌簌地乱抖，没个安放处所。

四、劫 娇

且说那满堂娇，原只在一旁，听着那两筹好汉，和父亲说话，听得有些呆了。及至听到什么定亲的话，掉转身就要走。还不曾挪动脚步，却被那梢长大汉，一把抓住，说道："俺这大哥，天下闻名。他讨你做压寨夫人，也不辱没你，难道你还有什么不愿么！你父已自应允了这头亲事；只今日便是个好日子，也不要你家的陪送，你也不必怎么梳妆打扮，外面现成马匹，就此接你上山，与俺大哥成亲去。"

那王林老汉，抛下褡膊，上前拉扯道："你等便是梁山上的太仆，也不当这般行强的呀！"

那梢长大汉，轮起一双大眼，喝了一声道："明是你亲自应允，怎说行强！俺鲁智深须不是好惹的！你若再如此胡言乱语，俺便一把火烧了你这鸟店！"

满堂娇这时被那梢长大汉拿住，就似老鹰抓住小鸡，哪里挣身得脱；只顾没口子叫唤："爹爹快快救我呀！"

老王林也顾不得性命了，一头就朝那梢长大汉撞去。那大汉双手拿住满堂娇，倒是回手不得。却只见矮黑的那人，过来拦住，笑着说道："老人家，俺和你女儿成亲，你便是俺的泰山，何须如此动气！今日俺接夫人上山，到了三朝，也按俗礼回门，你父女便可相见。常言道得好：‘男大当婚，女大当嫁。’迟早是要许配与人的；像俺这样的女婿，你还没有面子么？”

老王林哪里去听他这些言语，却因身子被他拦住，走不近满堂娇那边去，急得乱擂乱撞。矮黑的那人，也不回他拳脚，只笑嘻嘻地接过老王林的双手，一把攥住。休看他人生得矮矬，有的是牯牛般气力，老王林挣扎不得。

满堂娇被那梢长大汉，拖出了门。尽管她哭骂打踢，一些用处也没有，硬被推上坐骑。满堂娇哭着喊叫“爹爹”，王林老汉哭着喊叫“孩儿”，一个在屋外，一个在屋里，这两个人，只没那两个汉子奈何。

那梢长大汉把满堂娇抱上坐骑，自己随着飞身上马，紧紧抱住。回过头，喊一声：“大哥！俺给大哥把新夫人先送上山，大哥这就快来吧！”

矮黑的那人见已得手，便放了王林老汉，大步出门。王林抢过去，要抓那人，不曾抓着，自家倒栽了一个跟头。爬起来，赶至门外，那人已然上了马，扬着鞭子，向王林老汉说道：“泰山休要烦恼！只三日，俺便送你女儿回门。今后来，你我两家，时常走动，俺还要接泰山上梁山去耍，使你父女团聚。”说着，拱拱手，又还道声“罗唣”，勒紧缰绳，那匹马，四个蹄子好似翻盏撒钹，竟自去了。

五、思　女

老王林见女儿满堂娇被人抢去，心中苦楚，放声大哭。屋里走至屋外，屋外又进到屋里。走进屋里时，看到床帐被褥，锅瓢碗盏，便叫道："满堂娇，我的孩儿呀！你好生受苦呀！这是你爹误了你。早是将你许配了远处人家，哪里会有这场的祸事哩！你痛煞了我了！"

走出门外时，远远看着那烟水迷蒙、云雾缥缈的梁山，便指着骂道："你那梁山泊，水不甜，人不义！什么替天行道的宋江，只是一般该杀该剐的强人！你今日抢了我的女儿去，明日你便不得好死！"

你看他：哭一阵，叫一阵，骂一阵，咒一阵，只没个奈何处。他把那二人吃过酒肉的碗碟，一齐抛掷在地，用脚死命地践踏；坐过的凳子，也被踢翻了。

这天虽是三月三，偏巧没甚酒客来。那王林老汉，形影只单，好不伤痛。闹半晌，自是十分疲倦，这便拿起瓢来，揭开酒缸盖儿，舀了一瓢冷酒，就那么汩汩地咽将下去。迷迷糊糊地，靠着酒缸，流着泪。忽然间，却听得前面有人说话，好似满堂娇的声音；赶着出去看时，哪里有人，只是杏花丛中的鸟鸣。

那老汉又喊了几声："满堂娇，我的孩儿呀！"哭着，摸进房里，倒在土炕上，闷沉沉地睡着了。

睡不多久，他便做了一个梦，梦见女儿回家来了，头上插的杏花，比在家时还插得多。不知怎么一来，又梦见不是的，女儿只被绑在梁山忠义堂的大柱子上，那个梢长大汉鲁智深，正用泼风似的牛耳尖刀，开膛剖肚，取他女儿的心肝吃。他哭得醒了转来，什么便都不见。

他还想再梦见女儿，偏只睡不着了。头疼眼花，浑身难受。心里想道："睡不着，就做不成梦；不吃酒，怎么能睡得着哩！"这便爬将起来，又去至酒缸旁边，舀了一大瓢冷酒，再咽下去。酒喝得多了，果然一会儿又睡将起来。这回没有梦见女儿，倒是又梦见了那梢长大汉，一人来至酒店，说是："你女儿与我大哥成亲，我们便是亲戚，怎么我来了，不请我吃喜酒？"王林老汉想着，打又打他不过，只好不去理他。那大汉坐在座头上，发起威来：胡子一根根向前直戳，好似许多箭头射着人；一双眼，睁得核桃大小，露出凶光；一对拳头，擂着桌子，直叫"拿酒来，拿酒来呀！"王林老汉，又恨又怕，正在不知如何是好，却惊将醒来，知道仍是一梦。

梦虽醒了，耳旁还是听着那"拿酒来"和擂桌子的声音。仔细凝神一听，可不正是前面酒座上有人呼唤。而且那个声音，王林老汉也自很熟，不是别人，乃是梁山头领，人称"黑旋风"的李逵便是。

王林老汉只知自己女儿被宋江、鲁智深抢去，心里恨着梁山，有些不愿卖酒与李逵吃，这就仍然装作熟睡，不去理睬。

六、买　醉

且说梁山旧例，每逢清明、重阳，都要放假三日，让弟兄们下山，上坟祭扫。那家乡离得远的，或有什么不便的，就只在近处玩耍玩耍。黑旋风李逵，得着这个假日，第一高兴处，乃是尽量吃酒。山上原不是没有酒吃的，只因拘束太多，总觉不甚痛快。这日，他在山下已自吃了半日酒，安排回山，路过这杏花庄，来到老王林酒店门首，身不由己，两条腿直往里走。一坐下来，便喉咙发痒。不见老王林，他急得擂起桌子，雷声般的叫唤。王林愈不出来，他愈叫喊得厉害。

老王林见不是事，只恐犯了他的牛性，打坏桌椅板凳事小，碎了酒缸，伤了人时，可不是耍子。勉勉强强，挣扎着出来。

他刚一露面，尚未说话，那李逵就喝问道："你这老汉，好生惫赖，明知是我在此，躲避不出，却是为何？"

王林道："是老汉多饮了两杯闷酒，一时睡熟，未知哥哥前来，请恕罪吧！只不知哥哥要酒多少？"

李逵道："你只照平日样子，与我筛酒上来，休得问多问少！”说着，从袋里挖出一块银子，抛了过去，问道：“这银子，够你的酒银么？”

王林直道：“多！多！多！”接过银子，就去筛酒。一面筛酒，一面想着女儿，心下难受，泪眼婆娑。

那李逵不知就里，看老王林这副模样，心中不快道：“你这老汉，我也不白吃你酒，你为甚做脸色与我看？”

王林道：“老汉自有烦恼，哪里敢与哥哥做脸色。”

李逵道：“你且说，你有什么烦恼？”

王林道：“哥哥只管吃酒。这别人的家务事，你不问也罢！”

那李逵是急性人，哪里憋得住，把老王林按住坐下道：“往日里，你和我有说有笑，遇事都不瞒我；今日为甚吞吞吐吐？你再不说时，休得怪我无礼！”说着，从腰间抽出那双板斧，向桌上一拍；几个酒碗，被震得叮叮当当的乱响。

老王林倒也不惧，他说：“哥哥不许别人烦恼么？”

李逵道：“我只要你说，为甚烦恼？”

王林道：“我为了女儿和人成亲的事。”

李逵哈哈一笑道：“常言道，世上有三不留：‘蚕老不中留，人老不中留，女大不中留。’你那女儿，已到这般年岁，和人成亲，本是正理，你烦恼甚么！”

王林不答言语，倒是哭将起来，直叫道：“我那满堂娇孩儿呀！”

李逵又道：“你这痴老汉，既然如此烦恼，就不该将女儿许配与人。”

王林道："我何曾许配与人，是被人抢了去的。"

李逵道："是谁抢了去的？"

王林道："我知是谁！——是两个强盗！"

李逵一闻"强盗"二字，心中有气，举起板斧，朝着王林说："只我便是强盗！我却几时抢了你的女儿？"

王林道："我本没有说哥哥你呀！"

李逵道："不是我，却是谁？"

王林道："是那个不仁不义的宋江！"

王林刚说了"宋江"二字，李逵的板斧，却自喀嚓一声，砍将下去。

七、还　山

黑旋风李逵，平日最敬的是宋江；听王林老汉说宋江抢了他的女儿，不由心中不恼，举起板斧就待砍去。抬起手，忽又想到："其中莫非有什么曲折？"因此，他就把板斧砍在酒桌上，入木数寸，立在那里。

李逵随着也站起身，并着两个手指，指着王林老汉说道："你这老汉，说别的话时，我便着恼，还可饶恕你；你无端污蔑我哥哥，我是不能善罢甘休的！你说，你看见我哥哥抢你女儿么？"

王林道："我把女儿养到这么大，眼睁睁看人抢去，离现在也不过两三个时辰，难道这还是说梦话么？若是做梦时，哥哥，你把我女儿找出来！"说着，他又一把鼻涕，一把眼泪地哭着："满堂娇，我的孩儿呀！"索性大放悲声，再也不管李逵和他那一双板斧。

李逵急道："我只问你，认识我哥哥宋江么？"

王林道："我怎么不认识他！——已自告诉你了，他抢我女儿，只有两三个时辰，我阻挡不得，又打不赢他两个……"

不等老王林话说完，李逵又问："你说两个，还有是谁？"

老王林没好气地说道："谁！就是那个花和尚鲁智深！宋江拦住我，鲁智深把我女儿强抱上马。你这梁山上，枉自受人敬重，也只是这般不知礼义！"

李逵按捺住怒气，却又问道："你看的那个宋江，是个什么模样？"

王林道："又矮又黑。"

李逵问："那鲁智深呢？"

王林道："一个梢长和尚。"

李逵道："你看得真么？你这话里没有诈么？"

老王林又自哭着说道："我女儿被人抢去，还说我有诈哩！天哪！梁山上的人都没有公道了，这世界哪里还有公道哩！"

老王林话方说完，李逵嗖地一声从桌上抽起了板斧。老王林认作李逵要杀他，只是不惧，说道："我女儿被你梁山抢去了，我也不愿活了。你要杀，就快动手。"

李逵道："我杀你做甚么！"

王林道："你便不杀我，我也不想活了。"

李逵道："你且休慌！既是宋江抢了你的女儿，我有本领给你讨回来。"

那王林老汉一闻此言，就翻身跪下，朝李逵直磕头。

李逵却又说："你道宋江和鲁智深一同前来，可有甚么见证？"

王林说："宋江给我一条红绢褡膊，鲁智深便说这是红定。"说着，把那条红绢褡膊给李逵看。

李逵接过褡膊，掖在身上，插好板斧，酒也不吃了，翻身就朝外走。走到门口，却又回过头向王林老汉说："我若引他二人来时，你休得畏惧不见他，有话须要直说！"

老王林道："老汉若不见他，万事休论；若见了他，我认得他两个，恨不得咬掉他一块肉来，怎么还畏惧他！"

李逵大踏步地，头也不回，真个似一道黑旋风，就此去了。

王林老汉仍是无了无休哭着女儿满堂娇。

八、砍　旗

且说那梁山上，连年以来，大兴土木，气象非凡。从水泊过去，在金沙滩上山，岸上两边都是合抱的大树，一路经过三座雄壮的关隘，才到得大寨门口。四面高山，中间镜面也似一片平地，约有三五百丈。就在这里，有一座高大聚义厅，排列了一百零八个座位。厅上立了一面牌额，上写斗大的“忠义堂”三个金字。忠义堂前柱上，立朱红牌两面，各有金书七个字，上联是：“常怀贞烈常忠义”，下联是“不爱赀财不扰民”。

忠义堂迎面的山顶上，立一面杏黄旗，上书“替天行道”四个字。这旗杆高有数丈，粗似水桶。旗子是用顶结实的缯绸做的。字是圣手书生萧让所写，由通臂猿侯健监造，请来奇巧绣花匠人，严针密线一针一针地绣将上去。那旗也有一丈余长，数尺宽阔。坐在忠义堂上的头领，抬头便见此旗，迎风招展，好似有万丈雄光。只因这“替天行道”，乃是梁山弟兄们的誓言；大家分外看重这面旗，特派几个得力的喽罗，早晚升降，日夜看守。

再说李逵，离开杏花庄王林老汉的酒店，满怀怒恼，渡过水泊，直奔上山。一路上，遇到些小头目，向他问讯：“哥哥这两日在山下耍得可好？”李逵只轮着一双怪眼说：“好个鸟！安排着散了伙吧！”众人哪知就里，见他那模样，又不敢问得，只认作他是吃醉了酒，在胡说。

李逵原要上忠义堂寻宋江相拼，偏生抬头时，见了那面“替天行道”的杏黄旗，不由加了几分没好气，指着旗子说：“你这不是奚落老爷么！”说着，便绕过路去，直奔山顶，闯到旗杆之下，举斧便砍。

他刚砍得一板斧，便有那把守旗杆的小喽罗，上前阻拦道：

“这是山上大众的公誓，哥哥，你须砍它不得！”

李逵道：“什么公誓！辱没煞了人！”说着，举着斧，又待再砍。

众喽罗一齐上前，几个人抱住他的臂膊说：“我们奉了宋江哥哥之命，把守这根旗杆；哥哥定要砍它时，也应有宋江哥哥的一句言语。”

李逵道：“甚么宋江哥哥！我砍过这根旗杆，再去砍那不仁不义的宋江！”

众喽罗见李逵说话没上没下，吓得摸不着头脑，还待再劝他时，他却一使气力，把抱住他的几个喽罗，摔倒在地，只是大声说道：“你们众人，与我走开；若再多言，我连你们的头，都一齐砍在这里！”

山上众人，都知道李逵的气性，又敌他不过，没奈何，只好一面分着一两个喽罗，飞奔到忠义堂，报与宋江哥哥知道；一面大家站的远远，且看他还待怎的。

那李逵喝退了众小喽罗，接连三四斧，只听得刮喇喇一声响亮，那根数丈长的粗大旗杆，登时倒下。山顶上的喽罗们，只有暗中叫苦。

他砍倒旗杆，还不肯罢休，放下板斧，走过去，拾起那面杏黄旗，左扯右扯，扯作了好几十片，抛在地下，又死命用脚去踹。踹着骂着：“这还泄不了我心头之忿！”但见他，拾起板斧，就那么高高举着，从山顶一冲而下，直奔忠义堂去。

九、闹　堂

这日，宋江、吴用等人，正在忠义堂上议事，忽见那把守“替天行道”大旗的喽罗，前来报说：“不知何故，李逵哥哥，不听人言，定要砍那面旗子。”

众人闻言，惊疑不定，一齐抬头朝山顶上看时，正见那根大旗杆倒将下来。

林冲、鲁智深等人说道：“这厮莫非喝醉了，胡作非为？我们且去看他一眼。”

吴用摇手说道：“他便酒醉，也会心里明白。砍倒大旗，不是一件小事。我想他必有什么话说。他自会到这里来的，我们只坐着等他便是。只是，他手中持着板斧，弟兄们要在意着！”

吴用刚刚吩咐完毕，那李逵已自从山顶上，冲了下来。只见他，跨进忠义堂，第一件事，就将板斧去砍那两边柱上的朱红牌。

宋江在座上大声喝道：“你竟要反叛么？砍了大旗不算，还要砍我这一对牌？”说着，便问：“哪位兄弟，与我将他拿下！”

这李逵砍过了牌，把板斧插进腰带，向大家说：“谁敢拿我！我只问宋江几句话。大家听了，便会知道我做的不差。”

宋江大怒道：“你这厮怎的这般无礼？”

李逵道："我也不抢人婆娘，怎叫无礼！你是有礼的，且把你那压寨夫人，请将出来与大家相见！"

宋江一时不解他话中之意，只是说："这厮莫非疯癫了么！"

李逵道："我才不疯癫哩！你休卖呆，别人容得你那样做，我便容不得！"

鲁智深从旁言道："兄弟，你有话便该直说，只这般打哑谜，却不教人焦躁？"

李逵回过头，伸出那个又粗又黑的指头，狠狠地指着鲁智深道："你这秃驴！这件事，明是你怂恿的，还要装没事人哩！我问过了他，少不得要问你，你且休慌。"

那鲁智深原也不是个好气性的，闻听李逵之言，不禁睁起双眼，站起身来说道："有甚鸟事，又还牵连洒家身上？你须说清白。众兄弟都在这里，不说清白，饶你不得的！"

宋江恐他二人相拼，忙向鲁智深道："兄弟，且等他说，看他还待扯上哪个。"

李逵道："只是你二人干的好事，我扯别人做甚么！你二人还不实说，直待我动手么？"他一面说着，竟自一面去摸板斧。

吴用见不是事，就问："兄弟，你究竟为了何事，怪宋江哥哥不算，还要怪鲁智深？你只叫别人说，自家偏不肯说。山上大旗是你砍的，忠义堂朱红牌是你劈的。你不说时，便是你坏了梁山义气。"

李逵道："还有什么义气！学究哥哥，你只问他二人，为何将老王林的女儿抢上山来？”

此言一出，宋江、鲁智深异口同声言道：“这厮不是见鬼么！谁叫王林？哪个抢他的女儿？”

李逵道：“这也是赖得过的么！那王林老汉，就住在杏花庄。”

宋江道：“他女儿几时被人抢走？现在何处？”

李逵道：“这便该问你了，你倒问我？”

宋江这时，反而不禁哈哈一笑。

十、诬 宋

李逵见宋江不答言语，反而大笑，益发火上加油，抽出板斧，便待砍去。只因关胜、林冲、秦明、呼延灼、董平这五虎将，早做了准备，上前拦住，夺了他的板斧，揪住他站得远远的。那李逵暴跳如雷，哪里肯服。

宋江道：“你这厮且休焦躁。听你言语，必是你在山下吃酒，遇着甚人，说了我一些甚么，你就胡乱的相信了。我若抢了妇人，必然只在寨里，尽你到我房中搜寻；搜不着时，我再和你说话。”

李逵道：“你说的什么鸟话！山寨里都是你手下的人，护你的多，哪里不藏过了。我原敬你是个不贪色欲的好汉，你却正是酒色之徒。当初养那个阎婆惜，是个小样；到东京迷恋着李师师，是个大样。你不要赖！早早把女儿送还王林老汉，还有个商量处；若不把女儿还他，我早做早杀了你，晚做晚杀了你。”

宋江道：“这不是天大的屈事么！我说山寨中并未安着那样的妇人，你却不肯搜寻。你又没有显证，只凭几句言语，也不知何人所说，便硬要我招承，哪有这个道理！”

李逵闻言，从腰间抽出了那条红绢褡膊，说道：“多幸我在王林老汉那里讨来这条褡膊，难道还做不得显证？这是你给那王林老汉留下的红定，王林老汉亲口所言，你还有得说的么！”

宋江道：“红绢褡膊，原不是什么稀奇物事，怎知便是我的？”

李逵道：“这样的褡膊，除了好汉们，谁有！秀才也会系这样的褡膊么？那王林老汉，女儿被你抢来，他自说得明白：‘那个抢我女儿的，名叫宋江，就是这梁山之主，是个矮黑的人；帮凶的，那个梢长大汉，名叫花和尚鲁智深。’你二人，抢了那个女儿，坏了梁山名头；到如今，竟还白赖，好不识羞！”

宋江道：“那个王林，死了不曾？”

李逵道：“王林老汉，被你抢去他的女儿，只是啼哭，无了无休地喝酒，糊里糊涂地昏睡，早晚就会急死的。”

宋江道：“那王林既不曾死，这就容易了。我和鲁智深，你我三人，同到杏花庄，当面质对。若还对实了，就那里舒着脖子，受你板斧，你道可好？”

李逵道：“你休使这样计策来骗我！那王林老汉，女儿既被你抢来，自然十分怕你，你去了时，他怎敢相认？别的话休说，你只把他女儿交出来，送还与他。如若不然，我就不依！”

宋江道：“你既不肯搜寻，又不许我去与那王林质对，我便应允了你，却在哪里变出一个妇人交与你！”

李逵闹了这半晌，堂上众头领都听明白了，大家你一言、我一语，一齐分派李逵的不是。李逵只一句不听，气吼吼地向宋江要人。吴用看不过，便道：“李逵兄弟，且听我说。”

李逵道：“你说！你说！你只休要护着宋江，让人家骂我们梁山上人不是好汉！”

十一、赌 头

吴用这时不慌不忙地说道：“听李逵兄弟言语，必是有那依草附木之人，冒着俺梁山名号，做下事来，也未可知。虽则李逵兄弟有些卤莽造次，让公明哥哥暂时受屈，究竟还是小事；若不将那假名托姓的查究出来，只怕往后江湖上说开了，倒叫我梁山上人，有口难分。这前往杏花庄，找那王林质对之事，是万不可少的。李逵兄弟说，怕王林老汉不敢相认，倒也想的是。我还要说，那王林老汉，昏聩糊涂，万一竟认错了，把不是的也说成是的，岂不也有些差池么？……”

李逵不等吴用把话说完，抢着说道：“学究哥哥的话，明是护了宋江，哪个听你的！”

吴用道：“李逵兄弟，你且休慌，我有一计在此，教你心服口服。”

李逵道：“你有甚计？”

吴用道：“就只你三人前往，没个见证，如若那王林老汉说不是时，没的你说他两个压你一个。如今，我们去十来个人，同穿一色的衣装，裹一色的头巾，缠一色的褡膊。公明哥哥和智深兄弟，杂在众人之中。大家不说话，只让你说。你叫那王林老汉指认，谁是抢他女儿的宋江，谁是帮凶的鲁智深。他说得对时，不是真的，也是真的了；他说得不对时，我们再上山讲理。你道，这一计可好？”

李逵道：“好倒是好，你只问他二人，可有胆子去。”

宋江道：“为甚没有胆子去！就只一层，我们去了，那王林说：‘抢我女儿的，不是他二人。’到那时，你这厮，砍了‘替天行道’杏黄旗，闹了忠义堂，侮慢了兄长，却该得何罪？”

李逵道：“我输酒席一桌，和大家赔罪。”

宋江道：“那王林说是我时，我赌这个头，输给你；说不是我时，你只输酒席一桌？哪有这等不平之事！你须要配得上我的。”

李逵道：“好，好，好！若还不是你时，我也纳这个头给你。”

宋江道：“既然如此，我们都立下军令状，请军师做个中证，彼此不许翻悔。”

李逵道：“你说这般话，只道我不敢去，我都依你，看你怎的！”

宋江便叫过铁面孔目裴宣，写下了赌赛军令状二纸。宋江先画了押，却又向李逵说道：“人头只有一颗，不是耍子，你须再想一想。”

李逵道：“我再想什么！你倒要小心你那颗头！”说着，便从裴宣手中，接过纸来，气呼呼地画了押。

吴用在两张纸上，都画了押。

裴宣这便将宋江的那一份，把来与李逵收了；李逵的那一份，把来与宋江收了。

李逵这时，又指着鲁智深问吴用道：“这个和尚呢？”

吴用道：“便依你之言，他也不是正犯；同去就是了，不必再动什么文书了。”

李逵回头问鲁智深：“你敢去么？”

鲁智深不忿地回道：“洒家怕你？有甚不敢去！”

大家说定了，李逵却又道：“我若和你们一路去，只怕其中又有甚么蹊跷。我只先走，你们换了衣服随后来。你们若不来，便是心虚，我回来罢休不得！”

宋江、吴用诸人齐说：“都依得你！”

李逵这便拔步如飞，下山去了。

十二、质　对

再说那老王林，一时想女儿，哭哭啼啼；一时喝些冷酒，昏天黑地。他知道李逵是信实的人，从来说一不二；但又怕梁山上宋江的势力大，李逵没宋江的奈何。因此上，他又盼李逵能把他女儿讨回来，又不信真能讨回来。他热热地烧着旋锅，收拾了茶饭，只等候那梁山上人。一双脚，穿梭也似，时时走至门外，手搭凉篷，直朝远处望。

等了很久，才瞧见一个人来。远观不审，近视分明，原来正是那黑旋风李逵。王林老汉心里嘀咕："莫非有甚么变卦？怎么他不把我女儿带将来？又怎么不见那宋江和鲁智深？"

老王林怀疑未罢，那李逵已来至面前，开口便说："你说宋江抢了你女儿，你倒是认得宋江么？"

王林道："当时我细细看过，哪里就能忘记！"

李逵道："宋江说，他并不曾抢你的女儿哩。"

王林道："只要把他引将来，当面质对，他待往哪里抵赖！"

李逵道："山上来了十多位头领，宋江、鲁智深都在里面，你上前把他二人指出来，我当场劈给你看。你若畏惧他，不敢说，那就误了大事，你父女永世不得团圆的了。"

王林道："老汉知道！"

他二人话方说罢，只听远处一阵马蹄声，来至酒店外停住。当时前前后后，有十多个人走将进来。这一伙人之中，有高有矮，有肥有瘦，有白有黑：却都是一般打扮。

李逵迎了上前说道："大家都站着，我着王林老汉来认。他是个善良老人家，你们不许吓唬于他。"说着，他又招手叫王林老汉："你过来，看谁是宋江，谁是鲁智深。"

那王林老汉，睁开一双昏花眼，打点几分老精神，一个一个，看了一遍，说："这里面，没有那宋江和鲁智深。"

王林话刚说罢，那十多人全都笑将起来。李逵急道："你们先轮着眼瞅他，这会又这么喧笑，老汉胆小，因此不敢相认。你等不得罗唣，且等老汉再认一遭，若真地指不出时，我们再做理会。"

那老王林闻言，果然把眼睛使劲揉了一顿，然后挨着每人身边，又看了一遭，看完了，却大声哭道："满堂娇，我的儿呀！"

李逵道："我说的不是，老汉胆小，不敢认？这回他哭起女儿来，可知他已经认出人来了。"回头和王林说："老汉，你且慢哭，先把宋江指出来，自有满堂娇交给你。"

老王林抹着鼻涕眼泪道："你们只不着那个真的宋江和鲁智深来，却把这些人顶替，明是不肯放我女儿回来，我这条老命，要他还有何用！"一面说，一面把头直撞墙壁。

李逵这时却目瞪口呆，一双黑手，只顾搓着大腿。

十三、恼　王

王林老汉正哭得伤心，只见那一伙人中，走出一个黑矮汉子，上前说道："老人家，我便是梁山上呼保义宋江。"随手又一指道："这位兄弟，便是花和尚鲁智深。我弟兄二人，从来没有进过你这酒店，你的女儿是被那假名托姓的人骗将去了。他不合坏我梁山名号，我寻着他时，定将他碎尸万段。老人家，你若探听出那是何人，迅速报上山寨，我自与你做主。"

宋江和王林把话说完，回头却问李逵道："你还有甚么话说没有？"

李逵低了头，一言不发。

宋江又道："这里不和你多讲，回到山寨，我们再做理论吧！"又吩咐浪子燕青："兄弟，我把李逵交与你，你与我好生押上山来！"——原来宋江倒不怕李逵跑走，只是怕李逵心中愧惧，觉得无颜回山，寻了短见；又还怕李逵把怨气放在王老汉身上，又生甚么是非：所以叫燕青守着他。李逵在山上，和燕青最好，燕青又最心细，宋江派他，就为的这些原故。这都是宋江精细处，表过不提。

宋江等那一行人，出门上马，一片得得之声，登时去得远了。

燕青说："大哥，我们也走吧！"

李逵痴愣了好半晌，这时忽似醒悟，抽出板斧，朝酒座上一拍，却拖过王林老汉，大声喝道："我把你这打不死的老杀才！我左问你可认得宋江，你左答我认得；我右问你可认得宋江，你右答我认得。我把宋江引将来，你又认不得了。你说将道理出来我听！若说不出，就吃我一板斧！"

老王林道："我认得的是那个宋江，谁认得这个宋江！"

李逵道："梁山上的宋江，天下只得一个，哪里会有两个？"

王林道："我知道哪个真，哪个假？那个宋江，也是他自己说的，须不是我捏造的。"

李逵道："你为什么要信他说？"

王林道："我又不曾见过宋江，只闻江湖上人说，宋江是个矮黑的汉子，那人恰便又矮又黑。他既自道是宋江，我怎么不信！"

李逵突地从座上举起板斧，说道："你胡乱说不打紧，却叫我在山上没有面目。我先砍了你这老驴头，再回山见我哥哥去。"

说时迟，那时快，李逵方待向王林老汉砍去，早被燕青一把将他的手按住。

李逵道："你拦我怎的？"

燕青道："我说你不知羞耻！自家不把事情弄清，就没上没下，胡作非为；如今已自弄清了，又还不知理亏，倒要错怪到别人身上。"

李逵道："他既认不得，为甚要说认得？"

燕青道："你还该问问自己，既非亲眼所见，又为甚一口咬定？这老汉是情有可恕，你却理上难饶。"

李逵道："他不该害我输了头。"

燕青道："你似这等鲁莽时，今天便不丢这个头，明天别的事上，还是要丢掉这个头的。"燕青一面说，一面把李逵向外拉，走出了老王林的酒店。

十四、负　荆

燕青拉着李逵，一路向梁山而行。李逵来时，一阵风也似的；回去时，举足有千斤之重，直恁寸步难行。燕青催他道："似这般走时，几时才上得了山？"

李逵道："你上山，自做你的好汉；我上山，就要没有头。我慢走一步，就多活一时。你只顾催我怎的！"

燕青道："我们且想一个主意。"

李逵道："只是我性急，错做了事。既是输了这颗头，我自一刀割将下来，你把去献与哥哥便了。有甚主意好想！"

燕青道："你好没来由，只往死处想！我教你一个法则，唤作'负荆请罪'。你若照我的话做，宋江哥哥念你原是为了别人，输了自己；又兼往日的功劳：就不会杀你了。"

李逵道：“什么是‘负荆请罪’？”

燕青道：“你自把衣服脱了，光着脊梁，将麻绳绑缚了，背上背着一把荆树枝，这荆树枝，古来是专用来打人的。你这样做，意思说，自己认罪了，愿意领打。这便是‘负荆请罪’。去到忠义堂前，拜伏地上，口中央告：‘由哥哥打多少。’宋江哥哥自然不忍下手，这就大事化小事，小事化无事了。”

李逵道：“好却好，只是有些惶恐，不如割了头去干净。”

燕青道：“山寨里都是你弟兄，无人笑你的。”

李逵没奈何，只好听由燕青摆布。一路之上，燕青与他寻觅荆树枝，折了一大束，捆将起来。过了三关，到了山寨门口，李逵便脱去衣服，赤膊了，一身黑肉，油油地发着光。燕青让他双手向后，使根麻绳，松松地反接了。再把那荆树枝，插在绑缚打结之处。燕青心中暗暗好笑，面上却只绷着，不断地叮嘱李逵：“你须耐心着，哥哥说甚言语，不得回辩，只可告饶。这头是你自己输与他的，他真地要杀你，你是怨他不得的。”

李逵道：“我理会得！这头如若真地砍了，别的还好商量，就只没法吃酒了。”

他二人谈谈讲讲，走向忠义堂。许多大小头领和喽罗，见李逵怪模怪样，有那知道根由的，便上前奚落他，有的说：“才三月天，哥哥就打着赤膊，不嫌冷么？”有的说：“给山寨里打柴火，自有小么儿们去做，哥哥砍这几枝，抵得甚用，枉自费了气力。”又有的说：“哥哥，平日人都说你赌得直，今天赌输了，却不肯砍下头，这回赌得不直哩。”

依着李逵气性，哪里听得这些言语，只因燕青在旁，随时附耳吩咐：“不要理睬他们，误了大事。”他只得紧紧皱着鼻子。到后来，实在按捺不住，猛地张大了眼睛，朝众人吼了一声。众人吓得倒退了几步，才嘻嘻哈哈地散了。

到得忠义堂前，燕青说：“你就在这里跪下。等我入内，禀报哥哥们知道。听得传呼，你再进去。”

李逵点点头，也不言语，就跪在那里。恰似忠义堂前新竖了半截黑塔。

十五、服　罪

也不知是李逵跪得腿疼，也不知是宋江要煞李逵火性：只见很久很久，那燕青才从内而出，叫着李逵：“哥哥叫你哩！”说着，又低声道：“你要低头服罪，千万不可大意！”

李逵道：“既是我错，我有甚不服！”说着，真低了头，跨过门槛，又自朝上跪了。

堂上众头领，都抿住口；若是不然，会都笑出来了。

只听上面宋江问道：“铁牛，你来了？你怎么不抬起头呢？”

李逵道：“兄弟有罪，不敢抬头。”

宋江道："你有什么罪呀？"

李逵道："我不合听人胡言，也不查对，就砍了'替天行道'的大旗，闹了忠义堂，犯下了没上没下、没大没小的罪。"

宋江道："你那些罪，我且不问。我只问你身上背的是什么？"

李逵道："哥哥，你兄弟认罪服输了，山涧下砍了这一束荆树枝，告哥哥打几下吧！只怪你兄弟，鲁莽没有见识。"

宋江道："我原与你赌的是头，不是赌打。你这般'负荆请罪'，只望我饶了你？这纸军令状，你画的押，学究先生做的中人。我若饶了你，以后的军令状，还有人信得过么！"

李逵见宋江不松口，就喊着："学究哥哥，你给我讨个情吧！"

吴用当下果真向宋江求情，说道："念他初次，且责打几十下；下次再若如此，一定不饶就是。"

宋江不依道："军师是中人，岂能偏私！这军令状是两下都画了字的，也不是我强他的。便是我饶了他，你道鲁智深肯么？"

李逵闻言，又喊着鲁智深道："哥哥，你也劝一劝呀！"

鲁智深道："是你自己赌的，洒家本待不管，你既恁般可怜见，洒家也就请哥哥饶他这一遭儿。"

宋江道："我只不打他，偏要他那颗头！"

李逵见吴用、鲁智深都劝不住，就又自己说道："哥哥，你真个不肯打么？你可知道，打一下，我要疼一下；打十下，我要疼十下。要是杀我头，不过一刀，我连疼都不疼哩！"

宋江道："我不打你。"

李逵听了这句，也不问下面还有什么话说，就站将起来，一面朝外走，一面口里说道："连打都不打了，我谢哥哥这不打之恩。"

宋江喝道："你这厮，待走往哪里去！"

李逵道："哥哥说过，不打我了，我还跪在这里做甚么！"

宋江道："我和你赌赛，输的杀头；你如今只管撒赖，这还算什么英雄好汉！"

那李逵不闻这话还罢，一闻这话，脸上变了颜色，说道："哥哥既不肯饶恕，就请哥哥把宝剑借与我，我自砍了这颗头还哥哥就是。"

宋江道："也好！"说着，就去抽身上所佩的那柄太阿宝剑。

正当此时，忽见一人，踊身自外窜来，抱住了李逵，大喊道："刀下留人！"

十六、回　门

上面说的故事，是接着说了下来的。看起来好像是在一天之内，其实不然。从梁山下来，还要渡过水泊，上岸走许多里路，才是杏花庄，怎能一天有许多回往。原来那王林老汉女儿被抢是头一天的事，李逵闹山是第二天的事，宋江等人来至杏花庄却已是第三天的事了。宋江不听吴用、鲁智深言语，和李逵说，"赌头不赌打”，这时候，是第三天的晚间，闹得快到半夜了。

也正是这一天，那王林老汉，送走了宋江、李逵，心下越发地烦恼。原先他只把抢他女儿的，认作是真宋江，虽没奈何，也还有个着落；及至质对了，知是别的强人冒充，女儿无影无踪了，却哪里寻那两个强人去？以此之故，心里想道：“父女二人，今生今世，再也不得见面的了。”这就哭得比前两日还要苦过几分。

傍晚时分，老王林哪里有心肠做买卖，早早就掩上门，吃了些冷酒，噙着一包眼泪，又睡着了。

方待入梦时，偏又被一阵擂门之声惊醒。他有气无力地，睡在床上说道：“今天不卖酒了！”谁知外面的人却说：“泰山，是俺，俺送你女儿回门来了。”

老王林一咕噜翻坐起，只是心中发怯，又不信真有这事，不敢径去开门。隔了片刻，外面换了一个女的在喊叫：“爹爹！是女儿在此，且开了门吧！”老王林侧耳一听，分明正是自己嫡亲女儿满堂娇的声音。这时候，他跌跌撞撞直向前，一下就拔了门闩。

门刚打开，那等候在外面的满堂娇，跨进来，抱住老王林的腿，跪在地下，把头倒在老王林怀中，泪如泉涌，一句别的话也没有，只是喊着“爹爹”。

老王林搂住女儿，也只有流泪，喊着“我的孩儿，我的心肝”。

闹了一阵，老王林收了泪，叫女儿起来。这时候，仔细端详，看到女儿钗横鬓乱、玉容憔悴的模样，不觉又伤心起来。

老王林还待要哭，却听矮黑的那人断喝一声道：“俺把夫人送回门，敬你丈人，又不曾亏待她，你为何尽哭？哭恼了俺，不管你是丈人不是，俺可要动手了！”

矮黑的那人话方说罢，梢长大汉又自接口言道：“俺梁山上的人，最讲信义，说的过三天送你女儿回来，就不差你半个时辰，有甚对你不起！你女儿配了宋头领，你一家都有脸面，怎的你连备办喜酒，都不知道！”

老王林连忙说：“多谢太仆们抬举！老汉只是家寒，急切里不曾备得喜酒，权且请进到里面，和我女儿吃杯淡酒去。待明日，老汉再摆个小小席面，聊表寸心。”

那梢长大汉道：“老汉！我们山上有的是羊和酒，过几日，我教小喽罗赶二三十个肥羊、抬四五十担好酒送你。”

王林道：“多谢太仆！只是老汉没有谢媒红送你，不免惶恐。”

说着，那二人倒是不须别人谦让，就闯进内屋。老王林赶在后面，忙着旋酒。

十七、夜　走

你道老王林款待那两个强人，他是心甘情愿的么？——自然不是。原来他一见那两个人，就恨得牙痒痒地。只因自己是个弱老头儿，如若争执，枉自送了性命。想来，不如将他两人稳住，自己送信到梁山；那梁山宋江，恨这两人坏了他的名头，定来相斗。梁山上人多，不愁不把这两个杀了。到那时，女儿也就可以得救了。

王林老汉既是这般想，便装作没事人，把那酒，冷一碗，热一碗，殷勤送上。满堂娇不知爹爹心事，用张帕子，遮着脸哭。王林老汉反倒说她道："一夜夫妻百日恩。既是宋太仆讨了你，没得说的了，好生伺候太仆们吃酒吧。"

那两个强人，三杯酒下肚，闻得王林之言，倍觉高兴，都哈哈大笑。矮黑的那人说："还是俺泰山识趣！过一日，请泰山到俺们牛头山山寨里……"

这句话不曾说完，梢长大汉却插了一句道："到俺们梁山上。"

矮黑的那人连忙改口头："是呀，到俺们梁山上。怎的，俺才喝三杯酒，连话都说不清了，老泰山的酒，是太好了。过一日，泰山到梁山来，会知道俺那里有的是绫罗绸缎，海味山珍，不管穿的吃的，都苦不了俺的压寨夫人。"

矮黑的那人说话时，老王林原不曾留心；及至梢长大汉补了那一句，可被老王林听将出来了：这两个强人，乃是牛头山的草寇。

老王林看这两个强人，吃得有七八分了，便向女儿说："我要歇息去了，你多多照应两位太仆吧。"说着，把房门带上，走将出去。那两个强人，要和满堂娇调戏，放着个老汉在旁，有许多不便。见他走了，倒是眼前清爽，自然不留他。

老王林原不曾上过梁山，只因常有山上小头领、喽罗们来店中吃酒，得知上山的规矩。他倒锁了店门，摸着黑，一径去至梁山西山酒店，找着菜园子张青，说明来意。张青白天里见宋江等人下山，已知其事，立刻派只小船把王林渡将过去。这时已经入夜，又无月色，老王林随着引路的小喽罗，高一脚、低一脚地，闯过三关，直奔忠义堂。说也凑巧，他来时，正赶上李逵负荆请罪，尚未了结。小喽罗进去通报了，奉宋江之命，只着他在忠义堂门前等候。他一面揩着汗，一面听着堂内诸人说话。心中着实称赞："这梁山上的人，果然都是有仁有义的真好汉，大英雄。"转而又一想："李逵不愧烈性，为了别人之事，竟赌输自己性命。此时我不救他，哪个救他！"

老王林思想未罢，忽见宋江抽出随身的太阿宝剑，李逵就待伸手去接。他这一急，非同小可，哪里还顾他梁山上什么规矩，猛地直窜将进去，抱住了李逵一双手。

堂上众头领，见王林老汉来得兀突，有那不知道的，不免吃了一惊；只有宋江，却笑吟吟地，自把宝剑仍然插进了剑鞘。

十八、下　山

这时，那王林老汉，气喘吁吁，指手划脚，急着向宋江说道："告太仆：抢我女儿的那二人，送我女儿回来，现正在我家中。

老汉因太仆日间吩咐，与老汉做主；因此，老汉将那二人灌得醉了，稳在家中，请太仆下令，速速派人前往，拿来治罪，给老汉报仇。这李大哥，为老汉受累；有甚么差错，等得拿了那二人，再回来理论，该杀该剐，老汉都愿替他，不能让他受苦。”

宋江这便问李逵道：“你可敢去拿那两个？”

李逵笑着跳起来道：“这正搔着我的痒处，我有甚不敢！我去，管教是瓮中捉鳖，手到擒来。”

宋江道：“话便如此：你若拿得他二人，将功折罪，我便饶你；若拿不住时，反折了我梁山锐气，二罪俱罚，决不轻恕！”

李逵又是呵哈一笑道：“哪有这等事！我一去，必是旗开得胜，马到成功。”说着，掉回身，向王林老汉道：“走，走，走，我与你去。”

宋江道：“你就这等模样下山么？”

李逵道：“未奉哥哥之命，我不敢解去绑缚。”

宋江笑向燕青道：“一客不烦二主。这铁牛身上绳索，想是兄弟你给绑的；如今我饶了他，你再给他解了吧！”

只听李逵叫道：“不消他！只用哥哥这句话，便是脱绳的咒儿。”但见他，一用力，浑身的绳索，全都挣断了。荆树枝儿，撒得满地。他朝着宋江，唱个无礼喏，说：“兄弟告辞了。”

李逵待要走时，宋江却又叫住他道：“铁牛，且慢，他是两个人，又有两副鞍马；双拳不敌四手，你独自一个，如何近傍得他。若输与他，或是走了一个，以后又费手脚。”回头叫一声：“鲁家兄弟，你和铁牛同去吧，没的叫他单丝不成线。”

鲁智深道：“他开口闭口，骂秃驴怂恿，抢人家女儿。说与他听，还只不信，定要王林两次三番来认洒家，这是什么意思！他有本领，自去拿那两个，洒家决不帮衬他。”

宋江道：“话不是这般讲！你须看在聚义的份上，不要因这小忿，坏了大体面。”

吴用也在旁说：“那两个顶名冒姓，为非做歹，让江湖上的人，疑俺梁山，不知仁义。是必要拿他正法，免得今后有人依了他的样儿。宋江哥哥命你去，你如何推辞得！”

鲁智深闻言方待应允时，却又听李逵大叫道：“他不去，尽他不去；看我一个，捉那两个来！”

鲁智深站起又便坐下道：“他既不要洒家去，就让他自己料理，洒家落得不管。”

吴用道：“你忘了，那汉子自说是‘花和尚鲁智深’，难道不干你事？如不拿住他，今后别人传将起来，鲁智深是个好色贪花的，你可愿意？”

吴用这一激，把鲁智深激得跳起来，更不打话，提起那根六十二斤的水磨铁禅杖，跨了戒刀，随着李逵、王林二人，下山去了。

十九、追　寇

且说在王林酒店里吃酒的那两个强人，一碗一碗地吃酒，酒又多又好，又没人拦阻他，由他灌；眼前还有个如花似玉的人儿陪着：不由他二人不烂醉如泥。吃到半夜，一个倒在床上，一个就倒在地下，全睡着了。

那满堂娇原是不吃酒的，却被他二人扯着脖子，强灌了两碗，禁不住，趴在桌上，也自昏昏沉沉地打盹。

看看东方大亮，那梢长大汉被尿胀得醒来，要出去，拉那店门时，只是拉不开。他便翻着窗子，到外面撒尿。回头一看，店门锁在那里。心里奇怪，又从窗里进去，叫着矮黑那人，说道："大哥，这老汉不是好人，他把门锁了，竟自逃走了哩！"

矮黑那人迷迷糊糊应道："泰山走了也好，俺便在这里过一辈子吧！"

梢长大汉道："大哥不要乱说！他若报官去，你我二人，如何对敌？"

这"报官"二字，把矮黑那人惊得醒来，一咕噜坐起，却只是说道："真有这事么？这里是梁山地面，有什么大胆做公的人，敢到这里来？你休要惊俺。"

梢长大汉说："他若去报了梁山呢？"

常言道："贼有贼智。"梢长大汉那句话，恰是道着了。矮黑那人细细想来，其中确是有些可疑。两人一商量，不问怎的，只是回去的稳妥。看看外面，杏树上系的两匹马，喜的依然还在。这便踢断了门锁，不管满堂娇愿不愿意，照前番一样，把她拖将出去，抱上马就走。

那二人抢了满堂娇，前脚才走；李逵、鲁智深，同着王林老汉，后脚恰恰赶到。王林远远就看见，杏树上系的两匹马没有了，不免大惊失色，说道："莫不被那两个走了么？"

赶进屋去，哪里见得一个人影子，冷清清地，倒有几只小麻雀，聚在桌上啄食，人一进来，刷地一阵从窗里飞出去了。

李逵心下焦躁，举起板斧，向老王林说："你这老汉，一次捣鬼，两次捣鬼，竟是有心要老爷么？"

老王林道："我上山之时，明明把他两个，锁在房里；谁知他会逃走哩！"

李逵不信他言语，只说王林老汉诳骗，逼得老王林躲在墙角，不敢动弹。

鲁智深喝住李逵道："你这铁牛，遇事鲁莽，还不肯改过哩！你且看，这桌上三份杯箸还在，门上的锁明是弄断了的，老汉何曾说谎！"

李逵道："他把人放走，却叫我交甚么给哥哥？"

鲁智深道："这也怪他不得。"说着，却又问王林老汉："你可知道：他二人在哪座山上落草？”

老王林道：“那二人昨日在言谈之中，露了口风，说是什么牛头山。”

鲁智深问：“是哪一座牛头山？在哪个方向？离此远近如何？”

老王林道：“只见那二人，由西而来，往西而去，却不知他远近。”

鲁智深知那老汉说不出什么来了，便吩咐他，煮下干肉，做起蒸饼，和李逵各把料袋装了，拴在身边。然后又告诉老汉，叫他放心：“我两个奉了宋江哥哥的军令，不管如何，定要将你女儿寻来还你。”

说罢，他两个就一先一后，出门而去。

二十、宿　庙

鲁智深和李逵二人，离开杏花庄，直往西去。一路之上，逢人便问，牛头山在哪里。路上人，也有知道的，也有不知道的。依着那知道的人指告，直走了一日，渐渐走至荒僻无人烟的去处。那里，东也是山，西也是山，只不知其中哪一处是牛头山。天色晚将下来，没人可以问得。

李逵走得心焦面热，越发口渴肚饥，只是胡乱詈骂。鲁智深笑道：“你这是何意！骂得出牛头山来么？”

李逵道：“骂不出，我也痛快一下。”

鲁智深指着前面一座古庙道：“你我紧走几步，在庙里过一夜，明早问路再寻。”

这庙只在山边。二人入得里面看时，殿上塑着一尊金甲山神，两边立着判官、小鬼。二人抖开料袋，取出干肉、蒸饼吃了。鲁智深道：“你我且就供床上宿歇，等候天明再走。”说着，掩上庙门，就睡下了。

李逵哪里睡得着，只躺下片刻，又爬起来坐着。正在此时，忽听庙外有人走的声响。他心里奇怪，怎么荒山野外却有人夜半来去？想着，就跳将起来，开了庙门。远远望见一条汉子，提着把朴刀，转过庙后土岗子上去。李逵便在背后跟去。那汉听到脚步声，倒是立住了，等李逵走近，他便举起朴刀，喝道：“是晓事的，留下买路钱，饶了你性命！”

李逵也不理他，挺着板斧，去斗那汉。那汉哪里抵挡得住，却待要走，早被李逵在他腿股上轻轻一下板斧，打翻在地。赶上去，踢开那把朴刀，揪衣领揪住，直拿到古庙里，放在地下，用脚踏住，喝问道：“你把王林老汉的女儿，抢到哪里去了？”

那汉道：“好汉！小人不知此事，不曾抢甚老汉的女儿。小人只在这里剪径，做些小买卖，哪里敢大弄——抢夺人家子女！”

鲁智深被吵闹醒来，只听李逵逼着那汉道：“你若不实说，砍你做二十段。”那汉只没得说的。李逵将次要动板斧砍时，鲁智深翻身坐起道：“且慢杀他！我有话说。”接着便问那汉：“你可知道，牛头山在哪里？”

那汉道：“西北上那座山，就是牛头山。绕着路走，离此有十五里。”

鲁智深又问：“那山上有无强人？”

那汉道：“山上旧有一座道院。近日来了两个绿林草贼，随从有五七个伙计，他们杀了道士、道童，占住道院，专一下来打劫。”

鲁智深道：“那二人叫什么名字？”

那汉道：“他二人但到处只称是宋江、鲁智深，冒着梁山上头领的名字。他真名实姓，只有小人知道。小人说了时，好汉们休要告诉他；他若知是小人所说，小人在这里便存身不住了。”

李逵喝道：“你这厮，说的什么鸟话！我们正要寻他，你却怕得像鬼。你只顾怕他，却不怕我这两把板斧？”说着，就用板斧在那汉脸上挧了两挧。

那汉急叫道：“爷爷休要动手！我说。那二人，一个叫作宋刚，一个叫作鲁智恩。人家说他冒充梁山好汉，他还只说人家念差了他的名字。”

二十一、斗　贼

鲁智深听那汉的话有些来历，就叫李逵放他起来，用好言好语和他说："汉子，你休害怕。洒家便是梁山花和尚鲁智深，他便是黑旋风李逵。洒家不恼那两个冒我大哥宋公明和我名字；单恼他不合冒我们名字去抢夺人家女子。你只引我们二人到那里，便无你事。"

那汉知道是鲁智深和李逵两个，直吓得屁滚尿流，没口子应道："小人愿往。"

鲁智深让那汉扎缚了腿股受伤之处。那汉讨他那把朴刀，只说："小人若无防身之器，怎么去得。"李逵就去寻来还了他。

那汉挨过板斧，腿股间伤处非轻，走起路来，瘸瘸跛跛。鲁智深和李逵，一边一个，扶着他走。翻山越岭，直走到天色微明，才到得那里。那汉道："只这便是牛头山。那山顶上宫观，便是那两人占住的道院。"

鲁智深和李逵看时，山并不甚高，却形如卧牛之势；山顶好似牛头，那道院恰在山顶上。

三人同来至山顶，只见团团一道土墙，里面约有一二十间房子。李逵道："我与你跳进去。"

鲁智深道："且让这汉子，把那二人叫将出来。"

李逵哪里忍耐得，腾地跳将过去了。鲁智深怕他一人孤单，也只好跟着跳进去。那个剪径的汉子，趁此却一溜烟地走了。

这时里面已经听见，就有人喝问。接着，门开处，一人挺着朴刀，直奔李逵，口里说："何处毛贼，敢来俺太岁头上动土？"李逵也不打话，上前一板斧，就把他砍翻在地。

鲁智深扯住李逵的手道："你都把来杀了，知他是不是那两个？"

李逵道："先砍一个做个样儿，再有出来的，留个活口不迟。"

他话方说罢，却又见里面出来一个梢长大汉，大叫道："哪里来的吃了熊心豹子胆的，跑到俺这里撒野，竟不怕俺花和尚鲁智深么！"

鲁智深一听，就向李逵说："这是洒家的买卖来了！真辱没煞人，连你那个'李鬼'还不如哩！"说着，迎上前，喝道："叫你看看，洒家鲁智深是什么模样！"

那梢长大汉听说来者是鲁智深，魂飞魄散，拖着刀，转身就走。鲁智深追上去举起禅杖一扫，打折了那大汉的两腿；抽出戒刀，就割下头来。

杀了那两个之后，里面绝不见再有一个人出来。鲁智深和李逵，四下里搜寻。搜至炉前，才又见五七人，挤成一团，躲在那里。李逵又待举斧砍杀，鲁智深却上前说："你等把那个假宋江交与洒家，就都饶却性命。"

那五七人拜倒在地道："好汉先杀死的那个，叫作宋刚；后杀死的那个，叫作鲁智恩。假充梁山上头领的是他两人，做下什么坏事的也是他两个。”

李逵道：“我不信！那两个叫作好汉的，却这等不济事？”

鲁智深道：“此事不难明白。他两个在杏花庄抢来的女子，现在何处？你等与洒家寻将来。若她说是真，洒家便信得过。”

那五七人齐声说道：“这个容易。”

二十二、缴　令

那五七人中，派一个去了，不片时，就将王林老汉的女儿满堂娇，从密室里引将来。满堂娇原识得李逵的，当时呜呜啼哭，只谢救命之恩。

鲁智深道：“你休谢！且去看来，那两个死了的是何人。”

满堂娇去看了，哭着说：“三天前，抢我来的，便是他两个。”

鲁智深见是不差，便叫李逵守着那五七个人，自己进房去，收拾了那两个积攒下的黄白之资，约有三五百两，打个包提出来，分给那五七人，一人十来两，叫他们回家去，不许再做害人之事。那五七人，得着性命，只恨爹娘少生两条腿，登时下山四散了。

鲁智深和李逵，把那宋刚和鲁智恩的首级，做一起拴了。在东边房内牵出了两匹马，备上鞍子，叫满堂娇骑上一匹，那一匹上拴了一包金银和两颗人首。

李逵缚了个草把，凑着窗下残灯，点得着了，将去草房四周遭烧起来。

他们两个开了墙门，步送女子、金银下山。到得山脚下，回头望时，只见一片烈焰，那道院已自全烧着了。

鲁智深、李逵二人，先送满堂娇到杏花庄酒店。王林老汉问知就里，十分欢喜，一些烦恼也没有了，只是拜谢两位太仆。

鲁智深道："你不要谢洒家两个，你来寨里拜谢我们宋大哥。"

两个酒食都不肯吃，一家骑了一匹马，飞奔回梁山。将次红日衔山之际，两人过了渡，都到三关之上。牵着马，驮着金银，提了人头，径到忠义堂，拜见宋江，缴了军令。

鲁智深将前事一一说了一遍。宋江大喜，叫把人头悬挂山下示众，金银收入库中，两匹马放入战马群内喂养。

次日，"替天行道"的杏黄旗，已竖了新的；忠义堂内那副朱红牌，也换过了。宋江便命设筵与鲁智深、李逵作贺。

弟兄们正吃得高兴，忽有小喽罗来报："杏花庄的王林老汉，牵羊担酒，道谢来了。"宋江道："路见不平，拔刀相助，原是我梁山分内之事，怎能受谢礼。"叫与他酒饭，让他把带来羊酒依旧带回。

那王林老汉抵死不肯，说山寨上救了他父女性命，若不表表心意，连做梦也难安。

宋江见他言语说得诚朴，只得收下。却另自吩咐，取一些绸帛表里与他，算是压惊。那老汉千恩万谢，高高兴兴下山去了。

——读者请了：这个水浒故事，甚是有趣。那李逵误听人言，也不调查研究，就鲁莽行事：砍倒杏黄旗，大闹忠义堂。他为了梁山风纪，见有人犯错误，即便是他素日敬服的宋江，到这时候，一些也不客气。心，不能说不是好心；怎奈事情差错了，倒是他自己犯了老大的主观主义，几乎输得人头落地。亏得他在认识错误之后，接受批评，甘心受罚。他又能戴罪立功，洗清了梁山所受的冤枉；因此上，他终于不失为一个英雄，这就是李逵的好处了。

清风楼

一、敕造府楼

宋代初年，有一员上将，名叫杨业，人称“令公”，其妻佘氏，人称“令婆”。何以称作令公、令婆？只因出兵交战之时，杨业打着红色令字旗，佘氏打着白色令字旗，战无不胜，攻无不克，取人首级，真似探囊取物一般。当时战场上有个口号道：“交兵若遇红白令，生死由他不由命。”声威远播，便又有个“杨无敌”的称号。令公、令婆，膝下有七男二女。男的名叫：平、定、光、昭、朗、景、嗣；女的名叫七娘子、八娘子。个个武艺精通，而且义烈无比。常言道：“瓦罐不离井上破，将军难免阵头亡。”后来杨业误陷绝地，潘仁美按兵不救，他便一头撞死；杨平弟兄，也伤残大半。却亏得六郎杨景，留下一脉。尽管情形有点惨淡，而一门报国之忠，故事流传，差不多每人都有一篇小传，只要提起“杨家将”来，谁都竖起大拇指，真个是流芳百世啊！

杨业在宋太宗的时候，屡立殊勋，又有保驾之功。宋太宗为了报答他，封他为无佞侯。从内府拨出银两，敕建无佞府。在无佞府门前，又敕造一座三檐滴水楼，取名清风无佞楼。修造这座楼，动用员工数千人，花了金钱几百万，金钉朱户，虬镂亮槅，一根根沉香木的柱子，两人合抱不过来。说不尽的富丽堂皇，庄严肃穆。楼上供奉着皇帝赐与的誓书铁券，上写“与国同休”。另有九道“免死牌”，注明纵有过犯，饶他九回死罪。多年以来，钦赐的金牌，御书的玉札，也都供奉在此。楼上整日点着香烛，云雾缭绕。每年春秋二季，皇帝还要御驾亲临，登楼降香。为了要肃静，御笔敕书“文武官员，到此下马”八个字，刻在石碑上，远远竖起东西两侧，谁敢不遵。杨业是员武将，出外征战的日子多，在家中的时候少。后来为国捐躯，太宗十分震悼，就加封佘氏为“太君”，让她仍然住在无佞府里，看守着这座清风楼。

宋太宗是个英明之主，懂得用人手段，为了深结杨家父子之心，把一个外甥女许配给杨景。原来杜老太后有一女儿，是宋太祖的妹妹，宋太宗的姐姐，也就是宋真宗的姑姑，当日人称“长国姑”的便是。长国姑嫁给柴世宗做儿媳，丈夫是柴驸马。生了个女儿，叫作“金花柴郡主”。这柴郡主择配之时，太宗作主，嫁了杨景，这杨景就成了“郡马”，令公，令婆和皇帝是亲家了。

太宗五十九岁驾崩，众官奉其子赵恒继承帝位，是为真宗。其时北番经常入犯边疆，真宗就命杨景为六使，镇守三关，严防敌寇。哪六使？是边关里外检点使，界河两岸巡绰使，关西五路廉访使，淮浙两场催运使，豳汾二州防御使，河北三十六处救应使。哪三关？是梁州遂城关，霸州益津关，雄州瓦桥关。从此以后，很多人都叫他“杨六使”，倒不叫他“杨六郎”了。这只因为，一人身兼重任如此之多，古时是少有的。

杨景是个爱国英雄，受到真宗重用，力图报效立功；何况北番又和他有杀父之仇。杨景既奉镇守三关之命，便去到草桥，招军买马，积草屯粮。手下雄兵十万，战将千员。还有二十四员挂印指挥使，都是结义的弟兄，为头的有岳胜、孟良、焦赞，人人勇猛，个个忠心。日夜辛勤操练，等待北番兵来，好杀他个片甲不存。

二、混入南朝

北番女主萧太后，是个有智谋的妇人。几次派兵，只是被杨景拦在那里，过不了三关，占不了南朝尺土寸地。焦思苦想，忽得一计，要派一个人混入南朝，设法除去杨景，就可以驱兵直入了。她朝中人员不少，派谁去稳妥呢？一要此人面貌能充得过，二要言语能混得过。想来想去，想到了心腹大臣贺驴儿头上。此人生来北人南相，而且深通四夷之语，善晓六国文字，最是恰当不过的了。当下把他找来，告知此意。贺驴儿听得要派他去南朝做奸细，甚为高兴，没口子答应。答应得太快了，倒惹起萧太后心疑。萧太后说："你到了南朝，得了荣华富贵，如若变了心，待怎么样？"贺驴儿指天誓日，赌神罚咒。萧太后说："任凭你怎么说，我也不能信你，除非在你身上做了记号来。"贺驴儿说："身上如何做记号呢？"萧太后即便叫了一个雕青的匠人来，要他在贺驴儿左脚脚底板上，刺上"贺驴儿"三个大字；又还刺了"宁反南朝，不背北番"两行小字。把字刺好，涂上朱砂，再洗也洗不掉了。贺驴儿忍受疼痛，愁眉苦脸说道："这叫小臣怎么见人呢？"萧太后笑道："脚底板本来不用见人的。"说着，脸色一变，却又道："宁可我忘记你脚底板上有字，你自己却不可忘记；若是你自己忘记，待我来提醒你，那可晚了。"贺驴儿连道："小臣不敢！小臣不敢！"萧太后一挥手，贺驴儿出去，乔装打扮，改名换姓，自去行事。

当时南北时常交兵，交通梗阻；只是两国边境亘长，那亡命商人，自有间关小道，偷偷来往。贺驴儿随机应变，夹带在这伙人中，一径混到汴梁。他冒充儒生，上京求取功名。恰巧东宫太子，出榜招贤，广行收揽文学之士，入宫伴读。贺驴儿应招而往，凭他那点才情，居然被选中了。他把姓名改过，只照着中原人格式，姓王名钦若，表字昭吉。太子生于深宫之中，长于保姆之手，哪里识得外间之事。王钦若善于察言观色，巧佞无比，他多知山南海北的奇闻，市井里廛的故事，口似悬河，滔滔不绝，呵哄得太子十分宠信，把他认作是了不起的人才。这位太子不是别个，正是后来的真宗皇帝。及至登基就位，一道圣旨，升拜王钦若为东厅枢密使。枢密使乃是国家重臣，位居文武百官之首，上马管军，下马管民；在皇帝面前，言听计从，好生权势。

王钦若虽则官居极品，只是萧太后交付的旨意，除去杨景，还不曾办到。多少年来，也曾找了些题目，弹劾杨景。怎奈他既是皇亲国戚，又且手握重兵，是个方面大员，圣眷方隆，扳他不倒。有时弹劾的语言重了，惹得龙颜大怒，最多也不过是传旨申斥，依旧损不了杨景的毫毛。他人都道，王家和杨家有仇隙，是个生死对头。他便道："豪门贵族，仗势横行，我是忠心为国，就不怕得罪他。"借着这个言语，却叫人看不出他和北番的干系。他是腹里藏刀之人，总想觅个机缘，置杨景于死地。萧太后却哪里知道哩，只道他一去多年，如今官高权重，却无一毫动静。杨景依旧镇守在三关，北番连年不能取胜。因此派遣小番，装着南朝人，暗中递与书信，说他违背誓言，忘恩负义，着实骂了一顿。他被逼得紧，急切之间，又无计可施，好生烦恼。这日正在盘算，忽然奉到一道圣旨，他不禁笑逐颜开，大呼："有了！有了！"正是："踏破铁鞋无觅处，得来毫不费工夫。"

三、暗中定计

你道那王钦若奉着圣旨，为何那般高兴？只因前些日子，他上了一道奏折，说是官道窄狭，两旁高楼大厦，车驾往来不便，须得拆除一些房屋，展宽路面。今日圣旨下来，一一恩准，就着他监督人工，在京城各处，丈量官街阔狭高下，立下丈二标竿，但凡抹着标竿的，不问官民房舍，尽行拆毁。圣旨着重说道："拆到杨家清风无佞楼为止。"着他于拆屋完毕之后，立即奏闻。他奉了这个圣旨，计上心来，觉得大有文章可做，便命随从："去把谢衙内立即唤来见我。"

这谢衙内却是何人？原来王钦若南来之后，早已娶下家眷，生了儿女。谢衙内便是他的女婿，名叫谢金吾。衙内是谢金吾拜的官职。官虽不大，权却不小。因他是王枢密的女婿，鬻官卖爵，无所不为。谁敢欺负他？他打死人是不偿命的。满京城的百姓，听到他的名儿都害怕。王钦若把他看作臂膀一般，遇有要紧的事情，总和他商量，派他去干。他也真能体会丈人的意思，从来万无一失，干净熨贴，以此深得欢心。这日听得召唤，匆忙赶来，问有何事。王钦若叫他看过圣旨，然后吩咐道："你可代我走一遭，用心着意，监督人工，去拆房屋。"谢金吾道："拆屋乃是小事一段，着个小的们去也就是了，何必孩儿亲自监督？”王钦若道：“要拆清风无佞楼，你怎么说是小事呢？”谢金吾道：“圣旨只教‘拆到杨家清风无佞楼为止’，并没有叫拆杨家清风无佞楼哇！”王钦若道：“那杨家是我的对头，这个你是晓得的。那清风无佞楼摆足了威风，把它拆了，岂不杀了杨家的威风！”谢金吾道：“不合圣旨，怕的不中么！如果杨家问我，却拿何言回对？”王钦若哈哈一笑道：“谁说不遵圣旨！圣旨还他圣旨。你只要在宣读之时，把那‘拆到杨家清风无佞楼为止’的‘到’字，添上个‘立人’旁，念作个‘倒’字。‘拆倒杨家清风无佞楼’，是圣旨，他能不让你拆么？”谢金吾一听，果然是条好计，也就笑了。

谢金吾就待去按计行事，忽又问道：“拆倒清风无佞楼，那杨家的人，定要出头阻拦，孩儿和他们是来文的？来武的？”王钦若道：“你向来大胆，怎地遇到杨家，却胆小了？”谢金吾道：“不是孩儿胆小，只怕那老令婆也来说话，孩儿若冲撞于她，岂不把事儿闹大了？那老令婆须不是好惹的，连万岁爷平日都让她三分。”王钦若哼了一声道：“闹得愈大愈好，但怕闹不大！”谢金吾道：“如若万岁爷知道，便怎么处？”王钦若道：“有我！怕他怎地！”谢金吾没有问的了，转身要走，王钦若偏又叫住了他，反问他一句道：“你知道我为甚要拆倒清风无佞楼？”谢金吾道：“大人恰才不是说了，要杀杀杨家的威风么？”王钦若道：“你道我是为了拆屋才去拆那清风无佞楼么？不是的！你听我说：那杨家的势力，今天全倚仗着镇三关的杨六使。我料得杨景那厮，闻知拆倒了他家门楼，必然赶回家来，诘问其事。那时节，我预先差人将他拿住，参奏他擅离汛地、私下三关，就该判个斩首之罪！除了杨景，才泄得我心头之恨！那杨家还有什么势力哩！”谢金吾道：“这等说时，孩儿就点起人马，杀将前去，任凭是铜墙铁壁，也拆他个片瓦无存！”

四、歪传圣旨

杨老令婆佘太君，这日正在无佞府中闲坐，忽然听得大门外面，人声嘈杂，喧哗如雷。正待着人去问个究竟，早见看门的老院公，慌慌张张跑进来，气喘吁吁地说：“启禀太君知道：有那谢金吾谢衙内，领着众多夫役兵丁，沿街拆毁房屋，看看拆到咱这清风无佞楼，还不住手。别人阻拦他不听，请太君亲自和他说去。”佘太君微微笑道：“早些日我也听说，为了展开官道，要拆去一些房屋，以便车驾往来。但凡拆的，都是平常官私房屋。我这清风无佞楼乃是圣旨敕建的，他怎么敢拆！想情拆到楼前，就要绕道而行，你休得大惊小怪。”老院公不敢分辩，喏喏连声而退。

老院公去不片时，又跑转来，面色越发地难看了。他道：“太君说他们不敢拆哩，好多夫役兵丁，已经上了清风无佞楼顶，在那里揭瓦抛砖了。”佘太君道：“竟有这等事么？待我自去看来。”说着，拄起龙头拐杖，颤巍巍就朝外走；七娘子、八娘子和一群奴婢，跟随于后。还不曾走近楼前，早则见烟尘滚滚，瓦木齐飞。那谢金吾指手划脚，呼叱人夫，他指到哪里，众人便拆到哪里。好一座清风无佞楼，顷刻间房顶已被拆掉大半。佘太君见此光景，心中怒恼，喝叫一声："住手！"谢金吾好生乖巧，见得佘太君，躬身施礼，没口子说道："惊动太君了！下官奉了圣旨，来拆房屋，这是上命差遣，不由自身，还请不要见怪。"

佘太君道："为甚偏要拆我这清风无佞楼？"谢金吾道："只要抹着标竿、占着官街的房屋，一齐要拆。下官从朝门外拆起，直拆到这里，许多王侯宰相家，连片地拆了，也不单单拆你一家。"佘太君道："你拆别人家，我不管。只我这清风无佞楼，乃先帝旨意敕造的，上面供奉三朝御书手诏，还有赐与我家的誓书铁券，等闲之人，不许上去。你是何人，怎敢拆俺这座楼！"谢金吾道："这就是了。你只许先朝皇帝替你家盖楼，却不许当今皇帝替你家拆楼么？我是奉圣旨来的，你休得阻拦于我。"佘太君道："哪有那般的圣旨！"谢金吾道："我请出圣旨来你看。"说着，从身上取出那张圣旨，把那盖着鲜红的御玺，向佘太君打个照面，然后直读下去，读到"拆到"二字，重重地念作"拆倒"。读完了，看看佘太君面色，却又说道："可曾听得明白？圣旨须不是我私造，难道说我哄你？"

佘太君疑疑惑惑，当下回过头去，和七娘子、八娘子等人说："谢金吾和他丈人王钦若，都不是好货，知道他们耍的什么鬼花样？"七娘子、八娘子还不及答言，偏是谢金吾耳尖，先听得了，接口说道：“我是奉旨行事，你如何骂我？骂我罢了，还骂了我老丈人？须知我老丈人是朝中宰臣，你却诽谤他，好不放肆！”佘太君平日受人恭敬，哪里听得这样语言，不由大怒道：“我骂你那王钦若算得什么！你这一伙打脊泼贼，不忠不信，专一害人，总不会有好下场的！”谢金吾道：“我有圣旨在身，你骂我就和骂了圣旨一般。你骂圣旨，该得何罪？我没有工夫和你计较，以后慢慢再算，现在我还要办我的公事哩。”一挥手，叫着众夫役兵丁：“小的们，上紧拆呀！那金钉朱户、虬镂亮槅，是拆不动的，都砸烂了吧！椽子、柱子，谁拆的谁拿回去当柴烧！”佘太君再也按捺不住了，一伸手攥住了谢金吾的腰带说道：“我和你当面见驾去！”七娘子、八娘子和奴婢们都待一拥上前，不想谢金吾冷不防举手一推，老太君跌倒在地，大家围拢来救护之时，谢金吾却站得老远，叫他夫役兵丁：“今天拆不完，明天再来拆吧！”因他知道杨门女将厉害，所以趁势溜走。七娘子、八娘子原要率人追赶，佘太君却喊住了，说一声：“不可中计！”

五、太君修书

清风无佞楼前一场大闹，佘太君吃了一跌。你道佘太君乃是有名的女将，如何竟被小小的谢金吾推倒？莫非谢金吾是个衙内，官儿虽小，却是武官，有些膂力，佘太君已经上了年纪，不比当初年轻的时候了？这话有些道理。但是更要紧的，却是一个有心，一个无意，佘太君没有想到谢金吾胆敢如此撒泼，冷不防地遭他算计了。

七娘子、八娘子和家人奴婢，见佘太君跌倒尘埃，尽都慌了，赶忙上前扶起，簇拥入府内厅上坐定。看时，头也破了，膝盖也破了，沁出血来。好在府里有的是刀伤药品，取出敷贴了。包扎妥贴，七娘子、八娘子埋怨母亲道："那贼如此狠心毒手，孩儿们待把他捣成肉酱，母亲为何不许动手？"佘太君道："这里面一定有鬼！皇帝就用不着俺杨家吗，为甚下圣旨要拆清风无佞楼？谢金吾纵然大胆，也不敢和我动手动脚，明明是王钦若故意使他来的。他用的激将之法，引我上钩。我一时不察，几乎上当；多亏这一跌，倒是省悟了，所以叫尔等且宁奈些。"七娘子、八娘子道："只是便宜了那厮，这口气孩儿们其实咽不下去。"说着，只是恨恨不已。

皇帝圣旨拆毁清风无佞楼，谢金吾打伤佘太君，这是当时一桩新鲜稀奇的事，沸沸扬扬的，整个京城都传遍了。有的说，这是王枢密陷害杨家；又有的说，莫非杨家有什么犯上作乱的事。说到佘太君受伤，更是传言不一：有说她受点轻伤的，有说她伤势很重的，也有说她命在垂危的。第二天，各家亲友，都来探望。长国姑也来了。慰问已毕，见佘太君伤势不重，倒也心宽；及至问起因由，不免大怒道："这清风无佞楼，是先朝敕旨所盖，也是报你杨家保国之功，如何竟要拆毁？官家忠奸不分，岂不成了昏君么？我要进宫去问个明白。”佘太君摇摇手道：“国姑的好意，我十分感激。只是皇帝既有这个圣旨；必然先听了谗言。昨天我分辩了几句，谢金吾那厮已说我违抗圣旨；国姑如若再向皇帝说，就很不方便了。”佘太君因为昨天见到圣旨是真，却不料谢金吾是歪传的，以此怕再生出事来，罪上加罪。只这便是奸臣们的伎俩，要叫你上下不通气，他便可从中施展阴谋诡计。佘太君过于谨慎小心，恰中他的计了。

佘太君虽则谨慎小心，却又是个深通韬略的人。当下送走长国姑，就吩咐道：“叫老院公立即打点行装，到三关去走一遭来！”柴郡主和七娘子、八娘子，都认作是老太君受了委屈，要叫六郎回来，与她报仇雪恨。谁知佘太君却和老院公说：“你到三关，说与我那六孩儿：若有明白的圣旨，着他下关来；若无明白的圣旨，着他千万休下关来！这里是我修下的书信，你当面递与我那六孩儿。”老院公领了言语，登时启程。柴郡主和七娘子、八娘子，都有些不解，佘太君便说与他们听：“王钦若、谢金吾这般大胆，胡作非为，看来是有意赚骗六郎回来。六郎性子不好，若回来时，却不一发着了他的道儿？私离汛地，贻误军机，就有斩首之罪。那时节，纵然有一万个道理，也解脱不了的。”众人闻言，便都明白了。

六、六郎得信

六郎杨景，镇守三关，大营只驻在瓦桥。这是大宋和北番南北交界之处。北番派有大将一员，名叫韩延寿，率领精兵悍将，在边境上窥伺，虽然不敢大举进犯，却是不断地骚扰。杨景军务倥偬，每日里勤理戎机，一点不敢懈怠。他督率着双刀岳胜，操练军卒；加上孟良、虎头鱼眼焦赞，巡查边疆。把那三关整治得铁桶一般。

瓦桥离汴京稍远，但因是边关重镇，朝廷信使不断；那商民人等，往来更是频繁。京里发生什么大事，很快就能传到。有这一日，杨景正在帐中翻阅兵书，忽有小卒进来报事，说是适才京里来人，传言清风无佞楼被拆，老太君被打伤。杨景猛听此言，吃了一惊，只是有些不信，便问："话是何人传来？"小卒道："是一贩马商人所说，小的怕元帅要问话，把他留在营门伺候。"杨景道："叫他进帐来见我！"——你道这贩马商人如何消息来得恁快？却不知他原是王钦若派来的。王钦若定计害杨景，故意宣扬，要叫他上钩；即或他不上钩，到边寨上一传播，也能扰乱军心。因此令手下之人，装扮着贩马商人，来到瓦桥。杨景怎会想到有这等事，当下唤进帐中，仔细询问。那人便将如何拆楼，如何老太君被打，添枝添叶说了一番。他说，这都是他亲眼所见，满京城里的人尽都知道了。杨景问道："老太君竟然受了伤么？现下如何？"那人道："小人要赶趁生意，第二天就出京，以后的事就不知道了。只是当天确见老太君血流满面，怕的伤势不轻哩！"杨景又问："你可知道动手打老太君的那是何人？"那人道："小人不识得那人，但听人说是什么谢衙内。"

杨景乃是大忠大孝之人，当时听了那番言语，老母被打伤，家中遭横祸，急切之间，又问不出个始末因由，心中烦恼，不觉闷绝于地。帐中众将，将他呼唤醒来，纷纷劝道："事实真假，尚未可知，可派一人到京里探听，再作道理。元帅万不可有伤身体，误了大事。"杨景道："这事有些跷蹊；但凭那人所说，须不是假的。可关照那人且去，不得再向他人告说此事，免得摇惑军心。"众将没好气，向那人说："你休得胡乱说了，我这里军棍等着你哩！"那人满面委屈地道："那位大哥叫我来。我只为向元帅报了信，可得一点赏赐；却不想遭这么一顿排揎，好不晦气！这里人不识货，马也得不了价，我自到别处卖去，不道得卖马倒吃别人军棍！"骨嘟着嘴，自去了。——读者看得出：他是用的"金蝉脱壳"之计，返回汴京，向王钦若报功去了。可是杨景这边，却哪里猜想得到他的鬼算盘哩。

那人去了，杨景也便挥退众将，只顾自家寻思。只因忐忑不宁，得不到个好主意：待要派一小将，去到京里，只是往返时日太久，怎生宁奈？要亲自回去吧，却又怕犯了擅离汛地之罪。正自委决不下，小卒进来报道："府里老院公来了。"

七、焦赞窥帐

老院公进得帐来，未及开言，杨景立即问道："太君可安好？听说被奸人打伤，伤势可重？"老院公道："太君好！受的是磕碰之伤，不是什么大事，就待痊可了。太君亲自修下家书，着老奴送来；郎君一看，就全明白了。"说罢，递上书信，只见上面写道："母亲太君寄书与六郎孩儿：今有枢密王钦若，令他女婿谢金吾，拆毁我家清风无佞楼。又将老身推下阶基，跌破了头，好生烦恼！着你知道。虽然如此，边关重地，如无明白圣旨，是必休念老身、私下关来！如此，反堕了王钦若奸计。你须紧记老身的言语！"杨景读完了信，拍案而起，骂道："王钦若那厮，无法无天，我须容他不得！"老院公上前说道："老奴来时，太君叮咛嘱咐，郎君千万休要下关，着了他们的道儿。"杨景道："我自理会得。"说着，因老家院远道而来，吩咐小卒，给他预备饭食，好生歇息一两日，自回汴京去。

老太君那封书信，杨景一时拿起，一时放下，反复地看。他拿起时，叨念着母命难违，私下三关确有砍头的危险；放下时，眼前却似见着清风无佞楼拆成一片瓦砾，老母亲头破血流，危在旦夕。他自问自地说道："母亲受难，儿子不去看一看，这还叫人吗？纵使那里是刀山火海，我也得闯；千刀万剐，我也得受！”正想到这里，小卒报称：“焦将军进见。”杨景慌忙收起书信，说声：“着他进来。”焦赞进来，打了一躬，说：“元帅哥哥在上：兄弟焦赞，巡边无事，特来回话。”杨景淡淡地说道：“且喜无甚边情。兄弟辛苦了，回营去吧！”焦赞虽是卤莽汉子，兀自也有精细之处，心想，往常巡边回来，哥哥见我，总是问长问短，欢天喜地；今日见我来，为甚却愁眉不展，无甚话说？想要问吧，谅他也不肯说；不如我在这里，暗中窥看，可以明白个究竟。焦赞原是杨景手下一员宠将，在小小不言的地方，他比众将要任意一些，杨景也从来不与计较的。这都不在话下。

杨景见焦赞退去，便又取出太君书信，一面读，一面恨恨不已。只不曾料到，焦赞在帐外，偷听个一清二楚。他听着想着，暗说：“王钦若、谢金吾那厮们好生无礼，拆毁了清风楼，又将老太君的头都跌破了。欺负了老太君，就是欺负我们元帅；欺负我们元帅，那眼里还有我们吗？元帅哥哥待回去探望，却有许多难处。我站起来一竖，睡倒了一横，管他个鸟，且先去京城，把他两个宰了，与杨家报仇雪恨。比及元帅哥哥回去时，我可不已经了了事了！”翻转身，离开大营，一径走了。他怕杨景如或知道，阻拦于他，不让他去；因此告知随营小卒，只说自己单枪匹马，巡边去了。小卒们都怕他火暴的脾气，谁敢多问。他上了马，先是向北，走了一二十里，方才拨转马头，哗啦啦向南驰去。

八、私下三关

杨景坐在帐中，左右思忖，只是想念老母，急于一见。这便传唤岳胜、孟良二将，前来商议军情。二将来了，杨景把那王钦若、谢金吾拆毁清风无佞楼、推跌老太君伤了头颅之事，一一告知。然后指指自家心窝道："我的方寸已乱，若不回去看望一遭，也难治事。即日我下三关，前去汴京。老母幸告无恙，我去去便回，不过几日工夫，所有军中大事，有劳二位贤弟，代为主持。"二将躬身答道："朝中出了奸臣，战士们怎能在外立功。愿凭元帅哥哥将令，我二人去到京城，除了那贼，再作道理。哥哥何必亲行，遭人议论呢？"杨景急道："这不是造反么？不可不可，万万不可！我去只是见母一面，独来独往，也不让人知道，何来议论！二位贤弟替我掌领众将，紧守营寨，提备番兵，按时操练，也就是了。"二将又道："元帅哥哥只身而往，兄弟们放心不下。莫若我二人留一个守大营，一个随行，遇有缓急，也好商量。"杨景道："我下三关，原要瞒着人的，如何可以张扬？关上要紧，你二人全得留下。"二将因杨景坚决主张，就不多说了。

杨景安排了：岳胜护理帅印，调兵遣将，总理营中大事；孟良主领巡边，准备厮杀。又吩咐道："众将士如若问起，你们只说元帅有病，在帐中将息。”二将同道：“别人犹还自可，只是那焦赞，若见哥哥不在，必然吵闹，那便如何？”杨景道：“你们只告诉他，说我打猎去了，那养病的话原是骗人的。”二将道：“这话怕他不信吧？”杨景道：“只索如此说，不信由他不信。倘若让他得知我家中之事，说不定他会做出什么来的。”二将也知只得如此，当下诺诺奉令。——读者们：那杨景帐中有许多良将，要数岳胜是方面之材，孟良、焦赞是骁勇万人敌。杨景知人善任，因自己不在军营，故此托付他等。《元曲》的“下场诗”，写着岳胜说：“元戎早晚便回还，整搠兵戈不暂闲。”孟良说：“但得巡边留我在，番兵谁敢向南看！”这是何等的气概！

闲话少说，只说杨景别了二将，着了一身偏裨小将的衣装，不带跟随，一人一骑，星夜下了三关，回京探母。《元曲》却又写得好，道是：“骤征骑星夜归还，众将校休离营盘，若不为太君跌坏，我杨景也怎敢的私下三关。”那杨景凭着一点孝心，万死不辞，昼夜奔驰，何只一日，看看来到汴梁城外。只因天色尚早，怕的遇见相识之人，未免不妥，这便去那树林之中，权且遮掩身体，等待日落黄昏，才好混进城。他刚刚拴住马，林内却窜出个人来，叫声：“哥哥待往哪里去？”杨景看时，不是别个，却是虎头鱼眼焦赞，这一惊非同小可，四顾无人，当下问道：“你怎么来的？”焦赞憨乎乎地说：“哥哥怎么来的，我就怎么来的。”杨景道：“私下三关，是该砍头的！”焦赞道：“哥哥都不惜这颗头，兄弟的更值得什么！”杨景心下有些奇异，问他：“你是听到何人言语跑来的？来做什么？”焦赞笑道：“我是听了哥哥自家说的，谢金吾拆了清风楼，老太君跌破了头，须不是兄弟编造的。”杨景叱道：“这厮胡说！我几时告诉你那些话？”焦赞一面笑着，一面把帐外偷听之事说了，又道：“我来与哥哥做个护臂，听凭哥哥呼唤支使。”杨景明知，他既来了，是赶不回去的，只有吩咐：“你平日性子粗鲁。这里是京城，若有一毫泄漏，干系非轻，务必打点了。你随我身边，休得离开，招出是非来。”焦赞都答应了。

九、太君训子

杨景和焦赞，等得黄昏之时，前后相随，两骑马掩进城来。这汴京十分繁华，商贾云集，车马喧阗，白日有早市，黄昏有夜市。尽管二人绕着僻静之处行走，说不得也要经过人多热闹的地方。杨景只顾避着马踏行人，忽然间不听得身后蹄声，回头一看，焦赞不见了。叫声苦，不知高低。这焦赞人本生得怪样，又兼不识京中路径，走失了，知他投向何方，干出些什么事来？怎奈杨景他自身沉重，不敢抛头露面，寻既没处寻，等又等不得，发了一会儿呆，只好重催坐骑，径回家去。来至清风无佞楼前，往日所见：碧瓦丹甍，珠帘绣幙，画戟雕戈，沉沉在香雾之中。今天一概都没有了。眼前只是：满地残砖碎瓦，冷清清一片空阔。他摇头长叹了两三声，也来不及去凭吊，却喜的是那无佞府还安然无恙。跳下马来，上前敲门。应声而来，开门的却是七娘子。——你道那潭潭侯府，又是郡马的宅第，家人奴婢成群，为何却要七娘子来开大门？只因清风楼被拆之后，老太君怕的王钦若、谢金吾等人，再来作祟；也还想到，六郎说不定会回来：故此着七娘子、八娘子照管门户，早晚小心。这日却不想六郎真的回来了。

七娘子一见六郎，喜从天降，道得声“六郎哥哥回来了”，就奔去报与太君知道。跟着六郎也就进来，跪下施礼，眼睛只是看着太君的头皮，问道：“母亲的伤势怎么了？不妨事么？”太君道：“我不是好生生在这里，有什么妨事不妨事！我且问你：你下关回来，是请了圣旨么？”六郎道：“母亲！您孩儿一听见母亲受伤，恨不得插翅飞回，哪里有工夫等得及请圣旨！孩儿是瞒着众将，私自回来的。”太君道：“我亲笔修书，着老院公与你送去，可曾见到？”六郎道：“孩儿是见到信回来的。”太君道：“我信中嘱咐你的话，你竟然一句都没有看见吗？老院公还在瓦桥，你倒不请圣旨先回来了？外间都说你是孝子，你却是这么违拗的‘孝子’？”六郎吓得慌忙又跪下道：“不是孩儿敢于违拗，实是接到手谕，心急如焚，也办不得公事了；只好把一应军务，交付岳胜、孟良掌管，安排妥当才回来的。”老太君听到这里，“嗬”地一声道：“你好一个元帅！”杨家府里的老规矩，是以“军法治家”的，做小辈的，不论封侯拜将，做了多么大的官，在家里总得听从长辈的言语。当下六郎还直挺挺跪在那里，太君一摆手道："且起来，听我说。"

六郎拱立一旁，太君训道："当初我与你父，怎样教导于你的，还记得么？那为将之道：受命之日则忘其家，临军约束则忘其亲，援枹鼓之急则忘其身。现在看来，你是全忘怀了。你受朝廷重任，身兼六使，镇守三关，如今不候圣旨，擅离汛地，万一番兵大举南犯，山河破碎，你对得起国家么？即或不然，现有不少奸佞小人，窃权在位，暗中要谋害于你，正找你的差错，你怎么偏偏给人以借口呢？要是被人所算了，却又靠何人保卫大宋的江山呢？"太君说一句，六郎应一句。太君说完了，六郎就道："孩儿见过母亲，不等天明，就回三关去。"太君道："这便是了。"接着又说："我也没什么重伤，只是受了王钦若、谢金吾那厮们一场肮脏气。待得痊可了，自去朝廷，和他折辩，说不得朝廷还要重盖清风无佞楼的。孩儿只管放心回去，有什么要紧事，我自会着你七妹、八妹飞马来告知你。你一定谨守国家法度，不要堕杨家的英名。"

这时，太君又问起："你独自一人来家，也没有个伴当么？"六郎便把焦赞帐外偷听，暗自跟来，进入城中，人丛中挤不见了，一齐告禀了。太君道："焦赞心如烈火，他知道清风楼被拆，我身受伤，必定要给我报仇雪恨。他连自家死活尚且不管，哪里还顾到别人的利害。眼见要出事！孩儿你走你的，明日我自着人寻找他。"说罢，又吩咐："鞍马劳顿，腹内饥渴，你且回房中，夫妻们说几句体己话儿，弄些饮食去吧。鸡鸣你便登程，免堕贼臣之手。”六郎唯唯奉命。

十、焦赞探路

焦赞进得汴梁城，见那街坊热闹，免不得东张西顾，错眼之间，忽地前面不见了杨景的坐骑。他是胆大心粗的人，不晓得什么叫作吃惊害怕，只顾朝前走。走了好半晌，追不着杨景的影子。汴梁城内，酒楼却多，他此时正好有些饥渴，心想何不在此稍歇，喝两杯，问明白路径再走，胡乱撞不是道理。下了马，拴在门前系马桩上，随意走进一家酒楼，找了间阁子坐下。酒保见他是位军官，小心上前张罗。他要了两角酒，大盘肉，慢慢价吃。一面吃，一面问酒保：“听说汴梁城里，有座清风无佞楼，十分华丽，我待去看看，却不知走哪条路，向南还是向北？”酒保摇摇手道：“客官要早来几日，还有得看；如今迟了，已经拆成白地了。”焦赞问：“为甚拆掉呢？”酒保道：“因它占了官街。”说到这里，用手遮着嘴，附耳低声又说：“听说东厅王枢密和杨家有仇，假公济私，派他女婿谢衙内下的手。他倒是报了仇，可我汴梁城里却少了一个好去处了。”说罢，又摇摇手道：“客官切莫向别人说起。那王枢密和谢衙内耳目众多，是得罪不得的！”

焦赞本要问路，听酒保这么一说，倒不好再问下去，楼已然拆了，难道说还想看看地基吗？吃了几杯，有些纳闷，正在此时，忽听顺风吹来，一阵细乐之声。那个多嘴的酒保，又过来悄悄地说：“客官听见么？这便是谢衙内府里在奏乐。”焦赞问：“是那谢金吾吗？”酒保道：“正是这个名讳，小的不敢说。他的府第就在这北边，朱红大门。每天都要动乐。小店里的客位，有好些是为的听乐来的。”

那焦赞听得谢金吾的府第就在近边，猛然泛起了一片杀人心。他想道：“我陪哥哥京里来，又做不成什么事，何不杀了谢金吾，且报了这个仇。哥哥得知，无非一顿埋怨，我自痛快痛快！常言：‘君子报仇，三年不晚。’只我老焦这个性子，莫说三年，就一夜也等不得。杀了谢金吾，再杀王钦若去！”他打定了主意，就不管吃完酒肉不曾，放下杯箸，和酒保说：“我要方便方便，去去就来。门前马匹，有劳给我看守。”酒保道：“客官自去。我们京城地面，从来平静，不道得会出什么事！”他连说“好，好”，笑着离开酒楼。

焦赞循着乐声，大踏步走不多远，就看到酒保说的那个朱红大门。只见进进出出，人来人往，都是家兵家将，持刀带棒的人。他只装作是过路的，直走将过去，却听得那厮们言道：“我们等了三夜了，只不见个人影子，晓得那杨景回来不回来。天天起五更，好不辛苦，他只管吃酒听乐，直恁地把人不当人！”焦赞听得不甚真切，只那“杨景”二字直钻了他的心，想走近前听个备细，却不料那厮们已经瞥见了他，就有个喊道："干什么的，快给老爷们滚开，衙内府门前岂容得闲人偷瞧！"焦赞没好气地回道："什么鸟地方，须不是金銮殿，不许别人走过！你们这伙鸟人，也要在老爷面前称老爷！"那厮们恃着人多势众，惯常爱打群架，当时一拥上前，有待动手。及至走近，看焦赞黑凛凛一条大汉，像半截铁塔一般，就都软了。其中便又有个说："你既是过路的，走你的吧，在这里斗闲气做什么！"焦赞一头走、一头说："老爷公事在身，眼下没工夫。待公事办完，再来陪你们耍子。"

十一、仗义锄奸

那衙内官儿不大，谢金吾却倚仗丈人王钦若的势力，盖了一座好大的宅第。焦赞从大门前走过来，绕着围墙，走了好半晌，才找到后门。推推门，却关得严实；抬头望望，垣墙也不甚高，他是山野之人，爬山越岭惯了的，把那飞檐走壁全不当一回事；耸身一跳，就过去了。那边是个花园，黑天半夜，全看不出什么梅兰竹菊，只有东南角上，一间屋子亮着灯。他缩影潜踪，一步步挨近，却是间厨房。只听两个丫环，打着呵欠在说话。一个说："这早晚，乐工都走了，还不回房挺尸，只顾在大厅上噇酒。那几个客人也怪，直给衙内贺喜，说什么'拿了杨景，准定升官'。也不知讲的是谁。”另一个说：“休管他那些闲事！想必那杨景是该死的。”焦赞一闻此言，怒从心上起，恶向胆边生，抽出了防身利刃；恰好那个丫环探头唤猫儿，被一把揪住，手起刀落，登时了账。厨房里那个听得声响，只问句：“怎么了？”第二句还没有出口，便也吃了一刀。

杀了两个丫环，焦赞一径抢上大厅。只见灯烛辉煌，一人当中而坐，面前堆满了酒肴；左右有三四个客人，列席相陪。当中那人，正在吩咐：“已到三更，招呼鞴马，众人随我拿杨景去！”这一声号令不打紧，却让焦赞认出他是谢金吾，飞身上前，伸手便抓。谢金吾喊声“不好”，大叫：“有刺客呀，快来人哪！”焦赞早已左手揪住他的衣领，右手用刀指着他说：“你这作恶多端的贼！今天教你认得焦爷爷！”说着，一刀剁去，又道：“教你拿杨景去！”这一刀十分有力，连半截颈项把头颅切了下来。回头一看，那三四个客人，却不知躲到哪里去了。杀了谢金吾，还觉着不解恨，进到内房，逐室搜寻，见人便杀，不分老少良贱，连同王钦若的女儿，就是谢金吾的婆娘在内，满门一十七口，都被他杀绝了。——你道这不有些过于辣手么？后来《杨家府演义》偏有诗赞道：

静中察天道，天道好循环。
妄意将人害，全家一剑餐。

《杨家将演义》也有诗赞道：

起意陷人终自陷，且看今日谢金吾：
谁怜恃富当朝相，老幼全家被所屠。

这是因为作恶之人，遭些祸事，古时候不但认为不应该怜悯，倒是说他报应昭彰。常言道："善有善报，恶有恶报。不是不报，时辰未到。"就是这个话了。

焦赞杀了谢金吾一家，心想："从来我立不更名，坐不改姓，若这等走了，不为好汉。我给他留下姓名来。"翻转身，又回到大厅上，割下谢金吾一幅衣衫，就血泊里蘸着鲜血，在雪白的粉墙上，写下四句诗道：

多来少去关西汉，杀人放火曾经惯。
一十七口谁杀来？六郎手下俺焦赞。

写罢，哈哈大笑。闹了一夜，有些饥渴，桌上现成的酒食，当下胡乱吃了一顿，坐在那里寻思，要觅路去杀那东厅枢密王钦若。此时听得一片喧嚷："拿刺客呀！"东呼西应，把个大厅围了起来。

十二、束手就擒

且说王钦若，为了北番，定要除去杨景，费尽了心机，一计不成，又生二计。这回用的是调虎离山的连环之计。拆了清风无佞楼，料得佘太君必然出面；伤了佘太君，就不愁杨景不奔回家；杨景一到汴京，入了罗网，再也不能把守三关了。他派人乔装贩马客商，去到瓦桥，传送消息，赚骗杨景早日上钩。后来那人回报，杨景得信，晕绝于地。他算计好了，武将性子都是急躁的，看看杨景早晚就会回到汴京。他便多多派遣踩线缉访的人，一天十二个时辰，只在无佞府周遭踅来踅去。这日傍晚得报，杨景果然不带一个跟随，偷偷回家了。因是王侯府邸，未奉御旨，不能进去搜查拘捕；只传知女婿谢金吾，天明率领兵马，围住无佞府，待杨景离家之时，一把捉住。谢金吾看作这是手到擒来的事，不慌不忙，在他那衙内府里，饮酒奏乐，消磨长夜。千不料、万不料，这时候他却等来了一个焦赞。顷刻之间，满门十七口，都被斩尽杀绝。家兵家将，全是些酒囊饭袋，既没有武艺，又没有胆量，只是仗着人多，直待焦赞杀过了瘾，才围着大厅喊叫，却谁也不敢进去。

谢金吾全家被杀，自有那快行人送信给王钦若知道。王钦若先也一惊，转而却问：“这，这，谁去拿杨景呢？”——原来王钦若心目之中，只有拿杨景是件大事，死了谢金吾，却当作死了一只鹰、一条狗一般，哪管是女儿、女婿，死一家或是死一个人，那都无所谓的。当奸细的人总是这般狠心狠肠，不必多说了。且说王钦若因见晨钟将动，但怕走漏了杨景，急切间不及别命他人，就亲自前往。他也不用头踏，只带着虞候亲随，百十名兵将，四面簇拥，旋风般赶去。说是阴谋诡计、算无遗策也可以，说是天缘凑巧、合当有事也可以：王钦若和杨景，恰恰狭路相逢。

原来杨景昨夜回家，见到母亲，知道伤情不重，无甚大碍，放宽了心。那佘太君教子有方，要他以国家为重，立即返回三关。母命难违，天方破晓，登堂叩辞；和郡主、二妹，一一告别了，上马登程。京城虽大，能容得走马的路径，不过那几条；走不多远，就和王钦若遇上了。要想回避，万来不及，只有纵马向前，看他如何。却早见王钦若在马上一拱手，嘻嘻地笑着说：“郡马几时回来的？下官不曾得知，未能远迎，多多得罪了！”杨景带理不理的，含糊应了一声。王钦若又道：“郡马回来，有何公干？”杨景没好气地说：“我母太君，为奸人所伤，我回来探望，便怎么了？”王钦若道：“有这等事么？——下官先要动问一句：元帅下三关来，请了圣旨么？”——你道王钦若先称“郡马”，后叫“元帅”，是满口胡吣么？不是的。只因元帅虽尊，却是军职，擅离汛地，就有杀头的罪。若是郡马，那近贵的皇亲国戚，尽可以来去自由了。王钦若是工于心计的人，为了入人于罪，在这些地方抠字眼，原是他的本等。这话表过不提。

杨景见王钦若问起是否请旨的话，只好答道："我来得匆忙，没有请旨，谅得圣上也不会见罪。"王钦若冷笑一声道："好说！你身居元帅，把守三关，不奉圣旨，径直地跑回来了，知道你意欲何为？"说到这里，不等回话，却变了脸，回顾手下道："杨景违背国法，罪在不赦。你等给我拿下！"那些虾兵蟹将，待动手时，杨景一声断喝道："谁敢！"这一声十分威武，众人只看着。杨景和王钦若说："我犯国法，自有朝廷治罪，何须你失张失智地这等模样！有话，到金銮殿上去理论，你等不得无礼！"他这一喝，王钦若倒有些忌惮，就叫手下且慢捆绑，只把杨景拥在垓心，顺着大队走。

十三、捉拿焦赞

一行人正走之间，却又有快行人来报："那个刺杀谢衙内全家的大汉，自称是杨六使的手下焦赞。他手持利刃，把住大厅，众人都不得上前。待用长枪刺他，只怕被他夺去，反而不美。现在计议，乱箭攒射，取了他的性命，却又怕失了活口，没法追查主使之人。所以特来请求示下。"王钦若闻听以后，冷冷地说道："主使的人，就在这里，是不消追查的了。"回过头，望着杨景说：

“你带领刺客，私下三关，既能杀谢衙内全家，往后知道你还要刺杀何人。皇宫内院，都要加派禁军了。杨景，你知罪么？”杨景听说焦赞杀了谢金吾全家，猛然也吃一惊，心想：“这厮真地做下了！你倒是替我报了仇，只这件事怎地了结呀？”心中只管那么想，口中却说：“我单人独马回来，哪里带有他人。你等说什么焦赞，知道是真的、是假的！”王钦若一挥手，叫大队人马，先去谢衙内府里，说：“当面辨认，看你赖到哪里去！”——王钦若因众人拿不下焦赞，要让杨景降服于他，留着这张活口，好定杨景的重罪。杨景却怕那伙人真地施放乱箭，射死了焦赞，故此也急于前往，暂时替他解围。虽然两人各自有各自打算，好在并无争执之处。

到了衙内府，下马进门，只见一片混乱，处处挤满了人，嘈杂喧哗。在那大厅前面，却听得有人吼叫：“你等要送死的，只管上来，焦爷爷的宝刀等着哩！”王钦若被这一声，吓得打一个冷噤，不敢上前，只向杨景说：“你说他不是焦赞么？京城地面，怎么容得这样的野人！他是你的手下，你若不管，我就下令除了这个祸害。”杨景向前走近一步，大声呼喝：“焦赞！不得胡行！”焦赞见杨景来了，便诉起委屈道：“我只杀了谢金吾一家人，又没有杀他们家的，他们却纠缠我不放。我忍住性子，还没有伤他们一个哩。”杨景道：“你休胡说！你闯了这等大祸，还敢恃强拒捕么？”焦赞道：“杀人是我分内的事。在那边塞上，也不知杀了多少人，稀罕这一十七个首级！”杨景道：“这里是京师，天子的脚下，怎么像在边塞上，容得你撒野！”焦赞怪叫一声道：“那些凶恶不义之人，管他在哪里，都该杀头，我有什么不是？”杨景道：“不许你再蛮缠，快把刀放下，好好自缚，去向朝廷领罪！”焦赞道：“还有个人没有杀哩。杀了那个人，我自放下刀。”杨景道：“你还待杀谁？”焦赞道：“那个撮鸟王钦若。”杨景叱道：“你又胡说了！快把刀放下，如若不然，我先砍了你头！”焦赞无奈，放下了刀，嘴里却还咕哝说：“凭我十个手指，就能捏碎他的头，不用刀倒是爽利。”王钦若影在杨景身子背后，听得焦赞的言语，又见他放下刀，便连声叫道：“左右，快快与我将这个杀人凶犯捆绑！”焦赞吼道：“谁敢绑我！元帅哥哥要我向朝廷领罪，我已自认输了，还待怎的？”众兵将见他睁着铜铃般大眼，吼得如雷震，尽都胆怯，你望着我，我望着你，不敢动手。却又听杨景说：“你就自缚了吧。去到朝廷领罪，终不成就这样没事人一样？”焦赞从身上掏出一根绳索，在手上绕了两转，说：“好吧，去见皇帝老子理论去！”王钦若恨得咬牙，却又无可如何，只得由他。

众兵将将杨景、焦赞拥将出去，王钦若这才进入屋内，看着女儿，女婿和外孙儿女的尸身，免不得落两点凄惶之泪。暗中祷告：“你们好好保佑我，让我万事顺利成功，把那二人碎尸万段，以报今日之仇！”祷毕，吩咐随从，即报开封府尹，迅速验看，奏明圣上。还叫购买棺木，早日成殓。一切后事，交待清楚，然后赶着上朝去了。

十四、朝廷折证

真宗临朝，驾坐金銮殿，文武百官，俯伏伺候。当有殿头官奏知："东厅枢密王钦若，拿获擅离汛地、私下三关的六使杨景，听候圣旨处分。"真宗闻言吃惊，就问此事如何。王钦若启奏："杨景未奉圣旨，潜行返京，不知意欲何为；又复随身带来部将，到京后即刺杀谢金吾全家；据其声言，还要犯上作乱。似此触犯王法，罪在不赦，请圣上降旨，将二人处斩以儆嚣顽。"真宗问杨景道："朕无旨意召卿，何故潜返？又遣部将杀人，该当何罪？"杨景奏道："小臣有罪，所不敢辞。但有微情上告，请求圣鉴。臣父子蒙国家重恩，存殁皆思报答。近因有旨，拆毁了清风无佞楼，臣母太君，忧虑成疾。臣恐其一朝死去，不能见面，将抱终天之恨。趁此边关平靖无事，偷暇来家省视。昨夜回来，今早即去，亦不致贻误军机。不意王钦若密布罗网，将臣拿来，治臣擅离汛地之罪。臣死不足惜，只恨今后再不能替陛下把守三关了。至焦赞，虽是臣部将，但他何时来京，何故杀死谢金吾全家，臣均不知，请交法司，审讯明白。"——你道杨景为何不将谢金吾推跌太君之事奏明？只因焦赞杀了谢金吾全家，但怕真宗说作是他嗾使，那就有理也说不清了。

真宗闻言，略事沉吟，就问王钦若道："记得上次为了开展官街，朕御笔亲批，拆毁房屋，到清风无佞楼为止，怎地偏拆了清风无佞楼？"王钦若答对道："拆毁房屋，是着谢金吾去监工的，未必就拆错了？但拆房究竟是小事，即或错了，她佘太君尽可面君陈诉，为何却一言未发？杨景率领部将，进京杀人，明有一番不轨之心；却想指着拆房，推卸罪责，一派的都是欺君之言。臣身居东厅枢密，严防奸宄，捉拿逃军，职责所在，怎说密布罗网？若不将他拿获，这昼夜之间，不知他又多杀了多少人了。还望乾纲独断，立予处决，以绝后患。"——这个大风波，原从拆毁清风无佞楼而起。提到这件事，王钦若只是轻描淡写，朦胧奏过，把那歪传圣旨的痕迹，都埋藏起来；万一还被追问，他又打算好了，全推在死鬼谢金吾身上，干净了当，也不愁会露出破绽。

从来皇帝没有不相信近幸的言语的。那真宗听王钦若的话惯了，自然也跟着他转，于是又问杨景说："拆毁清风无佞楼，在你杨家是件大事，在朝廷却是件小事，将来朕拨给银两，重盖一座，也就是了。你潜回汴京，率领部将杀人满门，这却是没法饶恕的罪过。在三关之上，你是元帅；擅离汛地，却是逃军：应得何罪，你是统兵之人，自然明白，朕也无从袒护。但念你有汗马功劳，又是长国姑的女婿，朕不忍将你定罪。今着众卿公议，看看该当如何。"

文武百官，奉诏进言，有的说："杨家功高，边关需人，宜贷其一死。"有的说："可免去杨景官职，只治焦赞杀人之罪。"又有的说："两人罪大，目无王法，不处斩无以服人。"众官有向着杨家的，有向着王钦若的，各执一词。真宗又问王钦若："还有说的么？"王钦若道："杨景说什么再不能把守三关，原是要挟的话。目今南北和睦，平安无事，没有杨景也不见得就会开战；兴许杨景不在，倒引不起干戈哩！"真宗点点头，似乎赞赏他的言语，却又因为时间久了，有些不耐烦，只说："这事交付法司审理。杨景、焦赞，下在天牢，且候处分。"殿头官便高呼："无事卷帘退朝。"

十五、番营计议

北方女主萧太后，为了开疆辟土，日夜筹划，进取南朝。派大将韩延寿，为行军都总管，率领人马，长期与大宋相持，只是日复一日，师老无功。隔些时候，萧太后都要召见他，商议军情。有这一天，他在召见之时，开言说道："俺番兵不能侵入宋界，只为的有个杨景镇守在三关，如不除了他，想胜过宋兵，万不能够。"萧太后道："他手下有二十四个指挥使，除他一个，却有甚用？"韩延寿道："常言道：'蛇无头而不行。'除了杨景，就不怕那二十四个指挥使了。"萧太后道："你何不派一个人，到他帐中，偷了他的首级，岂不省事？"韩延寿摇着手道："臣曾三番两次，派人行刺，他却防范严密，总被破获，枉自送了行刺人的性命。”萧太后道：“如此说来，直是无计可施了？”韩延寿道：“臣想得一计在此，只是没有想到用计之人。”萧太后问道：“你有何妙计呢？”韩延寿道：“臣想，买通一个南朝有权大臣，要他为番邦效力。自古‘权臣在内，大将不能立功于外’。只要那个权臣一句话，胜过十万雄兵，十个杨景都除得掉的，何况一个！”

萧太后一听韩延寿献出那个反间之计，不觉以袖掩口，吟吟一笑道：“计倒是条好计，可惜你说得迟了。”韩延寿道：“杨景一日不除，此计一日可用，怎地太后说迟了呢？”萧太后道：“多少年前，我已经用过此计了，只是到今天还没有见效，你现在说，可不迟了么！”接着，便把派贺驴儿改名换姓，混入南朝的事说了。萧太后平日办事机密，轻易不让臣下知道，只因近年以来，贺驴儿断了音讯，这才说与韩延寿听，要他着人去打探。韩延寿是个武夫，听知王钦若就是贺驴儿，即便说道：“这王钦若是南朝第一权臣，他若尽力，早除了杨景。看来是贪图荣华富贵，忘却了当日之言，忘却了他是俺番邦的细作。必须叫人去提醒于他。他若再不下手，定是忘恩负义，那就揭破了脚底板的机关，叫他不得好死！”萧太后叮嘱道：“这脚底板之事，原是拴住贺驴儿，要他时刻在心，不敢背叛。只可拉弓，不可放箭。若揭穿了时，把箭放了，却不都完了么？你派个精细能干的人，去时是紧拉一把弓，让他听得弓响，那就够了。”

韩延寿领了萧太后旨意，回到大营，立刻修下书信，只点名给贺驴儿，说：“派你去到南朝，做个里应外合，你今得志于中原，怎的没些报效？你忘了番邦之恩么？如今着你，三月之内，除了杨景；如若不然，就要剥落你的鞋袜，要你脚底板露出来也！”写好了，把来封在蜡丸之内。——什么叫作蜡丸？原来古时传送机密文件，严防泄漏，就用蜂蜡把它包裹，使人不知。这叫蜡丸，也叫蜡书。当细作的，少不得都用这个东西。当下一切弄停当，叫一个去过东京的小番，他是机灵能了事的人。韩延寿吩咐："你把这蜡丸藏在身上，去到汴梁，送与东厅王枢密。只要送到，就记你一大功。千万不能泄漏，泄漏了你就没有性命了！”那小番道："小的省得！要叫元帅放心……"话不曾说完，抽出腰刀，朝自己腿肚子上就割了一个口子，把蜡丸捺将进去，然后又说："谁能找到这里！”韩延寿点点头道："好倒是好，可还要堤备宋军，小心在意，千万休教那杨家将知道！”

十六、孟良捕谍

杨景、焦赞下关走了，岳胜重任在肩，每日率领孟良和众将士，操练巡逻，严守边疆。边界很长，巡逻甚苦，往往一去百十里，来回好几日。多时以来，也不见有什么动静。那孟良是个好事之徒，叫他每天打仗，杀得人仰马翻，浑身挂彩，他倒愿意；及至出马行军，遇不到一个敌人，却十分乏味。这日发言道："不是见鬼么？番兵逃走百里之外，我们却天天去捕风捉影，枉自耽误了吃酒的工夫！”岳胜劝道：“养兵千日，用在一朝。不怕一万，但怕万一。元帅哥哥临去之时，怎生吩咐你我？倘若有些差错，将来如何见面？好兄弟，休要懈怠，再辛苦几日，哥哥回来，我们开怀痛饮吧！”孟良闻言，只得去了。

事有凑巧：平日巡边，多投西路，是南北交通的大道；孟良厌烦了，那日偏投东路，东路有条小路，来往的人却不多。离开营帐几十里，有座小山，免不得要登高瞭望。孟良眼力最是明亮，见远处有个骑马之人，飞奔而来。他犹如猎人看到獐猫鹿兔一般，好不喜欢。命令士兵，四散埋伏。那人全然不知，只顾赶行。走至山下，伏兵齐起，将他围住。那人滚鞍下马，没口叫唤：“我是平民，各位大哥不要认差了。”孟良上下打量了一番之后，却问：“你是干什么的？待往哪里去？”那人道：“我有两卷牛皮，要卖与关内之人，换些粮食。”孟良又问：“为何你不投西边的大道，却走这东边的小路呢？”那人道：“在这旷野荒郊，迷踪失路，这是常有的事。”说着，眼珠只是滴溜溜乱转。孟良看那人的神情，听那人的语言，觉得其中有些跷蹊，便道：“不能听信你的，我要搜查。”那人从马背上卸下那两卷牛皮说：“请查吧！”一众士兵，打开了牛皮，只是干干净净的，无有丝毫可疑。孟良一挥手，命令道：“抄身！”那人闻言，挺身而立，张开双臂，听候搜查，毫无惧色。孟良见他全然是个惯家的模样，越发疑心，仔细留神看着。当有两个士兵上前，在那人身上，这里摸摸，那里捏捏，又让揭了头巾，解了褡膊，剥了靴袜，只差没有数数几根头发，浑身都搜遍了，却无一些破绽。孟良指着他腿上行缠（绑腿）说：“为什么不解开？”那人道：“我昨日路途上跌伤了，怕风哩。”孟良喝道：“什么风不风的，快与我解开！”那人无奈，只得把青白间道行缠绞脚，一层层解着。一面解，还一面捺着。解开一看，老大的伤口，血肉淋漓的，并无惹眼之物。孟良道：“既然没有嫌疑，且随我们大营去走一遭。”那人道：“我赶路要紧，去大营做甚？”孟良不理睬他，看了看众士兵，众士兵就把那人连同牛皮，都掇上马，不容得他不去了。

到了大营，孟良先进帐去，告诉岳胜：“今天巡边，拿到一个小番，形迹可疑，却没有搜出东西来。他腿上有伤，自说是跌坏的；我看却是兵刃之伤。哥哥亲自审问吧。”岳胜省得孟良的意思，当下传命，把那厮绑进帐来。那人只顾呼冤叫屈，说是已经搜查过了，为甚恁地作践平民？岳胜喝道：“住口！你明是一名番兵小校，混充什么平民！我只问你：来南朝做甚？你那腿上带的什么？你实说了，饶你不死；不说实话，砍了你那驴头！”那人还想抵赖，岳胜就叫：“左右与我动手，把那厮腿肚里的东西掏出来！”这下打中要害，那人只得招认，是到南朝送书的。从腿肚里抠出蜡丸，当面呈上。岳胜打开看了，如此这般，立时定计，也不杀那个小番，只叫孟良，将这厮押解到京师去，面见圣上。

十七、六郎处斩

杨景、焦赞押在天牢，法司议罪，多日定不下来。有良心的，念着杨家的功劳；没有良心的，却要跟王钦若一鼻孔出气。王钦若暗想："已经到了这般火候，岂能纵虎归山。"他便在真宗面前，搬弄许多言语，说："杨景私下关来，率领部将杀人，反形已露。杨家自恃功高，手握重兵，不把皇帝放在眼里，不出三年，就要篡位了。"从来的皇帝，没有不猜忌功臣的，真宗听了那番话，觉得杨景真地造了反了，那是非杀不可的；只因杨景是个郡马，若杀他时，长国姑必来罗唣，她总是个长辈，有些不好办。王钦若就献出计来，要真宗挂起"因病免朝"的牌子，不论何人，这几日一概不见。真宗得了这个主意，当即在杨景、焦赞的犯由牌上，御笔亲判了两个"斩"字；又命王钦若，亲自做监斩官。

王钦若奉了圣旨，好不快意，心想："杨景这下落在我的手里，是飞不掉的了。萧太后领兵夺取三关，指日可待。我为番邦立此大功，将来定可青史留名了。"事不宜迟，迟则生变，立命手下人在那闹市中，建起法场，来朝就要行刑。汴梁城中，沸沸扬扬，一时轰动了，人人咨嗟，个个叹息，都说："这杨家有不世之功，六郎杨元帅，乃是郡马，忠孝双全的英雄，如何会落得这般下场？”大家心里都骂皇帝糊涂，忠奸不分，太狠毒了，只是嘴里不敢说出来。却也有人说：“杨六郎不合擅离汛地，私下三关；又带领焦赞来京，杀了谢衙内家一十七口：犯了国法。皇帝将他处斩，正是大公无私，有什么不该哩！”另外的人又说：“当初老皇赐与杨家誓书铁券，饶他九回死罪，怎的到了时候又不饶呢？”

不说众人议论纷纷，只说那无佞府内，也已得知真宗将杨景、焦赞二人判斩的消息，七娘子、八娘子慌慌张张来见佘太君。却见太君也不悲伤，也不啼哭，只是坐在那里沉思。她姊妹二人言道：“六郎哥哥，被人陷害，看看待死，母亲怎不快想个主意搭救？”太君道：“我叫他不要下三关，他偏要下三关，如今被人抓住把柄；是皇帝御判处斩，又不是别人，有什么法子搭救？”俩姊妹道：“那王钦若和我杨家做对头，自从焦赞杀了她女婿一家，这个仇结得更深了。怕的他把六郎哥哥杀了，还要做出些什么事来。”太君道：“无非是对老身不利。常言道：‘忠臣不怕死，怕死不忠臣。’我自不怕他。”俩姊妹道：“难道就这样坐以待毙么？我姊妹商议好了，送母亲去到三关。”太君道：“去到三关做什么？莫非要造反么？”俩姊妹道：“我们爱着大宋，大宋却不爱我们：我们何必死守在汴梁城里！”太君发怒道：“尔等何得出此无父无君之言！我杨门世代忠良，一心报国。虽然皇帝一时不明，也是你六郎哥哥自招杀身之祸。这场是非，后来自会分辨明白。如若这时去到三关，却不正好又中了王钦若的诡计，说你六郎哥哥原是要造反的了？‘君要臣死，不敢不死’，杨家将从来没有一个怕死的！”姊妹二人，听了母训，不敢再说什么，只是不免又问：“母亲恰才沉思，却在想些什么呢？”

十八、全家待罪

佘太君听了七娘子、八娘子的问话，叹息了一声道：“从来忠孝难于两全。今番你六郎哥哥，为了尽孝，落了个不忠之名，也是无法之事。我现下只有一件事摆拨不开：但怕他身死之后，番邦人马，早晚来攻，无人把住这三关了。”姊妹二人，见太君只是想着大宋的江山，却不以六郎被杀为意，心中有些不然，又不敢说，只顾道：“岳胜、孟良等人在那里，依着哥哥的法度，不道的就让番兵打了进来？”太君道：“就算他等有勇有谋，十分了得；可知你哥哥被处死，这事传到关上，不要军心涣散么？而且那些指挥使，都是山寨英雄，多少年来，和你哥哥结成兄弟，同生共死，保卫宋室。你哥哥死了，说不定他们就要散去，各返山林，这却如何是好？”俩姊妹道：“皇帝要自坏长城，神仙也无法可施。”太君道：“我想让你姊妹，去一个到三关上，劝告大家：为国努力，不要只念着你六郎哥哥。”俩姊妹道：“我等去到那里，说不说得岳胜他们听从，倒也不争。只是若被王钦若那厮知道，又会说成‘私上三关，意在造反’。皇帝耳根软，听信谗言，到那时节，我等怎么和他分辩？”太君闻言，只管搓着手，有气无力地说：“也是！大约是大宋气数所关，纵然是神仙，也没他奈何了！”

这时，太君问俩姊妹：“此刻已到什么时候？”俩姊妹道：“已过了辰正。”太君道：“你那六郎哥哥，在人世只有一个多时辰了。”此言一出，俩姊妹登时掩面啼哭，泣不成声。太君说：“尔等休要啼哭，且打开箱子，把我那身孝服，取了出来。”俩姊妹遵命，取出了白衣白裙。太君指着说：“自从尔等父亲为国捐躯以后，我就留下这身孝服，想不到，如今却为了你六郎哥哥，犯了国法，免不得代他服罪。我只剩下这一个孩儿，遭此惨祸，还要留下骂名，料是杨家将杀人多了，得到的报应。只是九泉之下，我如何去见尔等的父亲？”说着，兀自流下两行泪。又吩咐：“去把你嫂嫂唤来。”

柴郡主面如黄腊，带着啼痕走来，只是守规矩，不敢在婆母面前啼哭。这时，太君已换了衣裙，看了看儿媳说：“媳妇，苦了你了！”柴郡主再也撑不住了，哇地一声，泪如泉涌。太君道：“休哭，办正事要紧！我教子无方，触了刑网，辜负天恩，莫此为甚！你可为我传命全家，一齐着孝，闭门待罪。然后去报你母长国姑知道，就请转达天听，说我杨门上下老幼，静候朝廷处置。从驸马府出来，你不必回家，一径去到法场，为我那苦孩儿送行去吧。”柴郡主哭着应着，七娘子、八娘子也在一旁哭。——你道杨家将男女俱是英雄，为甚哭作一片？只因他们是慷慨激昂的人，从来不惜断头沥血。如今却受委屈，被冤枉，皇帝偏信奸臣的言语，他们又不愿埋怨皇帝：以此觉得窝囊。有冤难诉，报国无门，此乃千古英雄最为伤心之处，不由得要泪飞如雨了。

十九、国姑救婿

柴郡主遵婆母佘太君之命，去到驸马府，见她母亲长国姑。已交巳时了，只见府门内外，人头簇拥，正在排开半副銮驾。銮驾乃是皇帝的仪仗队，皇后和那太子、公主等人，不能与皇帝相比，只有半副銮驾，这却比那大官们的头踏高得多了。长国姑的半副銮驾，从前朝老皇时就有了，平常搁奉一边，只有出门时才摆将出来。柴郡主心想："今日是我六郎行刑之日。此时再进宫搭救，纵饶官家应允，早过了午时三刻，又有什么用哩！"

柴郡主一头想着，一头进了府，拜见母亲长国姑。先把婆母佘太君的话，禀说明白。然后侍立一旁，只顾啼哭。长国姑看她身着孝服，白衣白裙，也觉凄惨。当下言道："你道我那杨六郎孩儿真地有这般重罪么？就算擅离汛地，私下禁关，是一个死；部将焦赞，杀了谢金吾家十七口，又是一个死：打总不过是两个死么。杨家奉有誓书铁券，饶他九个死，还存了七个死咧！我那杨六郎孩儿，为国家，保皇驾，立了偌多的功劳，没有誓书铁券，也尽够将功折罪的，不道得就这么把他杀了？”柴郡主道：“母亲的话，自是正理。叵耐官家听信王钦若的谗言，专和杨家作对，料来这时六郎已被绑上法场，是救不了他的性命了。”

长国姑道：“我儿休要啼哭。你道这时救不了杨六郎的性命，不知我就选的这时救他。”柴郡主不解其中之意，擦着泪眼，只顾听着。长国姑便又道：“官家好生下得：亲自把杨六郎判斩不说，还挂起‘因病免朝’的牌子，宫门紧闭，断绝内外交通，说什么‘不奉宣召，任是何人，一概不许入宫’。这明明是回避我，怕我去罗唣。我能听凭王钦若杀我六郎孩儿吗？官家不让我入宫，我就不入宫；我只去到法场，自把我孩儿救出来。须得这个时候，在这个所在，翻天覆地大闹一场。王钦若拦挡不了我，定要闹到官家面前，那时节，我自有道理。”

柴郡主道：“这不是劫法场么？怕不中么？”长国姑道：“官家也不是不知杨六郎是我的女婿，却恁般毒辣。我须是太祖、太宗的同胞姊妹，官家的姑姑，我自要救我的女婿，官家不应允，我就拼了这颗白头颅，有什么不中！”柴郡主道：“恁地时，我调了无佞府的兵将来！”长国姑摇手道：“那倒不消！我去时，只是丈母救女婿；若有了你那杨家兵将，却不被人说作是造反？那王钦若是个文官，没有本领，只用我的随从，就能把那些刀斧手收拾。你跟着我去，相机行事，我也好有个商量处。”柴郡主听了母亲言语，心放宽了，收起泪眼，靠近午时左右，随着那半副銮驾，同往法场。

二十、焦赞骂贼

京师汴梁城，看杀人的事是不常有的，何况论斩的一个是元帅、一个是将军？更何况那元帅是当朝郡马呢？行刑的那天，从四面八方挤来了无数观看热闹的人；那头顶箩筛、肩挎篮筐，做小买卖的，也来赶热闹；还有那怀里揣着热馒头，等候着醮人血吃的痨病鬼，好不容易得着机缘：大家都来了，压肩叠背，把座法场，直围得水泄不通。

这日一大早，杨景、焦赞在天牢里，被撮弄起来，吃了长休饭、永别酒，五花大绑，拥出了牢门，驱往法场。一路之上，刽子手们少不得唱叫扬疾，这个说："行动些，你两个时辰到了，挨也挨不过去！"那个说："你两个精细着，明年今日，便是你两个的周年！"那杨景风度凝然，不言不语，只顾大踏步地行进。焦赞却不服烧埋，一路上，骂骂咧咧，不肯住声。杨景说："兄弟不要说了。我们杀人多了，这颗头，被人砍了，却抱什么屈、喊什么冤？"焦赞说："我们杀的，都是该杀的人；为什么却要杀我们哪？我自说了给大众听，共总一个死，怕什么呀！"杨景劝他不住，由他骂去。大路两旁，有不少人，给焦赞叫好，说他不愧是一条汉子。更多的人，怜着杨景，英雄末路，"虎落平阳被犬欺"

的模样，尽都洒着一掬同情之泪，这可说公道自在人心。

一行人，吵吵嚷嚷，来至法场。那士兵和刀斧手们，赶退闲人，让出了中央一块白地。杨景和焦赞，就地坐了。巳牌时候，监斩官东厅枢密王钦若，摆着头踏，一路上呼喝而来。他下了轿，左右随从给搬来一把浑银交椅，朝南坐下，便叫："把那两个罪犯，与我拿来！"众多刀斧手，拥着杨景、焦赞上前，喝道："犯人当面！"那"当面"是跪下的意思，只是二人不瞅不睬，依前坐在地上。王钦若一声奸笑，问道："兀那杨景、焦赞，你擅离汛地，私下三关，无故杀害谢衙内全家一十七口，你知罪么？今日将你处斩，却有什么话说？"二人还是不答。王钦若又说："你在三关上，摆尽威风，乱杀乱砍，残害忠良，今天在我手里哈喇了，也算给他们报了仇。你们再世为人，却不要和今生一样，为非作歹了。"——读者早知道：那王钦若原是番邦细作，在这万分得意之时，露出尾巴，说出了真心话。甚至连把杀头都说成番话，情不自禁地叫"哈喇"了。但那杨景、焦赞，当时并不知道王钦若的意思，杨景听着，也还罢了。焦赞却耐不得，吼了一声，泼口骂道："你那卖国贼，专一陷害好人，还要说这说那，看你万剐凌迟的日子，也就要到了，快闭起你那鸟嘴吧！"他千贼万贼价骂，声音又大，骂得王钦若直眉愣眼，没法和他斗口，只顾问左右："到了午时三刻没有？"四面看热闹的人，莫不哈哈大笑，竟有拍起手来替焦赞助威的。在一片闹哄之中，忽然传来马前急报，说有銮驾在此经过。王钦若听了，心中一惊。

二十一、大闹法场

监斩官王钦若在法场上，等待时辰到了，好传命开刀，忽然间报来，有銮驾经过。他是乖巧人，先也一惊，随即想到，莫非长国姑来了；一问果然。他倚仗自己是东厅枢密使，监斩杨景、焦赞是奉了圣旨的，倒也不怕。走到凤辇之前，躬身启道：“下官王钦若，奉旨在此监斩。‘良吏不管月局，贵人不踏险地’。这个所在，不来也罢，国姑且请回辇。”长国姑问道：“斩的何人？”王钦若只好回道：“是杨景和焦赞他两个。”长国姑道：“你须知道杨景是我的女婿。你做个人情，刀下留人，把他两个放了吧！”王钦若道：“我是奉旨监斩的，放了人，却拿什么回话？”长国姑道：“就说是我保的，念在他们当日有功，也合将功折罪，免其一死！”王钦若道：“他们所犯是不赦之罪，没有圣旨，我怎敢做人情。”长国姑道：“也还念在他的父兄功劳，为国捐躯，佘老太君只剩下这一个儿子。”王钦若道：“那杨业没本事，死在阵上，算什么功劳！他哥哥杨五郎，削发为僧，这等怕死，也有功劳？国姑休要给杨家脸上装金。”长国姑怒道：“他家没有功劳，倒是你有功劳？想当初不得意时，你提着个灰罐儿，卖诗写状，你的功劳，莫非是这一些么？”王钦若一时暴躁起来，口不择言地回道：

“好汉不怕出身低，那算得什么，你家父祖，当初不得意时，游关西五路，也曾挺着脖子，拽伞车儿来！”长国姑一闻此言，顿时气愤填膺，叱道：“这厮好生无礼，竟敢没有尊卑上下，和咱斗嘴，辱骂皇室，该当何罪！”王钦若道：“你先毁骂国家大臣的，怨不得我来。我只骂了一个老婆子，有什么罪！”长国姑道：“你须不是瞎子，偏不识得咱长国姑？”王钦若道：“先皇在关西的时候，从来没有七姑八姨，恁多亲眷。今日这个也亲，那个也亲。你家姓柴，官里姓赵，知道你这胡姑姑、假姨姨是哪门亲眷！”

长国姑见王钦若句句不让，一味顶撞，不肯放人，只得虚晃一枪说：“你既饶他两个不得，那我就递一碗长休饭、一杯永别酒吧！”王钦若不好拦阻得。谁知长国姑降了辇，柴郡主和一众随从紧紧跟随，到得杨景、焦赞面前，喝叫：“与我扭开长枷，疾速放了二人！”柴郡主向前，众人一齐动手。那些士兵、刀斧手、刽子手们，见这些禁军人马，又都是有武艺的，谁敢抗拒，眼见杨景、焦赞二人，都被放了，那张犯由牌也被扯了。王钦若赶将过去，预备夺人，长国姑伸手一巴掌，打他一个趔趄。他虽则口硬，终归手软，挨了打，不敢回手，只顾说：“你毁了圣旨，劫了法场，殴辱大臣，我和你见驾去！”说着上了轿，飞奔去了。长国姑道：“我自要找官家理论哩，却怕你这个泼奴婢！”杨景道：“母亲这么做，怕的不中么？”长国姑道：“不恁的如何救你？我们且去宫里，把这件公案首尾闹个清楚。”

二十二、国姑拼命

常言道:“恶人先告状。”果不其然，那王钦若抢在前面，来见真宗，匍匐金阶，声音颤抖，只听他言道:“小臣奉旨监斩，正待行刑，不意长国姑前来，劫了法场，夺去罪犯杨景、焦赞，扯毁诏书。小臣上前拦挡，却遭一场毒打。她自恃是天潢支派，肆意横行。小臣死不足惜，只是国法何在，国体何存！请皇帝与小臣做主。”真宗道:“有这等事？那还了得！但不知杨景、焦赞，现在何处？”王钦若道:“长国姑将他两个罪犯带走，说是要来见圣上，请求赦免哩！不争赦免他两个，怕的今后逃军和那杀人犯都不服判刑了！”真宗恼怒，说了句“不能饶他”，然后又命:“卿且去到朝房等候，朕自有区处。”王钦若谢恩退下，一面走，一面寻思:“这一回，少不得连这个长国姑也断送在我手里，斩草除根，好不痛快！看来，是我主的洪福到了。”

过了片刻，长国姑领着杨景、焦赞前来朝见。这时，皇帝“因病免朝”的牌子已经摘了。金殿上自有侍从，掇来锦墩与长国姑坐了。平日长国姑来时，真宗要敬她三分，怕她三分，让她三分；今朝却因听了王钦若言语，心中不满；把那些都忘记了。不等坐定，真宗倒是先问:“姑姑，你扯毁了我的诏书，放走了我判斩的罪犯，殴打我的大臣：我这张龙床，也坐不稳了！”长国姑也没好气地说：“官家只听那奸臣一面之词，也不想想我为甚打他。我因官家执意要杀我的女婿，只好去送碗长休饭、永别酒，不想他竟敢骂我先人。我的先人，遮莫不是官家的先人？我不剜他眼睛，剁他手脚就是好的，打两下算什么！”真宗道：“就说他骂了，我自处他的罪。只是杨景、焦赞，身犯重罪，我判了斩，姑姑不合劫法场，放了他。”长国姑道：“虽则两人犯了罪，念在当初的功劳，又有誓书铁券，也可免除一死。”真宗道：“太子犯法，与庶民同罪。我是饶他不得的！”长国姑又道：“官家先拆的清风楼，那谢金吾跌伤了佘太君，这才招引了杨景下三关。官家只应叫他赶紧回去，严守边疆；如何却要杀他，却不是放番兵进来么？”话说多了，真宗只不答理。长国姑急了，就说：“大小我是个国姑姑，官家直如此下得，竟饶不了我的女婿么？”真宗道：“不饶，不饶！”长国姑道：“官家好糊涂！这女婿是我的，元帅却是朝廷的。‘千军易得，一将难求’。你把个元帅这般蹂躏，说什么不杀他就坐不稳龙床；可曾知道，你杀了他，三军解体，番兵南进，那时节，你倒真的坐不稳龙床了。那些奸佞小人，天天浸润着你，一意要杀他，知道安的什么心！有这个元帅在，保住了官家；元帅若没有了时，只怕官家也难保了！”说到这里，不禁老泪纵横，跺着脚又说：“官家不要道我死命要保女婿，我要保的其实是官家。我不忍见太祖、太宗好容易打出来的江山，平白地断送在你手里！好吧，官家既不肯听从我的言语，我也无颜面再活在人世了！”说着就待一头往阶下撞。真宗见她如此，倒是慌了，终不成看着长国姑碰死金阶，连忙叫侍从将她扶住，口中直说：“且从长计议嘛，姑姑何必如此！”

二十三、孟良奏事

金殿上正乱作一片，忽有殿头官匆忙进来启奏：“三关上飞马来报，有紧急军情奏上。”真宗吃了一惊，非同小可。只因那个时候，边陲多事，听到有警，谁都担心。当下即命侍从，把长国姑等人，扶入偏殿；一面宣召，来人入见。

来者并非旁人，正是孟良。他从瓦桥，押着那个小番，披星戴月，昼夜奔驰，来至东京汴梁城。因有岳胜吩咐，关节重要，定是要见着皇帝，方可奏知此事，千万不能向别人走漏消息。孟良见了驾，才将巡边捉获细作，搜出了蜡丸，是番邦萧太后命人递书与王钦若之事，一一说了。真宗一面听着，一面看那蜡书。把张纸，翻来复去端详，只是有些不信。论说，真宗在宋代皇帝之中，也不是分外糊涂的，只因平日宠信得王钦若久了，忽然听说他是番邦的人，一时间觉得跷蹊，还疑着有人陷害于他。当时追问着孟良：“你是孟良么？”孟良应道：“末将在！”真宗又问：“你是从三关上来的么？”应道：“是！”又问：“番邦的细作，是你捉拿的么？”孟良是直性汉子，心想什么都奏过了，为甚皇帝老要问？既然问了，又不好不回对，只得说：“是末将拿到的。已经押解来京，现在宫门之外。”真宗道：“既然押解来京，为何不带上殿来？”孟良道：“番人面貌丑陋，言语粗鲁，怕的会惊了圣驾。未奉旨意，末将其实不敢带他上殿。”真宗轻轻“嗯”了一声说：“见过了你，还怕什么番人！”——只因孟良环眼浓眉，面如噀血，真宗看得不甚顺眼，所以出此轻薄之言。孟良一时没有悟过意来，倒是说：“末将奉旨。”

不片时，孟良领着四名兵丁，将那小番押到，绑缚着，跪在丹墀之前，离御座远远的。真宗便问：“你是来下书的么？”因为远了，那小番不知问的什么，张口结舌望着。殿头官从中传话，他才回说：“是的。”真宗又问：“你下书与何人？”回说：“专送王枢密。”又问：“哪个王枢密？”回说：“东厅王枢密，也就是贺驴儿王枢密。”真宗说：“贺驴儿乃是何人？”小番说：“贺驴儿乃是左贤王贺鲁达的儿子，来到中原，却名叫王钦若。”真宗问：“是何人派你来下书的？”小番说：“我奉了元帅韩延寿之命，韩元帅又是奉了萧太后之命。这都是上命差遣，身不由己。”真宗问：“你可识得王枢密？”小番说：“我不识王枢密，但知他左脚板底下，刺有贺驴儿三个字。”

真宗又还问了多少言语，那小番一一回对，和蜡丸传书，全都符合，是千真万确的了。真宗心中纳闷，怎的十几年来，一些都看不出呢？他不怨自己被蒙骗了，倒想着里面或者还有什么文章。查看脚底板是最容易弄明白的，只怕查了之后，万一竟然无有字迹，这不是戏侮大臣么？左右得不着一个主意。只好先叫孟良，把小番管好，退下待命。

二十四、真宗问计

孟良等人退去之后，真宗袖了蜡丸，来至偏殿，向长国姑讨主意。长国姑是看着真宗长大的，真宗继承皇位，内里也有她的主张。平日真宗原很信服她的，如今因为听信王钦若，要杀杨景、焦赞，害得她一命相拼，几乎撞死，所以再见面时，真宗倒是深有愧色。

真宗也不隐瞒，将那番邦细作来向王钦若下书之事说了。然后又道：“看光景，这王钦若埋伏在我身边，竟然是真的哩。”长国姑道：“官家到恁般时候才信了？信了就好，免得再受骗。外面早就传说，王钦若是番邦人；谢金吾虽是汉人，却被王钦若收买了。只为没有拿着真凭实据，官家又宠信他，因此大家都不敢说。如今忠奸分明，官家可以下断了。”真宗道：“下断不难。只是要看证据，是那王钦若脚下一行字。王钦若官居辅弼，如果当朝验看，其实不便。倘若验不出字来，就更要受到文武大臣们的指责了。”长国姑道：“官家既然如此多疑，我倒有个计策在此。”真宗急道："姑姑有何妙计？"长国姑道："可着那番邦细作，仍旧将蜡书送与王钦若。待他收下，便无从抵赖了。那时要验看他脚底板，他能不依么？"真宗赞道："此计甚妙！"长国姑又低声叮嘱："必须……如此如此，方保万无一失。"

长国姑授计之后，又将佘太君一家服孝，闭门待罪的话说了。真宗满面羞惭，只顾说："望姑姑善为说词，劝她不要如此。是朝廷对不起杨家，不是杨家对不起朝廷。日后我自去无佞府，给她赔礼。"长国姑道："那杨景和焦赞，该怎么办？"真宗兀自笑了，说："姑姑把他们带去，交给佘太君。即日就有诏旨，赦免二人。二人也不必谢恩了。一切要严密，休得透露风声，教那王钦若知道。"长国姑道："官家也要着急稳住他，不要让他逃脱天诛。"话里意思，指的这等奸细，元恶巨憝，须得要他服辩，悬罪国门，才是道理，如若逃走或是自尽，不能用来昭告世人，倒是便宜他了。长国姑说毕，自领众人，出后宰门而去。

真宗命将王钦若从朝房中召来，和他说："累卿久候了。长国姑为了杨景、焦赞之事，只是纠缠不清，口口声声，说私下三关，原由清风楼被拆引起，情有可原。朕说她不服。依卿看来，应当如何？"王钦若道："长国姑无理取闹，这等行径，说不得皇帝要不顾情面，大义灭亲哩！"真宗点点头道："朕要执以绳法，却怕人说朕六亲不认，以此踌躇，卿今日且回，为朕筹一良策，明日早朝，再作商议。"王钦若面承御旨，唯唯退下。

二十五、巧施反间

真宗按着长国姑的指点，一一如法施行。安抚稳住了王钦若之后，叫人把那蜡书，照原样纸墨，写了一份，纳在蜡丸之内，真迹却把来藏了，便谕知孟良，传告小番，只当不曾被擒，连夜暗中将蜡丸投递与王钦若。若是机密行事，办得妥当，皇帝不但免除他的死罪，还重重有赏。那小番原是山野小人，哪里识得什么信义，只觉得重新拣到一条性命，便没口子答应了。孟良发给他衣履，让他像原来模样装束。又将王钦若要问到的话，如何应对，都教导于他。那小番道："小的都理会得！"晌晚时分偷偷摸摸出来，顺着墙根走，一径来到了枢密府。

王钦若这日监斩未成，被长国姑劫了法场，抢走杨景、焦赞，心中好生烦恼。所幸后来得着真宗那番言语，明明显得姑侄不和，乘此火上加油，从中拨弄，不愁真宗不信。到时候，长国姑受贬褫夺封号，杨景、焦赞依旧论斩，这倒也干净，长国姑是个泼老婆子，平日干涉朝政，时常和自家掣肘，如今除了她，将来有许多方便之处。想到这里，不禁又高兴起来。晚饭以后，急急命丫环掌起巨烛，照着起草奏折，揭出了长国姑十大罪状。既要罗织这些罪名，拿出去又要能耸动皇帝听闻，却也不容易写。正写得三五段，沉思苦想之际，家人忽来报称："有人求见。"王钦若说："天色已晚，来者何人？"家人道："那人像是个小校，姓贺，自称是从三关上来的。"王钦若心中一动，就命把他领进。

那人面貌，生得异样，一进门，就把掌烛台的丫环吓得差点晕倒，烛油撒得遍地，王钦若一摆手，她们就将烛台放下，全都退去了。才问那人：姓甚名谁？何处而来？来此何事？那人叽哩咕噜说了一大串。怎说是叽哩咕噜？因他所说的都是番邦言语，是中原人不懂得的。大凡做奸细的，总要会说两种言语，不然怎么能在两国间出入往来哩。那人说完话，从腿肚里抠出蜡丸，双手奉上。王钦若抖开一看，有些气苦，又不便在小校之类的面前露出声色。当下也用番邦言语告诉他："等一两天，我杀了杨景、焦赞，作为回书。你可奏知萧太后和韩元帅，即日进兵便了。"说着，将那张蜡书，凑着烛上烧掉。

王钦若唤了家人，吩咐将那人留在府里密室中住下，并说："他是三关上来告状的，路途辛苦，要好好款待。"家人领那人去了。——若说那人行径，有许多可疑之处，为甚王钦若全都不问呢？只因蜡书是真的，他信了蜡书，就猜不到别的地方了。这也合该他要败露，在这一着棋上失误了。

二十六、金殿辨奸

次日五更三点，真宗坐朝，文武百官，依次分列两行，山呼已毕。当有殿头官喝道："各官有事早奏，无事卷帘退朝。"只见东厅枢密使王钦若，手捧本章，越班而出，开言启奏："微臣昨日奉旨，监斩逃军杨景，杀人凶犯焦赞，却被长国姑劫了法场，不知将那二犯，藏在何处。微臣维护国法，上前挡阻，竟遭凶殴。长国姑倚恃皇亲，平日颇多枉法行为，据微臣所知，就有十大罪状，今谨奏上，伏候御笔判行。"殿头官接过本章，捧送御案。

真宗且不看那奏本，反而问道："杨景私下三关，据说为了拆毁清风楼，跌伤佘太君而起。这拆楼之事，究竟可是有的？"——读者们：古时的皇帝，就是这样，说他明白，他却糊涂得紧；说他糊涂，有时又十分明白。当初相信王钦若，凭他朦胧奏过，只追究杨景私下三关，把拆毁清风楼之事抛撇一边；今天不相信王钦若了，就不免旧话重提，先从这里问起。王钦若不想真宗发此一问，心下有些发怵，却勉强镇定，回对道："这是谢金吾办事不力，弄得差错。他既已全家被杀，可以无庸议论。"真宗道："朕倒也无心议论，只是此楼不拆，杨景不会回来，犯下重罪。莫非有什么人，故意布了罗网，陷害于他？"真宗说着，只将眼睛看那王钦若。做奸细的人，鼻子是尖的，早闻到一股气味，情知不妙。但因没有指明，他就佯如未闻，等候观看动静。

真宗的言语，本是说与王钦若听的，王钦若既不答言，真宗便另开一个话头说："朕接得密报，番邦萧太后，早先派一奸细，混入我朝，意欲乘机起事，闹个里应外合。不知众卿亦有所闻否？"众官闻言，面面厮觑，尽都呆了；有那事先得着一些风声的，原都在半信半疑之中，及至真宗当众揭出，大家暗道："这回决撒了也！"真宗见仍然无人答言，就又说道："这个奸细，名叫贺驴儿。众卿之中，有无取了这个名字的？如若有的，趁早招承，朕将赦他不死。"这倒是真宗给王钦若的一线生机。岂知王钦若别有他的想法：因见真宗吞吞吐吐，不信抓住什么把柄，一意硬赖到底，夹在群臣之中，满面装出诧讶的神色。真宗这时，点着名儿叫他道："王钦若，你说我朝，可有此人？"皇帝在金殿上，当着文武百官之面，是轻易不提名道姓呼唤大臣的；今天忽然一反常态，王钦若自然明白，就该服了吧？可他像汤锅里的鸭子，浑身煮得稀烂了，却偏还嘴硬，当时申辩道："微臣自是王钦若，不知道什么贺驴儿！十多年来，待罪御前，如今却信而见疑，忠而被谤，微臣其实无颜面再列朝班。愿乞开恩，放归田野，纳下这项冠儿，还我初服吧！"真宗道："你倒说得轻巧：什么信而见疑，忠而被谤。朕只教你见一个人，看你信在哪里？忠在哪里？"说着，便叫殿头官将那人押上来。王钦若一见那人，登时目定口呆，魂飞魄散。

二十七、人赃俱获

原来事先布置好了的：孟良奉有密旨，率领手下兵卒，知会了开封府，增派衙役公差，一同去到王钦若枢密府内，捉拿逃犯。彼此约定，只等王钦若上朝时前往。那枢密府里的家人院子，素常凶横，今日见得这般阵势，也只有俯首贴耳，听凭搜查。人手众多，不一会儿就从密室里搜出了那个小番。孟良自认识那人，无暇问话，就带走了。留下衙役公差，仍然守在那里。

孟良来至殿外，有那御前侍卫，层层上报，由殿头官密奏了。王钦若哓哓声辩之时，真宗便教押上那人。王钦若一见，知道事情败露，却还存个万一之想，没有罪证，只给他个死不认账。那小番当面跪下，不等问话，就把奉萧太后、韩延寿之命，前来下书与王枢密的话一一招供。王钦若不顾朝仪，大喝一声道："这厮胡说！昨日明告诉我，是从三关上下来的，告的杨景私逃，要我奏知圣上。怎的今朝忽地改了口？莫非什么人安排你来离间我君臣的么？我圣上至明，你是离间不了的。你说什么是来下书的，那书在哪里呢？"小番道："是枢密大人昨晚上在烛上烧了。"王钦若道："看这厮胡说！说是来下书，偏又说烧了，这不是血口喷人？请皇帝圣鉴！"

真宗道："依你所言，这是别人陷害于你，你是无辜的了？"王钦若仍然说那句话："请皇帝圣鉴！"真宗不再问他，却命殿头官："把蜡书念给他听。百官都在，看他服是不服。"王钦若千万没有想到，这蜡书还有副本，真是："从前做过事，没兴一齐来。"那殿头官声音宏亮，念起来又且抑扬顿挫，把"三月之内，除了杨景；如若不然，就要剥落你的鞋袜，要你脚底板露出来也！"这几句念得百官听了，俱都毛骨悚然，同官十多年，竟然不知王钦若是奸细。再看王钦若时，身子瘫了，坐在地上头脑耷拉下来，好似雁腮穿箭，一声也不响了。那么一个能言善辩之人，此时直似一个哑巴。有人说："哑巴也还有点声音，怎么他却比哑巴还要哑呢？"只是不知：王钦若虽是个诡计多端的人，到此时人赃俱获，他料得自己一命难留，便索性充个硬汉。这么一来，在宋朝是一个奸细，在番邦总是个英雄。恨只恨萧太后、韩延寿不知自己用心之苦，在杨景就要被除掉的时候，来这一封书信，以致功败垂成，未免可惜，十多年费的心血，都付与东流了。看来这也是宋朝气运，不当亡国，所以才有这些差误。别看他不言不语，心里想的事情却多。真宗哪知他想的什么，只是追问道："那剥落鞋袜，露出脚底板来，究是说的什么？"

二十八、剥袜验字

那王钦若打定了主意，一问三不知，只是个哑人。提着他便站起来，放下手他又瘫在地下。这验看脚底板是一件大事，难道因为他不言语，就此罢了不成？真宗一回头，唤那镇殿将军："与朕剥了他的衣冠靴袜！"原来宋朝的制度，金殿上有四名镇殿将军，都是身高丈余，力大无比的壮汉。当下奉了谕旨，下得殿来，一齐动手。不大工夫，把个王钦若，脱剥得干净，只留一条短裤。常言道："人要衣装。"上早朝时，王钦若穿的一品服色，十分齐楚，好不神气；此时却像只落汤鸡，比起当初提着个灰罐儿，卖诗写状时还更加难看。

脱剥了衣冠，卸下了靴子，只是那双袜子，掳抹不下来。你道何故？因他混进南朝，已有十多个寒暑，脚底上的机密，总怕泄漏，洗脚之时，要避着人，有些麻烦，以此一年难得洗一两回。日子久了，袜里都是尘垢，加上汗水，以此粘住了。镇殿将军也有主意，取来了一柄剪刀，就同杀鱼一般，剪破一个口子，直将那袜子剪成一片片碎布。一抖动，灰尘四起，臭气扑鼻。镇殿将军顾不得腌臜，把他两条腿抬起来，用凉水冲洗了脚底板，然后向四周一打转，人人都看清楚：那右脚也自和寻常人一样，左脚却刺有“贺驴儿”三个朱砂大字，外有“宁反南朝，不背北番”两行小字。文武百官，一时都哄动了。——读者们：当时在场的人哄动，并不为奇，妙在留下了一个话把儿。直到今天，丈夫隔了五七日不洗脚，婆娘就要骂他：“莫非怕把脚底板上的字洗掉了？”原来就是引的这个故事。

二十九、忠奸分明

闲话少说，只说那贺驴儿真情败露，许多人都义愤填膺，举起朝笏板没头没脸打去；也还有当初依附他的，也不得不随声附和，显示对大宋的忠诚。直打得他头破血流，伤痕遍体。大家乱了一阵，真宗道：“且住手！如若打坏了他，就无以示众的了。”大家住了手，真宗又命，将他押下；一面派人，捉拿他的全家，交付狱中。对着几位重臣，真宗慨叹道：“贺驴儿化名王钦若，欺罔如此，十几年来，朕竟毫不察觉，此是何故？”众臣只是恭谨回对：“大奸似忠，大诈似信。圣人如果早日看出他是细作，那他倒算不得大奸大诈了。”真宗欣然点头，甚以为是。殊不知，一个细作埋伏在身边，竟然十多年都不知道，那也就够称昏君的了。众臣岂敢如此说，所以挑选出几句好听的话讲了，不想他还居之不疑哩。说了这些，真宗忽又想起：莫非奸党之中还有他人么？问起众臣，众臣便指出张三李四，一大堆。都是日常跟着那贺驴儿后面走的，幸而好，却还没有一个番邦之人冒充的。

贺驴儿化名王钦若，混入南朝，窃居高位，达十余年之久。真宗信任他，几乎错杀了杨景这样的栋梁之臣。在真情揭露以后，真宗又羞又恨，咬牙切齿，也顾不得为自家护短了。乘此时机，整顿朝纲，拔茅连茹，该杀的杀，该流的流，罢了一大批官，这都不在话下。

这一公案，是骇人听闻，世上少有的。贺驴儿罪大恶极，自当处死，不容宽贷。真宗却还想到："在施行国家大法之日，必须昭告天下，使遐迩咸知，以儆效尤。"因此选择定了日期，大宴群臣，并请来各国前来进贡的使节。长国姑、佘太君，也都奉旨与席。又复降命，以杨景为监斩官，孟良、焦赞为行刑刀手，从牢里提出了贺驴儿，绑在殿前大柱上。殿头官宣读了御诏，将他的罪行，说得一清二楚。真宗还插话道："两国相争，只合用堂堂大鼓，正正之旗。番邦不知仁义，派细作混入我国，实在无耻！今将他明正典刑，杀了他只当作杀了番邦之主，看他下回还用这等手段么！"说毕，传命："开刀！"

孟良、焦赞立于贺驴儿两侧，各执牛耳尖刀，先在他脸上撇了一下，然后动手。古时的刑罚是严酷了一些，对于这等罪犯，自然是碎剐凌迟。要知道，不如此是不足以解恨的。一般凌迟，总是从小腿割起，割到心窝人死去为止。今天却有不然，两个人商量好了，先割他的左脚底板，把那片刺字割下来，一面割，一面问："贺驴儿，你还反南朝不反了？"贺驴儿原来坚不发声的，这时疼痛得厉害，忍不住要惨叫几下。二人又骂道："我道你真的哑了，倒还佩服你，原来你也和猪狗一般，恁地耐不住么？你往常杀害人多了，今天也教你尝尝这个滋味。"正待往下再割时，殿头官传真宗之命，教把割下的脚底板，递与各国使节传观，以明其奸；使节们看了，无不骇然。这时，二人又割了下去，割一刀，贺驴儿嘶叫一声，也只割了三二十刀，便气绝身亡。真宗命："将那尸身残骸，抛于荒郊野外，让狗食鸦餐，以为惩戒。"随后又命："将贺驴儿一家老幼，全行处死，铲除祸根。"

三十、酬庸报功

剐了贺驴儿以后，真宗温慰杨景道："朕一时不明，若非长国姑指点，几乎误伤贤卿性命，朕心实有未安。兹特加授贤卿为代州节度使，兼南北都招讨，汝七妹封金花上将军，八妹封银花上将军。汝手下将领，忠义无比，屡建功勋，俱各加官晋爵，以表天恩，岳胜授蓟州团练使，孟良授瀛州团练使，焦赞授莫州团练使，以酬其劳。"真宗原先嫌孟良粗鲁丑陋，看得不顺眼；这时却觉得孟良、焦赞二人雄伟率直，英气中还有妩媚之容，真不愧是两员虎将，为之赞叹不已。加封已毕，真宗又说："番人谋我之心未死，贤卿料理家事之后，可早日回到三关，防其袭来。”杨景谢了恩，唯唯奉命而退。

当下真宗又与佘太君说：“六郎在家为孝子，在国为忠臣，朕误信人言，委屈了他；今已加封，赎朕前愆。清风无佞楼，乃是先皇敕建，王钦若、谢金吾竟敢歪传圣旨，把来拆毁，也是个该死的罪。朕一时被其蒙蔽，未予深究，今当罚朕，替太君再建一座新楼。”太君辞道：“吾儿免死，又蒙加封，皇恩浩荡，全家感激！清风楼既然拆了，何必又费国帑重建！”真宗道：“拆了旧的，建了新的，一则表彰杨家忠良，一则以志朕的过错，太君也不必谦辞了！”太君见真宗意思诚恳，不再说了。

为了感谢长国姑除邪去害，保卫了国家，也增封食邑，酬庸报功。这些都不消细说。

故事到此已告结束。虽说古今之事，大不相同，但忠奸之分，总还一样。这一公案，全从歪传圣旨而起，这岂能不教人为之凛凛呢？原来故事是元朝人所写的一个杂剧，杂剧的题目正名是：

杨六使私下瓦桥关，

谢金吾诈拆清风府。

张友鸾作品系列

中国古代寓言选

张友鸾 编撰

ISBN：978-7-100-11171-3

商务印书馆2015年4月出版

内容简介

在世界文学史上，寓言占有非常重要的地位。中国被公认为世界寓言三大发祥地之一，中国寓言源远流长，历史悠久。由我国古典文学专家张友鸾编撰的《中国古代寓言选》作为“张友鸾作品系列”丛书之一，从《庄子》《孟子》《韩非子》等几十部中国古代经典中，整理编写寓言近二百则，并亲译为白话文。在目前市场上众多中国古代寓言选集中，张友鸾版本的权威性毋庸置疑。

张友鸾作品系列

古译佛经寓言选

张友鸾 选注

ISBN：978-7-100-11170-6

商务印书馆2015年4月出版

内容简介

本书的佛经寓言由我国古典文学专家张友鸾先生晚年亲自选录并注释。寓言从《百喻经》《大庄严论经》《贤愚经》《大智度论》等多部经典汉译佛教中取材，选取的寓言具有现实意义与教育意义。作者引经据典，注释可靠权威，编写的按语结合当代现实生活，分析精辟。本书既可以作为文学类普及读本，供文学爱好者阅读；又具有资料性质，供文学研究者查阅，从中找到文学研究的切入点。

《史记故事选译》《古典编余录》，敬请期待。